W0303980

Le vol des cigognes

Jean-Christophe Grangé

Le vol des cigognes

ROMAN

FRANCE LOISIRS
123, boulevard de Grenelle, Paris

Une édition du Club France Loisirs, Paris,
réalisée avec l'autorisation des Éditions Albin Michel

Le Code de la propriété intellectuelle n'autorisant, aux termes des paragraphes 2 et 3 de l'article L. 122-5, d'une part, que les « copies ou reproductions strictement réservées à l'usage privé du copiste et non destinées à une utilisation collective » et, d'autre part, sous réserve du nom de l'auteur et de la source, que les « analyses et les courtes citations justifiées par le caractère critique, polémique, pédagogique, scientifique ou d'information », toute représentation ou reproduction intégrale ou partielle, faite sans le consentement de l'auteur ou de ses ayants droit ou ayants cause, est illicite (article L. 122-4). Cette représentation ou reproduction, par quelque procédé que ce soit, constituerait donc une contrefaçon sanctionnée par les articles L. 335-2 et suivants du Code de la propriété intellectuelle.

© Éditions Albin Michel S.A., 1994
22, rue Huyghens, 75014 Paris
ISBN : 2-7441-2191-6

A Virginie Luc

I

Douce Europe

1.

Avant le grand départ, j'avais promis à Max Böhm de lui rendre une dernière visite.

Ce jour-là, un orage couvait sur la Suisse romande. Le ciel ouvrait des profondeurs noires et bleuâtres, où saillaient des éclats translucides. Un vent chaud soufflait en tous sens. A bord d'un cabriolet de location, je glissais le long des eaux du lac Léman. Au détour d'un virage, Montreux apparut, comme brouillée dans l'air électrique. Les flots du lac s'agitaient et les hôtels, malgré la saison touristique, semblaient condamnés à un silence de mauvais augure. Je ralentis aux abords du centre, empruntant les rues étroites qui mènent au sommet de la ville.

Lorsque je parvins au chalet de Max Böhm, il faisait presque nuit. Je jetai un coup d'œil à ma montre : dix-sept heures. Je sonnai, puis attendis. Pas de réponse. J'insistai et tendis l'oreille. Rien ne bougeait à l'intérieur. Je fis le tour de la maison : pas de lumière, pas de fenêtre ouverte. Bizarre. D'après ce que j'avais pu constater lors de ma première visite, Böhm était plutôt du genre ponctuel. Je retournai à ma voiture et patientai. De sourds grondements raclaient le fond du ciel. Je fermai le toit de ma décapotable. A dix-sept heures trente, l'homme n'était toujours pas là. Je décidai d'effectuer la visite des enclos. L'ornithologue était peut-être allé observer ses pupilles.

Je gagnai la Suisse allemande par la ville de Bulle. La pluie ne se décidait toujours pas, mais le vent redoublait, soulevant sous mes roues des nuages de poussière. Une heure plus tard, j'arrivai aux environs de Wessembach, le long des champs aux enclos. Je coupai le contact puis marchai à travers les cultures, en direction des cages.

Derrière le grillage, je découvris les cigognes. Bec orange, plumage blanc et noir, regard vif. Elles semblaient impatientes. Elles battaient furieusement des ailes et claquaient du bec. L'orage sans doute, mais aussi l'instinct migratoire. Les paroles de Böhm me revinrent à l'esprit : « Les cigognes appartiennent aux migrateurs instinctifs. Leur départ n'est pas déclenché par des conditions climatiques ou alimentaires, mais par une horloge interne. Un jour, il est temps de partir, voilà tout. » Nous étions à la fin du mois d'août et les cigognes devaient ressentir ce mystérieux signal. Non loin de là, dans les pâturages, d'autres cigognes allaient et venaient, secouées par le vent. Elles tentaient de s'envoler elles aussi, mais Böhm les avait « éjointées », c'est-à-dire qu'il avait déplumé la première phalange d'une de leurs ailes, les déséquilibrant et les empêchant de décoller. Cet « ami de la nature » avait décidément une étrange conception de l'ordre du monde.

Soudain, un homme tout en os surgit des cultures voisines, courbé dans le vent. Des odeurs d'herbes coupées arrivaient en tempête et je sentais un mal de tête grimper dans mon crâne. De loin, le squelette cria quelque chose en allemand. Je hurlai à mon tour quelques phrases en français. Il répondit aussitôt, dans la même langue : « Böhm n'est pas venu aujourd'hui. Ni hier, d'ailleurs. » L'homme était chauve et quelques mèches filandreuses dansaient au-dessus de son front. Il ne cessait de les plaquer sur son crâne. Il ajouta : « D'ordinaire, il vient chaque jour nourrir ses bestioles. »

Je repris la voiture et fonçai à l'Écomusée. Une sorte de musée grandeur nature, situé non loin de Montreux, où des chalets traditionnels suisses avaient été reconstruits, en respectant le moindre détail. Sur chacune des cheminées, un couple de cigognes était installé, sous la haute responsabilité de Max Böhm.

Bientôt, je pénétrai dans le village artificiel. Je partis à pied, à travers les ruelles désertes. J'errai de longues minutes dans ce labyrinthe de maisons brunes et blanches, comme habitées par le néant, et découvris enfin le beffroi – une tour sombre et carrée, de plus de vingt mètres de haut. A son sommet, trônait un nid aux dimensions gigantesques, dont on apercevait seulement les contours. « Le plus grand nid d'Europe », m'avait dit Max Böhm. Les cigognes étaient là-haut, sur leur couronne de branches et de terre. Leurs claquements de becs résonnaient dans les rues vides, comme le cri de mâchoires démultipliées. Nulle trace de Böhm.

Je rebroussai chemin et cherchai la maison du gardien. Je trouvai le veilleur de nuit devant sa télé. Il mangeait un sandwich tandis que son chien se régalait de boulettes de viande, dans sa gamelle. « Böhm? dit-il la bouche pleine. Il est venu avant-hier, au beffroi. Nous avons sorti l'échelle. (Je me souvenais de la machine infernale utilisée par l'ornithologue pour accéder au nid : une échelle de pompiers, ancestrale et vermoulue.) Mais je ne l'ai pas revu depuis. Il n'a même pas rangé le matériel. »

L'homme haussa les épaules et ajouta :

– Böhm est chez lui, ici. Il va, il vient.

Puis il reprit un morceau de sandwich, en signe de conclusion. Une intuition confuse traversa mon esprit.

– Pouvez-vous la sortir de nouveau?

– Quoi?

– L'échelle.

Nous repartîmes dans la tourmente, avec le chien qui nous battait les jambes. Le gardien marchait en silence. Il n'appréciait pas mon projet nocturne. Au pied du beffroi, il ouvrit les portes de la grange qui jouxtait la tour. Nous sortîmes l'échelle, fixée sur deux roues de chariot. L'engin me semblait plus dangereux que jamais. Pourtant, avec l'aide du gardien, je déclenchai les chaînes, les poulies, les câbles et, lentement, l'échelle déroula ses barreaux. Son sommet oscillait dans le vent.

Je déglutis et attaquai l'ascension, avec prudence. A mesure que je montais, l'altitude et le vent me brouillaient les yeux. Mes mains se cramponnaient aux barreaux. Je sentais des gouffres se creuser dans mon ventre. Dix mètres. Je me concentrai sur le mur et grimpai encore. Quinze mètres. Le bois était humide et mes semelles glissaient. L'échelle vibrait de toute sa hauteur, m'envoyant des ondes de choc dans les genoux. Je risquai un regard. Le nid était à portée de main. Je bloquai ma respiration et enjambai les derniers barreaux, prenant appui sur les branches du nid. Les cigognes s'envolèrent. Un court instant, je ne vis qu'une volée de plumes, puis le cauchemar m'apparut.

Böhm était là, allongé sur le dos, bouche ouverte. Dans le nid géant, il avait trouvé sa place. Sa chemise débraillée découvrait son ventre blanc, obscène, maculé de terre. Ses yeux n'étaient plus que deux orbites vides et sanglantes. J'ignore si ces cigognes apportaient des bébés, mais elles savaient s'occuper des morts.

2.

Blancheurs aseptisées, cliquetis de métal, silhouettes fantômes. A trois heures du matin, dans le petit hôpital de Montreux, j'attendais. Les portes des urgences s'ouvraient et se fermaient. Des infirmières passaient. Des visages masqués apparaissaient, indifférents à ma présence.

Le gardien était resté au village artificiel, en état de choc. Moi-même, je n'affichais pas une forme éclatante. J'étais transi de frissons, l'esprit anéanti. Je n'avais jamais contemplé un cadavre. Pour une première fois, le corps de Böhm était un sommet. Les oiseaux avaient commencé à lui dévorer la langue et d'autres choses plus profondes, dans la région pharyngée. Des plaies multiples avaient été découvertes sur l'abdomen et les flancs : des déchirures, des lacérations, des entailles. A terme, les volatiles l'auraient entièrement dévoré : « Vous savez que les cigognes sont carnassières, n'est-ce pas? » m'avait dit Max Böhm, lors de notre première rencontre. Aucune chance que je l'oublie désormais.

Les pompiers avaient descendu le corps de son perchoir, sous le vol lent et suspicieux des oiseaux. Une dernière fois, au sol, j'avais aperçu les chairs de Böhm, pleines de croûtes et de terre, avant qu'on ne l'enveloppe dans une housse bruissante. J'avais suivi ce spectacle lunaire, intermittent, sous les gyrophares, sans émettre le moindre mot et sans éprouver, je l'avoue, le moindre sentiment. Juste une sorte d'absence, de recul effaré.

J'attendais maintenant. Et je songeais aux derniers mois de

mon existence – ces deux mois de ferveur et d'oiseaux, qui s'achevaient en forme d'oraison funèbre.

J'étais alors un jeune homme correct sous tous rapports. A trente-deux ans, je venais d'obtenir un doctorat d'histoire. Le résultat de huit années d'efforts, à propos du « concept de culture chez Oswald Spengler ». Lorsque j'avais achevé ce lourd pavé de mille pages, totalement inutile sur le plan pratique, et plutôt harassant sur le plan moral, je n'avais plus qu'une idée : oublier les études. J'étais fatigué des livres, des musées, des films d'art et essai. Fatigué de cette existence par procuration, des chimères de l'art, des nimbes des sciences humaines. Je voulais passer à l'acte, mordre dans l'existence.

Je connaissais de jeunes médecins qui s'étaient lancés dans l'aide humanitaire, ayant une « année à perdre » – c'est ainsi qu'ils s'exprimaient. Des avocats en herbe qui avaient arpenté l'Inde et goûté au mysticisme, avant d'embrasser leur carrière. Moi, je n'avais aucun métier en vue, aucun goût pour l'exotisme ni le malheur des autres. Alors, encore une fois, mes parents adoptifs étaient venus à ma rescousse. « Encore une fois », parce que, depuis l'accident qui avait coûté la vie à mon frère et à mes parents, vingt-cinq ans auparavant, ce couple de vieux diplomates m'avait toujours offert ce dont j'avais besoin : d'abord la compagnie d'une nourrice, durant mes jeunes années, puis une pension conséquente, qui m'avait permis d'affecter un réel détachement face aux vissicitudes de l'argent.

Donc, Georges et Nelly Braesler m'avaient suggéré de contacter Max Böhm, un de leurs amis suisses, qui recherchait quelqu'un dans mon genre. « Dans mon genre? » avais-je demandé, tout en prenant l'adresse de Böhm. On m'avait répondu qu'il y en aurait sans doute pour quelques mois. On veillerait plus tard à me trouver une véritable situation.

Ensuite, les choses avaient pris un tour inattendu. Et la première rencontre avec Max Böhm, équivoque et mystérieuse, restait imprimée, en détail, dans ma mémoire.

Ce jour-là, le 17 mai 1991, vers seize heures, je parvins au 3, rue du Lac, après avoir longuement déambulé dans les rues serrées des hauteurs de Montreux. Au détour d'une place, ponctuée de lanternes moyenâgeuses, je découvris un chalet, dont la porte de bois massif indiquait : « Max Böhm ». Je sonnai. Une longue minute passa, puis un homme d'une soixantaine d'années, tout d'un bloc, m'ouvrit avec un large sourire. « Vous êtes Louis Antioche? » demanda-t-il. J'acquiesçai et pénétrai chez M. Böhm.

L'intérieur du chalet ressemblait au quartier. Les pièces étaient étroites et alambiquées, flanquées de recoins, d'étagères et de rideaux qui, visiblement, ne cachaient aucune fenêtre. Le sol était ponctué de nombreuses marches et d'estrades. Böhm écarta une tenture et m'invita à descendre à sa suite, dans un profond sous-sol. Nous pénétrâmes dans une pièce aux murs blanchis, meublée seulement d'un bureau en bois de chêne, sur lequel trônaient une machine à écrire et de nombreux documents. Au-dessus, étaient suspendues une carte de l'Europe et de l'Afrique, et de multiples gravures d'oiseaux. Je m'assis. Böhm me proposa du thé. J'acceptai avec plaisir (je ne bois, exclusivement, que du thé). En quelques gestes rapides, Böhm sortit un thermos, des tasses, du sucre et des citrons. Pendant qu'il s'affairait, je l'observai plus attentivement.

Il était petit, massif et ses cheveux, coupés en brosse, étaient absolument blancs. Son visage rond était barré d'une courte moustache, blanche elle aussi. Sa corpulence lui donnait un air renfrogné et des gestes lourds, mais sa figure respirait une étrange bonhomie. Ses yeux surtout, plissés, semblaient toujours sourire.

Böhm servit le thé, avec précaution. Ses mains étaient épaisses, ses doigts sans grâce. « Un homme des bois », pensai-je. Il planait aussi chez lui quelque chose de vaguement militaire – un passé de guerre ou d'activités brutales. Enfin il s'assit, croisa ses mains et commença d'une voix douce :

– Ainsi, vous êtes de la famille de mes vieux amis, les Braesler.

Je m'éclaircis la gorge :

– Je suis leur fils adoptif.

– J'ai toujours pensé qu'ils n'avaient pas d'enfants.

– Ils n'en ont pas. Je veux dire : naturels. (Böhm ne disant rien, je repris :) Mes vrais parents étaient des amis intimes des Braesler. Lorsque j'avais sept ans, un incendie a tué ma mère, mon père et mon frère. Je n'avais pas d'autre famille. Georges et Nelly m'ont adopté.

– Nelly m'a parlé de vos aptitudes intellectuelles.
– Je crains qu'elle n'ait un peu exagéré dans ce sens. (J'ouvris mon cartable.) Je vous ai apporté un curriculum vitæ.

Böhm écarta la feuille du plat de la main. Une main énorme, puissante. Une main à casser les poignets, comme ça, avec deux doigts. Il répliqua :

– J'ai toute confiance dans le jugement de Nelly. Vous a-t-elle parlé de votre « mission »? Vous a-t-elle prévenu que l'affaire concernait quelque chose de très particulier?
– Nelly ne m'a rien dit.

Böhm se tut et me scruta. Il semblait épier la moindre de mes réactions.

– A mon âge, l'oisiveté porte à quelques lubies. Mon attachement pour certains êtres s'est considérablement approfondi.
– De qui s'agit-il? demandai-je.
– Ce ne sont pas des personnes.

Böhm se tut. De toute évidence, il aimait le suspense. Enfin, il murmura :

– Il s'agit de cigognes.
– De cigognes?
– Voyez-vous, je suis un ami de la nature. Depuis quarante ans, les oiseaux m'intéressent. Lorsque j'étais jeune, je dévorais les livres d'ornithologie, je passais des heures en forêt, jumelles au poing, à observer chaque espèce. La cigogne blanche occupait une place particulière dans mon cœur. Je l'aimais avant tout parce qu'elle est un fantastique oiseau migrateur, capable de parcourir plus de vingt mille kilomètres chaque année. A la fin de l'été, quand les cigognes s'envolaient en direction de l'Afrique, je partais moi aussi, de toute mon âme, avec elles. D'ailleurs, plus tard, j'ai choisi un travail qui m'a permis de voyager et de suivre ces oiseaux. Je suis ingénieur, monsieur Antioche, dans les travaux publics, maintenant à la retraite. Toute ma vie je me suis débrouillé pour partir sur de grands chantiers, au Moyen-Orient, en Afrique, sur la route des oiseaux. Aujourd'hui, je ne bouge plus d'ici mais j'étudie toujours la migration. J'ai écrit plusieurs livres sur ce sujet.
– Je ne connais rien aux cigognes. Qu'attendez-vous de moi?
– J'y viens. (Böhm but une lampée de thé.) Depuis que je

suis à la retraite, ici, à Montreux, les cigognes se portent à merveille. Chaque printemps, mes couples reviennent et retrouvent, précisément, leur nid. C'est réglé, comme du papier à musique. Or, cette année, les cigognes de l'Est ne sont pas revenues.

– Que voulez-vous dire?

– Sur les sept cents couples migrateurs recensés en Allemagne et en Pologne, moins d'une cinquantaine sont apparus dans le ciel, en mars et en avril. J'ai attendu plusieurs semaines. Je me suis même rendu sur place. Mais il n'y a rien eu à faire. Les oiseaux ne sont pas revenus.

L'ornithologue me parut tout à coup plus vieux et plus solitaire. Je demandai :

– Avez-vous une explication?

– Il y a peut-être là-dessous une catastrophe écologique. Ou l'effet d'un nouvel insecticide. Ce ne sont là que des « peut-être ». Et je veux des certitudes.

– Comment puis-je vous aider?

– Au mois d'août prochain, des dizaines de cigogneaux vont partir, comme chaque année, emprunter leur voie migratoire. Je veux que vous les suiviez. Jour après jour. Je veux que vous parcouriez, exactement, leur itinéraire. Je veux que vous observiez toutes les difficultés qu'ils vont rencontrer. Que vous interrogiez les habitants, les forces de police, les ornithologues locaux. Je veux que vous découvriez pourquoi mes cigognes ont disparu.

Les intentions de Max Böhm me stupéfiaient.

– Ne seriez-vous pas mille fois plus qualifié que moi pour...

– J'ai juré de ne plus jamais mettre les pieds en Afrique. Par ailleurs, j'ai cinquante-sept ans. Mon cœur est très fragile. Je ne peux plus aller sur le terrain.

– N'avez-vous pas un assistant, un jeune ornithologue qui pourrait mener cette enquête?

– Je n'aime pas les spécialistes. Je veux un homme sans préjugé, sans connaissance, un être ouvert, qui partira à la rencontre du mystère. Acceptez-vous, oui ou non?

– J'accepte, répondis-je sans hésiter. Quand dois-je partir?

– Avec les cigognes, à la fin du mois d'août. Le voyage durera environ deux mois. En octobre, les oiseaux seront au Soudan. S'il doit se passer quelque chose, ce sera, je pense, avant cette date. Sinon vous rentrerez et l'énigme restera entière. Votre salaire sera de quinze mille francs par mois, plus les frais. Vous serez rémunéré par notre association : l'APCE (Association pour la protection de la cigogne européenne). Nous ne sommes pas très riches mais j'ai prévu les meilleures conditions de voyage : vols en première classe, voitures de location, hôtels confortables. Une première provision vous sera versée à la mi-août, avec vos billets d'avion et vos réservations. Ma proposition vous paraît-elle raisonnable?

– Je suis votre homme. Mais dites-moi d'abord une chose. Comment avez-vous connu les Braesler?

– En 1987, lors d'un colloque ornithologique, organisé à Metz. Le thème à l'honneur était « La cigogne en péril, en Europe de l'Ouest ». Georges a également fait une intervention très intéressante, à propos des grues cendrées.

Plus tard, Max Böhm m'emmena à travers la Suisse visiter quelques-uns des enclos où il élevait des cigognes domestiques, dont les petits devenaient des oiseaux migrateurs – ceux-là mêmes que j'allais suivre. Au fil de notre route, l'ornithologue m'expliqua les principes de mon périple. D'abord, on connaissait approximativement l'itinéraire des oiseaux. Ensuite, les cigognes ne parcouraient qu'une centaine de kilomètres par jour. Enfin, Böhm détenait un moyen sûr de repérer les cigognes européennes : les bagues. A chaque printemps, il fixait aux pattes des cigogneaux une bague indiquant leur date de naissance et leur numéro d'identification. Armé d'une paire de jumelles, on pouvait donc, chaque soir, repérer « ses » oiseaux. A tous ces arguments, s'ajoutait le fait que Böhm correspondait, dans chaque pays, avec des ornithologues qui allaient m'aider et répondre à mes questions. Dans ces conditions, Böhm ne doutait pas que je découvre ce qui s'était passé au printemps dernier, sur le chemin des oiseaux.

Trois mois plus tard, le 17 août 1991, Max Böhm me téléphona, totalement surexcité. Il revenait d'Allemagne où il avait constaté l'imminence du départ des cigognes. Böhm avait crédité mon compte en banque d'une provision de cinquante mille francs (deux salaires d'avance, plus une enveloppe pour les premiers frais) et il m'envoyait, par DHL, les billets d'avion, les vouchers pour les voitures de location et la liste des hôtels réservés. L'ornithologue avait ajouté un « Paris-Lausanne ». Il souhaitait me rencontrer une dernière fois, afin que nous vérifiions ensemble les données du projet.

Ainsi, le 19 août, à sept heures du matin, je me mis en route, bardé de guides, de visas et de médicaments. J'avais limité mon sac de voyage au strict minimum. L'ensemble de mes affaires – ordinateur compris – tenait dans un bagage de moyenne importance, à quoi s'ajoutait un petit sac à dos. Tout était en ordre. En revanche, mon cœur était en proie à un indicible chaos : espoir, excitation, appréhension s'y mêlaient dans une confusion brûlante.

3.

Aujourd'hui pourtant, tout était fini. Avant même d'avoir commencé. Max Böhm ne saurait jamais pourquoi ses cigognes avaient disparu. Et moi non plus, du reste. Car, avec sa mort, mon enquête s'achevait. J'allais rembourser l'argent à l'association, retourner à mes livres. Ma carrière de voyageur avait été foudroyante. Et je n'étais pas étonné de cette conclusion avortée. Après tout, je n'avais jamais été qu'un étudiant oisif. Il n'y avait aucune raison pour que je devienne, du jour au lendemain, un aventurier de tous les diables.

Mais j'attendais encore. Ici, à l'hôpital. L'arrivée de l'inspecteur fédéral et le résultat de l'autopsie. Parce qu'il y avait autopsie. Le médecin de garde l'avait attaquée d'emblée, après avoir reçu l'autorisation de la police – Max Böhm n'avait apparemment plus de famille. Qu'était-il arrivé au vieux Max? Une crise cardiaque? Une attaque de cigognes? La question méritait réponse, et c'est sans doute pourquoi on disséquait maintenant le corps de l'ornithologue.

– Vous êtes Louis Antioche?

Tout à mes pensées, je n'avais pas remarqué l'homme qui venait de s'asseoir à mes côtés. La voix était douce, le visage aussi. Une longue figure aux traits polis, sous une mèche nerveuse. L'homme posait sur moi des yeux rêveurs, encore voilés de sommeil. Il n'était pas rasé et on sentait que c'était exceptionnel. Il portait un pantalon de toile, léger et bien coupé, une chemise Lacoste bleu lavande. Nous étions pratiquement habillés de la même façon, sauf que ma chemise était noire et que mon crocodile était remplacé par une tête de mort. Je répondis : « Oui. Vous êtes de la police? » Il acquiesça et joignit ses deux mains, comme en signe de prière :

– Inspecteur Dumaz. De garde, cette nuit. Sale coup. C'est vous qui l'avez trouvé?

– Oui.

– Comment était-il?

– Mort.

Dumaz haussa les épaules et sortit un calepin :

– Dans quelles circonstances l'avez-vous découvert?

Je lui racontai mes recherches de la veille. Dumaz prenait des notes, lentement. Il demanda :

– Vous êtes français?

– Oui. J'habite Paris.

L'inspecteur nota mon adresse avec précision.

– Vous connaissiez Max Böhm depuis longtemps?

– Non.

– Quelle était la nature de vos relations?

Je décidai de mentir :

– Je suis ornithologue amateur. Nous avions prévu, lui et moi, d'organiser un programme éducatif sur différents oiseaux.

– Lesquels?

– La cigogne blanche, principalement.

– Quelle est votre profession?

– Je viens de terminer mes études.

– Quel genre d'études? Ornithologie?

– Non. Histoire, philosophie.

– Et quel âge avez-vous?

– Trente-deux ans.

L'inspecteur émit un léger sifflement :

– Vous avez de la chance d'avoir pu vous consacrer à votre passion aussi longtemps. J'ai le même âge que vous et je travaille dans la police depuis treize ans.

– L'histoire ne me passionne pas, dis-je d'un ton fermé.

Dumaz fixa le mur d'en face. Le même sourire rêveur glissa sur ses lèvres :

– Mon travail ne me passionne pas non plus, je vous assure.

Il me regarda de nouveau :

– Selon vous, depuis quand Max Böhm était-il mort?

– Depuis l'avant-veille. Le soir du 17, le gardien l'a vu monter dans le nid et ne l'a pas vu redescendre.

– De quoi est-il mort, à votre avis?

– Je n'en sais rien. D'une crise cardiaque, peut-être. Les cigognes avaient commencé à... s'en nourrir.

– J'ai vu le corps avant l'autopsie. Avez-vous quelque chose à ajouter?

– Non.

– Vous allez devoir signer votre déposition au commissariat du centre-ville. Tout sera prêt en fin de matinée. Voici l'adresse. (Dumaz soupira.) Cette disparition va faire du bruit. Böhm était une célébrité. Vous devez savoir qu'il a réintroduit les cigognes en Suisse. Ce sont des choses auxquelles nous tenons, ici.

Il s'arrêta, puis partit d'un petit rire :

– Vous portez une drôle de chemise... Plutôt de circonstance, n'est-ce pas?

J'attendais cette réflexion depuis le début. Une femme brune, petite et carrée, apparut et me sauva la mise. Sa blouse blanche était maculée de sang, son visage couperosé et ravagé par les rides. Le genre qui a vécu, et qui ne s'en laisse pas conter. Chose extraordinaire dans cet univers de ouate, elle portait des talons, qui claquaient à chacun de ses pas. Elle s'approcha. Son haleine empestait le tabac.

– Vous êtes là pour Böhm? demanda-t-elle d'une voix rocailleuse.

Nous nous levâmes. Dumaz fit les présentations :

– Voici Louis Antioche, étudiant, ami de Max Böhm (je sentis une note d'ironie dans sa voix). C'est lui qui a découvert le corps cette nuit. Je suis l'inspecteur Dumaz, police fédérale.

– Catherine Warel, chirurgien cardiaque. L'autopsie a été longue, dit-elle en s'essuyant le front qui perlait de sueur. Le cas était plus compliqué que prévu. D'abord à cause des blessures. Des coups de bec, à pleine chair. Il paraît qu'on l'a découvert dans un nid de cigognes. Que faisait-il là-haut, bon Dieu?

– Max Böhm était ornithologue, répliqua Dumaz sur un ton

pincé. Je m'étonne que vous ne le connaissiez pas. Il était très célèbre. Il protégeait les cigognes en Suisse.

– Ah? fit la femme, sans conviction.

Elle sortit un paquet de cigarettes brunes, en alluma une. Je remarquai le panneau indiquant l'interdiction de fumer et compris que cette femme n'était pas suisse. Elle reprit, après avoir craché une longue bouffée :

– Revenons à l'autopsie. Malgré toutes ses plaies – vous en aurez la description dactylographiée ce matin même – il est clair que l'homme est mort d'une crise cardiaque, dans la soirée du 17 août, aux environs de vingt heures. (Elle se tourna vers moi.) Sans vous, l'odeur aurait fini par alerter les visiteurs. Mais quelque chose est surprenant. Saviez-vous que Böhm était un transplanté cardiaque?

Dumaz me lança un coup d'œil interrogatif. Le docteur poursuivit :

– Lorsque l'équipe a découvert la longue cicatrice au niveau du sternum, ils m'ont appelée, afin que je supervise l'autopsie. La transplantation ne fait aucun doute : il y a d'abord la cicatrice caractéristique de la sternotomie, puis des adhérences anormales dans la cavité péricardique, signe d'une ancienne intervention. J'ai relevé également les sutures de la greffe, au niveau de l'aorte, de l'artère pulmonaire, des oreillettes gauche et droite, faites avec des fils non résorbables.

Le Dr Warel aspira une nouvelle bouffée.

– L'opération remonte manifestement à plusieurs années, reprit-elle, mais l'organe a été remarquablement toléré – d'ordinaire, nous découvrons sur le cœur transplanté une multitude de cicatrices blanchâtres, qui correspondent aux points de rejet, autrement dit à des cellules musculaires nécrosées. La transplantation de Böhm est donc très intéressante. Et d'après ce que j'ai pu voir, l'opération a été pratiquée par un type qui connaissait son affaire. Or, je me suis déjà renseignée : Max Böhm n'était pas suivi par un médecin de chez nous. Voilà un petit mystère à éclaircir, messieurs. Je mènerai moi-même mon enquête. Pour ce qui est de la cause du décès : rien d'original. Un banal infarctus du myocarde, survenu il y a environ cinquante heures.

L'effort, sans doute, de monter là-haut. Si cela peut vous consoler, Böhm n'a pas souffert.

– Que voulez-vous dire? demandai-je.

Warel souffla une longue bouffée de nicotine dans l'espace aseptisé.

– Un cœur greffé est indépendant du système nerveux d'accueil. Une crise cardiaque ne provoque donc aucune douleur particulière. Max Böhm ne s'est pas senti mourir. Voilà, messieurs. (Elle se tourna vers moi.) Vous vous occuperez des obsèques?

J'hésitai un instant :

– Je dois malheureusement partir en voyage..., répliquai-je.

– Soit, trancha-t-elle. Nous verrons ça. Le certificat de décès sera prêt ce matin. (Elle s'adressa à Dumaz.) Je peux vous parler une minute?

L'inspecteur et le médecin me saluèrent. Dumaz ajouta :

– N'oubliez pas de venir signer votre déposition, en fin de matinée.

Puis ils m'abandonnèrent dans le couloir, lui, avec son air très doux, elle, avec ses talons qui claquaient. Pas assez fort cependant pour que cette phrase m'échappe, murmurée par la femme : « Il y a un problème... »

4.

Dehors, l'aube lançait des ombres de métal, éclairant d'une lumière grise les rues endormies. Je traversai Montreux sans respecter les feux, gagnant directement la maison de Böhm. Je ne sais pourquoi, la perspective d'une enquête sur l'ornithologue m'effrayait. Je souhaitais détruire tout document me concernant et rembourser incognito l'APCE, sans mêler la police à l'affaire. Pas de traces, pas de tracas.

Je me garai discrètement, à cent mètres du chalet. Je vérifiai d'abord que la porte de la maison n'était pas verrouillée, puis retournai à la voiture et pris dans mon sac un intercalaire de plastique souple. Je le glissai entre la porte et le chambranle. J'asticotai ainsi la serrure, cherchant à glisser la feuille de plastique sous le penne. Enfin, grâce à une poussée de l'épaule, la porte s'ouvrit sans un bruit. Je pénétrai chez feu M. Böhm. Dans la pénombre, l'intérieur du chalet semblait plus réduit, plus confiné que jamais. C'était déjà la maison d'un mort.

Je descendis dans le bureau, situé au sous-sol. Je n'eus aucun mal à mettre la main sur le dossier « Louis Antioche », posé en évidence. Il y avait là le récépissé du virement bancaire, les factures des billets d'avion, les contrats de location. Je lus aussi les notes que Böhm avait prises sur moi d'après les propos de Nelly Braesler:

> « Louis Antioche. Trente-deux ans. Adopté par les Braesler à l'âge de dix ans. Intelligent, brillant, sensible. Mais

désœuvré et désabusé. A manier avec prudence. Garde des traumatismes de son accident. Amnésie partielle. »

Ainsi, pour les Braesler, je demeurais encore, après tant d'années, un cas critique – un détraqué. Je tournai la feuille, c'était tout. Nelly n'avait donné aucune précision sur le drame de mes origines. Tant mieux. Je m'emparai du dossier et poursuivis mes recherches. Dans les tiroirs, je débusquai le dossier « Cigognes », semblable à celui que Max m'avait préparé, le premier jour, contenant les contacts et de multiples informations. Je l'emportai également.

Il était temps de partir. Pourtant, mû par une obscure curiosité, je continuai à fouiller, un peu au hasard. Dans un meuble en ferraille, à hauteur d'homme, je découvris des milliers de fiches consacrées aux oiseaux. Pressées les unes contre les autres, verticalement, leurs tranches affichaient plusieurs couleurs. Böhm m'avait expliqué ce code couleurs. A chaque événement, chaque information, une teinte était donnée – rouge : femelle; bleu : mâle; vert : migratrice; rose : accident d'électrocution; jaune : maladie; noir : décès... Ainsi, en un seul regard sur les tranches, Böhm pouvait sélectionner, selon le thème de ses recherches, les fiches qui l'intéressaient.

Une idée me vint : je consultai la liste des cigognes disparues, puis cherchai quelques-unes de leurs fiches dans ce tiroir. Böhm utilisait un langage chiffré incompréhensible. Je constatai seulement que les disparues étaient toutes des adultes, âgées de plus de sept ans. Je subtilisai les fiches. Je commençais à basculer dans le vol caractérisé. Toujours poussé par une irrépressible pulsion, je fouillai de fond en comble le bureau. Je cherchais maintenant un dossier médical. « Böhm est un cas d'école », avait dit le Dr Warel. Où avait-il subi son opération? Qui l'avait effectuée? Je ne trouvai rien.

En désespoir de cause, je m'attaquai à un petit réduit attenant à la pièce. Max Böhm y soudait lui-même ses bagues et y rangeait son attirail d'ornithologue. Au-dessus du plan de travail, étaient entreposés des paires de jumelles, des filtres photographiques, des myriades de bagues, de toutes sortes et de toutes matières. Je découvris aussi des instruments chirurgicaux, des seringues hypodermiques, des bandages, des attelles, des produits aseptiques. A ses heures, Max Böhm devait aussi jouer les vétérinaires amateurs. L'univers du vieil homme m'apparaissait de plus en plus solitaire, centré autour d'obsessions incompréhensibles. Enfin je remontai au rez-de-chaussée, après avoir tout remis en place.

Je traversai rapidement la salle principale, le salon et la cuisine. Il n'y avait là que des bibelots suisses, des paperasses, des vieux journaux. Je montai dans les chambres. Il y en avait trois. Celle où j'avais dormi la première fois était toujours aussi neutre, avec son petit lit et ses meubles engoncés. Celle de Böhm sentait le moisi et la tristesse. Les couleurs étaient fanées, les meubles s'entassaient sans raison apparente. Je fouillai tout : armoire, secrétaire, commodes. Chaque meuble était à peu près vide. Je regardai sous le lit, les tapis. Je décollai des coins de papier peint. Rien. Excepté d'anciennes photos d'une femme dans un vieux carton, au bas d'une armoire. J'observai un instant ces clichés. C'était une petite femme aux traits vagues, à la silhouette fragile, sur fond de paysages tropicaux. Sans aucun doute Mme Böhm. Sur les photos les plus récentes – couleurs passées des années soixante-dix –, elle semblait avoir la quarantaine. Je passai à la dernière chambre. J'y surpris encore la même atmosphère désuète mais rien de plus. Je redescendis l'étroit escalier en essuyant la poussière qui collait à mes vêtements.

A travers les fenêtres, le jour se levait. Un filet doré caressait le dos des meubles et les arêtes des multiples estrades qui jaillissaient, sans raison apparente, aux quatre coins de la pièce principale. Je m'assis sur l'une d'elles. Il manquait décidément beaucoup de choses dans cette maison : le dossier médical de Max Böhm (un transplanté cardiaque devait posséder une foule d'ordonnances, de scanners, d'électrocardiogrammes...), les souvenirs classiques d'une existence de voyageur – babioles africaines, tapis orientaux, trophées de chasse... –, les traces d'un passé professionnel – je n'avais pas même trouvé un dossier de retraite, pas plus que des relevés de banque ou des feuilles d'impôts. A supposer que Böhm ait voulu tirer un trait radical sur son passé, il ne s'y serait pas pris autrement. Pourtant, il devait y avoir ici, quelque part, une planque.

Je regardai ma montre : sept heures quinze. En cas d'enquête judiciaire, la police n'allait pas tarder à venir, ne serait-ce que pour mettre les scellés. A regret, je me levai et me dirigeai vers la porte. Je l'ouvris, puis songeai tout à coup aux marches. Dans la grande salle, les estrades composaient autant de cachettes idéales. Je revins sur mes pas et frappai sur leurs côtés. Elles étaient creuses. Je fonçai en bas, dans le réduit, pris quelques outils et remontai aussitôt. En vingt minutes, j'avais ouvert les sept marches du salon de Böhm, avec un minimum de dégâts. Devant moi s'étalaient trois enveloppes kraft, scellées, poussiéreuses et anonymes.

Je regagnai ma voiture et mis le cap vers les collines qui surplombent Montreux, en quête d'un lieu tranquille. Dix kilomètres plus tard, au détour d'une route isolée, je me garai dans un bois, trempé encore par la rosée. Mes mains tremblaient lorsque j'ouvris la première enveloppe.

Elle contenait le dossier médical d'Irène Böhm, née Irène Fogel, à Genève, en 1942. Décédée en août 1977, à l'hôpital Bellevue, à Lausanne, des suites d'un cancer généralisé. Le dossier ne contenait que quelques radiographies, diagrammes et ordonnances, puis s'achevait sur un certificat de décès, auquel étaient joints un télégramme à l'adresse de Max Böhm et une lettre de condoléances du Dr Lierbaüm, médecin traitant d'Irène. Je regardai la petite enveloppe. Elle portait l'adresse de Max Böhm en 1977 : 66, avenue Bokassa, Bangui, Centrafrique. Mon cœur courait au galop. Le Centrafrique avait été la dernière adresse africaine de Böhm. Ce pays tristement célèbre pour la folie de son tyran éphémère, l'empereur Bokassa. Cet éclat de jungle, torride et humide, enfoui dans le cœur de l'Afrique – enfoui aussi au plus profond de mon passé.

J'ouvris la vitre et respirai l'air du dehors, puis continuai de feuilleter la chemise. Je trouvai de nouvelles photos de la frêle épouse, mais aussi d'autres clichés, représentant Max Böhm et un jeune garçon d'environ treize ans, dont la ressemblance avec l'ornithologue était frappante. C'était le même courtaud, aux cheveux blonds taillés en brosse, avec des yeux bruns et un cou d'animal musclé. Pourtant, il voyageait dans ses yeux une rêverie, une nonchalance qui ne cadraient pas avec la raideur de Böhm. Les photos dataient visiblement de la même époque – les années soixante-dix. La famille était au complet : le père, la mère, le fils. Mais pourquoi Böhm cachait-il ces images banales sous une estrade? Et où était aujourd'hui ce fils?

La seconde enveloppe ne contenait qu'une radiographie thoracique, sans date, sans nom, sans commentaire. Une seule certitude : sur l'image opaque, se dessinait un cœur. Et, au centre de l'organe, se découpait une minuscule tache claire, aux contours précis, dont je n'aurais su dire s'il s'agissait d'une imperfection de l'image ou d'un caillot clair « dans » l'organe. Je pensai à la greffe de Max Böhm. Cette image représentait sans doute un des deux cœurs du Suisse. Le premier ou le second? Je rangeai soigneusement le document.

Enfin j'ouvris la dernière enveloppe – et restai pétrifié. Devant moi, se déployait le spectacle le plus atroce qu'on puisse imaginer. Des photographies en noir et blanc, représentant une sorte d'abattoir humain, avec des cadavres d'enfants suspendus à des crochets – des pantins de chair, offrant des rosaces de sang à la place des bras ou du sexe; des visages aux lèvres déchirées, aux orbites vides; des bras, des jambes, des membres épars, poussés sur un coin d'étal; des têtes, brunâtres de croûtes, roulées sur de longues tables, vous fixant avec leurs yeux secs. Tous les cadavres, sans exception, étaient de race noire.

Ce lieu abject n'était pas un simple mouroir. Les murs étaient carrelés de blanc, comme ceux d'une clinique ou d'une morgue, des instruments chirurgicaux brillaient çà et là. Il s'agissait plutôt d'un laboratoire funeste ou d'une abominable salle de tortures. L'antre secret d'un monstre qui se livrait à des pratiques d'épouvante. Je sortis de la voiture. Mon torse était oppressé par le dégoût et la nausée. De longues minutes s'écoulèrent ainsi, dans la fraîcheur matinale. De temps à autre je jetais un nouveau regard aux images. Je tentais de m'imprégner de leur réalité, de les apprivoiser, afin de mieux les cerner. Impossible. La crudité des clichés, le grain de l'image donnaient une présence hallucinante à cette armée de cadavres. Qui pouvait avoir commis de telles horreurs, et pourquoi?

Je revins à la voiture, fermai les trois enveloppes et jurai de ne pas les rouvrir de sitôt. Je tournai le contact er redescendis vers Montreux, les larmes aux yeux.

5.

Je mis le cap vers le centre-ville, puis empruntai l'avenue qui longe le lac. Je me garai dans le parking de l'Hôtel de la Terrasse, clair et royal. Le soleil déversait déjà sa lumière sur les flots atones du Léman. Le paysage semblait s'enflammer dans un halo doré. Je m'installai dans les jardins de l'hôtel, face au lac et aux montagnes embrumées qui encadraient le paysage.

Au bout de quelques minutes, le serveur apparut. J'optai pour un thé chinois bien frappé. Je tentai de réfléchir. La mort de Böhm. Les mystères autour de son cœur. La fouille matinale et ses terrifiantes découvertes. C'était beaucoup pour un simple étudiant en quête de cigognes.

– Dernière promenade avant le départ?

Je me retournai. L'inspecteur Dumaz, rasé de près, se tenait devant moi. Il était habillé d'une veste légère en toile brune et d'un pantalon en lin clair.

– Comment m'avez-vous retrouvé?

– Aucun mérite. Vous venez tous ici. A croire que toutes les rues de Montreux mènent au lac.

– Qui ça : « vous »?

– Les visiteurs. Les touristes. (Il désigna du menton les premiers promeneurs de la matinée, le long de la rive.) Ce coin est très romantique, vous savez. Il plane ici un air d'éternité, comme on dit. On se croirait dans *La Nouvelle Héloïse* de Jean-Jacques Rousseau. Je vais vous confier un secret : tous ces clichés m'emmerdent. Et je crois que la plupart des Suisses sont comme moi.

J'esquissai un sourire :

– Vous êtes bien cynique tout à coup. Vous buvez quelque chose?

– Un café. Serré.

J'appelai le serveur et commandai un espresso. Dumaz s'assit à côté de moi. Il mit ses lunettes de soleil et attendit en silence. Il scrutait le paysage avec un intérêt grave. Quand le café arriva, il le but d'un trait, puis soupira :

– Je n'ai pas arrêté depuis que nous nous sommes quittés. D'abord, il y a eu cette conversation avec le Dr Warel. Vous savez, cette petite chose tabagique, avec sa blouse pleine de sang. Elle est nouvelle ici. Je ne crois pas qu'elle s'attendait à ça. (Dumaz éclata d'un rire ténu.) Deux semaines à Montreux et voilà qu'on lui apporte un ornithologue, découvert dans un nid de cigognes, à moitié dévoré par ses propres oiseaux! Bon. En sortant de l'hôpital, je suis rentré chez moi pour me changer. Ensuite je suis allé au commissariat, afin d'intégrer vos déclarations. (Dumaz tapota sa veste.) J'ai là votre déposition. Vous allez pouvoir la signer. Inutile de vous déplacer. Après ça, j'ai opté pour un petit saut chez Max Böhm. Ce que j'y ai trouvé m'a incité à passer quelques coups de fil. En une demi-heure, j'avais toutes les réponses à mes questions. Et me voilà!

– Conclusion?

– Justement. Il n'y a pas de conclusion.

– Je ne comprends pas.

Dumaz joignit de nouveau ses mains, en s'appuyant sur la table, puis il se tourna vers moi :

– Je vous l'ai dit : Max Böhm était une célébrité. Il nous faut donc une disparition limpide, sereine. Quelque chose de clair et de net.

– Ce n'est pas le cas?

– Oui et non. Le décès, hormis le lieu exceptionnel, ne pose pas vraiment de problème. Une crise cardiaque. Indiscutable. Mais tout autour, rien ne colle. Je ne voudrais pas avoir à salir la mémoire d'un grand homme, vous comprenez?

– Êtes-vous disposé à me dire ce qui ne cadre pas?

Dumaz me fixa de derrière ses verres fumés :

– Ce serait plutôt à vous de me renseigner.

– Que voulez-vous dire?

– Quelle était la véritable raison de votre visite à Max Böhm?

– Je vous ai tout dit cette nuit.

– Vous avez menti. J'ai vérifié quelques éléments. J'ai la preuve que vos propos sont faux.

Je ne répondis rien. Dumaz continua :

– Lorsque j'ai fouiné dans le chalet de Böhm, j'ai constaté qu'on était déjà venu. Je dirais même à vue de nez qu'on avait fouillé quelques minutes avant mon arrivée. J'ai aussitôt appelé l'Écomusée, où Böhm possède un autre bureau. Un homme comme lui devait garder certains dossiers en double exemplaire. Sa secrétaire, plutôt matinale, a accepté de jeter un œil et a déniché dans ses tiroirs un dossier invraisemblable, à propos de cigognes disparues. Elle m'a faxé aussitôt les pièces principales de ce document. Dois-je continuer?

C'était mon tour d'observer les eaux du lac. Des minuscules voiliers se détachaient sur l'horizon ardent.

– Ensuite, il y a eu la banque. J'ai téléphoné à l'agence de Böhm. L'ornithologue venait d'effectuer un virement important. J'ai le nom, l'adresse et le numéro de compte du destinataire.

Le silence se durcit encore entre nous. Un silence cristallin, comme l'air matinal, qui pouvait désormais se briser en de mutiples directions. Je pris l'initiative :

– Cette fois, il y a une conclusion.

Dumaz sourit, puis ôta ses lunettes.

– J'ai mon idée. Je pense que vous avez paniqué. La mort de Böhm n'est pas si simple. Une enquête va commencer. Or, vous veniez de toucher un chèque important de sa part, pour une mission spécifique, et, d'une façon inexplicable, vous avez pris peur. Vous vous êtes introduit chez lui pour subtiliser votre dossier et effacer toute trace de vos relations. Je ne vous soupçonne pas d'avoir voulu garder l'argent. Sans doute allez-vous le rembourser. Mais cette effraction est grave...

Je songeai aux trois enveloppes. Je répliquai, d'un ton précipité :

– Inspecteur, le travail que Max Böhm m'avait proposé concernait uniquement les cigognes. Je ne vois rien de suspect làdedans. Je vais rembourser l'argent à l'association que...

– Il n'y a pas d'association.

– Pardon?

– Il n'y a pas d'association, au sens où vous l'entendez. Böhm travaillait seul, et il était l'unique membre de l'APCE. Il payait quelques employés, fournissait le matériel, louait ses bureaux. Böhm n'avait pas besoin de l'argent des autres. Il était immensément riche.

La stupeur me bloqua la gorge. Dumaz enchaîna :

– Son compte personnel s'élève à plus de cent mille francs suisses. Et Böhm doit détenir un compte numéroté, dans quelques-uns de nos coffres. L'ornithologue, à un moment de son existence, s'est livré à une activité très lucrative.

– Qu'allez-vous faire?

– Pour l'instant, rien. L'homme est mort. Il n'a, a priori, aucune famille. Je suis certain qu'il a légué sa fortune à un organisme internationnal de protection de la nature, du type WWF ou Greenpeace. L'incident est donc clos. Pourtant, j'aimerais approfondir cette affaire. Et j'ai besoin de votre aide.

– De mon aide?

– Avez-vous trouvé quelque chose chez Böhm, ce matin?

Les trois enveloppes surgirent dans mon esprit, comme des météores de feu.

– A part mon dossier, rien.

Dumaz sourit, incrédule. Il se leva :

– Marchons, voulez-vous?

Je le suivis le long de la berge.

– Admettons que vous n'ayez rien trouvé, reprit-il. Après tout, l'homme se méfiait. Moi-même, j'ai déjà enquêté ce matin. Je n'ai pas appris grand-chose. Ni sur son passé. Ni sur son opération mystérieuse. Vous vous souvenez : cette greffe cardiaque. Encore une énigme. Savez-vous ce que m'a révélé le Dr Warel? Le cœur transplanté de Böhm comporte un élément bizarre. Quelque chose qui n'a rien à faire là. Une minuscule capsule de titane, le métal avec lequel on fabrique certaines prothèses, suturé à la pointe de l'organe. D'ordinaire, on place sur le cœur greffé un clip qui permet de réaliser plus facilement des biopsies. Mais ici, il ne s'agit pas de cela. Selon Warel, cette pièce n'a aucune utilité spécifique.

Je gardai le silence. Je songeai à la tache claire, sur la radiographie. Mon cliché était donc celui du second cœur. Je demandai, pour en finir :

– En quoi puis-je vous aider, inspecteur?

– Böhm vous a payé pour suivre la migration des cigognes. Allez-vous partir?

– Non. Je vais rembourser l'argent. Si les cigognes ont choisi de déserter la Suisse ou l'Allemagne, si elles ont été aspirées par un typhon géant, je n'y peux rien. Et je m'en moque.

– Dommage. Ce voyage aurait été d'une grande utilité. J'ai commencé, très succinctement, à retracer la carrière de l'ingénieur Max Böhm. Votre voyage aurait sans doute permis de remonter son passé à travers l'Afrique ou le Proche-Orient.

– Qu'avez-vous en tête?

– Un travail en duplex. Moi, ici. Vous, là-bas. Je creuse du côté de sa fortune, de son opération. J'obtiens les lieux et dates de ses différentes missions. Vous, vous remontez sa trace sur le terrain – le long de la piste des cigognes. Nous communiquons régulièrement. En quelques semaines, nous aurons mis à plat toute la vie de Max Böhm. Ses mystères, ses bienfaits, ses trafics.

– Ses trafics?

– C'est un mot que j'utilise au hasard.

– Qu'est-ce que je gagnerai dans cette histoire?

– Un beau voyage. Et le calme proverbial de la Suisse. (Dumaz tapota sa poche de veste.) Nous signons ensemble votre déposition. Et nous l'oublions.

– Et vous, qu'y gagnez-vous?

– Beaucoup. En tout cas, plus que des traveller's cheques volés ou des caniches égarés. Le quotidien d'un mois d'août à Montreux n'est pas reluisant, monsieur Antioche, croyez-moi. Ce matin, je ne vous ai pas cru à propos de vos études. On ne passe pas dix années de sa vie sur une matière qui ne vous enthousiasme pas. Moi aussi, j'ai menti : mon boulot me passionne. Mais il ne répond pas à l'appel. Chaque jour passe, et l'ennui se referme. Je veux travailler sur quelque chose de solide. Le destin de Böhm nous offre un objet d'enquête fantastique, sur lequel nous pouvons avancer en équipe. Une telle énigme devrait séduire votre esprit d'intellectuel. Réfléchissez.

– Je rentre en France, je vous téléphonerai demain. Ma déposition peut bien attendre un jour ou deux, n'est-ce pas?

L'inspecteur acquiesça en souriant. Il me raccompagna à ma voiture et me tendit la main pour me saluer. J'esquivai le geste en pénétrant dans le cabriolet. Dumaz sourit une nouvelle fois, puis bloqua ma portière entrouverte. Après un moment de silence, il demanda :

– Puis-je vous poser une question indiscrète?

J'opinai d'un bref mouvement de tête.

– Qu'est-il arrivé à vos mains?

La question me désarma. Je regardai mes doigts, difformes depuis tant d'années, dont la peau est ramifiée en minuscules cicatrices, puis haussai les épaules :

– Un accident, lorsque j'étais enfant. Je vivais chez une nourrice qui s'occupait de teintures. Un jour, l'une des cuves emplies d'acide s'est déversée sur mes mains. Je n'en sais pas plus. Le choc et la douleur ont effacé tout souvenir.

Dumaz observait mes mains. Il avait sans doute remarqué mon infirmité depuis cette nuit et pouvait enfin satisfaire sa soif de détailler ces brûlures anciennes. Je fermai la portière, d'un geste brusque. Dumaz me fixa, puis ajouta d'une voix suave :

– Ces cicatrices n'ont aucun rapport avec l'accident de vos parents?

– Comment savez-vous que mes parents ont eu un accident?

– Le dossier de Böhm est très complet.

Je démarrai et m'engageai sur la berge, sans un coup d'œil au rétroviseur. Quelques kilomètres plus tard, j'avais oublié l'indiscrétion de l'inspecteur. Je roulais en silence, en direction de Lausanne.

Bientôt, le long d'un champ ensoleillé, j'aperçus un groupe de taches blanches et noires. Je garai la voiture et m'approchai, avec précaution. Je saisis ma paire de jumelles. Les cigognes étaient là. Tranquilles, bec dans la terre, elles prenaient leur petit déjeuner. Je m'approchai encore. Dans la clarté dorée, leur doux plumage ressemblait à du velours. Brillant, épais, soyeux. Je n'avais pas de penchant naturel pour les animaux, mais cet oiseau, avec ses coups d'œil de duchesse offusquée, était vraiment particulier.

Je revoyais Böhm, dans les champs de Weissembach. Il semblait heureux de me présenter son petit monde. A travers les cultures, il roulait sa carrure en silence, en direction des enclos. Malgré sa taille épaisse, il se déplaçait avec souplesse et légèreté. Avec sa chemise à manches courtes, son pantalon de toile et ses jumelles autour du cou, il ressemblait à un colonel en retraite qui se serait livré à quelque manœuvre imaginaire. Pénétrant dans l'enclos, Böhm avait adressé la parole aux cigognes d'une voix douce, pleine de tendresse. Les oiseaux avaient d'abord reculé, nous lançant des coups d'œil furtifs.

Puis Böhm avait atteint le nid, posé à un mètre de hauteur. C'était une couronne de branches et de terre, de plus d'un mètre d'envergure, dont la surface était plate, propre et nette. La cigogne avait quitté à regret sa place et Böhm m'avait montré les cigogneaux qui reposaient au centre. « Six petits, vous vous rendez compte! » Les oisillons, minuscules, avaient un plumage grisâtre, tirant sur le vert. Ils ouvraient des yeux ronds et se blottissaient les uns contre les autres. Je surprenais ici une curieuse intimité, le cœur d'un foyer tranquille. La clarté du soir accordait une dimension étrange, fantomatique, à ce spectacle. Tout à coup, Böhm avait murmuré : « Conquis, n'est-ce pas? » Je l'avais regardé dans les yeux et avais acquiescé en silence.

Le lendemain matin, alors que Böhm venait de me donner un épais dossier de contacts, de cartes, de photographies, et que nous remontions l'escalier de son bureau, le Suisse m'avait arrêté et dit, brutalement : « J'espère que vous m'avez bien compris, Louis. Cette affaire est pour moi d'une extrême importance. Il faut, absolument, retrouver mes cigognes et savoir pourquoi elles disparaissent. C'est une question de vie ou de mort! » Sous la faible lueur des dernières marches, j'avais surpris sur son visage une expression qui m'avait effrayé moi-même. Un masque blanc, rigide, comme prêt à se fissurer. Sans aucun doute, Böhm crevait de peur.

Au loin, les oiseaux s'envolèrent, avec lenteur. Je suivis du regard leur long mouvement déchirer la lumière matinale. Sourire aux lèvres, je leur souhaitai bon voyage et repris ma route.

J'arrivai à la gare de Lausanne à midi et demi. Un TGV pour Paris partait dans vingt minutes. Je trouvai une cabine téléphonique dans le hall et interrogeai, par réflexe, mon répondeur. Il y avait un appel d'Ulrich Wagner, un biologiste allemand que j'avais rencontré le mois précédent, lors de ma préparation ornithologique. Ulrich et son équipe s'apprêtaient à suivre la migration des cigognes par satellite. Ils avaient équipé une vingtaine de spécimens de balises miniatures japonaises et allaient repérer ainsi les oiseaux, chaque jour, en toute précision, grâce aux coordonnées d'Argos. Ils m'avaient proposé de consulter leurs données satellite. Ce principe m'aurait grandement aidé, m'évitant de courir après des bagues minuscules, difficilement repérables. Or, son message téléphonique disait : « Ça y est, Louis! Elles partent! Le système fonctionne à merveille. Rappelez-moi. Je vous donnerai les numéros des cigognes et leurs localisations. Bon courage. »

Ainsi, les oiseaux me rattrapaient encore. Je sortis de la cabine. Des familles déambulaient dans la gare, les joues en flamme, avec de gros sacs de voyage qui leur cognaient les jambes. Des touristes s'acheminaient, l'air curieux et placide. Je scrutai ma montre et retournai vers la station de taxis. Cette fois, je pris la direction de l'aéroport.

II

Sofia, le temps de la guerre

6.

Après avoir attrapé un vol Lausanne-Vienne, puis loué une voiture à l'aéroport, je pénétrai en fin de journée dans Bratislava.

Max Böhm m'avait prévenu que cette ville serait ma première étape. Les cigognes d'Allemagne et de Pologne passaient chaque année dans cette région. De là, je pourrais rayonner à ma guise, les surprendre et les surveiller, selon les informations de Wagner. De plus, je disposais du nom et de l'adresse d'un ornithologue slovaque, Joro Grybinski, qui parlait français. J'avançais donc en terrain de connaissance.

Bratislava était une grande cité grise et neutre, striée de longues avenues et de blocs d'immeubles à angles droits, où circulaient des petites voitures rouges ou bleu pastel, qui semblaient vouloir asphyxier la ville à coups de gros nuages noirâtres. Cette atmosphère étouffante était renforcée par une chaleur intense. Pourtant, je goûtais chaque image, chaque détail de ce nouveau contexte. La mort de Böhm, les angoisses de la matinée me paraissaient déjà à des années-lumière.

Dans ses notes, Max Böhm expliquait que Joro Grybinski était chauffeur de taxi à la gare centrale de Bratislava. Je trouvai la station sans difficulté. Les chauffeurs de Skoda et de Trabant me signalèrent que Joro finissait sa journée à dix-neuf heures. Ils me conseillèrent de l'attendre dans un petit café, en face de la gare. Je rejoignis la terrasse où se bousculaient des touristes allemands et de jolies secrétaires. Je pris un thé, demandai au serveur de me prévenir lorsque Joro apparaîtrait, puis continuai à scruter tout ce qui était dans ma ligne de mire. Je savourais la distance qui me séparait soudain de ma vie ancienne. A Paris, j'habitais un vaste appartement, situé au quatrième étage d'un immeuble bourgeois, boulevard Raspail. Sur les six pièces disponibles, je n'en utilisais que trois : salon, chambre, bureau. Mais j'aimais évoluer dans ce vaste lieu, empli de vide et de silence. Cet appartement était un cadeau de mes parents adoptifs. Encore une de leurs générosités qui me facilitaient l'existence, sans susciter en moi la moindre gratitude. Je détestais les deux vieillards.

A mes yeux, ils n'étaient que des bourgeois anonymes, qui avaient veillé sur moi, mais à distance. En vingt-cinq années, ils ne m'avaient écrit que quelques lettres et ne m'avaient rencontré, en tout et pour tout, que quatre ou cinq fois. Tout se passait comme s'ils avaient effectué une obscure promesse à mes parents disparus et qu'ils s'en acquittaient avec circonspection, à coups de dons et de chèques. Il y avait longtemps que je n'espérais plus le moindre geste de tendresse de leur part. J'avais tiré un trait sur ces deux personnages, tout en profitant de leur argent – avec une secrète amertume.

J'avais rencontré pour la dernière fois les Braesler en 1982 – lorsqu'ils m'avaient donné les clés de l'appartement. Le vieux couple offrait une image peu reluisante. Nelly avait cinquante ans. Petite et sèche comme une gorgée de sel, elle portait des perruques bleutées et ne cessait de lancer des petits rires qui ressemblaient à des passereaux en cage. Elle était ivre du matin au soir. Quant à Georges, il n'était guère plus brillant. Cet ancien ambassadeur de France, ami d'André Gide et de Valery Larbaud, semblait préférer aujourd'hui la compagnie de ses grues cendrées à celle de ses contemporains. D'ailleurs, il ne s'exprimait plus que par monosyllabes et hochements de tête.

Je menais moi-même une existence parfaitement solitaire. Pas de femme, peu d'amis, aucune sortie. J'avais connu tout cela et en bloc, lorsque j'avais vingt ans. Je considérais avoir fait le tour du sujet. A l'âge où, d'ordinaire, on brûle ses années dans les soirées et les excès, je m'étais plongé dans la solitude, l'ascétisme, les études. Pendant près d'une décennie, j'avais arpenté les bibliothèques, noté, écrit, mûri plus de mille pages de réflexions.

Je m'étais livré à la grandeur, tout abstraite, du monde de la pensée et à la solitude, concrète, de mon quotidien, face au scintillement de mon ordinateur.

Ma seule fantaisie était mon dandysme. Physiquement, j'ai toujours éprouvé des difficultés à me décrire. Mon visage est un mélange. D'un côté, une certaine finesse : des traits ciselés par des rides précoces, des pommettes aiguës, un haut front. De l'autre, des paupières basses, un menton lourd, un nez de rocaille. Mon corps présente la même ambivalence. En dépit de ma grande taille et d'une certaine élégance, mon corps est trapu et musculeux. C'est pourquoi j'apportais un soin particulier à mon habillement. J'étais toujours vêtu de vestes aux coupes recherchées, de pantalons aux plis impeccables. En même temps, je goûtais certaines audaces dans les couleurs, les motifs, le moindre détail. J'étais de ceux qui pensent que porter une chemise rouge ou une veste à cinq boutons constitue un véritable acte existentiel. Comme cela me semblait loin!

Le soleil se couchait sur Bratislava, et je profitais de chaque minute qui passait, percevant des bribes de langage inconnu, respirant la pollution des voitures souffreteuses.

A dix-neuf heures trente, un petit homme se dressa devant moi :

– Louis Antioche?

Je me levai pour le saluer, carrant aussitôt mes mains dans les poches. Joro ne me tendit pas la sienne.

– Joro Grybinski, je suppose?

Il acquiesça d'un signe de tête, l'air mauvais. Il ressemblait à une tempête. Des boucles grises fouettaient son front. Ses yeux étincelaient au creux de ses orbites. Sa bouche était amère, orgueilleuse. Joro devait avoir la cinquantaine. Il était habillé de frusques minables, mais rien n'aurait pu altérer la noblesse de ses traits, de ses gestes.

Je lui expliquai la raison de mon passage à Bratislava, lui déclarai mon désir de surprendre les oiseaux migrateurs. Son visage s'éclaira. Il m'expliqua aussitôt qu'il observait les cigognes blanches depuis plus de vingt ans, qu'il connaissait, dans la région, chacun de leurs repères. Ses phrases, dans un français haché, tombaient comme des sentences. Je lui parlai à mon tour du principe de l'expérience satellite et les localisations précises que j'allais obtenir. Après m'avoir écouté attentivement, un sourire joua sur ses lèvres. « Pas besoin de satellite pour trouver les cigognes. Venez. »

Nous prîmes sa voiture – une Skoda, astiquée de près. A la sortie de Bratislava, nous croisâmes des complexes industriels, où se dressaient des cheminées de briques, de celles qui illustrent les icônes socialistes. Des odeurs violentes nous poursuivaient dans la chaleur : acides, nauséabondes, inquiétantes. Puis ce furent d'immenses carrières, habitées par des monstres métalliques. Enfin, la campagne apparut, déserte et nue. Des effluves d'engrais prirent le relais des odeurs industrielles. Ces paysages semblaient voués à une production outrancière – de quoi épuiser le cœur de la terre.

Nous filâmes à travers les champs de blé, de colza, de maïs. Au loin, de lourds tracteurs déployaient des nuages d'épis et de poussière. Le soleil se faisait plus doux, l'atmosphère plus profonde. Tout en conduisant, Joro scrutait l'horizon, voyant ce que je ne voyais pas, s'arrêtant là où rien ne paraissait différent.

Enfin il s'engagea dans un sentier rocailleux, où le silence et le calme régnaient en maîtres. Nous longeâmes une lagune, verte et immobile. De nombreux oiseaux passaient et repassaient. Des hérons, des grues, des milans, des pique-bœufs, qui filaient en tir groupé. Mais pas d'oiseaux blanc et noir. Joro grimaça. L'absence des cigognes semblait exceptionnelle. Nous attendîmes. Joro, impassible comme une statue, jumelles aux poings. Moi, à ses côtés, assis dans la terre brûlée. J'en profitai pour l'interroger :

– Vous baguez les cigognes?

Joro lâcha ses jumelles :

– Pour quoi faire? Elles vont, elles viennent. Pourquoi les numéroter? Je sais où elles nichent, c'est tout. Tous les ans, chaque cigogne revient dans son propre nid. C'est mathématique.

– Pendant la migration, vous voyez passer des cigognes baguées?

– Bien sûr que j'en vois. Je tiens même des comptes.

– Des comptes?

– Je note tous les numéros que je remarque. Le lieu, le jour, l'heure. On me paie pour ça. Un Suisse.

– Max Böhm?
– C'est ça.
L'ornithologue ne m'avait pas averti que Joro était une de ses « sentinelles ».
– Depuis combien de temps vous paie-t-il?
– Une dizaine d'années.
– Pourquoi le fait-il, selon vous?
– Parce qu'il est fou.
Joro répéta : « Il est fou », en vrillant son index sur sa tempe.
– Au printemps, lorsque les cigognes reviennent, Böhm me téléphone chaque jour : « As-tu vu passer tel numéro? Et tel autre? Et tel autre? » Il n'a pas sa tête, dans ces moments-là. Au mois de mai, quand tous les oiseaux sont passés, il respire enfin et ne m'appelle plus. Cette année, ça a été terrible. Presque aucune n'est revenue. J'ai cru qu'il allait en claquer. Mais bon, il paie et j'effectue le boulot.
Joro m'inspirait confiance. Je lui expliquai que, moi aussi, je travaillais pour Max Böhm – sans lui dire toutefois que le Suisse était mort. Cette situation renforça notre complicité. Aux yeux de Joro, j'étais un Français, donc un homme de l'Ouest, riche et méprisable. Le fait de savoir que nous travaillions tous deux pour le même homme lui ôtait tout complexe. Il se mit aussitôt à me tutoyer. Je sortis les photographies des cigognes, puis attaquai :
– Tu as une idée sur la disparition des oiseaux?
– Seul un certain type de cigognes a disparu.
– Que veux-tu dire?
– Seules les cigognes baguées ne sont pas revenues. En particulier celles qui portaient deux bagues.
Cette information était capitale. Joro s'empara des photographies :
– Regarde, dit-il, en me tendant quelques-uns des clichés. La plupart de ces oiseaux portent deux bagues. Deux bagues, insista-t-il. Les deux sur la patte droite, au-dessus de l'articulation. Cela signifie qu'elles ont un jour été coincées au sol.
– C'est-à-dire?
– En Europe, on fixe la première bague lorsque les cigogneaux ne volent pas encore. Pour placer la seconde, il faut que l'oiseau

soit immobilisé plus tard, d'une façon ou d'une autre – qu'il soit malade ou blessé. C'est à ce moment-là qu'on lui fixe le second anneau. Avec la date exacte des soins. On voit bien cela, ici.

Joro me tendit l'image. On distinguait en effet les dates des deux bagues : avril 1984 et juillet 1987. Trois ans après sa naissance, cette cigogne avait donc été soignée par Böhm.

– J'ai pris des notes, ajouta Joro. A soixante-dix pour cent, les cigognes disparues sont des spécimens qui portent deux bagues. Des éclopées.

– Qu'en penses-tu? demandai-je.

Joro haussa les épaules :

– Peut-être qu'il y a une maladie en Afrique, en Israël ou en Turquie. Peut-être que ces cigognes ont moins bien résisté que les autres. Peut-être que ces bagues les empêchent de chasser en toute liberté, dans la brousse. Je ne sais pas.

– Tu en as parlé à Böhm?

Joro n'écoutait plus. Il avait repris ses jumelles et murmurait entre ses lèvres : « Voilà. Voilà. Là-bas... »

Au bout de quelques secondes, je vis jaillir dans le ciel encore clair un groupe d'oiseaux, souple et ondulant. Ils avançaient. Joro jura en langue slovaque. Il s'était trompé : ce n'étaient pas des cigognes. Juste des milans, qui nous filèrent sous le nez, en altitude. Pourtant, Joro continua de les suivre, par pur plaisir. J'observai les rapaces, dans le silence troublant du soir d'été. Je fus soudain frappé par leur exquise légèreté, vertu ignorée de l'homme. Au regard de ces volatiles, je compris qu'il n'y avait rien de plus magique que le monde des oiseaux, que cette grâce naturelle, qui filait à tire-d'aile.

Enfin Joro s'assit par terre, à côté de moi, puis lâcha ses jumelles. Il commença à rouler une cigarette. Je regardai ses mains, et compris pourquoi il ne m'avait pas tendu la droite. Elles étaient brisées de rhumatismes. Ses doigts se cassaient à angle droit dès les premières phalanges. Comme Jules Berry, qui en usait avec classe dans les films d'avant-guerre. Comme John Carradine, acteur de films d'épouvante, qui ne pouvait plus même bouger cette paire de castagnettes pétrifiées. Pourtant, Joro roula sa cigarette en quelques secondes. Avant de l'allumer, il reprit :

– Tu as quel âge?
– Trente-deux ans.
– Tu es d'où, en France?
– Paris.
– Ah, Paris, Paris...
Phrase banale qui, dans la bouche du vieil homme, prenait une résonance curieuse, profonde. Il alluma sa cigarette en scrutant l'horizon.
– Böhm t'a payé pour suivre les cigognes?
– Exactement.
– Chouette boulot. Tu penses découvrir ce qui leur est arrivé?
– Je l'espère.
– Je l'espère aussi. Pour Böhm. Sinon, il en crèvera.
J'attendis quelques instants, puis confiai :
– Max Böhm est mort, Joro.
– Mort? Petit, ça ne m'étonne pas.
Je lui expliquai les circonstances de la disparition de Böhm. Joro ne semblait pas particulièrement attristé. Excepté, bien sûr, pour son salaire. Je sentis qu'il n'aimait pas le Suisse, ni les ornithologues en général. Il méprisait ces hommes qui considèrent les cigognes comme leur propriété, presque des oiseaux domestiques. Rien à voir avec les milliers de volatiles qui sillonnent le ciel de l'Est, en toute liberté.
En guise d'épitaphe, Joro me raconta comment Max Böhm était venu à Bratislava, en 1982, pour lui proposer cette mission de confiance. Le Suisse lui avait proposé plusieurs milliers de couronnes tchèques, juste pour observer le passage des cigognes chaque année. Joro l'avait pris pour un fou, mais il avait accepté sans hésiter.
– C'est drôle, dit-il en tirant sur sa cigarette, que tu m'interroges à propos de ces oiseaux.
– Pourquoi?
– Parce que tu n'es pas le premier. Au mois d'avril, deux hommes sont venus et m'ont posé les mêmes questions.
– Qui étaient-ils?
– Je ne sais pas. Ils ne te ressemblaient pas, petit. C'étaient des Bulgares, je crois. Deux brutes, un grand et un courtaud, à

qui je n'aurais pas confié ma chemise. Les Bulgares sont des salauds, tout le monde sait ça.

– Pourquoi s'intéressaient-ils aux cigognes? Ils étaient ornithologues?

– Ils m'ont dit qu'ils appartenaient à une organisation internationale, Monde Unique. Et qu'ils réalisaient une enquête écologique. Je n'en ai pas cru un mot. Ces deux lascars avaient plutôt des gueules d'espion.

Monde Unique. Le nom évoquait en moi quelque souvenir. Cette association internationale menait des actions humanitaires aux quatre coins de la planète, notamment dans les pays en guerre.

– Que leur as-tu dit?

– Rien, sourit simplement Joro. Ils sont repartis. C'est tout.

– T'ont-ils parlé de Max Böhm?

– Non. Ils n'avaient pas l'air de connaître le milieu de l'ornithologie. Des taupes, je te dis.

A vingt et une heures trente, la nuit tomba. Nous n'avions pas vu une seule cigogne, mais j'avais appris pas mal de choses. La soirée s'acheva à Sarovar, le village de Joro, sur fond de Budweiser tchèque et d'histoires tonitruantes, en langue slovaque. Les hommes portaient des calots en feutre et les femmes étaient enroulées dans de longs tabliers. Chacun parlait à tue-tête, Joro le premier, qui avait oublié son flegme habituel. La nuit était douce et, malgré les odeurs de graisse grillée, je profitai de ces heures passées auprès d'hommes joyeux qui m'accueillaient avec chaleur et simplicité. Plus tard, Joro me raccompagna au Hilton de Bratislava où je disposais d'une chambre réservée par Böhm. Je proposai à Joro de le payer pour les journées à venir, afin que nous puissions rechercher les cigognes. Le Slovaque accepta d'un sourire. Il ne restait plus qu'à espérer que les oiseaux seraient au rendez-vous les jours suivants.

7.

Chaque matin, à cinq heures, Joro venait me chercher, puis nous prenions le thé sur la petite place de Sarovar, fluorescente dans le bleu de la nuit. Aussitôt après, nous partions. D'abord sur les collines qui surplombaient Bratislava et ses fumées acides. Puis le long des prés, dans les tempêtes d'engrais et de poussière. Les cigognes étaient rares. Parfois, aux alentours de onze heures, un grand groupe surgissait, si haut dans le ciel qu'il était à peine visible. Cinq cents volatiles noir et blanc, qui tournoyaient dans l'azur, guidés par leur instinct infaillible. Ce mouvement de spirale était étonnant – je m'attendais à un vol rectiligne, ailes obliques et bec dressé. Mais je me souvenais des paroles de Böhm : « La cigogne blanche ne vole pas activement durant la migration, elle plane, usant des courants d'air chaud qui la portent. Des sortes de canaux invisibles, nés d'une chimie particulière de l'atmosphère... » Ainsi les oiseaux filaient-ils plein sud, glissant sur la brûlure de l'air.

Le soir, je consultais les données satellite. Je recevais la position de chaque cigogne, l'exact degré de latitude et de longitude, précisé encore par les minutes. A l'aide d'une carte routière, je n'avais aucun mal à suivre le parcours des oiseaux. Sur mon micro-ordinateur, les localisations se plaçaient sur une carte d'Europe et d'Afrique numérisée. J'éprouvais ainsi le plaisir de voir les cigognes se déplacer sur mon écran.

On distinguait deux types de cigognes. Les cigognes de l'Europe de l'Ouest passaient par l'Espagne et le détroit de Gibraltar pour gagner l'Afrique du Nord. Leur vol s'enrichissait de milliers d'individus jusqu'au Mali, au Sénégal, au Centrafrique ou au Congo. Les cigognes de l'Est, dix fois plus nombreuses, partaient de Pologne, de Russie, d'Allemagne. Elles franchissaient le Bosphore, gagnaient le Proche-Orient et rejoignaient l'Égypte par le canal de Suez. Ensuite, c'était le Soudan, le Kenya et, plus bas encore, l'Afrique du Sud. Un tel voyage pouvait atteindre vingt mille kilomètres.

Sur les vingt spécimens équipés de balises, douze avaient pris la route de l'Est, les autres celle de l'Ouest. Les cigognes orientales suivaient leur voie : de Berlin, elles avaient traversé l'Allemagne de l'Est, croisé Dresde, puis longé la Pologne pour gagner la Tchécoslovaquie et rejoindre Bratislava, où je les attendais. Le suivi satellite marchait à merveille. Ulrich Wagner s'enthousiasmait : « C'est fantastique, me dit-il au téléphone le troisième soir. Des dizaines d'années ont été nécessaires pour tracer, avec les bagues, une route approximative. Grâce aux balises, en un mois nous connaîtrons l'itinéraire exact des cigognes! »

Durant ces jours, la Suisse et ses mystères me semblaient n'avoir jamais existé. Pourtant, le soir du 23 août, je reçus à l'hôtel une télécopie d'Hervé Dumaz – je l'avais averti de mon départ, tout en le prévenant que, pour l'heure, je ne me souciais que des cigognes, non du passé de Max Böhm. L'inspecteur fédéral, au contraire, se passionnait pour le vieux Suisse. Son premier fax était un véritable roman, écrit dans un style nerveux et brutal, qui contrastait avec sa mollesse rêveuse. Il utilisait aussi un ton amical qui tranchait avec notre rencontre :

From : Hervé Dumaz
To : Louis Antioche
Hotel Hilton, Bratislava
Montreux, 23 août 1991, 20 heures

Cher Louis,

Comment se déroule votre voyage? Pour ma part, j'avance à grands pas. Quatre jours d'enquête m'ont permis d'établir ce qui suit.

Max Böhm est né en 1934, à Montreux. Fils unique d'un couple d'antiquaires, il fait ses études à Lausanne et décroche son diplôme d'ingénieur à vingt-six ans. Trois ans plus tard, en 1963, il part au Mali pour le compte de la société d'ingénierie SOGEP. Il participe à l'étude d'un projet de construction de digues, dans le delta du Niger. Les troubles politiques le forcent à revenir en Suisse en 1964. Böhm s'embarque alors pour l'Égypte, toujours aux ordres de la SOGEP, sur le chantier du barrage d'Assouan. En 1967, la guerre des Six Jours l'oblige, une nouvelle fois, à rentrer au pays. Après une année passée en Suisse, Böhm repart en 1969 en Afrique du Sud, où il demeure deux ans. Cette fois, il travaille pour la compagnie De Beers, l'empire mondial des diamants. Il supervise la construction d'infrastructures minières. Ensuite, il s'installe en RCA (République de Centrafrique), en août 1972. Le pays est aux mains de Jean-Bedel Bokassa.

Böhm devient le conseiller technique du Président. Il mène de front plusieurs activités : constructions, plantations de café, mines de diamants. En 1977, l'enquête bute sur une zone d'ombre, d'environ une année. On ne retrouve la trace de Max Böhm qu'au début 1979, en Suisse, à Montreux. Il est usé, brisé par ces années d'Afrique. A quarante-cinq ans, Böhm s'occupe exclusivement de ses cigognes. Tous les hommes que j'ai contactés, des anciens collègues qui l'ont connu sur le terrain, en dressent un portrait unanime : Böhm était un homme intransigeant, rigoureux et cruel. On m'a souvent parlé de sa passion pour les oiseaux, qui tournait à l'obsession.

Côté familial, j'ai effectué des découvertes intéressantes. Max Böhm rencontre sa femme, Irène, lorsqu'il a vingt-huit ans, en 1962. Il l'épouse aussitôt. Quelques mois plus tard, un petit garçon, Philippe, naît de l'union. L'ingénieur voue une passion profonde à sa famille, qui le suit partout, s'adaptant aux conditions climatiques et aux cultures différentes. Pourtant, Irène marque le pas au début des années 70. Elle revient souvent en Suisse, espaçant de plus en plus ses voyages en Afrique, écrivant régulièrement à son mari et à son fils. En 1976, elle rentre définitivement à Montreux.

L'année suivante, elle meurt d'un cancer généralisé – Max disparaît à peu près à cette époque. A partir de là, je perds aussi la trace du fils, Philippe, qui a quinze ans. Depuis, aucune nouvelle. Philippe Böhm ne s'est pas manifesté à la mort de son père. Est-il décédé lui aussi? Vit-il à l'étranger? Mystère.

Sur la fortune de Max Böhm, je n'ai rien de nouveau. L'analyse de ses comptes personnels et de celui de son association démontre que l'ingénieur possédait près de huit cent mille francs suisses. On n'a pas retrouvé la trace d'un compte numéroté (pourtant il existe, j'en suis certain). Quand et comment Böhm a-t-il amassé tant d'argent? Durant son existence de voyageur, il s'est sans doute livré à un ou plusieurs trafics. Les occasions n'ont pas dû manquer. Je penche bien sûr pour une intrigue avec Bokassa – or, diamants, ivoire... J'attends actuellement la synthèse des deux procès du dictateur. Peut-être que le nom de Max Böhm apparaîtra quelque part.

Pour l'heure, la grande énigme reste la transplantation cardiaque. Le Dr Catherine Warel m'avait promis de mener une enquête dans les cliniques et hôpitaux suisses. Elle n'a rien trouvé. Pas plus qu'en France, ni nulle part en Europe. Alors où et quand? En Afrique? C'est moins absurde qu'il n'y paraît : la première greffe du cœur a été réalisée sur l'homme en 1967, par Christian Barnard, au Cap, en Afrique du Sud. En 1968, Barnard réussit une seconde transplantation cardiaque. Böhm est arrivé en Afrique du Sud en 1969. A-t-il été opéré par Barnard? J'ai vérifié : le Suisse n'apparaît pas dans les archives de l'hôpital Groote Schuur.

Autre aspect étrange : Max Böhm semblait se porter comme un charme. J'ai de nouveau fouillé son chalet, en quête d'une ordonnance, d'une analyse, d'une fiche médicale. Rien. J'ai étudié ses comptes en banque, ses factures de téléphone : pas un chèque, pas un contact qui soit lié de près ou de loin à un cardiologue ou à une clinique. Pourtant, un greffé cardiaque n'est pas un malade ordinaire. Il doit consulter régulièrement son médecin, effectuer des électrocardiogrammes, des biopsies, de multiples analyses. Partait-il à l'étranger pour ses examens? Böhm effectuait de nombreux voyages en Europe, mais les cigognes lui donnaient d'excellentes raisons de se rendre en Belgique, en France, en Allemagne, etc. Là encore, c'est l'impasse.

J'en suis là. Comme vous voyez, Max Böhm est l'homme de tous les mystères. Croyez-moi, Louis : l'affaire Böhm existe. Ici, au commissariat de Montreux, le dossier est classé. Les journaux sont en deuil et s'étendent sur « l'homme aux cigognes ». Quelle ironie! L'enterrement a eu lieu au cimetière de Montreux. Il y avait tous les officiels, les « figures » de la ville, rivalisant d'allocutions creuses.

Dernière nouvelle : Böhm a légué, par testament, toute sa fortune à une organisation humanitaire très célèbre en Suisse : Monde Unique. Ce fait constitue peut-être une nouvelle piste. Je continue l'enquête.

Donnez-moi de vos nouvelles.

Hervé Dumaz.

L'inspecteur m'estomaquait toujours. En quelques jours, il avait récolté de solides informations. Je lui faxai aussitôt un message de réponse. Je ne parlai pas des documents de Böhm. J'en éprouvai quelques remords, mais une étrange pudeur était plus forte. Une intuition m'avertissait qu'il fallait déjouer les apparences, se méfier de ces documents à la violence trop évidente.

Il était deux heures du matin. J'éteignis la lumière et demeurai ainsi, à regarder les ombres se dessiner en clair-obscur. Quelle était la vérité secrète de Max Böhm? Et quel rôle jouaient dans cette affaire les cigognes, qui semblaient intéresser tant de monde? N'abritaient-elles pas des secrets dont la violence me dépassait? Plus que jamais, j'étais décidé à les suivre. Jusqu'au bout de leur mystère.

8.

Le lendemain, je me levai en retard, avec une forte migraine. Joro m'attendait dans le hall. Nous partîmes aussitôt. Dans la journée, Joro m'interrogea sur ma vie parisienne, mon histoire, mes études. Nous étions assis à flanc de colline. Les terres grésillaient de chaleur et quelques moutons broutaient des arbustes secs.

– Et les femmes, Louis. Tu as une femme à Paris?

– J'en ai eu. Quelques-unes. Mais je suis plutôt du genre solitaire. Et les filles n'ont pas l'air de le regretter.

– Ah non? J'aurais cru qu'avec tes vestes chics, tu plaisais aux Parisiennes.

– Question de contact, plaisantai-je, et je lui montrai mes mains – ces mains monstreuses, aux ongles de corne, qui appartiennent au néant de mon passé.

Joro se rapprocha et examina attentivement mes cicatrices. Il émit entre ses dents un petit sifflement, à mi-chemin entre l'admiration et la compassion.

– Comment t'es-tu fait ça, petit? murmura-t-il.

– J'étais tout jeune, à la campagne, mentis-je. Une lampe à pétrole m'a explosé dans les mains.

Joro s'assit à côté de moi, en répétant : « Nom de Dieu. » J'avais pris l'habitude de varier les mensonges sur mon accident. Cette attitude était devenue un tic, une façon de répondre à la curiosité des autres et de dissimuler ma propre gêne. Mais Joro ajouta, d'une voix sourde :

– Moi aussi, j'ai mes cicatrices.

Il retourna alors ses mains paralysées. Des boursouflures atroces déchiraient ses paumes. Avec difficulté, il ouvrit les premiers boutons de sa chemise. Les mêmes lacérations traversaient son torse – comme des filaments de souffrance, régulièrement ponctués par des points plus larges, clairs et roses. J'interrogeai le Slovaque du regard. Je compris qu'il avait décidé de me révéler son histoire – le secret de sa chair. Il la raconta d'une voix morne, dans un français parfait, qu'il semblait avoir approfondi à seule fin de conter son destin.

– Quand les armées du pacte de Varsovie ont envahi le pays, en 1968, j'avais trente-deux ans. Comme toi. Cette invasion signifiait pour moi la fin d'un espoir – celui du socialisme à visage humain. A cette époque, je vivais à Prague, avec ma famille. Je me souviens encore des vibrations du sol quand les chars sont arrivés. Un cliquetis terrible, comme des racines de fer qui avançaient sous la terre. Je me souviens des premières détonations, des coups de crosse, des arrestations. Je n'y croyais pas. Notre ville, notre vie, tout ça, d'un coup, n'avait plus aucun sens. Les gens se terraient dans leurs maisons. La mort, la peur étaient entrées dans nos rues, dans nos têtes. Nous avons commencé par résister – surtout les jeunes. Mais les chars ont fait de la bouillie de nos corps, de notre révolte. Alors, une nuit, ma famille et moi avons pris la décision de fuir à l'Ouest, par Bratislava. Cela nous semblait possible. Tu penses, si près de l'Autriche!

» Mes deux sœurs ont été abattues après avoir franchi les barbelés de la frontière. Mon père a pris une rafale dans le crâne. La moitié de son visage a été emportée avec sa casquette. Quant à ma mère, elle est restée accrochée aux griffes des barbelés. J'ai tenté de la libérer. Mais il n'y avait pas moyen. Elle hurlait, elle gigotait comme une folle. Et plus elle bougeait, plus elle s'enfonçait les pointes dans son manteau, dans sa chair – avec les balles qui sifflaient au-dessus de nos têtes. J'étais en sang, je tirais sur ces putains de fils à pleines mains. Ses cris habiteront en moi jusqu'à la mort.

Joro alluma une cigarette. Il y avait longtemps qu'il n'avait pas remué ces atrocités.

– Les Russes nous ont arrêtés. Je n'ai jamais revu ma mère. Moi, j'ai passé quatre années dans un camp de travail, à Piodv. Quatre années à crever dans le froid et la boue, avec une pioche greffée dans la main. Je pensais sans relâche à ma mère, aux barbelés. Je longeais ceux qui entouraient le camp, je touchais de mes doigts cette ferraille qui avait meurtri ma mère. C'est ma faute, je pensais. Ma faute. Et je fermais le poing sur ces pointes, jusqu'à ce que le sang gicle entre mes doigts serrés. Un jour, j'ai volé quelques tronçons de fils. Je me suis fabriqué un brassard, que j'ai porté sous ma veste. Chaque coup de pioche, chaque geste me déchirait les muscles. J'en tirais une sorte d'expiation. Au bout de plusieurs mois, je me suis bardé de fils, autour du corps. Je ne pouvais plus travailler. Chaque geste me meurtrissait et mes blessures s'infectaient. Enfin, je suis tombé. Je n'étais plus qu'une plaie, une gangrène, dégoulinante de sang et de pus.

» Je me suis réveillé plusieurs jours après, à l'infirmerie. Mes membres n'étaient plus que d'intenses douleurs, mon corps une longue déchirure. C'est alors que je les ai remarquées. Dans une demi-conscience, j'ai aperçu des oiseaux blancs, à travers les carreaux sales. J'ai cru que c'étaient des anges. J'ai pensé : Je suis au paradis, des anges sont venus m'accueillir. Mais non, j'étais toujours dans le même enfer. C'était simplement le printemps, et les cigognes étaient revenues. Au fil de ma convalescence, je les ai observées. Il y avait plusieurs couples, installés au sommet des miradors. Comment te dire? Ces oiseaux éclatants, au-dessus de tant de misère, de tant de cruauté. Cette vision m'a donné du courage. J'ai surpris leur manège, chaque oiseau couvant les œufs à tour de rôle, les petits becs noirs des cigogneaux, leurs premiers essais de vol et puis, en août, le grand départ... Pendant quatre années, à chaque printemps, les cigognes m'ont donné la force de vivre. Mes cauchemars étaient toujours là, sous ma peau, mais les oiseaux, clairs sur le bleu du ciel, constituaient la corde à laquelle je me cramponnais. Une sale corde, tu peux me croire. Mais j'ai tiré ma peine. A trimer comme un chien, aux bottes des Russes, à entendre beugler les gars qu'on torturait, à bouffer de la boue et à grelotter dans la glace. C'est alors que j'ai appris le français, auprès d'un militant communiste qui se trouvait là, on ne sait comment. Une fois dehors, j'ai pris ma carte du Parti et je me suis acheté une paire de jumelles.

La nuit était tombée. Les cigognes n'étaient pas venues, excepté dans le destin de Joro. Nous reprîmes la voiture sans un mot. Le long des champs, des barbelés oscillaient au fil de branches tordues et offraient des arabesques fantastiques.

***

Le 25 août, les premières cigognes balisées parvinrent à Bratislava. En fin d'après-midi, je consultai les données Argos et conclus que deux oiseaux étaient parvenus à quinze kilomètres à l'ouest de Sarovar. Joro était sceptique, mais il accepta d'étudier la carte. Il connaissait le lieu : une vallée où jamais, selon lui, une cigogne ne s'était posée. Vers dix-neuf heures, nous arrivions dans la lagune. Nous roulions en scrutant le ciel et les alentours. Il n'y avait pas l'ombre d'un oiseau. Joro ne put réprimer un sourire. Depuis cinq jours que nous guettions les volatiles, nous n'avions aperçu que quelques groupes, si lointains et si vagues qu'ils auraient pu être des milans ou d'autres rapaces. Découvrir ce soir des cigognes, grâce à mon ordinateur, aurait constitué un véritable affront pour Joro Grybinski.

Pourtant, tout à coup il murmura : « Elles sont là. » Je levai les yeux. Dans le ciel de pourpre, un groupe tournoyait. Une centaine d'oiseaux se posaient lentement dans les eaux éparses des marécages. Joro me prêta ses jumelles. Je scrutai les oiseaux qui planaient, bec tendu, attentifs à l'azur. C'était merveilleux. Je prenais enfin la mesure du voyage ailé qui allait les porter jusqu'en Afrique. Parmi cette horde, légère et sauvage, il y avait donc deux cigognes équipées. Un frisson de joie traversa mon sang. Le système des transmetteurs fonctionnait. A la plume près.

Le 27 août, je reçus un nouveau fax d'Hervé Dumaz. Il n'avançait pas. Il avait dû reprendre son quotidien d'inspecteur mais ne cessait de contacter la France, à la recherche de vieux briscards qui auraient connu Max Böhm en Centrafrique. Dumaz s'obstinait dans cette direction, persuadé que Böhm s'était livré là-bas à d'obscurs trafics. En conclusion, il évoquait un ingénieur agronome de Poitiers qui, semblait-il, avait travaillé en Centrafrique de 1973 à 1977. L'inspecteur comptait se rendre en France et cueillir l'homme dès son retour de vacances.

Le 28 août sonna pour moi le temps du départ. Dix cigognes avaient dépassé Bratislava et les plus rapides – qui tenaient une cadence de cent cinquante kilomètres par jour – atteignaient déjà la Bulgarie. Mon problème était maintenant de les suivre en voiture selon leur périple exact : elles traversaient l'ex-Yougoslavie, où les premiers troubles venaient d'éclater. J'étudiai la carte et décidai de contourner la poudrière en longeant cette frontière par la Roumanie – après tout, je disposais d'un visa roumain. Ensuite, je pénétrerais en Bulgarie par une petite ville nommée Calafat, et filerais droit vers Sofia. Il y avait environ mille kilomètres à parcourir. Je pensais couvrir cette distance en une journée et demie, en tenant compte des frontières et de l'état des routes.

Ce matin-là je réservai donc une chambre au Sheraton de Sofia pour le lendemain soir, puis je contactai un certain Marcel Minaüs, un autre nom de la liste de Böhm. Minaüs n'était pas ornithologue, mais linguiste : il devait m'aider à contacter le spécialiste bulgare de la cigogne – Rajko Nicolitch. Après plusieurs essais infructueux, j'obtins la ligne et parlai au Français installé à Sofia. Son accueil fut chaleureux. Je lui donnai rendez-vous dans le hall du Sheraton, dès vingt-deux heures, le lendemain. Je raccrochai, faxai à Dumaz mes nouvelles coordonnées puis bouclai mon sac. Le temps de régler la note de l'hôtel et je roulais en direction de Sarovar, afin de saluer une dernière fois Joro Grybinski. Il n'y eut pas d'effusions. Nous échangeâmes nos adresses. Je lui promis de lui envoyer une invitation, sans laquelle il ne pourrait jamais venir en France.

Quelques heures plus tard, j'approchai de Budapest, en Hongrie. A midi, je stoppai le long d'une station d'autoroute et déjeunai d'une salade infecte, à l'ombre d'une pompe à essence. Quelques jeunes filles, blondes, légères comme des cosses de blé mûr, me regardaient avec un orgueil empourpré. Sourcils graves, mâchoires larges, chevelures claires : ces adolescentes ressemblaient à l'archétype que je m'étais forgé des beautés de l'Est.

Et cette coïncidence me déconcertait. J'avais toujours été un farouche ennemi des idées reçues, des lieux communs. J'ignorais que le monde est souvent plus évident qu'on ne pense, et que ses vérités, pour être banales, n'en sont pas moins transparentes et vives. Curieusement, j'en éprouvai un tressaillement, un frissonnement de joie profonde. A treize heures, je repris la route.

9.

Je parvins à Sofia le lendemain soir, sous une pluie battante. Des bâtiments en briques, sales et vétustes, encadraient des avenues mal pavées. Des Lada glissaient et bondissaient dessus, comme des jouets démodés, évitant de justesse les tramways caracolants. Ces tramways constituaient les véritables héros de Sofia. Ils surgissaient de nulle part, dans un vacarme assourdissant, et crachaient des éclairs bleus, sous les trombes du ciel. Le long des lucarnes, on voyait leur éclairage jaunâtre trembler et s'éteindre sur les visages fermés des passagers. Ces rames étranges semblaient le théâtre d'une expérience inédite – un électrochoc généralisé, pâle et lugubre, sur des cobayes exsangues.

Je me dirigeai au hasard, sans savoir où j'allais. Les panneaux étaient écrits en cyrillique. De la main droite, j'extirpai de mon sac le guide acheté à Paris. Le temps que je feuillette le livre, je tombai par chance sur la place Lénine. Je levai les yeux. L'architecture ressemblait à un hymne dressé dans la tempête. Des bâtiments austères, puissants, percés de minces fenêtres, s'élevaient de toutes parts. Des tours carrées, élancées jusqu'à leurs sommets affûtés, déroulaient une infinité de meurtrières. Leurs couleurs compassées rayonnaient d'une façon trouble dans la nuit en marche. A droite, une église noirâtre faisait le dos rond. A gauche, le Sheraton Sofia Hotel Balkan trônait de toute sa largeur, comme un avant-poste du capitalisme conquérant. C'était là que descendaient tous les hommes d'affaires américains, européens ou japonais, s'abritant comme d'une lèpre de la tristesse socialiste.

Au cœur du hall, sous des lustres énormes, Marcel Minaüs m'attendait. Je le reconnus aussitôt. Il m'avait dit : « Je porte la barbe et j'ai le crâne en pointe. » Mais Marcel était bien plus que cela. C'était une icône en marche. Très grand, massif, il se tenait comme un ours, voûté, les pieds en dedans et les bras ballants. Une véritable montagne, surmontée d'une tête de patriarche orthodoxe, à longue barbe et nez royal. Les yeux, à eux seuls, étaient un poème : verts, légers, ourlés d'ombre, comme flambés par quelque vieille croyance balkanique. Et puis, telle une mitre, il y avait le crâne : totalement chauve et dressé vers le ciel, comme une prière.

– Bon voyage?

– Si on veut, dis-je, en évitant de lui serrer la main. Il pleut depuis la frontière. Je me suis efforcé de maintenir une certaine moyenne, mais avec les cols et les routes défoncées, ma vitesse a dû faiblir et...

– Vous savez, moi, je ne voyage qu'en bus.

Je donnai mes bagages à la réception et gagnai, avec mon compagnon, le restaurant principal de l'hôtel. Marcel avait déjà dîné mais il se remit à table de bon cœur.

Français sur son passeport, Marcel Minaüs, quarante ans, était une sorte d'intellectuel nomade, un linguiste polyglotte, qui maniait avec aisance le polonais, le bulgare, le hongrois, le tchèque, le serbe, le croate, le macédonien, l'albanais, le grec... et bien sûr le romani, la langue des Tsiganes. Le romani était sa spécialité. Il avait écrit plusieurs livres sur la question et rédigé un manuel – dont il était très fier – à l'usage des enfants. Membre éminent de nombreuses associations, de la Finlande à la Turquie, il voguait de colloque en colloque et vivait ainsi, en pique-assiette, dans des villes comme Varsovie ou Bucarest.

Le repas s'acheva vers onze heures et demie. Nous n'avions pratiquement pas parlé des cigognes. Minaüs m'avait seulement demandé des précisions sur l'expérience satellite. Il n'y connaissait rien mais me promit de me présenter Rajko Nicolitch dès le lendemain – « le meilleur ornithologue des Balkans », clama-t-il.

Minuit sonna. Je donnai rendez-vous à Marcel le lendemain matin, à sept heures, dans le hall de l'hôtel. Le temps de louer une voiture et nous partirions pour Sliven, où habitait Rajko Nicolitch. Minaüs se montra ravi à l'idée de cette promenade. Je montai dans ma chambre. Glissé sous la porte, un message m'attendait. C'était un fax de Dumaz.

From : Hervé Dumaz
To : Louis Antioche
Sheraton Sofia Hotel Balkan

Montreux, 29 août 1991, 22 heures

Cher Louis,

Rude journée passée en France, mais le voyage en valait la peine. J'ai enfin rencontré l'homme que je cherchais. Michel Guillard, ingénieur agronome, cinquante-six ans. Quatre ans ferme de Centrafrique. Quatre ans de forêt humide, de plantations de café et de... Max Böhm ! J'ai cueilli Guillard à Poitiers, chez lui, alors qu'il rentrait de vacances avec sa famille. Grâce à lui, j'ai pu reconstituer la période africaine de Böhm en détail. Voici les faits :

– Août 1972. Max Böhm débarque à Bangui, capitale de Centrafrique. Accompagné par sa femme et son fils, il semble indifférent au contexte politique du pays, sous la coupe d'un Bokassa qui s'est proclamé « Président à vie ». Böhm en a vu d'autres. Il revient des exploitations diamantifères d'Afrique du Sud, où les hommes travaillent nus et passent aux rayons X en sortant des mines, pour vérifier s'ils n'ont pas avalé quelques diamants. Max Böhm s'installe dans une demeure coloniale et commence à travailler. Le Suisse dirige d'abord les travaux d'un grand immeuble, un projet de Bokassa intitulé « Pacifique 2 ». Impressionné, Bokassa lui propose d'autres missions. Böhm accepte.

– 1973 : Durant quelques mois, il forme un détachement de sécurité destiné à surveiller les champs de café de la Lobaye – province d'extrême-sud, en forêt dense –, le fléau des cultures étant, paraît-il, le vol des grains de café par les villageois

avant la récolte. C'est à cette époque que Guillard rencontre Böhm, lui-même travaillant à un programme agraire dans la région. Il garde le souvenir d'un homme brutal, aux manières militaires, mais honnête et sincère. Plus tard, Böhm joue le rôle de porte-parole de la RCA auprès du gouvernement sud-africain (qu'il connaît bien) afin d'obtenir un prêt pour la construction de deux cents villas. Il obtient ce prêt. Bokassa propose un autre travail au Suisse, lié aux filons diamantifères. Les diamants sont l'obsession du dictateur. Grâce aux pierres précieuses, il a constitué la plus grande part de sa fortune (vous connaissez sans doute ces anecdotes : le fameux « pot de confiture », où Bokassa plaçait ses joyaux, qu'il aimait exhiber auprès de ses invités, le fantastique diamant « Catherine Bokassa », en forme de mangue, serti dans la couronne impériale, le scandale des « cadeaux » au président français Valéry Giscard d'Estaing...). Bref, Bokassa propose à Böhm de se rendre sur les sites d'exploitation et de superviser les prospections, au Nord, dans la savane semi-désertique, au Sud, au cœur de la forêt. Il compte sur l'ingénieur pour rationaliser l'activité et enrayer la prospection clandestine.

Böhm sillonne tous les filons, dans la poussière du Nord et les jungles du Sud. Il terrifie les mineurs par sa cruauté et devient célèbre pour un châtiment de son invention. En Afrique du Sud, on brise les chevilles des voleurs, afin de les punir, tout en les forçant à travailler encore. Böhm invente une autre méthode : à l'aide d'un coupe-câble, il sectionne les tendons d'Achille des bandits. La méthode est rapide, efficace, mais en forêt, les plaies s'infectent. Guillard a vu plusieurs hommes mourir ainsi.

A l'époque, il supervise les activités de différentes sociétés, dont Centramines, la SCED, le Diadème et Sicamine, autant d'entreprises officielles qui dissimulent les trafics, non moins officiels, de Bokassa. Max Böhm, émissaire du dictateur, ne se mêle pas aux fraudes. D'après Guillard, l'ingénieur tranche singulièrement sur les escrocs et les flatteurs qui entourent le tyran. Il n'a jamais été associé aux sociétés de Bokassa. C'est pourquoi son nom n'apparaît pas, j'ai vérifié, lors des deux procès du dictateur.

– 1974 : Böhm tient tête à Bokassa, qui multiplie les commerces illicites, les rackets, les vols directs dans les caisses de l'Etat. Une de ces escroqueries touche directement Max Böhm. Une fois obtenu le prêt sud-africain, Bokassa construit moins de la moitié des villas prévues, s'attribue le marché de leur ameublement, puis exige d'être payé pour les deux cents villas. Böhm, impliqué dans cet emprunt, déclare haut et fort sa colère. Il est aussitôt envoyé en prison, puis libéré. Bokassa a besoin de lui : depuis qu'il supervise l'exploitation des mines diamantifères, les rendements sont nettement supérieurs.

Plus tard, le Suisse s'insurge encore contre Bokassa à propos du colossal trafic d'ivoire du tyran et du massacre des éléphants qu'il provoque. Contre toute attente, il obtient gain de cause. Le dictateur poursuit son commerce mais accepte d'ouvrir un parc naturel protégé, à Bayanga, près de Nola, à l'extrême sud-ouest de la RCA. Ce parc existe toujours. On peut y voir les derniers éléphants forestiers de Centrafrique.

Selon Guillard, la personnalité de Böhm est paradoxale. Il se montre très cruel à l'égard des Africains (il tue, de ses mains, plusieurs prospecteurs clandestins) mais en même temps, il ne vit qu'auprès des Noirs. Il déteste la société européenne de Bangui, les réceptions diplomatiques, les soirées dans les clubs. Böhm est un misanthrope, qui ne s'adoucit qu'au contact de la forêt, des animaux et, bien sûr, des cigognes.

En octobre 1974, dans la savane de l'Est, Guillard surprend Max Böhm qui bivouaque dans les herbes, en compagnie de son guide. Le Suisse attend les cigognes, jumelles aux poings. Il raconte alors au jeune ingénieur comment il a sauvé les cigognes en Suisse et comment il revient, chaque année, dans son pays pour admirer leur retour de migration. « Que leur trouvez-vous donc ? » demande Guillard. Böhm répond simplement : « Elles m'apaisent. »

Sur la famille Böhm, Guillard ne sait pas grand-chose. En 1974, Irène Böhm ne vit déjà plus en Afrique. Guillard se souvient d'une petite femme effacée, au teint de soufre, qui demeurait solitaire dans sa maison coloniale. En revanche, l'ingénieur a mieux connu Philippe, le fils, qui accompagne parfois son père lors d'expéditions. La ressemblance entre le père et l'enfant est, paraît-il, stupéfiante : même corpulence, même visage en rondeur, même coupe en brosse. Pourtant Philippe a hérité le caractère de sa mère : timide, indolent, rêveur, il vit sous l'autorité de son père et subit en silence son éducation brutale. Böhm veut en faire un « homme ». Il l'emmène dans des régions hostiles, lui enseigne le maniement des armes, lui confie des missions, afin de l'aguerrir.

– 1977 : Böhm part au mois d'août en prospection au-delà de M'Baïki, en forêt profonde, vers la grande scierie de la SCAD. C'est là-bas que commence le territoire pygmée. L'ingénieur établit son campement dans la forêt. Il est accompagné d'un géologue belge, un dénommé Niels van Dötten, de deux guides (un « grand noir » et un Pygmée) et de porteurs. Un matin, Böhm reçoit un télégramme, porté par un messager pygmée. C'est l'annonce de la mort de sa femme. Or, Böhm ne se doutait pas que sa femme était atteinte d'un cancer. Il s'effondre dans la boue.

Max Böhm vient d'être frappé d'un malaise cardiaque. Van Dötten tente une réanimation avec les moyens du bord – massage cardiaque, bouche à bouche, médicaments de premiers secours, etc. Il ordonne aussitôt aux hommes de porter le corps jusqu'à l'hôpital de M'baïki, à plusieurs jours de marche. Mais Böhm revient à lui. Il balbutie qu'il connaît une mission plus proche, au sud, au-delà de la frontière du Congo (ici, la limite territoriale n'est qu'un trait invisible dans la forêt). Il veut être emporté là-bas, afin d'attendre d'autres soins. Van Dötten hésite. Böhm impose sa décision et exige que le géologue rentre à Bangui chercher des secours : « Tout ira bien », assure-t-il. Abasourdi, van Dötten reprend sa route et atteint la capitale, six jours plus tard. Aussitôt, un hélicoptère est affrété par l'armée française et repart, guidé par le géologue. Mais une fois sur place, nulle trace de mission ni de Böhm. Tout a disparu. Ou n'a jamais existé. L'ornithologue est porté disparu et le Belge ne s'attarde pas à Bangui.

Une année passe, puis Max Böhm, en chair et en os, débarque à Bangui. Il explique que l'hélicoptère d'une société forestière congolaise l'a emmené à Brazzaville, puis qu'il est rentré en Suisse, par avion, survivant par miracle. Là-bas, les soins attentifs d'une clinique genevoise lui ont permis de se rétablir. Il n'est plus que l'ombre de lui-même et parle beaucoup de sa femme. Nous sommes en octobre 1978. Max Böhm repart peu après. Il ne reviendra plus jamais en RCA. Dès lors, c'est un Tchèque, un ancien mercenaire, du nom d'Otto Kiefer, qui remplace le Suisse dans la direction des mines.

Voilà toute l'histoire, Louis. Cette entrevue nous éclaire sur certains points. Elle renforce aussi les zones d'ombre. Ainsi, à partir de la mort d'Irène Böhm, nous perdons toute trace du fils. Le mystère de la transplantation cardiaque reste entier, excepté peut-être sa période. La greffe a sans doute été effectuée à l'automne 1977. Mais la convalescence de Böhm à Genève est un mensonge : Böhm n'apparaît sur aucun registre suisse durant les vingt dernières années.

Reste la piste des diamants. Je suis convaincu que Böhm a bâti sa fortune sur les pierres précieuses. Et je regrette amèrement que votre voyage ne vous emmène pas en RCA, afin d'éclaircir tous ces mystères. Peut-être trouverez-vous quelque chose en Égypte ou au Soudan? Pour ma part, je prends une semaine de vacances à partir du 7 septembre. Je compte me rendre à Anvers, visiter les Bourses de diamants. Je suis persuadé de retrouver la trace de Max Böhm. Je vous livre toutes ces informations à chaud. Méditons là-dessus et contactons-nous au plus vite.

Aux nouvelles, Hervé.

Au fil de ma lecture, mes idées partaient en tous sens. Je cherchais à imbriquer mes propres pièces dans ce puzzle : les images d'Irène et de Philippe Böhm, le scanner du cœur de Böhm et, surtout, les photographies insoutenables des corps noirs mutilés.

Dumaz ignorait autre chose : je connaissais parfaitement l'histoire du Centrafrique – j'avais des raisons personnelles de la connaître. Ainsi, le nom d'Otto Keifer, lieutenant de Bokassa, ne m'était pas inconnu. Ce réfugié tchèque, d'une violence implacable, était connu pour ses méthodes d'intimidation. Il plaçait une grenade dans la bouche des prisonniers et la faisait exploser lorsqu'ils refusaient de parler. Cette technique lui avait valu le surnom grotesque de Tonton Grenade. Böhm et Kiefer offraient donc les deux visages d'une même cruauté : le coupe-câble et la grenade.

J'éteignis la lumière. Malgré ma fatigue, le sommeil ne venait pas. Finalement, sans allumer la lumière, j'appelai le Centre Argos. Les lignes téléphoniques de Sofia, moins encombrées à cette heure tardive, m'offrirent une connexion parfaite. Dans la pénombre de ma chambre, la trajectoire des cigognes s'afficha une nouvelle fois, noir sur blanc, sur la carte numérisée de l'Europe de l'Est. Il n'y avait qu'une nouvelle intéressante : une cigogne était parvenue en Bulgarie. Elle s'était posée dans une grande plaine, non loin de Sliven, la ville de Rajko Nicolitch.

10.

« Tout change à Sofia. C'est l'heure du " grand rêve américain ". Faute d'un avenir européen bien palpable, les Bulgares se tournent vers les États-Unis. Désormais, à Sofia, parler anglais vous ouvre toutes les portes. On dit même que les Américains ne payent plus leur visa. Un comble! Il y a encore deux ans, on surnommait la Bulgarie la seizième république d'Union soviétique. »

Marcel Minaüs parlait fort, partagé entre l'irritation et l'ironie. Il était dix heures du matin. Nous filions le long des montagnes du Balkan, sous un soleil éclatant. Les champs déployaient des couleurs inespérées : des jaunes crépitants, des bleus atténués, des verts pâles, frémissant sous la caresse de la lumière. Des villages apparaissaient, crayeux et légers avec leurs murs en crépi.

Je conduisais selon les indications de Marcel. Il avait emmené Yeta, sa « fiancée », une curieuse Tsigane, habillée d'un faux tailleur Chanel en tissu vichy. Petite et ronde, elle n'était plus de la première jeunesse et arborait une énorme tignasse de cheveux gris, d'où jaillissait un museau pointu, aux yeux noirs. La ressemblance avec un hérisson était frappante. Elle ne parlait que le romani et se tenait à l'arrière, très sage.

Marcel vantait maintenant les mérites de Rajko Nicolitch.

– Tu ne peux pas mieux tomber, répétait-il, me tutoyant au passage. Rajko est très jeune, mais il possède des qualités exceptionnelles. D'ailleurs, il commence à participer à des colloques internationaux. Les Bulgares sont fous de rage. Rajko a refusé de se présenter sous les couleurs du pays.

– Rajko Nicolitch n'est donc pas bulgare? m'étonnai-je.

Marcel eut un petit rire sourd :

– Non, Louis. C'est un Rom – un Tsigane. Et pas des plus commodes. Il appartient à une famille de cueilleurs. Quand vient le printemps, les Roms quittent le ghetto de Sliven et partent dans les forêts, autour de la plaine. Ils collectent du tilleul, de la camomille, de la cornouille, des queues de cerises (j'ouvrais des yeux ronds, Marcel s'étonna :) Comment, tu ne sais pas? Mais les queues de cerises constituent un diurétique très connu! Seuls ces Roms (les « hommes » comme ils se désignent) connaissent les lieux où poussent ces plantes sauvages. Ils fournissent l'industrie pharmaceutique bulgare, la plus importante des pays de l'Est. Tu vas voir : ils sont incroyables. Ils se nourrissent de hérissons, de loutres, de grenouilles, d'orties, d'oseille sauvage... Tout ce que la nature leur offre, à portée de main. (Marcel s'exaltait.) Il y a au moins six mois que je n'ai pas vu Rajko!

Mon compagnon m'offrit ensuite un quart d'heure de blagues albanaises. Dans les Balkans, les Albanais sont les Belges de notre Europe occidentale : les sujets préférés d'histoires drôles mettant en scène leur naïveté, leur manque de moyens ou d'idées. Minaüs en raffolait.

– Et celle-ci, tu la connais? Un matin, une dépêche paraît dans la *Pravda :* « Lors de manœuvres maritimes, un grave accident a anéanti la moitié de la flotte albanaise. L'aviron gauche est détruit. » (Marcel rit dans sa barbe.) Une autre. Les Albanais lancent un programme spatial, en collaboration avec les Russes – un vol dans l'espace avec un passager animal. Ils envoient ce télégramme aux Soviétiques : « Avons chien. Envoyez fusée. »

J'éclatai de rire. Marcel ajouta :

– Évidemment, par les temps qui courent, ça a beaucoup perdu. Mais les histoires albanaises restent mes préférées.

Le linguiste partit ensuite dans un long dithyrambe sur la cuisine tsigane (il caressait le projet d'ouvrir un restaurant de spécialités, à Paris). Le « clou » de cette gastronomie était le hérisson. On le chassait le soir, au bâton, puis on le gonflait afin de mieux ôter ses épines. Cuisiné avec de la *zumi,* une farine spécifique, puis coupé en six morceaux égaux, l'animal était, selon Marcel, un vrai délice.

– Il faut donc ouvrir l'œil, sur la route.

– Aucune chance, répliqua Marcel d'un ton doctoral. Jamais un hérisson ne se promène de jour.

Tout à coup, comme pour mieux le contredire, l'animal épineux apparut sur le bas-côté. Marcel afficha une moue perplexe :

– Sans doute un hérisson malade. Ou une femelle enceinte.

De nouveau, j'éclatai de rire. Où étaient les froids pays de l'Est, les régimes tyranniques, la grisaille et la tristesse? Marcel semblait posséder cette magie particulière de transformer les Balkans en destination idéale, en lieux de fantaisie et de plaisir, investis d'humour et de chaleur humaine.

Mais nous parvenions dans la région de Sliven. Les routes devenaient plus étroites, plus sinueuses. Des forêts obscures se refermaient sur nous. Nous croisions maintenant des « verdines » – les roulottes des Tsiganes nomades. Sur ces carrioles brinquebalantes, des familles nous scrutaient de leurs yeux sombres. Visages noirs, cheveux en bataille, silhouettes de haillons. Ces Tsiganes-là ne ressemblaient pas à Yeta. Le temps des Roms était venu. Des vrais – ceux qui voyagent et vous chapardent, du bout des doigts, avec mépris et condescendance.

Bientôt Marcel m'indiqua un sentier, sur la droite. C'était un chemin de terre, qui descendait en contrebas de la route, pour rejoindre le cours d'un ruisseau. Nous découvrîmes une clairière dans les taillis. A travers les arbres, un campement apparut : quatre tentes de couleurs criardes, quelques chevaux, et des femmes assises dans l'herbe qui concoctaient des tresses de fleurs blanches.

Marcel sortit de la voiture et cria quelque chose aux Romnis, de sa voix la plus chantante. Les femmes lui lancèrent un regard glacial. Marcel se tourna dans notre direction : « Il y a un problème. Attendez-moi ici. » Je vis son crâne passer à travers les feuillages, puis sa haute carrure jaillir de nouveau, près des femmes. L'une d'entre elles s'était levée et lui parlait avec animation. Elle portait un chandail couleur tournesol, moulant ses seins lâches. Son visage était brun et brut, comme taillé dans l'écorce. Sous son fichu bigarré, elle semblait ne pas avoir d'âge : juste un air de dureté intense, une violence à fleur de peau. A ses côté, une autre Romni, plus petite, acquiesçait. Elle s'était levée, elle aussi. Son nez busqué était de travers, comme cassé par un coup de poing. De lourds anneaux d'argent pendaient à ses oreilles. Son pull turquoise était troué aux coudes. La dernière restait assise, un bébé entre les bras. Elle devait avoir quinze ou seize ans et regardait dans ma direction, les yeux frémissant sous une lourde tignasse, noire et brillante.

Je m'approchai. La femme-tournesol hurlait, désignant tour à tour les profondeurs de la forêt et la jeune mère, assise dans l'herbe. J'étais à quelques pas du groupe. La Romni s'interrompit et me dévisagea. Marcel avait pâli. « Je ne comprends pas, Louis... je ne comprends pas. Rajko est mort. Au printemps. Il... il a été assassiné. Il faut aller voir le chef, Marin', dans les bois. » J'acquiesçai en sentant mon cœur cogner par saccades. Les femmes ouvrirent la route. Nous les suivîmes à travers les arbres.

Dans la forêt, l'air était plus frais. Les cimes des épicéas se balançaient dans le vent, les arbustes bruissaient sur notre passage. A travers les espaces ajourés, les rayons du soleil voyageaient en douceur. Des millions de particules leur donnaient l'aspect velouté de la peau des pêches. Nous suivions une sorte de sentier, qui avait été tracé récemment. Les Romnis marchaient sans hésiter. Soudain, dans la hauteur de la voûte émeraude, des voix résonnèrent. Des voix d'hommes, qui s'interpellaient à grande distance. La femme-tournesol se retourna et dit quelque chose à Marcel, qui acquiesça, tout en continuant d'avancer.

Notre première rencontre fut un jeune Rom, portant un costume de toile bleue – plutôt des lambeaux ramifiés par du gros fil. L'homme était aux prises avec un buisson inextricable d'où il prélevait une minuscule branche surmontée d'une fleur très pâle. Il parla avec Marcel puis me regarda. « Costa », dit-il. Son visage sombre était jeune, mais au moindre sourire son expression prenait la beauté ambiguë d'un couteau. Costa nous emboîta le pas. Bientôt une clairière s'ouvrit. Les hommes étaient là. Certains dormaient, ou semblaient dormir, sous leur chapeau baissé. D'autres jouaient aux cartes. Un autre trônait sur une souche. Visages de cuir, éclats d'argent aux ceintures ou aux chapeaux, puissance prête à jaillir à la moindre attaque. Au pied des arbres, des sacs de toile étaient remplis de plantes fraîchement cueillies.

Marcel s'adressa à l'homme de la souche. Ils semblaient se connaître de longue date. Après de longues palabres, Minaüs me présenta puis dit en français : « Voici Marin', le père de Mariana, celle qui a le bébé. Elle était la femme de Rajko. » La jeune fille demeurait en retrait, parmi les bosquets. Marin' me regarda. Sa peau noire était criblée de trous d'épingle, comme si on lui avait enfoncé un masque de clous. Ses yeux étaient minces, ses cheveux sinueux. Une fine moustache lui barrait la face. Il portait un blouson déchiré sous lequel on distinguait un tee-shirt sale.

Je le saluai puis m'inclinai face aux autres hommes. J'eus droit à quelques coups d'œil. Marin' s'adressa à moi, en romani. Marcel traduisit : « Il demande ce que tu veux. »

– Explique-lui que j'enquête sur les cigognes. Que je cherche à découvrir pourquoi elles ont disparu l'année dernière. Dis-lui que je comptais sur l'aide de Rajko. Les circonstances de sa mort ne me regardent pas. Mais la disparition des oiseaux comporte d'autres énigmes. Peut-être Rajko connaissait-il des hommes de l'Ouest, liés aux cigognes. Je pense qu'il avait des relations avec un certain Max Böhm.

Au fil de mes paroles, Marcel me fixait d'un air incrédule. Il ne comprenait rien à mon discours. Pourtant il traduisait, et Marin' inclinait légèrement la tête, sans me lâcher de ses yeux en fente. Le silence s'imposa. Marin' me scruta encore, une longue minute. Puis il parla. Longtemps. Posément. De cette voix caractéristique des âmes fatiguées, usées jusqu'à la corde par la cruauté des autres hommes.

– Rajko était un fouille-merde, dit Marin'. Mais il était comme mon fils. Il ne travaillait pas, et ça n'était pas grave. Il ne s'occupait pas de sa famille, et ça c'était plus grave. Mais je ne lui en voulais pas. C'était sa nature. Le monde ne le laissait pas en paix. (Marin' prit dans un sac une des fleurs :) Tu vois cette fleur? Pour nous, c'est juste un moyen de ramasser quelques leva. Pour lui, c'était une question, un mystère. Alors il étudiait, lisait, observait. Rajko était un véritable savant. Il connaissait le nom, le pouvoir de toutes les plantes, de tous les arbres. Les oiseaux, c'était la même chose. Surtout ceux qui voyagent en automne et au printemps. Comme tes cigognes. Il tenait des comptes. Il écrivait à des *Gadjé,* en Europe. Je crois bien que le nom que tu as dit, Böhm, était parmi eux.

Rajko était donc une autre sentinelle de Böhm. Le Suisse n'avait rien dit. J'avançais à pas d'aveugle. Marin' continuait :

– C'est pour ça que je te raconte l'histoire. Tu es du genre de Rajko – le genre qui gamberge. (Je regardais Mariana, à travers les branches. Elle se tenait à bonne distance de son père.) Mais la mort du fils n'a rien à voir avec tes oiseaux. C'est un crime raciste, qui appartient à un autre monde. Celui de la haine du Rom.

» Tout s'est passé au printemps, à la fin du mois d'avril, quand nous reprenions la route. Rajko, lui, avait ses habitudes. Dès le mois de mars, il partait à cheval et venait jusqu'ici, à la lisière de la plaine, pour guetter les cigognes. Il vivait alors seul dans la forêt. Il se nourrissait de racines, dormait dehors. Puis il attendait notre arrivée. Mais cette année, il n'y avait personne pour nous accueillir. Nous avons battu la plaine, arpenté la forêt, puis l'un d'entre nous a trouvé Rajko, dans les profondeurs des bois. Le corps était déjà froid. Les bestioles avaient commencé à le dévorer. Jamais je n'avais vu ça. Rajko était nu. Il avait la poitrine ouverte en deux, le corps lacéré partout, un bras et le sexe pratiquement coupés, des plaies en pagaille. (Mariana, légère sous les ombres des feuilles, fit un signe de croix.)

» Pour comprendre une pareille atrocité, homme, il faut remonter loin. Je pourrais t'en raconter, des histoires. On dit que nous venons de l'Inde, que nous descendons d'une caste de danseurs ou je ne sais quoi. Ce sont de belles conneries. Je vais te dire d'où nous venons : des chasses à l'homme, en Bavière, des marchés d'esclaves, en Roumanie, des camps de concentration, en Pologne, où les nazis nous ont charcutés comme de simples cobayes. Je vais te dire, homme. Je connais une vieille Romni qui a beaucoup souffert pendant la guerre. Les nazis l'ont stérilisée. La femme a survécu. Il y a quelques années, elle a appris que le gouvernement allemand donnait de l'argent aux victimes des camps de la mort. Pour toucher la pension, il fallait juste passer une visite médicale – prouver tes souffrances, en quelque sorte. La femme est allée au dispensaire le plus proche, pour passer une visite médicale et obtenir le certificat. Là-bas, la porte s'est ouverte et qui est apparu? Le docteur qui l'avait opérée dans les camps. L'histoire est vraie, homme. Ça s'est passé à Leipzig, il y a quatre ans. La femme, c'était ma mère. Elle est morte peu après, sans avoir touché un sou.

– Mais, demandai-je, quel rapport avec la mort de Rajko?

Marcel traduisit. Marin' répondit.

– Le rapport? (Marin' me fixa de ses yeux-meurtrières.) Le rapport, c'est que le Mal est de retour, homme. (Il pointa un doigt sur le sol.) Sur cette terre, le Mal est de retour.

Puis Marin' s'adressa à Marcel, en se frappant la poitrine. Marcel hésita à traduire. Il demanda à Marin' de répéter. Le ton monta. Marcel ne comprenait pas les derniers mots. Enfin il se tourna vers moi, les yeux pleins de larmes, puis il chuchota :

– Les meurtriers, Louis... Les meurtriers ont volé le cœur de Rajko.

11.

Sur la route de retour vers Sliven, personne ne parla. Marin' nous avait donné d'autres détails : après avoir découvert le corps, les Tsiganes avaient prévenu le Dr. Djuric, un médecin tsigane qui effectuait une tournée dans les faubourgs de Sliven. Milan Djuric avait demandé à l'hôpital l'agrément d'une salle, afin d'effectuer une autopsie. On lui avait refusé. Pas de place pour un Tsigane. Même mort. La roulotte était repartie jusqu'à un dispensaire. Nouveau refus. Finalement, le convoi s'était rendu jusqu'à un gymnase délabré, réservé aux Roms. C'est là, sous les paniers de basket, dans l'odeur aigre de la salle de sports, que Djuric avait pratiqué l'autopsie. C'est là qu'il avait découvert le rapt du cœur. Il avait rédigé un bilan détaillé et informé la police, qui avait classé l'affaire. Chez les Roms, personne n'avait été choqué par cette indifférence. Les Tsiganes ont l'habitude. Non, ce qui préoccupait le vieux Rom, c'était de savoir « qui » avait tué son gendre. Le jour où il découvrirait le nom de ces tueurs – alors le soleil flatterait le dos des lames.

Lors de notre départ, un curieux incident était survenu. Mariana s'était approchée de moi et m'avait glissé dans les mains un cahier racorni. Elle n'avait rien dit, mais il m'avait suffi d'y jeter un coup d'œil pour comprendre de quoi il s'agissait : le cahier personnel de Rajko. Les pages où il notait ses observations, ses théories, à propos des cigognes. Je cachai aussitôt le document dans la boîte à gants.

A midi, nous étions à Sliven. C'était une ville industrielle, banale entre toutes. Taille moyenne, constructions moyennes, tristesse moyenne. Cette médiocrité semblait planer dans les rues comme une poussière minérale, recouvrant les façades et les visages. Marcel avait rendez-vous avec Markus Lasarevitch, une personnalité du monde tsigane. Nous devions déjeuner avec lui et, malgré les événements, il était trop tard pour annuler ce rendez-vous.

Ce fut un déjeuner sans appétit, ni aucune envie de demeurer à table. Markus Lasarevitch était un bellâtre d'un mètre quatre-vingt-dix, au teint très noir, portant gourmette et chaîne en or. La parfaite image du Rom qui a réussi, brassant des trafics et des millions de leva. Un homme insidieux, comme doublé de ruse et de velours.

– Vous comprenez, dit-il en anglais, tout en fumant une longue cigarette au filtre doré, j'ai été très attristé par la mort de Rajko. Mais nous n'en sortirons jamais. Toujours la même violence, les mêmes histoires troubles.

– Selon vous, demandai-je, il s'agirait d'un règlement de comptes entre Tsiganes?

– Je n'ai pas dit ça. C'est peut-être un coup des Bulgares. Mais avec les Roms, règne toujours la loi des vendettas, des vieux conflits. Il y a toujours une maison à incendier, une sale réputation à endosser. Je le dis en toute franchise : je suis moi-même un Rom.

– Bon Dieu, comment peux-tu parler ainsi? intervint Marcel. Sais-tu dans quelles conditions Rajko est mort?

– Justement, Marcel. (Il délesta sa cigarette d'une petite cendre grise.) Un voyou bulgare aurait été découvert au fond d'une rue, un couteau dans le ventre. Point final. Mais un Rom, non. Il faut qu'on le retrouve au fond des bois, le cœur arraché. Dans nos pays, toujours ancrés dans la superstition et la sorcellerie, cette disparition a dangereusement frappé les esprits.

– Rajko n'était pas un voyou, rétorqua Marcel.

Les « salades chopes » arrivèrent – des crudités saupoudrées de fromage râpé. Personne n'y toucha. Nous étions dans une grande salle vide, décorée de moquette brune, où trônaient des tables nappées de blanc, sans couverts ni décoration. Des lustres de faux cristal pendaient tristement, renvoyant de ternes éclats au soleil du dehors. Tout semblait prêt pour un festin qui sans doute ne viendrait jamais. Markus poursuivit :

– Autour du corps, il n'y avait aucune trace, aucun indice. Seul le vol de l'organe a été confirmé. Les journaux de la région se sont emparé de l'affaire. Ils ont raconté n'importe quoi. Des histoires de magie, de sorcières. Pire encore. (Markus écrasa sa cigarette. Il regarda Marcel droit dans les yeux :) Tu devines ce que je veux dire.

Je ne compris pas cette allusion. Marcel ouvrit une parenthèse en français, m'expliqua que, depuis des siècles, les Roms ont une réputation de cannibales.

– Ce n'est qu'un vieux fantasme, dit Marcel. Celui de l'ogre, du tueur d'enfants, appliqué aux Tsiganes. Mais la disparition du cœur de Rajko a dû faire trembler dans les chaumières.

Je lançai un coup d'œil à Markus. Sa large carrure ne bougeait pas. Il avait allumé une nouvelle cigarette.

– Depuis des années, reprit-il, je me bats pour améliorer notre image. Et nous voilà repartis au Moyen Age! Tout le monde est coupable, du reste. Comprenez-moi, monsieur Antioche. Ce n'est pas du cynisme. Je songe simplement à l'avenir (il posa ses doigts en pieuvre sur la nappe blanche). Je lutte pour l'amélioration de nos conditions de vie, pour notre droit au travail.

Dans la région de Sliven, Markus Lasarevitch était une figure politique. Il était *le* candidat des Roms – ce qui lui conférait un pouvoir important. Marcel m'avait raconté comment Lasarevitch roulait des épaules, en costume croisé, dans les ghettos de Sliven, poursuivi par une horde de noirauds crasseux qui s'agrippaient, tout joyeux, à ses belles étoffes. J'imaginais son visage crispé face à ces électeurs potentiels, sales et puants. Pourtant, malgré ses répugnances, Markus devait flatter les Roms. C'était le prix de ses ambitions politiques – et la mort de Rajko était une sérieuse pierre dans son jardin. Lasarevitch présentait la situation à sa manière :

– Cette disparition anéantit beaucoup de nos efforts, notamment sur le plan social. Ainsi, dans les ghettos, j'ai créé des centres de soins, avec l'aide d'une organisation humanitaire.

– Quelle organisation? demandai-je nerveusement.

– Monde Unique (Markus avait prononcé le nom en français, il le répéta en anglais :) *Only World.*

Monde Unique. C'était la troisième fois, en quelques jours, et à des centaines de kilomètres de distance, que j'entendais ce nom. Markus poursuivit :

– Puis ces jeunes médecins sont partis. Une mission d'urgence, m'ont-ils dit. Mais je ne serais pas étonné qu'ils se soient lassés de nos bagarres perpétuelles, de notre refus de nous adapter, de notre mépris pour les Gadjé. A mon avis, la mort de Rajko a achevé de les décourager.

– Les docteurs sont-ils partis aussitôt après la mort de Rajko?

– Pas vraiment. Ils ont quitté la Bulgarie en juillet dernier.

– En quoi consistait leur activité?

– Ils soignaient les malades, vaccinaient les enfants, distribuaient des médicaments. Ils disposaient d'un laboratoire d'analyses et de quelque matériel pour de petites interventions chirurgicales. (Markus se frotta le pouce et l'index, en signe de connaisseur.) Il y a beaucoup d'argent derrière Monde Unique. Beaucoup.

Markus régla la note et évoqua le coup d'État manqué de Moscou, dix jours auparavant. Dans son esprit, tout semblait appartenir à un vaste et unique programme politique, où chaque élément jouait un rôle spécifique. La misère des Roms, le meurtre de Rajko, la décadence du socialisme formaient à ses yeux un ensemble logique, qui aboutissait, bien sûr, à l'élection de sa personne.

Pour finir, sur le perron du restaurant il tâta le revers de ma veste puis me demanda le prix de la Volkswagen, en dollars. Je lui balançai une somme exorbitante, pour le seul plaisir de le voir accuser le coup. Ce fut la première fois qu'il tiqua. Je claquai la portière. Il nous salua une dernière fois, inclinant son grand corps à hauteur de ma vitre. Il demanda : « Je n'ai pas compris. Pourquoi êtes-vous venu en Bulgarie, déjà? » En tournant la clé de contact, je lui résumai l'affaire des cigognes. « Oh, vraiment? », commenta-t-il avec un accent américain, plein de condescendance. Je démarrai brutalement.

12.

A dix-huit heures, nous étions de retour à Sofia. Aussitôt je téléphonai au Dr Milan Djuric. Il consultait à Podliv, jusqu'au lendemain après-midi. Sa femme parlait un peu anglais. Je me présentai et l'avertis de ma visite le lendemain, dans la soirée. J'ajoutai qu'il était très important pour moi de rencontrer Milan Djuric. Après quelques hésitations, l'épouse me donna son adresse et ajouta quelques précisions sur l'itinéraire à suivre. Je raccrochai et m'intéressai ensuite à ma prochaine destination : Istanbul.

L'enveloppe de Max Böhm contenait un billet de train Sofia-Istanbul, avec la liste des horaires. Chaque soir, un train partait pour la Turquie aux environs de onze heures. Le Suisse avait pensé à tout. Je réfléchis quelques minutes au personnage. Je connaissais quelqu'un qui pourrait me renseigner sur lui : Nelly Braesler. Après tout, c'était elle qui m'avait orienté vers Böhm. Je décrochai le téléphone et composai le numéro de ma mère adoptive, en France.

J'obtins la communication après une dizaine de tentatives. J'entendis la sonnerie, lointaine, puis la voix aigre de Nelly, plus lointaine encore.

– Allô?

– C'est Louis, dis-je froidement.

– Louis? Mon petit Louis, où êtes-vous donc?

Je reconnus aussitôt son ton de miel, faussement amical, et sentis mes nerfs se tendre sous ma peau.

– En Bulgarie.

– En Bulgarie! Que faites-vous là-bas?

– Je travaille pour Max Böhm.

– Pauvre Max. Je viens d'apprendre la nouvelle. Je ne pensais pas que vous étiez parti...

– Böhm m'a payé pour un travail. Je reste fidèle à mes engagements. A titre posthume.

– Vous auriez pu nous prévenir.

– C'est toi, Nelly, qui aurais dû m'avertir (je tutoyais Nelly, qui s'évertuait à me dire « vous »). Qui était Max Böhm? Que savais-tu du travail qu'il voulait me proposer?

– Mon petit Louis, votre ton m'effraie. Max Böhm était un simple ornithologue. Nous l'avons rencontré lors d'un colloque ornithologique. Tu sais bien que Georges s'intéresse à ces questions. Max s'est montré très sympathique. De plus, il avait beaucoup voyagé. Nous avions connu les mêmes pays et...

– Comme le Centrafrique? intervins-je.

Nelly marqua un temps, puis répondit plus bas :

– Comme le Centrafrique, oui...

– Que savais-tu de la mission qu'il voulait me confier?

– Rien, ou presque. Au mois de mai dernier, Max nous a écrit qu'il cherchait un étudiant pour une brève mission à l'étranger. Nous avons naturellement pensé à vous.

– Savais-tu que cette mission concernait des cigognes?

– Je crois me souvenir de cela.

– Savais-tu que cette mission comportait des risques?

– Des risques? Mon Dieu, non...

Je changeai de cap :

– Que sais-tu sur Max Böhm, sa famille, son passé?

– Rien. Max était un homme très solitaire.

– T'avait-il déjà parlé de sa femme?

Des crépitements couvrirent la ligne.

– Très peu, répondit Nelly d'une voix sourde.

– Il n'a jamais évoqué son fils?

– Son fils? J'ignorais même qu'il eût un fils. Je ne comprends pas vos questions, Louis...

De nouveaux crachotements revinrent en rafale. Je hurlai :

– Dernière question, Nelly : savais-tu que Max Böhm était un transplanté cardiaque?

– Non! (La voix de Nelly tremblait.) Je savais simplement qu'il souffrait du cœur. Il est décédé d'un infarctus, non? Louis, votre voyage n'a plus de raison d'être. Tout est terminé...

– Non, Nelly. Tout commence, au contraire. Je t'appellerai plus tard.

– Louis, mon petit Louis... quand rentrerez-vous?

Les interférences déferlèrent de nouveau.

– Je ne sais pas, Nelly. Embrasse Georges. Prends soin de toi.

Je raccrochai. J'étais bouleversé, comme à chaque fois que je parlais à ma mère adoptive. Nelly ne savait rien. Les Braesler était décidément trop riches pour être malhonnêtes.

Il était vingt heures. Je rédigeai rapidement un fax à l'attention d'Hervé Dumaz, évoquant les terrifiantes découvertes de la journée. Je conclus en lui promettant de mener désormais ma propre enquête sur le passé de Max Böhm.

Ce soir-là, Marcel décida de nous emmener au restaurant, Yeta et moi. C'était une idée étrange, après les quelques heures que nous venions de passer. Mais Minaüs était partisan des contrastes – et il prétendait que nous avions besoin de nous détendre.

Le restaurant était situé sur le boulevard Rouski. Marcel joua les maîtres de cérémonie et demanda à l'homme de l'accueil – sanglé dans une veste de smoking blanche et sale – s'il était possible de s'installer en terrasse. L'homme opina et nous indiqua l'escalier. La terrasse se trouvait au premier étage.

C'était une pièce tout en longueur, aux fenêtres ouvertes, qui dominait le large boulevard. Les odeurs qui voyageaient jusqu'ici m'incitaient à la prudence : viande grillée, saucisse, lard fumé... Nous nous installâmes. Je jetai un coup d'œil au décor : des simili-boiseries, une moquette brune, des lustres en cuivre. Des familles parlaient à voix basse. Seuls des éclats parvenaient d'un recoin sombre – des Bulgares qui abusaient de l'arkhi, la vodka locale. Je m'emparai d'une carte, traduite en anglais, tandis que Marcel composait le menu de Yeta d'une voix doctorale. Je les regardais du coin de l'œil. Lui, avec sa longue barbe et son crâne affûté. Elle, se tenant droite et lançant des regards effarouchés. Son visage de petit mammifère pointait avec méfiance, du fond de sa tignasse grise. Je ne parvenais pas à deviner les liens qui unissaient ces deux oiseaux. Depuis la veille au soir, la Romni n'avait pas décroché un mot.

Le garçon arriva. Aussitôt les difficultés commencèrent. Il n'y avait plus de « salades chopes ». Ni de caviar d'aubergines. Ni même de *tourchia* (plat à base de légumes). Encore moins de poisson. A bout de patience, je demandai au serveur ce qui restait en cuisine. « Exclusivement de la viande », répondit-il en bulgare, avec un sourire déplaisant aux lèvres. Je me rabattis donc sur les garnitures d'un steak – haricots verts et pommes de terre – en précisant que je ne voulais pas de viande. Marcel me sermonna sur mon manque d'appétit, se lançant dans des considérations physiologiques très précises.

Une demi-heure plus tard, mes légumes arrivaient. A leur côté, gisait une viande sanglante, à peine cuite. Un noyau de dégoût jaillit de ma gorge. J'agrippai le serveur par sa veste et lui ordonnai de remporter l'assiette tout de suite. L'homme se débattit. Des couverts volèrent, des verres éclatèrent. Le serveur m'insulta et commença à m'empoigner à son tour. Nous étions déjà debout, prêts à nous battre, quand Marcel réussit à nous séparer. Le garçon reprit son assiette, maugréant des insultes, tandis que les poivrots du fond m'encourageaient en levant leur verre. J'étais comme fou, tremblant des pieds à la tête. Je réajustai ma chemise et sortis sur le balcon afin de retrouver mon calme.

La fraîcheur enveloppait maintenant Sofia. Le balcon surplombait la place Narodno-Sabranie, où trône l'Assemblée nationale. D'ici, je pouvais admirer une grande partie de la ville, doucement éclairée.

Sofia est bâtie au creux d'une vallée. Autour, quand vient le soir, les montagnes prennent une tendre couleur bleue. La ville au contraire, rouge et brune, semble se concentrer sur elle-même. Dressée, tourmentée, fantasque, avec ses constructions sanguines et ses murailles crayeuses, Sofia m'apparaissait comme une cité d'orgueil, au cœur des Balkans. J'étais surpris par sa vivacité, sa diversité, qui ne coïncidait pas avec les clichés misérabilistes des pays de l'Est. La ville avait bien sûr son compte d'immeubles gris, de stations à essence embouteillées, de magasins vides, mais elle était aussi claire et aérée, pleine de douceur et de folie. Son relief impromptu, ses tramways orange, ses boutiques bigarrées lui donnaient une allure de Luna-Park étrange, où les attractions auraient oscillé entre rire et inquiétude.

Marcel me rejoignit sur la terrasse.

– Ça va mieux? demanda-t-il en me tapant sur l'épaule.

– Ça va.

Il éclata d'un rire nerveux :

– Ce n'est pas avec toi que je monterais mon restaurant tsigane.

– Désolé, Marcel, répondis-je. J'aurais dû te prévenir. Le moindre steak me fait déguerpir.

– Végétarien?

– Plutôt, oui.

– Ce n'est pas grave. (Il balaya d'un regard la ville éclairée, puis répéta :) Ce n'est pas grave. Moi non plus je n'avais pas faim. Ce restaurant n'était pas une bonne idée.

Il se tut quelques instants.

– Rajko était un ami, Louis. Un pur et tendre ami, un jeune homme merveilleux qui connaissait mieux que personne la forêt et repérait les bons coins pour chaque plante. C'était le cerveau des Nicolitch. Il jouait un rôle essentiel dans leurs cueillettes.

– Pourquoi n'avais-tu pas vu Rajko depuis six mois? Pourquoi personne ne t'a-t-il prévenu de sa disparition?

– Au printemps dernier, j'étais en Albanie. Une terrible famine se prépare là-bas. Je tente de sensibiliser les pouvoirs français. Quant à Marin' et aux autres, pourquoi m'auraient-ils averti? Ils étaient terrifiés. Et après tout, je ne suis qu'un Gadjo.

– Sur la mort de Rajko, tu as ton idée?

Marcel haussa les épaules. Il marqua un temps, comme pour mieux rassembler ses pensées.

– Je n'ai pas d'explication. L'univers des Roms est un univers de violence. D'abord entre eux. Ils ont le couteau facile, le coup de poing plus facile encore. Ils ont une mentalité de petites frappes. Mais la plus terrible violence vient de l'extérieur. C'est celle des Gadjé. Inlassable, insidieuse. Une violence qui les traque partout, les pourchasse depuis des siècles. J'ai connu tant de bidonvilles aux abords des grandes villes de Bulgarie, de Yougoslavie, de Turquie. Des baraques agglutinées, dans la boue, où survivent des familles sans métier ni avenir, en lutte contre un racisme sans trêve. Parfois ce sont des attaques directes, violentes. D'autres fois, le système est plus raffiné. Il s'agit de lois et de mesures légales. Mais le résultat est toujours le même : les Roms, dehors! Toutes les exclusions auxquelles j'ai assisté, à coups de flics, de bulldozers, d'incendies... J'ai vu des enfants mourir ainsi, Louis, dans les décombres de baraques, dans les flammes des caravanes. Les Roms, c'est la peste, la maladie à honnir. Alors, qu'est-il arrivé à Rajko? Franchement, je ne sais pas. C'est peut-être un crime raciste. Ou un avertissement pour chasser les Roms de la région. Ou même une stratégie pour jeter le discrédit sur eux. Dans tous les cas, Rajko a été la victime innocente d'une sale histoire.

J'enregistrai ces informations. Après tout, cette « sale histoire » n'avait peut-être aucun rapport avec Max Böhm et ses énigmes. Je changeai de thème :

– Que penses-tu de Monde Unique?

– Les toubibs du ghetto? Ils sont parfaits. Compréhensifs et dévoués. C'est la première fois qu'on vient véritablement en aide aux Roms de Bulgarie.

Marcel se tourna vers moi :

– Mais toi, Louis, que fais-tu dans cette histoire? Es-tu vraiment ornithologue? Quelle est cette grave affaire dont tu as parlé à Marin'? Et que viennent faire les cigognes là-dedans?

– Je n'en sais rien moi-même. Je t'ai caché quelque chose, Marcel : c'est Max Böhm qui m'a payé pour suivre les cigognes. Entre-temps cet homme est mort et, depuis sa disparition, les mystères s'accumulent. Je ne peux t'en dire plus, mais une chose est sûre : l'ornithologue n'était pas clair.

– Pourquoi as-tu accepté ce boulot?

– Je sors de dix ans d'études acharnées, qui m'ont écœuré à jamais de toute préoccupation intellectuelle. Durant dix années, je n'ai rien vu, rien vécu. Je voulais en finir avec cette masturbation de l'esprit, qui laisse au ventre un vide terrible, une faim d'existence à se frapper la tête contre les murs. C'était devenu pour moi une obsession. Rompre ma solitude, connaître l'inconnu, Marcel. Quand le vieux Max m'a proposé de traverser l'Europe, le Proche-Orient, l'Afrique pour suivre des cigognes, je n'ai pas hésité un seul instant.

Yeta nous rejoignit. Elle s'impatientait. Le garçon refusait de la servir. Finalement, aucun d'entre nous n'avait dîné. Dans l'obscurité naissante, le ciel roulait des profondeurs de laine sombre.

– Rentrons, dit Marcel. Un orage se prépare.

***

Ma chambre était anonyme, la lumière anémique. Le tonnerre craquait dehors, sans que la pluie ne daigne venir. La chaleur était suffocante et il n'y avait pas d'air conditionné. Cette température était une surprise. J'avais toujours imaginé les pays de l'Est dans une froideur lugubre, en mal de chauffage et de chapkas.

A vingt-deux heures trente, je consultai les données Argos. Les deux premières cigognes de Sliven filaient déjà en direction du Bosphore. Les localisations indiquaient qu'elles s'étaient posées le soir même, à dix-huit heures quinze, à Svilengrad, près de la frontière turque. Une autre cigogne était parvenue à Sliven ce soir. Les autres, imperturbablement, suivaient. J'observai aussi l'autre route, celle de l'Ouest : les huit cigognes qui avaient emprunté la voie de l'Espagne, du Maroc... La plupart d'entre elles avaient déjà dépassé le détroit de Gibraltar et volaient en direction du Sahara.

L'orage grondait toujours. Je m'allongeai sur mon lit, coupai la lumière et allumai la veilleuse. Alors seulement, j'ouvris le cahier de Rajko.

C'était un véritable hymne à la cigogne. Rajko notait tout : les passages des oiseaux, le nombre de nids, de petits, d'accidents... Il dressait des moyennes, s'efforçait de mettre en valeur des systèmes. Son carnet était criblé de colonnes, d'arabesques chiffrées, qui n'auraient pas déplu à Max Böhm. Il notait aussi, en marge, ses commentaires, dans un anglais maladroit. Des réflexions sérieuses, amicales, humoristiques. Il avait donné des surnoms aux couples qui nichaient à Sliven, livrant leur explication dans un index. Je découvris ainsi les « Cendres d'argent », qui nichaient sur un tapis de mousse; les « Becs de charme », dont le mâle avait un bec asymétrique; les « Printemps pourpre », qui s'étaient installés lors d'un crépuscule rougeoyant.

Rajko ponctuait également ses observations de schémas techniques, d'études anatomiques. D'autres croquis détaillaient les différents modèles de bagues : français, allemand, hollandais et, bien sûr, ceux de Böhm. A côté de chaque dessin, Rajko avait inscrit la date et le lieu d'observation. Un détail me frappa : les cigognes dotées de deux bagues portaient deux modèles différents. La bague indiquant la date de leur naissance était fine et d'un seul tenant. Celle que Böhm avait placée ensuite était plus épaisse, et semblait s'ouvrir comme une tenaille. Je partis chercher les photographies et observai les pattes des volatiles. Rajko avait vu juste. Il ne s'agissait pas des mêmes bagues. Je méditai sur ce détail. Les inscriptions des anneaux étaient en revanche identiques : date et lieu de la pose, rien de plus.

Dehors, la pluie s'était enfin déclarée. J'ouvris les fenêtres et laissai entrer ces grands soupirs de fraîcheur. Sofia, au loin, étendait ses lumières, comme une galaxie perdue dans une tempête d'argent. Je revins à ma lecture.

Les dernières pages étaient consacrées aux cigognes de 1991. C'était l'ultime printemps de Rajko. Au fil des mois de février et de mars, Rajko avait remarqué, comme Joro, que les cigognes de Böhm ne revenaient pas. Comme Joro, il avait supposé que cette absence tenait au fait que ces oiseaux avaient été blessés ou malades. Rajko n'avait rien de plus à me dire. Je suivis ses dernières journées au fil de son journal. Au 22 avril, la page était blanche.

13.

– Le nomadisme des Tsiganes, au fil de l'histoire, apparaît plutôt comme une conséquence des persécutions, du racisme inlassable des Gadjé.

A six heures du matin, dans l'aube filandreuse de la campagne bulgare, Marcel discourait déjà, pendant que je conduisais :

– Les Tsiganes restés voyageurs sont les plus pauvres, les plus malheureux. A chaque printemps, ils prennent la route, rêvant d'une maison vaste et chauffée. Parallèlement, et c'est là tout le paradoxe, ce nomadisme reste ancré dans la culture tsigane. Même les Roms sédentaires continuent, ponctuellement, à voyager. C'est ainsi que les hommes rencontrent leurs épouses, que les familles s'associent. Cette tradition transcende le déplacement physique. C'est un état d'esprit, un mode de vie. La maison d'un Rom est toujours conçue comme une tente : une grande pièce, élément essentiel de la vie communautaire, où les aménagements, les ornements, les objets rappellent la décoration d'une roulotte.

A l'arrière, Yeta dormait. Nous étions le 31 août. Plus que seize heures à passer en Bulgarie. Je tenais à retourner à Sliven, pour interroger de nouveau Marin' et consulter les journaux locaux des 23 et 24 avril 1991. Si la police avait classé l'affaire, peut-être les journalistes avaient-ils, sur l'instant, découvert quelques détails. Je ne croyais pas tellement à ces coups d'épingle, mais ces démarches allaient m'occuper jusqu'à mon entrevue avec le Dr Djuric, en fin d'après-midi. Par ailleurs, je voulais cueillir les cigognes à leur réveil, le long de la grande plaine.

Notre visite aux journaux ne m'apprit rien. Les articles évoquant l'affaire Rajko ne constituaient qu'un torrent de propos racistes. Markus Lasarevitch avait raison : la mort de Rajko avait frappé les esprits.

L'*Atkitno* soutenait la thèse du règlement de comptes entre Roms. Selon l'article, deux clans de Tsiganes cueilleurs s'étaient affrontés pour un terrain. Le texte s'achevait en forme de réquisitoire contre les Roms, rappelant plusieurs scandales qui avaient secoué Sliven ces derniers mois, et où les Tsiganes jouaient un rôle central. Le crime de Rajko était donc une apothéose. On ne pouvait laisser les forêts devenir des territoires de guerre, dangereux pour les paysans bulgares, et surtout pour leurs enfants qui s'y promenaient. Marcel, tout en traduisant l'article, voyait rouge.

Le *Koutba,* principal journal de l'UDF – le parti de l'opposition –, exploitait plutôt le filon de la superstition. L'article insistait sur l'absence d'indices. Et déroulait une sarabande de suppositions fondées sur la magie, la sorcellerie. Ainsi, Rajko avait sans doute commis une « faute ». Pour le punir, son cœur avait été arraché puis offert à la cruauté de quelque rapace. L'article concluait par une mise en garde, aux accents apocalyptiques, adressée aux habitants de Sliven contre les Tsiganes, véritable vermine diabolique.

Quant à *L'Union des chasseurs,* l'article, assez bref, se contentait de dresser un historique de la cruauté des Roms. Maisons incendiées, crimes, vols, bagarres et autres brigandages étaient décrits sur un ton indifférent, jusqu'à l'affirmation du cannibalisme des Tsiganes. Pour étayer cela, le rédacteur invoquait un fait divers survenu en Hongrie, au XIXe siècle, où des Tsiganes avaient été accusés d'anthropophagie.

– Ce qu'ils ne disent pas, tonna Marcel, c'est que les Roms furent lavés de ces accusations. Trop tard, d'ailleurs, puisque plus de cent Tsiganes avaient été lynchés au fond des marécages.

C'en était trop. Minaüs se mit à rugir dans la vieille imprimerie. Il appela à cor et à cri le rédacteur en chef, commença à faire voler des liasses de papier, renversa l'encre, secoua le vieil homme qui nous avait permis de consulter les archives. Je parvins à raisonner Marcel. Nous sortîmes. Yeta trottinait derrière nous, ne comprenant rien.

A proximité de la gare de Sliven, je repérai une buvette en préfabriqué et proposai un café turc. Durant une demi-heure, Marcel bougonna en romani puis, enfin, se calma. Derrière nous, des Tsiganes grignotaient des amandes, dans un silence de fauves. Minaüs ne put résister. Il leur adressa la parole, dans son romani des grands jours. Les Roms sourirent, puis répondirent. Bientôt, Marcel éclata de rire. Sa belle humeur perçait de nouveau. Il était dix heures. Je proposai à mon compagnon de changer d'horizon et de battre la campagne, en quête de cigognes. Marcel accepta avec entrain. Je commençais à mieux comprendre sa personnalité : Minaüs était un nomade, dans l'espace mais aussi dans le temps. Il vivait exclusivement dans le présent. D'un instant à l'autre, la différence dans son esprit était nette, radicale.

Nous traversâmes d'abord des vignobles. Des cohortes de Romnis cueillaient le raisin, courbées sur les plantations tortueuses. Les lourds parfums du fruit flottaient dans l'air. A notre passage, les femmes se levaient et nous saluaient. Toujours les mêmes visages, sombres et mats. Toujours les mêmes hardes, vives et colorées. Certaines d'entre elles avaient les ongles vernis, d'un rouge écarlate. Puis ce fut l'immense plaine, déserte, où se dressait de temps à autre un arbre en fleur. Mais, le plus souvent, seules des traînées marécageuses se découpaient, noires et brillantes, parmi les herbes vives.

Soudain, une longue crête blanchâtre se découpa sur le paysage. « Les voilà », murmurai-je. Marcel prit mes jumelles et les braqua en direction du groupe. Aussitôt il ordonna : « Prends cette route », en indiquant un sentier sur la droite. Je braquai dans les sillons boueux. Nous roulâmes lentement vers les cigognes. Plusieurs centaines se tenaient là. Engourdies, silencieuses, droites sur une patte. « Éteins le moteur », chuchota Marcel. Nous sortîmes, avançâmes. Quelques oiseaux frémirent, battirent des ailes, puis s'envolèrent. Nous stoppâmes. Trente secondes. Une minute. Les oiseaux reprirent leur rythme, picorant la terre, avançant de leur démarche délicate. Nous fîmes de nouveau quelques pas. Les volatiles étaient à trente mètres. Marcel dit :

« Arrêtons-nous. Nous ne pourrons faire mieux. » Je repris mes jumelles et observai les cigognes : aucune n'était baguée.

La matinée s'acheva dans la clairière de Marin'. Les Roms furent plus accueillants. J'appris le nom des femmes : Sultana, la femme de Marin', géante au chandail tournesol, Zaïnepo, au nez brisé, femme de Mermet, Katio, mains sur les hanches, tignasse rousse, épouse de Costa. Mariana, la veuve de Rajko, dorlotait Denke, son nourrisson de trois mois. Le soleil s'était levé. Une effervescence montait des herbages, orchestrée par le tourbillon des insectes.

– Je voudrais parler avec celui qui a découvert le corps, dis-je enfin.

Marcel grimaça. Pourtant, il traduisit ma requête. Marin', à son tour, me toisa avec dégoût et appela Mermet. C'était un colosse à peau brune, au visage aigu, enfoui sous des mèches luisantes. Le Rom n'avait aucune envie de bavarder. Il arracha une brindille puis se mit à la mâchonner, l'air absent, en susurrant quelques mots.

– Il n'y a rien à dire, traduisit Marcel. Mermet a découvert Rajko dans les bois. Toute la famille battait la campagne, à sa recherche. Mermet s'est aventuré dans un coin où personne ne va jamais. On dit qu'il y a des ours. Et il a trouvé le corps.

– Où exactement? Dans des taillis? Une clairière?

Marcel traduisit ma question. Mermet répondit. Minaüs reprit la parole :

– Dans une clairière. L'herbe était très courte, comme aplatie.

– Sur cette herbe, il n'y avait aucune trace?

– Aucune.

– Et aux alentours, pas de marques? De pas? De pneus?

– Non. La clairière est loin dans la forêt. Pas d'accès pour une voiture.

– Et le corps? continuai-je. Comment était le corps? Rajko semblait s'être débattu?

– Difficile à dire, répondit Marcel après avoir écouté Mermet. Il était allongé, les bras le long du torse. Sa peau était tailladée en tout sens. Ses entrailles jaillissaient d'une fente brunâtre, qui commençait ici (Mermet se frappait le cœur). C'est son visage qui était bizarre. Il semblait coupé en deux. Des yeux grands ouverts. Tout blancs. Pleins de peur. Et puis une bouche fermée, apaisée, aux lèvres calmes.

– C'est tout? Rien d'autre de frappant?

– Non.

Mermet se tut quelques secondes, mâchouillant toujours son brin d'herbe, avant d'ajouter :

– La veille, il devait y avoir eu une sacrée tempête. Parce que, dans ce coin-là, tous les arbres étaient couchés, les feuillages aux quatre cents coups.

– Dernière question : Rajko ne t'avait parlé de rien, d'une découverte qu'il aurait effectuée? Il ne semblait pas redouter quelque chose?

Mermet, par la voix de Marcel, eut le mot de la fin :

– Personne ne l'avait vu depuis deux mois.

Je notai ces détails dans mon carnet, puis remerciai Mermet. Il hocha la tête, légèrement. Il avait l'air d'un loup à qui l'on propose une assiette de lait. Nous revînmes au campement. Les enfants insistèrent pour diffuser sur le lecteur de la voiture quelques-unes de leurs cassettes. En un éclair, la Volkswagen, portières ouvertes, se métamorphosa en un orchestre tsigane, où clarinette, accordéon et tambours se livraient à une course trépidante. J'étais plutôt surpris. Comme tout le monde, je pensais que la musique tsigane était tissée de violons et de langueurs. Cette stridence avait plutôt le caractère obsédant d'une danse de derviches.

Sultana nous offrit du café turc : un jus amer qui flottait sur du marc. Je goûtai le breuvage du bout des lèvres. Marcel le but par petites lampées, en connaisseur, discutant vivement avec la femme-tournesol. Il me sembla qu'il parlait du café, de recettes, de méthodes. Ensuite, il renversa sa tasse et attendit quelques minutes. Enfin, il en scruta le fond d'un œil expert puis le commenta, aidé de Sultana. Je compris qu'ils s'entretenaient de la meilleure façon de lire dans le marc.

Quant à moi, je lançais des sourires, un peu au hasard, l'esprit agité. Pour Marin' et les autres, la mort de Rajko appartenait au passé (Marcel m'avait expliqué qu'au bout d'une année, le nom du mort est libéré : on peut alors le donner à un nouveau-né, organiser un banquet et dormir en paix, car désormais l'esprit du disparu cesse de tourmenter les rêves de ses frères). Pour moi, au contraire, cette disparition pulvérisait le présent. Et sans doute plus encore le futur.

A quatorze heures, les nuages étaient de retour. Il fallait partir pour cueillir Milan Djuric en fin d'après-midi, à Sofia. Nous saluâmes la *kumpania* et partîmes sous les sourires et les embrassades.

Sur la route, nous croisâmes les faubourgs de Sliven. Des bidonvilles poussiéreux, traversés par des sentiers de terre, où gisaient çà et là des cadavres de voitures. Je ralentis. « J'ai beaucoup d'amis ici, dit Marcel. Mais je préfère t'épargner cela. Allons. » Sur le bord de l'asphalte, des enfants saluèrent notre passage : « Gadjé, Gadjé, Gadjé! » Ils marchaient pieds nus. Leurs visages étaient sales et des croûtes de crasse saillaient dans leurs cheveux. J'accélérai. Au bout d'un moment, je rompis le silence :

– Marcel, dis-moi une chose : pourquoi les enfants roms sont-ils si sales?

– Ce n'est pas de la négligence, Louis. C'est une vieille tradition. Selon les Roms, un enfant est si beau qu'il peut attirer la jalousie des adultes, toujours prêts à jeter le mauvais œil. Alors on ne les lave jamais. C'est une sorte de déguisement. Pour masquer leur beauté et leur pureté aux yeux des autres.

14.

Durant le retour, Marcel me parla de Milan Djuric.

– C'est un drôle de type, dit-il. Un Tsigane solitaire. Personne ne sait d'où il vient exactement. Il parle parfaitement le français. On dit qu'il a suivi ses études de médecine à Paris. Il est apparu dans les Balkans dans les années soixante-dix. Depuis cette époque, Djuric sillonne la Bulgarie, la Yougoslavie, la Roumanie, l'Albanie et donne des consultations gratuites. Il soigne les Roms avec les moyens du bord. Il allie la médecine moderne aux connaissances botaniques des Tsiganes. Il a sauvé ainsi plusieurs femmes de graves hémorragies. Elles avaient été stérilisées en Hongrie ou en Tchécoslovaquie. Pourtant, Djuric a été accusé de pratiquer des avortements clandestins. Il a même été condamné à deux reprises, je crois. Purs mensonges. Aussitôt sorti de prison, Djuric a repris ses tournées. Dans le monde des Roms, Djuric est une célébrité, presque un mythe. On lui prête des pouvoirs magiques. Je te conseille d'aller le voir seul. Peut-être parlera-t-il à un Gadjo. Deux, ce serait trop.

Une heure plus tard, vers dix-huit heures, nous parvenions aux abords de Sofia. Nous traversâmes d'abord des quartiers délabrés, bordés de tranchées profondes, puis longeâmes des terrains vagues où des Tsiganes campaient et s'acharnaient à vivre. Leurs tentes détrempées semblaient près de s'engloutir dans les alluvions. Image dérisoire : des fillettes romnis, portant de larges pantalons d'étoffe, à l'orientale, suspendaient du linge dans cette apocalypse de pluie et de boue. Regards écorchés.

Sourires furtifs. Une nouvelle fois, la beauté et l'orgueil du peuple rom me frappaient au cœur.

Je pris le boulevard Lénine et déposai Marcel et Yeta place Naradno-Sabranie. Le couple possédait un deux pièces à proximité. Marcel voulut m'expliquer où habitait Milan Djuric. Il sortit un vieux calepin et commença à noircir une page entière de schémas, ajoutant des inscriptions cyrilliques. « Tu ne peux pas te tromper », dit-il en m'abreuvant de noms de rues, de détours, de détails inutiles. Enfin il inscrivit l'adresse exacte de Djuric, en caractères latins. Marcel et Yeta tenaient à m'accompagner à la gare. Nous nous donnâmes rendez-vous à vingt heures, ici même.

Je regagnai le Sheraton, bouclai mon sac et réglai la note, en plusieurs liasses épaisses de leva. Je m'enquis d'éventuels messages. A dix-huit heures trente, je roulais de nouveau dans les rues de Sofia la douce.

J'empruntai, encore une fois, le boulevard Rouski, puis tournai à gauche pour rejoindre l'avenue du Général-Vladimir-Zaïmov. Les enseignes lumineuses serpentaient dans les flaques. Je parvins au sommet d'une colline. En contrebas, s'étendait une véritable forêt. « Tu traverses le parc », avait dit Marcel. Je parcourus ainsi plusieurs kilomètres, dans des bois inextricables. Je découvris des cités tristes, le long d'un boulevard grisâtre. Je repérai enfin ma rue. Je tournai, hésitai, claquant mon châssis sur la chaussée défoncée, puis sillonnai en long et en large des immeubles anonymes. Le docteur habitait le bâtiment 3 C. Nulle part je ne trouvai le chiffre. Je montrai mon carnet à des enfants roms qui jouaient sous la pluie. Ils m'indiquèrent l'immeuble, situé juste en face de moi, en éclatant de rire.

A l'intérieur, la chaleur redoubla. Des odeurs de friture, de chou et d'ordures saturaient l'atmosphère. Au fond, deux hommes trituraient la porte de l'ascenseur. Des colosses en sueur, dont les muscles luisaient sous la lueur crue d'une lampe électrique. « Dr Djuric? », demandai-je. Ils m'indiquèrent le chiffre 2. Je montai d'un bond les étages et vis la plaque du médecin. Un vacarme d'enfer battait derrière la porte. Je sonnai. Plusieurs fois. On vint m'ouvrir. La musique me bondit aux tympans. Une femme, très ronde et très brune, se tenait devant moi. Je répétai mon nom et celui de Djuric. Elle finit par me laisser entrer puis m'abandonna dans un couloir exigu, parmi de forts effluves d'ail et une armée de chaussures. J'ôtai mes Dockside et attendis, le visage baigné de sueur.

Des portes claquèrent, le bruit s'intensifia puis s'éloigna. Au bout de quelques secondes, je reconnus, parmi le brouhaha des voix, la musique que Marin' et sa smala avaient écoutée dans ma voiture, les mêmes trépidations, la même folie torsadée de clarinette et d'accordéon. Ici, des accents de voix entraient dans la lutte. Une voix de femme – rauque et déchirante.

– Jolie voix, n'est-ce pas?

Je plissai les yeux en direction de l'ombre. Au bout du couloir, un homme se tenait immobile : le Dr Milan Djuric. Fidèle à ses rêveries, Marcel ne m'avait pas dit le principal : Milan Djuric était un nain. Un nain non pas minuscule (il devait mesurer un mètre cinquante) mais arborant certains traits caractéristiques de son infirmité. Sa tête semblait énorme, son torse massu, et ses jambes arquées se découpaient dans l'ombre comme des tenailles. Je ne voyais pas son visage. Djuric reprit, d'une voix grave, dans un français impeccable :

– C'est Esma. La diva des Roms. En Albanie, les premières émeutes ont commencé avec ses concerts. Qui êtes-vous, monsieur?

– Je m'appelle Louis Antioche, répondis-je. Je suis français. Je viens sur les conseils de Marcel Minaüs. Pouvez-vous m'accorder quelques minutes?

– Suivez-moi.

Le docteur tourna les talons et disparut sur la droite. Je lui emboîtai le pas. Nous croisâmes un salon où beuglait la télévision. A l'écran, une femme rousse et énorme, déguisée en paysanne, tournait et chantait comme une toupie blanc et rouge, accompagnée d'un vieil accordéoniste en tenue de moujik. Le spectacle était plutôt consternant, mais la musique splendide. Dans la pièce, des Roms braillaient plus fort encore. Ils buvaient, mangeaient, à grand renfort de gestes et d'éclats de rire. Les femmes portaient des boucles d'oreilles aux reflets graves et de longues nattes très noires. Les hommes étaient coiffés de petits chapeaux de feutre.

Nous pénétrâmes dans le bureau de Djuric. Il ferma la porte, fit coulisser un lourd rideau, qui atténua le bruit de la musique. J'embrassai la pièce d'un regard. La moquette était râpée, les meubles paraissaient en carton. Dans un coin, se tenait un lit bardé de fer et de sangles. A côté, sur des étagères de verre, des instruments de chirurgie rouillés étaient disposés. Un court instant, j'eus l'impression de pénétrer chez un avorteur clandestin ou quelque rebouteux. Aussitôt, j'eus honte de cette pensée. Djuric avait été plusieurs fois emprisonné à cause de ce genre de préjugés. Milan Djuric était simplement un médecin rom, qui soignait d'autres Roms.

– Asseyez-vous, dit-il.

Je choisis un fauteuil rouge, aux accoudoirs craquelés. Djuric resta debout un instant, planté devant moi. J'eus tout le loisir de l'observer. Son visage était fascinant. C'était une belle figure d'écorce, aux traits souples et réguliers. Des yeux verts saillaient, encadrés par de grosses lunettes d'écaille. Djuric était un homme d'une quarantaine d'années, prématurément vieilli. On pouvait suivre, creusé dans sa peau sombre, le cours de ses rides et ses cheveux, très épais, étaient d'un gris métallique. Pourtant, certains détails trahissaient en lui une force, un dynamisme inattendus. Ses bras musclés tendaient le tissu de sa chemise et, à y regarder de plus près, la partie supérieure de son corps était de dimension normale. Milan Djuric alla s'asseoir derrière son bureau. Dehors, la pluie redoublait. Je commençai par féliciter le médecin pour la qualité de son français.

– J'ai suivi mes études à Paris. A la Faculté, rue des Saints-Pères.

Il se tut, puis reprit aussitôt :

– Trêve de courtoisies, monsieur Antioche. Que voulez-vous?

– Je suis venu vous parler de Rajko Nicolitch, le Tsigane qui a été tué en avril dernier, dans la forêt de Sliven. Je sais que vous avez réalisé l'autopsie. J'aimerais vous poser quelques questions.

– Vous êtes de la police française?

– Non. Mais cette disparition entretient peut-être une relation avec une enquête que je mène actuellement. Rien ne vous oblige à me répondre. Mais laissez-moi vous raconter mon histoire.

Vous jugerez par vous-même si ma démarche mérite quelque attention.

– Je vous écoute.

Je lui racontai mon aventure : la mission originale que Max Böhm m'avait confiée, la mort de l'ornithologue, les mystères qui entouraient son passé, les détails étranges qui ponctuaient ma route : les deux Bulgares enquêtant également sur les cigognes, la présence récurrente de Monde Unique...

Tout au long de mon discours, le nain ne cilla pas. Il demanda enfin :

– Où est le rapport avec la mort de Rajko?

– Rajko était ornithologue. Il guettait le passage des cigognes. Je suis convaincu que ces oiseaux abritent un secret. Un secret que Rajko, à force d'observations, avait peut-être découvert. Un secret qui lui a peut-être coûté la vie. Je me doute, docteur Djuric, que mes présomptions doivent vous sembler vaines. Mais vous avez réalisé l'autopsie du corps. Vous pouvez m'apporter de nouvelles précisions. En dix jours, j'ai parcouru trois mille kilomètres. Il m'en reste environ dix mille à couvrir. Ce soir, à onze heures, je serai dans le train d'Istanbul. Vous seul, à Sofia, pouvez encore m'apprendre quelque chose.

Djuric me fixa quelques instants, sortit un paquet de cigarettes. Après m'en avoir proposé une (que je refusai), il alluma la sienne, à l'aide d'un gros briquet chromé qui dégageait une forte odeur d'essence. Un flot de fumée bleue nous sépara un instant, puis il demanda simplement, sur un ton neutre :

– Est-ce bien tout?

Je sentis la colère monter dans ma gorge :

– Non, docteur Djuric. Il existe dans cette affaire une autre coïncidence, qui s'articule mal avec les oiseaux, mais qui n'en est pas moins troublante : Max Böhm était un transplanté cardiaque. Un transplanté sans dossier médical ni archive.

– Nous y voilà, dit Djuric, déposant sa cendre dans une large coupe. On vous a sans doute parlé du vol du cœur de Rajko, et vous en avez déduit qu'il y avait là un trafic d'organes ou je ne sais quoi.

– Eh bien...

– Balivernes. Écoutez-moi, monsieur Antioche. Je ne tiens pas à vous aider. Jamais je n'aiderai un Gadjo. Mais certaines explications vont libérer ma conscience. (Djuric ouvrit un tiroir et posa sur son bureau quelques feuillets agrafés.) Voici le rapport d'autopsie que j'ai rédigé le 23 avril 1991, dans le gymnase de Sliven, après quatre heures de travail et d'observations sur le corps de Rajko Nicolitch. A mon âge, des souvenirs tels que ceux-là comptent double. Je me suis efforcé de rédiger ce rapport en bulgare. J'aurais pu tout aussi bien l'écrire en romani. Ou en espéranto. Personne ne l'a jamais lu. Vous ne comprenez pas le bulgare n'est-ce pas? Je vais donc vous faire un résumé.

Il saisit les feuilles, ôta ses lunettes. Ses yeux, comme par enchantement, se réduisirent de moitié.

– D'abord, situons le contexte. Le 23 avril au matin, je réalisais une tournée de routine dans le ghetto de Sliven. Costa et Mermet Nicolitch, deux cueilleurs que je connais bien, sont venus me chercher. Ils venaient de découvrir le corps de Rajko et ils étaient persuadés que leur cousin avait été attaqué par un ours. Lorsque j'ai vu le corps, dans la clairière, j'ai compris qu'il n'en était rien. Les blessures atroces qui couvraient le corps de Rajko étaient de deux types distincts. Il y avait bien des morsures d'animaux, mais elles étaient postérieures à d'autres plaies, effectuées à l'aide d'instruments chirurgicaux. Par ailleurs, il y avait trop peu de sang aux alentours. Compte tenu des blessures, Rajko aurait dû baigner dans des flots d'hémoglobine. Ce n'était pas le cas. Enfin, le corps était nu et je doute qu'une bête sauvage prenne la peine de déshabiller sa victime. J'ai demandé aux Nicolitch de transporter le corps jusqu'à Sliven, pour procéder à l'autopsie. Nous avons cherché un hôpital. En pure perte. Nous avons donc échoué dans le gymnase où j'ai pu travailler, et finalement retracer dans ses grandes lignes les dernières heures de Rajko. Écoutez plutôt :

« Extraits du rapport d'autopsie du 23/4/91 :

» Sujet : Rajko Nicolitch, sexe masculin. Nu. Né aux environs de 1963, Iskenderum, Turquie. Mort probable le 22/4/91, dans la forêt dite aux Eaux-Claires, près de Sliven, Bulgarie, entre vingt et vingt-trois heures, des suites d'une profonde blessure dans la région du cœur. »

Djuric leva ses yeux, puis commenta : « Je passe sur la présentation générale du sujet. Écoutez la description des plaies :

– « Partie supérieure du corps. Visage intact, sauf signe de bâillon autour des lèvres. Langue sectionnée (la victime l'a probablement mordue au point de la couper net). Pas de signes visibles d'ecchymoses sur la nuque. L'examen de la face antérieure du thorax révèle une plaie longitudinale, rectiligne, partant des clavicules et rejoignant l'ombilic. C'est une incision parfaite, réalisée avec un instrument tranchant, de type chirurgical – peut-être un bistouri électrique, car les bords de la plaie sont peu hémorragiques. Nous relevons également de multiples lacérations, effectuées avec un autre instrument tranchant, sur le cou, la face antérieure du thorax, les bras. Amputation subtotale du bras droit, au niveau de l'épaule. Nombreuses traces de griffes, au bord de la plaie thoraco-abdominale. A priori griffes d'ours, de lynx. Multiples morsures : sur le torse, les épaules, les flancs, les bras. Nous comptons environ vingt-cinq ovales, qui portent toutes en périphérie des marques de dents, mais la chair est trop déchiquetée pour en prendre des empreintes. Dos intact. Marques de liens aux épaules et aux poignets. »

Djuric s'arrêta, tira une autre bouffée, puis reprit :

– « L'examen de la moitié supérieure de la cavité thoracique révèle l'absence du cœur. Les artères et veines attenantes ont été sectionnées avec précaution, le plus à distance possible de l'organe prélevé – méthode classique pour éviter tout traumatisme du cœur. D'autres organes sont mutilés : poumons, foie, estomac, vésicule biliaire. Ils sont à moitié dévorés, sans doute par les bêtes sauvages. Les lambeaux de fibres organiques séchées, retrouvés à l'intérieur et à l'extérieur du corps, ne permettent aucun relevé d'empreintes. Aucun signe d'hémorragie dans la cavité thoracique.

» Partie inférieure du corps. Plaies profondes dans la région de l'aine droite, avec mise à nu de l'artère fémorale. Multiples lacérations sur la verge, les organes génitaux et le haut des cuisses. L'instrument tranchant semble avoir agacé cette région avec insistance. Le sexe ne tient plus que par quelques attaches tissulaires. Nombreuses traces de griffes sur les cuisses. Marques de morsures animales sur les deux jambes. Face interne de la cuisse droite déchiquetée à coups de dents. Marques de liens sur les cuisses, les genoux, les chevilles. »

Djuric leva les yeux et dit :

– Voilà pour l'examen post-mortem, monsieur Antioche. J'ai effectué quelques tests toxicologiques puis rendu le corps à la famille, dûment nettoyé. J'en savais assez sur la mort d'un Rom, qui ne déclencherait, de toute façon, aucune enquête.

J'avais froid sur tout le corps, le souffle me parvenait en saccades. Djuric remit ses lunettes et alluma une autre cigarette. Son visage tortueux jouait les danseuses à travers la fumée.

– Voilà, selon moi, ce qui s'est passé : on a attaqué Rajko dans la soirée du 22 avril, en pleine forêt. On l'a attaché puis réduit au silence. Ensuite on a pratiqué une longue incision sur son thorax. Le prélèvement du cœur a été effectué de manière parfaite, par un chirurgien de métier. Je dirais que c'était la phase I du meurtre. Rajko est mort durant cette étape – aucun doute là-dessus. A ce stade, tout s'est passé très calmement. Professionnellement. Le meurtrier a ôté l'organe avec patience et brio. Ensuite, tout s'est précipité. Le meurtrier (ou un autre, muni d'un instrument chirurgical) s'est acharné sur le cadavre, striant la chair de part en part, s'attardant sur la région du pubis, fourrageant avec sa lame, allant et venant sur la verge comme avec une scie. C'était la phase II du carnage. Enfin il y a eu les bêtes de la forêt, qui ont fini le travail. De ce point de vue, le corps est en relatif bon état, compte tenu de sa nuit passée parmi des prédateurs. J'explique ce fait par le badigeon aseptisé, que le ou les meurtriers ont répandu sur le thorax avant l'opération. L'odeur a sans doute tenu à distance les animaux pendant plusieurs heures.

» Tel est le résumé des faits, monsieur Antioche. Sur la question des lieux du crime, je dirais que tout s'est passé à l'endroit où le corps a été retrouvé, sur une bâche ou quelque chose de ce genre. L'absence de traces autour de la clairière confirme cette hypothèse. Inutile de vous signaler qu'il s'agit du crime le plus atroce que j'aie jamais vu. J'ai dit la vérité aux Nicolitch. Il fallait qu'ils sachent. Cette atrocité s'est ensuite répandue comme une traînée de sang à travers le pays, aboutissant aux racontars que vous avez dû lire dans la presse locale. Pour ma part, je n'ai pas de commentaire à faire. Je cherche simplement à oublier ce cauchemar.

Un bruit de porte. De nouveau les voix tsiganes, le brouhaha torsadé, les effluves d'ail. La femme turquoise entra, munie d'un plateau chargé d'une bouteille de vodka et de sodas. Ses boucles d'oreilles tintèrent lourdement quand elle posa le plateau sur un guéridon, à proximité de mon fauteuil. Je refusai l'alcool. Elle me servit un liquide jaunâtre, qui avait la couleur de l'urine. Djuric se remplit un petit verre de vodka. Ma gorge était sèche comme un pare-feu. Je bus d'un trait la boisson gazeuse. J'attendis que la femme referme la porte pour dire :

– Malgré la barbarie du crime, vous convenez qu'il pourrait s'agir d'une opération chirurgicale visant à prélever le cœur de Rajko?

– Oui et non. Oui, parce que la technique chirurgicale et une relative asepsie semblent avoir été respectées. Non, parce que certains détails ne collent pas. Tout s'est passé en forêt. Or, l'ablation d'un cœur exige des conditions d'antisepsie d'une extrême rigueur. Impossibles à respecter en pleine nature. Mais surtout, il aurait fallu que le « patient » soit sous anesthésie. Or, Rajko était conscient.

– Que voulez-vous dire?

– J'ai procédé à une prise de sang. Aucune trace de sédatif. La sternotomie a été pratiquée à vif. Rajko est mort de souffrance.

Je sentis la sueur couler au creux de mon échine. Les yeux de Djuric, comme à fleur de tête, me fixaient de derrière les lunettes. Il semblait savourer les effets de sa dernière phrase.

– Je vous en prie, docteur. Expliquez-vous.

– Hormis l'absence de produits anesthésiants dans le sang, des signes ne trompent pas. J'ai parlé des traces de liens aux épaules, aux poignets, sur les cuisses, aux chevilles. Il s'agissait de sangles ou de courroies en caoutchouc. Si serrées qu'elles ont entaillé les chairs, à mesure que le corps se tordait de douleur. Le bâillon aussi était particulier. C'était un adhésif très puissant. Lorsque j'ai effectué l'autopsie, dix-huit heures environ après la mort de Rajko, sa barbe avait déjà repoussé (le système pileux continue à croître pendant environ trois jours après le décès). Sauf autour des lèvres, qui sont restées imberbes. Pourquoi?

Parce que, en arrachant l'adhésif, les meurtriers ont brutalement épilé cette partie du visage. Le corps a donc été réduit à une immobilité parfaite et à un silence total. Comme si les assassins avaient voulu jouir de cette souffrance à mains nues, fouiller à leur aise dans les chairs palpitantes. Enfin, je pourrais vous parler de la bouche de Rajko. Le Rom, à force de douleur, s'est mordu la langue au point de la trancher net. Il s'est étouffé avec ces lambeaux et le sang qui jaillissait dans sa gorge obstruée. Voilà la vérité, monsieur Antioche. Cette opération est une aberration, une monstruosité, qui a seulement pu naître dans des cerveaux malades, ivres de folie ou de racisme.

J'insistai :

– Le fait que le donneur ait été conscient rend-il le cœur inutilisable? Je veux dire : les spasmes de la souffrance ont-ils pu anéantir les fonctions de l'organe?

– Vous êtes tenace, Antioche. Mais paradoxalement, non. La douleur, même extrême, n'abîme pas le cœur. Dans ce cas, l'organe bat très vite, s'affole et n'irrigue plus le corps. Il demeure pourtant en bon état. Ici, hormis le sadisme de l'acte, c'est l'absurdité technique qui est incompréhensible. Pourquoi opérer un corps vibrant, tressautant, lorsqu'une anesthésie apporte l'immobilité requise?

Je changeai de direction :

– Pensez-vous qu'un tel crime ait pu être effectué par un Bulgare?

– Aucune chance.

– Et l'hypothèse d'un règlement de comptes entre Roms, comme je l'ai lu dans les journaux?

Djuric haussa les épaules. La fumée voyageait entre nous.

– Ridicule. Beaucoup trop raffiné pour des Roms. Dans toute la Bulgarie, je suis leur seul docteur. Par ailleurs, il n'y a aucun mobile. Je connaissais Rajko. Il vivait en toute pureté.

– Pureté?

– Il vivait « à la rom ». De l'exacte façon dont doit vivre un Rom. Dans notre culture, l'existence quotidienne est régentée par un ensemble de lois, un code d'attitudes très strict. Dans ce réseau de règles et d'interdits, la pureté est une notion centrale. Rajko était fidèle à nos lois.

– Il n'y avait donc aucune raison de tuer Rajko?
– Aucune.
– Ne pouvait-il avoir découvert quelque chose de dangereux?
– Qu'aurait-il pu découvrir? Rajko ne se préoccupait que de plantes et d'oiseaux.
– Justement.
– Vous faites allusion à vos cigognes? Balivernes. Dans aucun pays on ne tuerait quelqu'un pour quelques oiseaux. Et surtout pas de cette façon.

Djuric avait raison. Cette soudaine violence ne cadrait pas avec les cigognes. Nous étions plutôt dans le registre des photographies de Max Böhm ou du mystère de son cœur. Le nain se passa la main dans les cheveux. Ses mèches argentées ressemblaient aux cheveux synthétiques d'une poupée. Ses tempes luisaient de sueur. Il vida son verre puis le posa brutalement, en signe de conclusion. Je glissai une dernière question :

– Les équipes de Monde Unique étaient dans la région, au mois d'avril?
– Je crois.
– Ces hommes disposaient du matériel dont vous parlez.
– Vous faites fausse route, Antioche. Les gens de Monde Unique sont de braves types. Ils ne comprennent rien aux Roms mais ils sont dévoués. N'allez pas promener vos soupçons dans tous les coins. Vous n'y récolterez rien.
– Quel est votre point de vue?
– Le meurtre de Rajko est une énigme totale. Aucun témoin, aucune trace, aucun mobile. Sans compter la perfection de la technique. Après l'autopsie, j'ai songé au pire. J'ai cru à une machination raciste qui aurait visé particulièrement les Tsiganes. J'ai pensé : Le temps du nazisme est revenu. D'autres crimes vont être commis. Mais non. Depuis le mois d'avril, rien n'est arrivé. Ni ici, ni autre part dans les Balkans. J'en suis soulagé. Et j'ai décidé de passer ce meurtre dans nos pertes et profits.

» Je dois vous paraître cynique. Mais vous n'avez aucune idée du quotidien des Roms. Notre passé, notre présent, notre avenir ne sont que persécutions, manifestations hostiles, négation. J'ai beaucoup voyagé, Antioche. Partout j'ai rencontré la même haine, la même crainte du nomade. Je lutte contre cela. J'allège les souffrances de mon peuple, dans la mesure du possible. Paradoxalement, le fait d'être un infirme m'a donné une terrible force. Dans votre monde, un nain n'est qu'un monstre, qui ploie sous le fardeau de sa différence. Mais moi, j'étais avant tout un Rom. Mon origine a été comme une grâce, une seconde chance, vous comprenez? Le combat de ma différence s'est renforcé d'une autre cause, bien plus vaste, plus noble. Celle de mon peuple. Alors, laissez-moi suivre ma route. Si des sadiques ont décidé d'étriper leurs victimes – qu'ils s'en prennent désormais aux Gadjés –, je m'en moque.

Je me levai. Djuric se tordit sur son fauteuil pour mettre pied à terre. Il me précéda de sa démarche torse. Dans le couloir, toujours martelé par la musique, je chaussai mes Dockside sans un mot. Au moment de me dire adieu, dans la pénombre étouffante, Djuric m'observa quelques secondes.

– C'est étrange. Votre visage m'est familier. Peut-être ai-je connu quelqu'un de votre famille lorsque j'étais en France?

– J'en doute. Ma famille n'a jamais vécu en métropole. De plus, mes parents ont disparu quand j'avais six ans. Je ne me connais pas d'autres liens familiaux.

Djuric n'écouta pas ma réponse. Ses yeux globuleux demeuraient fixés sur mon visage, comme le faisceau d'un mirador. Il murmura enfin, en baissant la tête et en se massant la nuque :

– Étrange, cette impression.

J'ouvris la porte pour éviter de lui serrer la main. Djuric conclut :

– Bonne chance, Antioche. Mais tenez-vous-en à votre étude des cigognes. Les hommes ne méritent pas votre attention. Qu'ils soient rom ou gadjé.

15.

A vingt et une heures trente, je pénétrai dans la gare de Sofia, accompagné de Marcel et de Yeta. Il planait ici une sorte de brume, dorée, mouvante, fantasque. Fixée en hauteur, une horloge de métal, en forme de spirale, surplombait le hall immense. Ses aiguilles tournaient par à-coups, au fil des départs et des arrivées. Dessous, c'était la cohue. Des touristes trimbalaient leurs valises en avançant par groupes effarés. Des ouvriers, boueux ou graisseux, arboraient un regard vide. Des mères de famille, enturbannées de fichus colorés, traînaient une marmaille mal fagotée, en short et sandales. Des militaires aux uniformes kaki titubaient et s'esclaffaient, ivres comme des navires. Mais surtout, il y avait les Roms. Sur les bancs, endormis. Sur les quais, massés en groupe. Sur les rails, dégustant des saucisses ou buvant de la vodka. Partout, des femmes aux foulards brodés d'or, des hommes au teint de chêne, des enfants à moitié nus, indifférents aux horaires, aux trains et à tous ceux qui couraient après leur itinéraire, leur rêve ou leur boulot.

Plus discrètement, d'autres détails surgissaient. Des couleurs brillantes, des calots de feutre, des musiques en vrilles, diffusées par des radios, des arachides, vendues à même les quais. La gare de Sofia, c'était déjà l'Orient. Ici commençait le monde foisonnant de Byzance. Celui des hammams, des dômes d'or, des ciselures et des arabesques. Ici commençaient les parfums d'encens et le ventre souple des danseuses. Ici commençaient l'Islam, les minarets dressés et les appels inlassables des muezzin. De Venise, de

Belgrade, on passait par Sofia pour rejoindre la Turquie. C'était le grand tournant – le virage décisif de l'Orient-Express.

– Antioche... Antioche... drôle de nom pour une famille française. C'est le nom d'une ville ancienne de Turquie, s'exclama Marcel, tout en me suivant à vive allure.

Je répondis, écoutant à peine :

– Mes origines sont obscures.

– Antioche... Puisque tu vas en Turquie, fais donc un saut là-bas, près de la frontière syrienne. La ville s'appelle maintenant Antakya. Dans l'Antiquité, c'était une cité immense, la troisième de l'Empire romain, après Rome et Alexandrie! Aujourd'hui la ville a perdu son éclat, mais il y a certaines choses à voir, très intéressantes...

Je ne répondis pas. Marcel devenait assommant. Je cherchai la voie 18, en direction d'Istanbul. Elle était située aux confins de la gare, au-delà du hall central.

– Il faut que je te donne les clés, dis-je à Marcel. Tu rendras toi-même la voiture.

– Pas de problème, j'en profiterai pour promener Yeta dans *Sofia by night!*

La voie 18 était déserte. Mon train n'était pas encore là. Nous avions plus d'une heure d'avance. De vieux trains, sur les rails voisins, nous barraient tout horizon. A droite pourtant, derrière des wagons poussiéreux, j'aperçus deux hommes. Ils semblaient marcher dans la même direction que nous, mais ne portaient pas de bagages. Marcel dit : « Nous nous reverrons sans doute à Paris, en octobre, lorsque je viendrai en France. » Puis il adressa la parole à une Romni, qui attendait là, seule, avec son enfant. Je posai mon sac. L'esprit empli par les paroles de Djuric, j'avais hâte de m'installer dans le train – d'être seul pour réfléchir à tout ce que je venais d'apprendre.

Au-delà des wagons endormis, je repérai encore les deux hommes. Le plus grand portait un survêtement bleu sombre, en matière acrylique. Ses cheveux hérissés ressemblaient à des tessons de verre. L'autre était une sorte de colosse courtaud, au masque pâle, rongé par une barbe de trois jours. Deux sales gueules, comme on en trouve dans toutes les gares. Marcel discutait toujours avec la Romni. Enfin il se tourna vers moi et m'expliqua :

– Elle voudrait voyager dans ton compartiment. C'est la première fois qu'elle prend le train. Elle va à Istanbul, rejoindre sa famille...

Je regardai les deux hommes, à moins de cinquante mètres, juste en face de nous, entre l'espace des wagons. Le courtaud s'était retourné. Il semblait chercher quelque chose dans son imper. Une longue traînée de sueur assombrissait son dos. Le grand type gardait fixés sur nous ses yeux fiévreux. Marcel, rigolard, continuait : « Mais attention, tu ne la touches pas avant d'être sorti de Bulgarie! Tu connais les Roms! » Le petit pivota. Je dis : « Ne restons pas là. » Je me baissai pour prendre mon sac. Ma main serrait la courroie quand une légère détonation retentit. La seconde d'après, j'étais au sol et me tordais la tête pour hurler « Marcel! ». Trop tard : son crâne venait de voler en éclats.

Un autre « plop » se fit entendre, sous une pluie de sang. Le cri strident de Yeta déchira l'espace – c'était la première fois que j'entendais sa voix. Une, deux, trois, quatre détonations étouffées retentirent. Je vis Yeta propulsée dans le vide. Un faisceau minuscule, rouge grenat, courait en tous sens. Je pensai « visée laser » et rampai dans le sang qui collait à l'asphalte. Je jetai un coup d'œil à droite – la Romni était crispée sur son enfant, les mains noires de sang. Un coup d'œil à gauche : les tueurs couraient, penchés à mi-corps pour me repérer entre les roues d'acier – l'homme en imper tenait un fusil d'assaut muni d'un silencieux. Je me glissai dans la fosse, à l'opposé des assaillants. Je trébuchai sur le corps de Yeta – des viscères rose et rouge palpitaient entre les plis de sa veste –, puis courus, me heurtant les chevilles sur les rails.

J'atteignis l'extrémité des voies, toujours à l'abri dans la fosse. J'observai le hall. La foule était là, indifférente. La haute horloge marquait 21 h 55. Après avoir scruté les visages proches, je me levai et marchai à travers la foule, jouant des coudes, serrant contre moi mon sac ensanglanté. Enfin j'accédai aux portes de sortie. Nulle trace des tueurs.

Je courus jusqu'au parking et plongeai dans ma voiture. Par

chance, j'avais encore les clés. Je démarrai en trombe, glissant et dérapant sur l'asphalte trempé. Je ne savais où aller, mais je fonçai, pied au plancher. Les images explosaient dans mon cerveau : le visage de Marcel partant en débris sanglants, le corps de Yeta basculant sur les rails, la Romni étreignant son enfant. Du rouge, du rouge, du rouge.

Je roulais depuis cinq minutes lorsque des frissons m'électrisèrent la nuque. Sur mes talons, une voiture ne désemparait pas, une berline sombre. J'accélérai, tournai à gauche, puis à droite. La berline était toujours là. Elle roulait tous phares éteints, à une vitesse hallucinante. Un lampadaire éclaira furtivement l'intérieur de la voiture. Les meurtriers apparurent. Le géant au volant, le courtaud ne cachant plus son arme – un fusil trapu, à large canon. Ils portaient des amplificateurs de lumière, vissés sur leur crâne.

Je tournai à gauche, dans une artère longue et déserte, appuyai sur l'accélérateur. La berline m'emboîta le pas. Cramponné au volant, je tentai de rassembler mes pensées. Mon avance ne tenait pas. D'ailleurs, les tueurs profitèrent de la ligne droite pour me serrer, aile contre aile. Les carrosseries se frôlèrent, glissant dans un chuintement humide. Je braquai à droite, si brutalement que le berline continua tout droit. J'atteignis deux cents kilomètres à l'heure. Sur l'avenue, les lampes à sodium tremblaient dans l'orage. Tout à coup je rebondis sur un passage à niveau, mon châssis cogna l'asphalte dans un claquement de métal. De deux voies, l'avenue se réduisait à une.

Mes pleins phares dévoilèrent un nouveau croisement, je me risquai à droite et c'est alors qu'un éclair noir me barra la route : la berline, en travers de la voie. J'entendis les premières balles glisser sur mon capot. La pluie jouait en ma faveur. A la première rue perpendiculaire, je reculai à gauche – le temps de voir la berline filer devant moi –, puis m'engouffrai en face, dans la rue en descente. Je fonçai, perdant de l'élan à mesure que je m'enfonçais dans un imbroglio de rues bossues, de pavillons noirs et de trains endormis. Cette fois je pénétrai dans une zone d'entrepôts, sans lumière. J'éteignis mes phares et quittai la route pour rebondir sur des talus. Je me glissai entre les wagons, cahotant, patinant, jusqu'à stopper le long d'une voie ferrée.

J'abandonnai la voiture. La pluie avait cessé. A trois cents mètres, un entrepôt désaffecté se dressait dans l'ombre. A pas de lynx, je rejoignis le bâtiment.

Les vitres étaient béantes, les murs éventrés, des câbles arrachés se tordaient de toutes parts, toute présence humaine avait quitté ces lieux depuis longtemps. Le sol n'était qu'un long roucoulement – un parterre mouvant de plumes et de chiures. Des milliers de pigeons avaient élu domicile ici. Je risquai quelques pas. Ce fut comme si la nuit se brisait – une myriade de corps claquant des ailes et me piaillant aux tympans. Les plumes s'envolèrent, en même temps qu'une odeur âcre. Je me glissai dans un couloir. Des effluves de pétrole et de graisse emplissaient l'air humide. Mes yeux s'adaptaient à l'obscurité. A droite, s'ouvraient une succession de bureaux aux vitres fracassées. Le sol était jonché de tessons. Je longeai l'enfilade, enjambant des chaises brisées, des armoires renversées, des téléphones en miettes. Un escalier apparut.

Je montai les marches, sous une voûte blanchâtre de déjections d'oiseaux. J'eus l'impression de pénétrer dans le trou du cul d'un pigeon monstrueux. Au premier étage, je découvris une salle immense. Quatre cents mètres carrés absolument vides, ouverts à tous les vents. Seule une rangée de pylônes rectangulaires traversait, à intervalles réguliers, l'espace. Au sol, il y avait encore une infinité de débris de verre, brillant dans la nuit. J'écoutai. Nul bruit, nul souffle. Lentement je traversai la salle, puis atteignis une porte de métal, scellée par de lourdes chaînes. J'étais bloqué, mais personne ne viendrait me chercher ici. Je décidai d'attendre le lever du jour. Derrière le dernier pylône, je balayai les tessons et m'installai. Mon corps était brisé, mais je ne ressentais plus aucune peur. Je restai ainsi, accroupi au pied de la colonne, et ne tardai pas à m'endormir.

Les crissements du verre me réveillèrent. J'ouvris les yeux et regardai ma montre : 2 h 45. Les salopards avaient mis plus de quatre heures pour me retrouver. J'entendais leurs pas couiner sur le sol, derrière moi. Ils avaient sans doute repéré ma voiture et cherchaient maintenant ma trace – telles deux bêtes à l'affût. Quelques battements d'ailes résonnèrent. Haut, très haut, on entendait le martèlement de la pluie qui avait repris. Je risquai un coup d'œil. Je ne vis rien. Les deux tueurs n'utilisaient ni torche ni aucune source de lumière – seulement les amplificateurs de lumière. Je frémis soudain : ce type d'équipement est parfois doté d'un détecteur thermique. Si c'était le cas, la chaleur de mon corps allait provoquer une belle ombre rouge derrière le pylône. La porte devant moi était verrouillée. Les tueurs bloquaient l'autre issue.

Les crissements avançaient à une cadence régulière. D'abord une série de pas, une pause – dix à quinze secondes –, puis de nouveau une série de pas. Mes poursuivants se déplaçaient ensemble, pylône après pylône. Ils ne soupçonnaient pas ma présence – ils avançaient d'un pas discret, mais sans précaution particulière. Inexorablement, ils allaient me cueillir derrière l'ultime colonne. Combien pouvait-il y avoir de piliers entre nous? Dix? Douze? Les tueurs longeaient les colonnes sur la gauche. J'essuyai le voile de sueur qui me brouillait la vue. Lentement je retirai mes chaussures, puis les suspendis autour de mon cou à l'aide des lacets. Plus lentement encore, j'ôtai ma chemise, la déchirai avec les dents, centimètre après centimètre, et m'emmaillotai les pieds avec les lambeaux – les pas approchaient.

J'étais torse nu, hagard, transpirant la peur. Je jetai un regard de derrière le pylône puis bondis sur la droite, me plaquant derrière le pilier suivant. Je n'avais mis qu'une seule fois le pied au sol, épousant les éclats de verre de mes semelles de coton. Nul bruit, nul souffle. En face, j'entendais de nouveau les bruits de tessons. Aussitôt je me glissai derrière le pilier suivant. Il restait cinq ou six colonnes entre nous. Je les entendis encore. Je me jetai derrière le pylône suivant. Mon plan était simple. Dans quelques secondes, les tueurs et moi serions plaqués de chaque côté du même pilier. Il me faudrait alors glisser à droite pendant qu'ils passeraient à gauche. C'était un projet insensé, quasi enfantin. Mais c'était celui de la dernière chance. Lentement je me baissai et ramassai, avec deux doigts, une bande de plâtre surmontée d'un éclat de verre. Je passai successivement trois pylônes. Un bruit de respiration me tétanisa. Ils étaient là, de l'autre côté. Je comptai dix secondes puis, au premier crissement, passai à droite, plaquant mon dos brûlant au pilier.

La stupeur traversa mon cœur. En face de moi se tenait le

géant en survêtement, un éclair de métal dans les mains. Il mit un dixième de seconde à comprendre ce qui se passait. Le dixième suivant, il avait le tesson planté dans la gorge. Le sang jaillit, gargouilla entre mes doigts serrés. Je lâchai l'arme, ouvris les bras et réceptionnai le corps qui s'abattit lourdement. Je me pliai sur mes jambes, puis fis passer le colosse sur mon dos. L'atroce manœuvre était rendue plus aisée, comme lubrifiée par le sang qui coulait à flots. Je m'agenouillai, mains sur le sol. Mes paumes brûlées et insensibles s'appuyèrent sur le verre brisé sans la moindre douleur, c'était la première fois que mon infirmité me sauvait la vie. Le corps dégorgeait toujours son sang brûlant. Les yeux écarquillés, la gorge ouverte sur un cri blanc, j'entendais l'autre tueur qui avançait toujours, sans se douter de rien. Je laissai glisser la masse inerte le long de mes épaules, sans un bruit, puis détalai, aussi léger que la peur. Ce n'est qu'en descendant les marches, blanches de chiures, que je réalisai quelle était l'arme du tueur : un bistouri à haute fréquence, relié à une batterie électrique fixée à sa ceinture.

Je courus jusqu'à la voiture, démarrai aussitôt et manœuvrai dans les buissons humides jusqu'à rejoindre la route goudronnée. Après une demi-heure de sens uniques et des rues obscures, je m'engouffrai sur l'autoroute, direction Istanbul. Je roulai longtemps, à plus de deux cent trente kilomètres à l'heure, pleins phares, face aux ténèbres.

Bientôt j'approchai de la frontière. Mon visage devait être marqué de rouge, mes doigts poisseux de sang. Je stoppai. Dans le rétroviseur, je découvris les croûtes coagulées sur mes paupières, mes cheveux agglutinés – par le sang de l'autre. Mes mains se mirent à trembler. Le tremblement se communiqua à mes bras, à mes mâchoires, par saccades. Je sortis de la voiture. La pluie redoublait. Je me déshabillai et restai debout, droit et nu dans l'averse, sentant la fraîcheur de la boue me tenir aux chevilles. Je demeurai ainsi, cinq, dix, vingt minutes, rincé par les gouttes, lavé des marques de mon crime. Ensuite je retournai à l'abri dans la voiture, empoignai du linge sec et me rhabillai. Mes blessures étaient superficielles. Je trouvai des pansements dans ma trousse à pharmacie et bandai rapidement mes paumes, après les avoir désinfectées.

Je passai la frontière sans problème, malgré mon retard sur les quarante-huit heures autorisées. Puis je traçai encore. Le jour se levait. Un panneau indiqua : Istanbul, 80 kilomètres. Je ralentis. Trois quarts d'heure plus tard, j'approchais de la banlieue de la ville, cherchant dans ma documentation, tout en roulant, un point précis. Ma carte était claire. A Paris, à force d'appels et d'enquêtes, j'avais localisé ce lieu « stratégique ». Enfin, après quelques détours, j'atteignis les sommets des collines de Büyük Küçük Canlyca, au-dessus du Bosphore.

Depuis cette hauteur, le détroit ressemblait à un géant de cendres, immobile et englué. Au loin, Istanbul surgissait dans la brume, minarets tendus et dômes au repos. Je stoppai. Il était six heures trente. Le silence était vaste, pur, empli des détails que j'aime : des cris d'oiseaux, des bêlements lointains, le renflement du vent dans l'herbe mouvante. Progressivement, l'or du soleil vint allumer les flots. Je demeurai les yeux fixés vers le ciel, jumelles aux poings. Pas un oiseau. Pas une ombre. Une heure passa encore puis, tout à coup, très haut, un nuage se découpa, fourmillant, ondulant. Parfois noir, parfois blanc. C'étaient elles. Un groupe de mille cigognes s'apprêtait à franchir le détroit. Je n'avais jamais contemplé un tel spectacle. Une somptueuse farandole ailée, becs dressés, mue par la même force, la même ténacité. Une vague spacieuse et légère dont l'écume aurait été de plume, la seule force du vent pur...

Sous mes yeux, dans le ciel parfait, les cigognes s'élevèrent encore, jusqu'à devenir infimes. Puis, d'un coup, elles franchirent le détroit. Je songeai à ces jeunes cigognes qui s'étaient envolées d'Allemagne, guidées par leur seul instinct. Pour la première fois de leur existence, elles triomphaient de la mer. J'abaissai tout à coup mes jumelles et scrutai les eaux du Bosphore.

Pour la première fois de ma vie, j'avais tué un homme.

III

Le kibboutz aux cigognes

16.

D'Istanbul, je descendis en voiture jusqu'à Izmir, au sud-ouest de la Turquie. Là, je rendis la Volkswagen au concessionnaire local. Les agents tiquèrent devant l'état du véhicule mais, comme promis dans les brochures publicitaires, ils se montrèrent plutôt conciliants. Je pris ensuite un taxi jusqu'à Kusadasi, minuscule port qui proposait un ferry pour l'île de Rhodes. Nous étions le 1er septembre. J'embarquai à dix-neuf heures trente, après m'être douché et changé dans une chambre d'hôtel. J'optais désormais pour une tenue anonyme – tee-shirt, pantalon de toile et saharienne couleur sable – et ne quitterais plus mon bob en Goretex, ni mes lunettes de soleil – deux garanties supplémentaires d'anonymat. Mon sac n'avait subi aucun dommage, pas plus que mon micro-ordinateur. Quant à mes mains, les blessures cicatrisaient déjà. A vingt heures précises, je quittai la côte turque. Le lendemain matin, à l'aube, au pied de la forteresse de Rhodes, je grimpai sur un autre bateau, en direction de Haïfa, Israël. La traversée de la Méditerranée allait durer environ vingt-quatre heures. Durant cette croisière forcée, je me contentai de boire du thé noir.

Le visage de Marcel, emporté par le premier tir, le corps de Yeta, perforé de toutes parts, celui de l'enfant tsigane, sans doute tué par une des balles qui m'étaient destinées – toutes ces images ne cessaient de lacérer ma mémoire. Trois innocents étaient morts par ma faute. Et moi, j'étais toujours vivant. Cette injustice m'obsédait. J'étais pénétré par l'idée de vengeance. Curieusement, dans cette logique, le fait d'avoir déjà assassiné un homme m'importait peu. J'étais un « homme à abattre », qui s'avançait vers l'inconnu, prêt à tuer ou à être tué.

Je comptais suivre les cigognes jusqu'au bout. La migration des oiseaux pouvait sembler bien futile au regard des événements qui venaient de survenir. Mais après tout, c'étaient bien les oiseaux qui m'avaient placé sur cette route de violence. Et j'étais plus que jamais persuadé que les volatiles jouaient un rôle essentiel dans cette histoire. Les deux hommes qui avaient tenté de me tuer n'étaient-ils pas les deux Bulgares évoqués par Joro? Et l'arme de ma victime – un bistouri à haute fréquence – ne traçait-elle pas un lien direct avec le meurtre de Rajko?

Avant d'embarquer, j'avais appelé de l'hôtel le Centre Argos. Les cigognes continuaient leur voie – un peloton de tête était parvenu à Dörtyol, dans le golfe d'Iskenderun, à la frontière Turquie-Syrie. Leur moyenne n'avait plus rien à voir avec les évaluations des ornithologues – ces cigognes dépassaient allégrement les deux cents kilomètres par jour. Épuisées, elles allaient sans doute se reposer aux alentours de Damas, avant de repartir en direction de leur passage obligé : les étangs de Beit She'an, en Galilée, où elles se nourrissaient de poisson dans les étangs de pisciculture. Telle était ma destination.

Pendant la traversée, d'autres questions se précipitèrent. Qu'avais-je donc découvert pour mériter la mort? Et qui m'avait balancé aux tueurs? Milan Djuric? Markus Lasarevitch? Les Tsiganes de Sliven? Étais-je suivi depuis le départ? Et que venait faire là-dedans l'organisation Monde Unique? Lorsque cette spirale de questions m'accordait quelque répit, je m'efforçais de dormir. Au son des flots bruissants, je m'assoupissais sur le pont, puis me réveillais presque aussitôt, et de nouveau les questions revenaient m'obséder.

A neuf heures du matin, le 3 septembre, Haïfa apparut dans la pulvérulence de l'air. Le port oscillait entre le centre industriel et la zone résidentielle – la ville haute se découpait sur les flancs du mont Carmel, claire et sereine. Dans la fournaise du quai, où la multitude s'activait en braillant et jouant des coudes, je perçus cette agitation chauffée à blanc, vive et parfumée, qui me rappelait les comptoirs orientaux des romans d'aventures. La réalité était moins romantique.

Israël était en état de guerre. Une guerre des nerfs, d'usure, tendue et souterraine. Une guerre sans trêve, ponctuée de colères et d'actes de violence. Dès que je mis pied à terre, cette tension me frappa au visage. D'abord, on me fouilla. On inspecta mes bagages avec minutie. Ensuite on me fit subir un interrogatoire en règle, dans un petit réduit fermé d'un rideau blanc. Une femme en uniforme m'assaillit de questions, en anglais. Toujours les mêmes. Dans un ordre. Puis dans un autre. « Pourquoi venez-vous en Israël? » « Qui allez-vous voir? » « Que comptez-vous faire ici? » « Êtes-vous déjà venu? » « Qu'avez-vous emporté? » « Connaissez-vous des Israéliens? »... Mon cas posait un problème. La femme ne croyait pas à mon histoire de cigognes. Elle ignorait qu'Israël fût sur la route des oiseaux. De plus, je ne disposais que d'un aller simple. « Pourquoi êtes-vous passé par la Turquie? » demandait-elle plus nerveusement. « Comment comptez-vous repartir? », surenchérissait une autre femme, debout, venue en renfort.

Au bout de trois heures de fouilles assidues et de questions répétées, je pus passer la douane et pénétrer sur le territoire d'Israël. Je changeai 500 dollars en shekels et louai une voiture. Une Rover, petit modèle. J'utilisai encore une fois les vouchers de Böhm. L'hôtesse m'indiqua avec précision l'itinéraire à emprunter pour gagner Beit She'an et me déconseilla formellement de m'en écarter. « Vous savez, il est dangereux de voyager dans les territoires occupés avec des plaques d'immatriculation israéliennes. Les enfants palestiniens vous lancent aussitôt des pierres et vous agressent. » Je remerciai la femme pour sa sollicitude et lui promis d'éviter tout écart.

Dehors, loin du vent marin, la chaleur était suffocante. Le parking flambait dans une lumière torride. Tout semblait pétrifié dans la clarté du matin. Des soldats armés, casques lourds, treillis de camouflage, harnachés de talkies-walkies et de munitions, arpentaient les trottoirs. Je montrai mon contrat de location, traversai l'aire de stationnement et repérai la voiture. Le volant et les sièges étaient brûlants. Je fermai les vitres et mis en marche la climatisation. Je vérifiai mon itinéraire sur un guide rédigé en français. Haïfa était à l'ouest, Beit She'an à l'est, près de la frontière jordanienne : je devais donc traverser toute la Galilée, sur environ cent kilomètres. La Galilée... En d'autres circonstances, un tel nom m'aurait plongé dans de longues méditations. J'aurais goûté en profondeur le charme de ces lieux de légende, de cette terre mythique, berceau de la Bible. Je démarrai et pris la direction de l'est.

Je disposais de deux contacts : Iddo Gabbor, un jeune ornithologue qui soignait les cigognes accidentées au kibboutz de Newe-Eitan, près de Beit-She'an et Yossé Lenfeld, le directeur de la Nature Protection Society, vaste laboratoire implanté près de l'aéroport Ben-Gourion.

Autour de moi, le paysage alternait entre l'aridité des déserts et l'hospitalité artificielle de villes trop neuves. Parfois j'apercevais un pasteur auprès de ses chameaux. Dans la clarté aveuglante, sa tunique brune se confondait avec le pelage de son troupeau. D'autres fois je croisais des cités claires et modernes, qui blessaient les yeux à force de blancheur. Pour l'heure, le paysage ne me séduisait pas. Ce qui m'étonnait beaucoup plus, c'était la lumière. Vaste, pure et oscillante, elle ressemblait à un souffle immense, qui aurait embrasé le paysage, tout en le maintenant à un degré de fusion extraordinaire, éblouissant, frémissant.

Aux environs de midi, je stoppai dans une gargote. Installé à l'ombre, je bus du thé, dégustai des petites galettes trop sucrées et téléphonai plusieurs fois à Gabbor – aucune réponse. A treize heures trente, je décidai de continuer ma route et de tenter ma chance sur place.

Une heure plus tard, j'arrivais aux kibboutzim de Beit-She'an. Trois villages, parfaitement ordonnés, encadraient de vastes champs de culture. Mon guide parlait abondamment des kibboutzim, expliquant qu'il s'agissait de « collectivités fondées sur la propriété collective des moyens de production, et d'une consommation collective, la rémunération n'ayant pas de lien direct avec le travail ». « La technique agricole du kibboutz, concluait le chapitre, est admirée et étudiée partout dans le monde, en raison de son efficacité. » Je roulai, un peu à l'aveuglette, le long des étendues verdoyantes.

Enfin, je trouvai le kibboutz de Newe-Eitan. Je le reconnus

à ses *fishponds,* des étangs de pisciculture dont la surface saumâtre lançait çà et là des éclairs de soleil. Il était quinze heures. La chaleur ne désemparait pas. Je pénétrai dans un village, constitué de maisons blanches, soigneusement alignées. Les rues étaient égayées par des carrés de fleurs. On voyait derrière les haies les surfaces bleutées de quelques piscines. Mais tout était désert. Pas une âme qui vive. Pas même un chien pour traverser les ruelles.

Je décidai de longer les étangs de pisciculture. Je suivis un petit chemin qui bordait une vallée étroite. En bas, les étangs déployaient leurs eaux sombres. Des hommes et des femmes travaillaient sous le soleil. Je descendis à pied. L'odeur amère et sensuelle des poissons, saupoudrée par les fragrances cendrées des arbres secs, vint à ma rencontre. Un bruit assourdissant de moteur cognait les cieux. Deux hommes sur un tracteur chargeaient des caisses remplies de poissons.

« Shalom », criai-je, sourire aux lèvres. Les hommes me fixèrent de leurs yeux clairs, sans dire un mot. L'un d'eux portait à la ceinture un étui de cuir duquel jaillissait la crosse brune d'un revolver. Je me présentai en anglais et leur demandai s'ils connaissaient Iddo Gabbor. Leurs visages se durcirent encore, la main droite de l'homme se rapprocha de l'arme. Pas un mot. J'expliquai, en hurlant pour couvrir les trépidations du tracteur, la raison de ma visite. J'étais un passionné de cigognes, j'avais parcouru trois mille kilomètres pour les observer ici et je voulais qu'Iddo m'emmène les voir, le long de leurs repaires. Les hommes se regardèrent, toujours en silence. Enfin, l'homme non armé désigna de l'index une femme qui travaillait le long d'un étang, à deux cents mètres de là. Je les remerciai et me dirigeai vers la silhouette. Je sentis leur regard me suivre, comme le viseur d'une arme automatique.

Je m'approchai et répétai « Shalom ». La femme se releva. C'était une jeune femme, âgée d'environ trente ans. Elle mesurait plus d'un mètre soixante-quinze. Sa silhouette était sèche et dure, comme une lanière de cuir racornie au soleil. Ses longues mèches blondes voletaient autour de son visage sombre et aigu. Ses yeux me regardèrent, pleins de mépris et de crainte. Je n'aurais su dire leur couleur, mais le dessin des sourcils leur donnait un éclat frémissant – c'était l'écorchure du soleil sur l'échine des vagues, l'étincelle claire de l'eau des jarres abreuvant la terre, le long des tièdes crépuscules. Elle portait des bottes de caoutchouc et un tee-shirt maculé de boue.

« Que voulez-vous? » demanda-t-elle en anglais. Je répétai mon histoire de cigognes, de voyage, d'Iddo. Brutalement elle se remit au travail, sans répondre, plongeant un lourd filet dans les eaux sombres. Elle avait des gestes gauches – une ossature d'oiseau, qui me fit frémir des pieds à la tête. J'attendis quelques secondes, puis repris : « Qu'est-ce qui ne va pas? » La femme se redressa, puis dit, cette fois en français :

– Iddo est mort.

La route des cigognes était la route du sang. Un creux au cœur, je balbutiai :

– Mort? Depuis combien de temps?

– Quatre mois environ. Les cigognes étaient de retour.

– Dans quelles conditions?

– Il a été tué. Je ne veux pas en parler.

– Je suis désolé. Vous étiez sa femme?

– Sa sœur.

La femme se courba de nouveau, suivant les poissons avec son filet. Iddo Gabbor avait été assassiné, peu après Rajko. Encore un cadavre. Encore une énigme. Et l'assurance que la voie des cigognes constituait un aller simple pour l'enfer. Je regardai l'Israélienne, le vent courait dans ses mèches. Cette fois, c'est elle qui s'arrêta, puis demanda :

– Vous voulez voir les cigognes?

– Eh bien... (ma requête semblait ridicule, au milieu de ce champ aux morts). J'aimerais, oui...

– Iddo soignait les cigognes.

– Je sais, c'est pourquoi...

– Elles viennent le soir, au-delà des collines.

Elle regarda l'horizon, puis murmura :

– Attendez-moi au kibboutz, à six heures. Je vous emmènerai.

– Je ne connais pas le kibboutz.

– Près de la petite place. Il y a une fontaine. Les *birdwatchers* habitent dans ce quartier.

– Je vous remercie...

– Sarah.

– Merci, Sarah. Je m'appelle Louis. Louis Antioche.

– Shalom, Louis.

Je repris le sentier, sous les regards hostiles des deux hommes. Je marchais comme un somnambule, aveuglé par le soleil, abasourdi par l'annonce de cette nouvelle mort. Pourtant, à cet instant, je ne songeais qu'à une chose : les mèches ensoleillées de Sarah qui couraient dans mon sang comme une brûlure.

***

Le déclic de l'arme me réveilla en sursaut, j'ouvris les yeux. Je m'étais endormi dans ma voiture sur la petite place du kibboutz. Autour, des hommes en civil braquaient sur moi une véritable artillerie. Il y avait des colosses à barbe brune, des blonds aux joues roses. Ils parlaient entre eux une langue orientale, exempte de sonorités gutturales – de l'hébreu – et la plupart portaient la kippa. Ils jetaient à l'intérieur de la voiture des coups d'œil inquisiteurs. Ils hurlèrent en anglais : « Qui es-tu? Que viens-tu faire ici? » Un des colosses frappa du poing sur ma vitre et cria : « Ouvre ta fenêtre! Passeport! » Comme pour appuyer ses paroles, il fit monter une balle dans le canon du fusil. Lentement, j'ouvris ma vitre et fis glisser mon passeport. L'homme l'arracha et le passa à un de ses acolytes, sans cesser de me tenir en joue. Mes papiers circulaient, de main en main. Soudain une voix intervint, une voix de femme, frêle et dure. Le groupe s'écarta. Je découvris Sarah qui jouait des coudes parmi les géants. Elle les repoussait en hurlant, frappant à pleines mains sur leurs armes, déchaînant des cris, des injures, des grognements. Elle saisit mon passeport et me le rendit aussitôt, sans cesser d'invectiver mes assaillants. Enfin les hommes tournèrent les talons, maugréant et traînant des pieds. Sarah se retourna et dit en français :

– Tout le monde est un peu nerveux, ici. Il y a une semaine, quatre Arabes ont tué trois des nôtres, dans un camp militaire, à proximité du kibboutz. Ils les ont plantés à coups de fourche, pendant leur sommeil. Je peux monter?

Nous roulâmes durant dix minutes. Le paysage offrait de nouveaux étangs d'eaux noires, enfouis parmi des hautes herbes d'un vert de rizière. Tout à coup, nous parvînmes au bord d'une autre vallée, et je dus me frotter les yeux pour me convaincre du spectacle qui s'offrait à moi.

Des marécages s'étendaient à perte de vue, entièrement recouverts de cigognes. Partout la blancheur des plumes, les pointes des becs, s'agitant, s'ébrouant, s'envolant. Elles étaient des dizaines de milliers. Les arbres ployaient sous leur poids. Les eaux n'étaient que corps trempés, cous plongés, activité fourmillante, où chaque volatile se nourrissait avec avidité. Les cigognes pataugeaient à mi-ailes, rapides, précises, captant les poissons dans leur bec acéré. Elles ne ressemblaient pas aux oiseaux d'Alsace. Elles étaient décharnées, noirâtres. Il n'était plus question pour elles de se lisser les plumes, ou d'apprêter avec soin les contours de leur nid. Elles ne se préoccupaient que d'une chose : atteindre l'Afrique en temps et en heure. Sur le plan scientifique, j'étais ici en face d'une véritable exclusivité car les ornithologues européens m'avaient toujours affirmé que les cigognes ne pêchaient jamais, qu'elles se nourrissaient uniquement de viande.

La voiture commençait à patiner dans les ornières. Nous descendîmes. Sarah dit simplement :

– Le kibboutz aux cigognes. Chaque jour, elles arrivent ici par milliers. Elles reprennent leurs forces, avant d'affronter le désert du Néguev.

J'observai longuement les oiseaux aux jumelles. Impossible de dire si l'une d'entre elles était baguée. Au-dessus de nous, je perçus un souffle, à la fois ténu et entêtant. Je levai les yeux. Des groupes entiers passaient à basse altitude, sans discontinuer. Chaque cigogne, comme auréolée d'azur, suivait sa trajectoire, glissant dans l'air torride. Nous étions au cœur du territoire des cigognes. Nous nous assîmes dans un creux d'herbes sèches. Sarah entoura ses jambes repliées de ses bras, puis posa son menton sur ses genoux. Elle était moins jolie que je ne l'avais cru. Son visage, trop dur, semblait desséché par le soleil. Ses pommettes saillaient comme des éclats de pierre. Mais le dessin de son regard ressemblait à un oiseau, qui aurait joué de ses plumes au creux de votre cœur.

– Chaque soir, reprit Sarah, Iddo venait ici. Il partait à pied et arpentait ces marécages. Il recueillait les cigognes blessées et épuisées, les soignait sur place ou bien les ramenait à la maison. Il avait aménagé un local dans le garage. Une sorte d'hôpital pour les oiseaux.

– Toutes les cigognes passent par cette région?

– Toutes, sans exception. Elles ont détourné leur route pour se nourrir dans les *fishponds*.

– Iddo vous avait parlé de la disparition des cigognes, au printemps dernier?

Sarah me tutoya brutalement :

– Qu'est-ce que tu veux dire?

– Cette année, lorsqu'elles sont revenues d'Afrique, les cigognes étaient moins nombreuses que d'habitude. Iddo avait sans doute remarqué ce phénomène.

– Il ne m'a rien dit.

Je me demandais si Iddo, comme Rajko, tenait un journal de bord. Et s'il travaillait, lui aussi, pour Max Böhm.

– Tu parles parfaitement le français.

– Mes grands-parents sont nés dans ton pays. Après la guerre, ils n'ont pas voulu retourner en France. Ce sont eux qui ont fondé les kibboutzim de Beit-She'an.

– C'est une région magnifique.

– Cela dépend. J'ai toujours vécu ici, sauf lorsque j'ai fait mes études, à Tel-Aviv. Je parle hébreu, français et anglais. J'ai obtenu une maîtrise de physique en 1987. Tout ça pour me retrouver dans cette merde, à me lever à trois heures du matin, à patauger dans des eaux puantes six jours par semaine.

– Tu veux partir?

– Avec quoi? Nous sommes dans un système communautaire, ici. Tout le monde gagne la même chose. C'est-à-dire rien.

Sarah leva les yeux vers les oiseaux qui passaient dans le ciel rougeoyant, sa main en visière, pour se protéger des derniers feux du soleil. Sous cette ombre, ses yeux brillaient comme le reflet de l'eau au fond du puits.

– Chez nous, la cigogne appartient à une très ancienne tradition. Jérémie, dans la Bible, a dit, pour exhorter le peuple d'Israël à partir :

« Tous retournent à leur course,
tel un cheval qui fonce au combat.
Même la cigogne dans le ciel
Connaît sa saison,
La tourterelle, l'hirondelle et la grue observent le temps de leur migration. »

– Qu'est-ce que cela signifie?
Sarah haussa les épaules, sans cesser de scruter les oiseaux :
– Cela signifie que moi aussi j'attends mon heure.

17.

Le dîner fut très doux. Sarah m'avait invité pour la soirée. Je ne pensais plus à rien, me laissant bercer par la douceur de ces instants inattendus.

Nous mangions dans le jardin de sa maison, face aux rubans rouges et roses du crépuscule. Elle me proposait de nouveaux pitas, ces petits pains ronds, extraplats, qui s'entrouvrent sur des délices impromptues. J'acceptais à chaque fois, la bouche pleine. Je mangeai comme un ogre. Le régime alimentaire israélien avait tout pour me séduire. La viande ici coûtait très cher et l'on se nourrissait plus volontiers de produits lactés et de légumes. Surtout, Sarah m'avait préparé du thé parfumé, de Chine, servi en toute pureté.

Sarah avait vingt-huit ans, des idées violentes et des manières de fée. Elle me parla d'Israël. Sa voix douce formait un contraste avec son dégoût. Sarah n'avait que faire du grand rêve de la Terre promise, elle dénonçait les excès du peuple juif, sa rage de la terre, du bon droit, qui aboutissait à tant d'injustices, tant de violences, dans un pays déchiré. Elle m'expliqua les horreurs commises des deux côtés : les membres brisés des Arabes, les enfants hébreux poignardés, les affrontements de l'Intifada. Elle dressa aussi un étrange portrait d'Israël. Selon elle, l'État hébreu était un véritable laboratoire de guerre : toujours en avance d'une méthode d'écoute, d'une arme technologique ou d'un moyen d'oppression.

Elle me parla de son existence au kibboutz, de son dur labeur, des repas pris en commun, des réunions du samedi soir, afin de prendre des « décisions qui concernaient chacun ». Toute cette existence collective, où chaque jour ressemblait à la veille et plus encore au lendemain. Elle évoqua les jalousies, l'ennui, la sourde hypocrisie de la vie communautaire. Sarah était malade de solitude.

Pourtant, elle insistait aussi sur l'efficacité de l'agriculture du kibboutz, évoquait ses grands-parents, ces pionniers d'origine séfarade qui avaient fondé les premières communautés, après la Seconde Guerre mondiale. Elle parlait du courage de ses parents, morts au travail, de leur ferveur, de leur volonté. Dans ces moments-là, Sarah s'exprimait comme si, en elle, la juive luttait contre la femme – l'idéal contre l'individualité. Et ses longues mains partaient en à-coups, dans l'air du soir, pour exprimer toutes ces idées qui bouillonnaient en elle.

Plus tard, elle m'interrogea sur mes activités, mon passé, mon existence parisienne. Je lui résumai mes longues années d'études, puis lui expliquai que je me consacrais désormais à l'ornithologie. Je décrivis mon voyage et réaffirmai mon désir d'observer les cigognes lors de leur passage en Israël. Cette idée fixe ne l'étonnait pas : les kibboutzim de Beit-She'an constituent un point de ralliement pour de nombreux *birdwatchers*. Des passionnés d'oiseaux, venus des quatre coins de l'Europe et des États-Unis, qui s'installent ici durant la période de migration, et passent leurs journées, armés de jumelles, de longues-vues et de téléobjectifs, à observer des vols inaccessibles.

Onze heures sonnèrent. Je me risquai enfin à parler de la mort d'Iddo. Sarah me glaça du regard, puis dit, d'une voix blanche :

– Iddo a été tué, il y a quatre mois. Il a été assassiné alors qu'il soignait les cigognes, dans les marais. Des Arabes l'ont surpris. Ils l'ont attaché à un arbre et l'ont torturé. Ils l'ont frappé au visage, avec des pierres, jusqu'à lui broyer les mâchoires. Sa gorge était remplie de débris d'os et de dents. Ils lui ont aussi brisé les doigts et les chevilles. Ils l'ont déshabillé et dépecé, à l'aide d'une tondeuse à moutons. Quand le corps a été découvert, il ne restait que l'épiderme du visage, qui ressemblait à un masque mal ajusté. Ses entrailles se déroulaient jusqu'à ses pieds. Les oiseaux commençaient à dévorer le corps.

La nuit était parfaitement silencieuse.

– Tu parles d'Arabes. A-t-on retrouvé les coupables?

– On pense que ce sont les quatre Arabes dont je t'ai parlé. Ceux qui ont tué des soldats.

– Ils ont été arrêtés?

– Ils sont morts. Nous réglons nos propres comptes sur nos terres.

– Les Arabes attaquent souvent des civils?

– Pas dans notre région. Ou seulement s'il s'agit de militants actifs, comme les colons que tu as vus ce soir.

– Iddo était militant?

– Pas du tout. Pourtant, ces derniers temps, il avait changé. Il s'était procuré des armes, des fusils d'assaut, des armes de poing, et plus curieusement des silencieux. Il disparaissait avec ses armes des journées entières. Il n'allait plus aux étangs. Il était devenu violent, irascible. Il s'exaltait d'un coup ou restait silencieux, durant de longues heures.

– Iddo aimait la vie du kibboutz?

Sarah éclata d'un rire aigre et funeste.

– Iddo n'était pas comme moi, Louis. Il aimait les poissons, les étangs. Il aimait les marécages, les cigognes. Il aimait revenir à la nuit, noir de boue, pour s'enfermer dans son local de soins, avec quelques oiseaux déplumés. (Sarah rit de nouveau, sans joie.) Mais il m'aimait plus encore. Et il cherchait un moyen pour nous faire quitter ce putain d'enfer.

Sarah marqua un temps, haussa les épaules, puis commença à rassembler les assiettes et les couverts.

– En fait, reprit-elle, je crois qu'Iddo ne serait jamais parti. Il était profondément heureux ici. Le ciel, les cigognes, et puis moi. A ses yeux, c'était la force ultime du kibboutz : il m'avait sous la main.

– Que veux-tu dire?

– Ce que j'ai dit : il m'avait sous la main.

Sarah partit dans la maison, les bras chargés. Je l'aidai à débarrasser. Pendant qu'elle achevait ses rangements dans la cuisine, je fis quelques pas dans la pièce principale. La maison de Sarah était petite et blanche. D'après ce que je pouvais voir, il y avait cette grande pièce, puis, le long d'un couloir, deux chambres – celle de Sarah, celle d'Iddo. Sur un meuble, je vis la photo d'un jeune homme aux larges épaules. Son visage était vif, tanné par le soleil, et sa physionomie respirait la santé et la douceur. Iddo ressemblait à Sarah : même dessin des sourcils, mêmes pommettes, mais là où, chez sa soeur, tout n'était que maigreur et tension, Iddo rayonnait plutôt de vitalité. Sur cette image, Iddo paraissait plus jeune que Sarah, peut-être vingt-deux ou vingt-trois ans.

Sarah sortit de la cuisine. Nous retournâmes sur la terrasse. Elle ouvrit une petite boîte en fer qu'elle venait d'apporter.

– Tu fumes?

– Des cigarettes?

– Non, de l'herbe.

– Non, pas du tout.

– Ça ne m'étonne pas. Tu es un drôle de mec, Louis.

– Mais ne te gêne pas pour moi, si tu veux...

– Ça ne vaut que si c'est partagé, trancha Sarah, en refermant sa boîte.

Elle se tut, puis me dévisagea un court instant.

– Maintenant Louis, tu vas m'expliquer ce que tu fais vraiment ici. Tu n'as pas l'air d'un *birdwatcher*. Je les connais bien. Ce sont des toqués d'oiseaux qui ne parlent que de ça et vivent la tête dans le ciel. Toi, tu n'y connais rien, sauf en matière de cigognes. Et tu as les yeux d'un mec qui poursuit autant qu'il est poursuivi. Qui es-tu, Louis? Un flic? Un journaliste? Ici, on se méfie des goys. (Sarah baissa la voix :) Mais je suis disposée à t'aider. Raconte-moi ce que tu cherches.

Je réfléchis quelques instants puis, sans hésiter, racontai tout. Qu'avais-je à perdre? Ouvrir ainsi mon cœur me soulageait. J'expliquai la curieuse mission que Max Böhm m'avait confiée peu de temps avant de mourir. Je lui parlai des cigognes, de cette quête si pure, à flanc de vent et de ciel, qui avait basculé soudainement dans le cauchemar. Je lui racontai mes dernières quarante-huit heures en Bulgarie. Je lui dis comment avait disparu Rajko Nicolitch. Comment avaient été tués Marcel, Yeta et sans doute un enfant. Puis comment j'avais égorgé un inconnu, avec un tesson de verre, au fond d'un entrepôt. Je répétai mon intention de débusquer l'autre salopard et ses commanditaires. Enfin je parlai de Monde Unique, de Dumaz, de Djuric, de Joro. Le bistouri à haute fréquence, le vol du cœur de Rajko, la greffe mystérieuse de Max Böhm, tout s'emmêlait dans mon esprit.

– Cela peut paraître étrange, conclus-je, mais je suis persuadé que les cigognes détiennent la clé de toute l'affaire. Depuis le début, je pressens que Böhm possédait une autre raison de vouloir retrouver ses cigognes. Et les meurtres jalonnent, kilomètre après kilomètre, la route des oiseaux.

– La mort de mon frère a-t-elle un rapport avec cette histoire?

– Peut-être. Il faudrait que j'en sache un peu plus.

– Le dossier est entre les mains du Shin-bet. Tu n'as aucune chance de le voir.

– Et ceux qui ont découvert le corps?

– Ils ne te diront rien.

– Pardonne-moi, Sarah, mais as-tu vu le corps?

– Non.

– Sais-tu... (j'hésitai un instant)... sais-tu s'il manquait certains organes?

– Comment cela?

– L'intérieur du thorax était-il intact?

Le visage de Sarah se voila.

– La plupart de ses entrailles avaient été bouffées par les oiseaux. C'est tout ce que je sais. On a retrouvé son cadavre à l'aube. Le 16 mai exactement.

Je me levai et fis quelques pas dans le jardin. La mort d'Iddo était sans aucun doute un nouveau maillon dans l'écheveau, un nouveau cran dans la terreur – mais plus que jamais j'étais dans le noir. Le noir absolu.

– Je ne comprends rien à ce que tu racontes, Louis, mais j'ai des choses à te dire.

Je m'assis de nouveau et sortis mon petit calepin de ma poche-revolver :

– D'abord, Iddo avait découvert quelque chose. Je ne sais pas quoi, mais à plusieurs reprises il m'avait affirmé que nous allions devenir riches, que nous allions partir pour l'Europe. Au début, je n'ai pas prêté attention à son délire. J'ai pensé qu'Iddo inventait ça pour me faire plaisir.

– A quand remontent ces affirmations?

– Début mars, je crois. Un soir il est rentré complètement surexcité. Il m'a prise dans ses bras et m'a dit que je pouvais faire mes bagages. Je lui ai craché au visage. Je n'aime pas qu'on se moque de moi.

– D'où revenait-il?

Sarah haussa les épaules :

– Des marécages, comme toujours.

– Iddo n'a laissé aucun papier, aucune note?

– Tout est dans son local, au fond du jardin. Autre chose : l'organisation Monde Unique est très présente ici. Ils marchent avec les Nations unies et travaillent dans les camps palestiniens.

– Qu'est-ce qu'ils font là-bas?

– Ils soignent les enfants arabes, distribuent des vivres, des médicaments. On dit beaucoup de bien de cette organisation en Israël. C'est une des rares qui font l'unanimité.

Je notai chaque détail. Sarah me regarda de nouveau, inclinant la tête.

– Louis. Pourquoi fais-tu tout ça? Pourquoi ne préviens-tu pas la police?

– Quelle police? De quel pays? Et pour quel crime? Je n'ai aucune preuve. D'ailleurs, il y a déjà un flic dans cette enquête : Hervé Dumaz. Un curieux flic, dont je n'ai toujours pas saisi les véritables motivations. Mais sur le terrain, je suis seul. Seul et déterminé.

Soudain Sarah me prit les mains, sans que j'aie eu le temps d'éviter ce geste. Je n'éprouvai rien. Ni dégoût, ni appréhension. Pas plus que je ne sentis la douceur de ses doigts sur mes extrémités mortes. Elle déroula mes pansements et suivit de ses doigts mes longues cicatrices. Elle eut un étrange sourire, mêlé d'une intense perversité, puis elle me jeta un regard très long, comme glissant sous nos pensées, qui signifiait que le temps des mots était clos.

18.

C'était au cœur de l'ombre, mais tout prit soudain une tournure solaire. Ce fut quelque chose de rude, de brutal, d'intransigeant. Nos mouvements se saccadèrent. Nos baisers devinrent longs, tortueux, passionnés. Le corps de Sarah ressemblait à celui d'un mec. Pas de seins, peu de hanches. Des muscles longs, tendus comme des câbles. Nos bouches restaient muettes, concentrées sur leur souffle. J'allai, avec la langue, aux quatre coins de sa peau, n'utilisant jamais mes mains, plus que jamais lettres mortes. Je rampai, tournai, avançai en spirale, jusqu'à atteindre son centre – brûlant comme un cratère. A cet instant, je me redressai et m'aventurai dans son corps. Sarah se tordit comme une flamme. Elle rugit d'une voix sourde et m'agrippa aux épaules. Je restai de fer, dressé dans ma position. Sarah me frappa le torse et accentua le mouvement de nos hanches. Nous étions aux antipodes de la douceur ou de l'attachement. Deux bêtes solitaires, soudées par un baiser de mort. Chocs. Nerfs. Absences. Des falaises où on s'écorche les doigts. Des baisers qui s'entre-tuent. Entre deux clignements de paupières, j'aperçus ses mèches blondes, trempées de sueur, les plissures des draps, déchirés par ses doigts, les torsions des veines qui boursouflaient sa peau. Tout à coup, Sarah murmura quelque chose en hébreu. Un râle surgit de sa gorge, puis un volcan glacé jaillit de mon ventre. Nous restâmes ainsi, immobiles. Comme éblouis par la nuit, stupéfaits par la violence de l'acte. Il n'y avait eu ni plaisir ni partage. Juste le soulagement solitaire, bestial et égoïste, de deux êtres aux prises avec leur propre chair. Je n'éprouvai aucune amertume face à ce vide. Notre guerre des sens allait sans doute se tempérer, s'adoucir et enfin devenir « deux en une ». Mais il fallait attendre. Cette nuit. Une autre nuit peut-être. Alors l'amour deviendrait plaisir.

Une heure s'écoula. Les premières lueurs de l'aube apparurent. La voix de Sarah s'éleva :

– Tes mains, Louis. Raconte-moi.

Pouvais-je mentir à Sarah, après ce qui venait de se passer? Nos visages étaient encore plongés dans l'ombre, pour la première fois de mon existence je pouvais détailler cette tragédie, sans crainte ni pudeur.

– Je suis né en Afrique. Au Niger, au Mali, je ne sais pas exactement. Mes parents sont partis sur le continent noir dans les années cinquante. Mon père était médecin. Il soignait les populations noires. En 1963, Paul et Marthe Antioche se sont installés en Centrafrique. Un des pays les plus reculés du continent africain. Là, ils ont poursuivi, inlassablement, leur œuvre. Mon frère aîné et moi, avons continué à grandir, partageant notre temps entre les classes climatisées et la chaleur de la brousse.

» A cette époque, la RCA était dirigée par David Dacko, qui avait reçu le pouvoir, dans la liesse populaire, des mains mêmes d'André Malraux. La situation n'était pas extraordinaire, mais pas catastrophique non plus. En aucun cas le peuple centrafricain ne souhaitait un changement de gouvernement. Pourtant, en 1965, un homme a décidé que tout devait changer : le colonel Jean-Bedel Bokassa.

» Il n'est alors qu'un militaire obscur, mais le seul gradé de Centrafrique et il appartient à la famille du Président, de l'ethnie m'baka. Tout naturellement, on lui confie la responsabilité de l'armée, constituée d'un petit bataillon d'infanterie. Devenu chef d'état-major général de l'armée centrafricaine, Bokassa n'a de cesse de grappiller le pouvoir. Lors des défilés officiels, il joue des coudes, marche sur les talons de Dacko, double les ministres en bombant son torse criblé de médailles. Il claironne partout que l'autorité lui revient de droit, qu'il est plus âgé que le Président. Personne ne se méfie, car on sous-estime son intelligence. On pense qu'il n'est qu'un ivrogne buté et vindicatif. Pourtant, à la fin de l'année 1965, aidé par le lieutenant Banza – avec lequel il a mêlé son sang pour approfondir leur amitié –, Bokassa décide d'agir. La veille du Nouvel An, précisément.

» Le 31 décembre, à quinze heures, il réunit son bataillon, quelques centaines d'hommes, et leur explique qu'un exercice de combat est prévu pour le soir même. Dans les rangs on s'étonne : une telle manœuvre, la veille de la Saint-Sylvestre, est plutôt bizarre. Bokassa ne tolère aucune remarque. A dix-neuf heures, les troupes du camp kassaï se rassemblent. Quelques hommes découvrent que les caisses de munitions contiennent des balles réelles et demandent des explications. Banza leur braque un pistolet sur la tempe et leur ordonne de la boucler. Chacun se prépare. A Bangui, la fête commence.

» Imagine la scène, Sarah. Dans cette ville pétrie de terre rouge, mal éclairée, pleine d'immeubles fantômes, la musique commence à résonner, l'alcool à couler. Dans la gendarmerie, les alliés du Président ne se doutent de rien. Ils dansent, boivent, s'amusent. A vingt heures trente, Bokassa et Banza attirent le chef de cette brigade, Henri Izamo, dans un piège. L'homme se rend seul au camp de Roux, un autre point stratégique. Bokassa l'accueille avec effusion, lui explique son projet de putsch. Il tremble d'excitation. Izamo ne comprend pas, puis, soudain, éclate de rire. Aussitôt Banza lui taillade la nuque avec un sabre. Les deux complices lui passent les menottes, puis le traînent jusqu'à une cave. La fièvre monte. Il faut maintenant trouver David Dacko.

» La colonne militaire se met en marche, quarante véhicules couleur camouflage, bondés de soldats hagards qui commencent seulement à comprendre. En tête de ce défilé macabre, Bokassa et Banza paradent dans une 404 Peugeot blanche. Ce soir-là, il pleut sur la terre sanguine. Une pluie légère, de saison, qu'on appelle la « pluie des mangues », parce qu'on dit qu'elle fait pousser ces fruits à chair sucrée. Sur la route, les camions croisent le commandant Sana, autre allié de Dacko, qui raccompagne ses parents à leur demeure. Sana reste pétrifié : « Cette fois, murmure-t-il, c'est le coup d'État. » Parvenus au palais de la Renaissance, les soldats cherchent en vain le Président. Dacko est introuvable. Bokassa s'inquiète. Nerveux, il court, hurle, ordonne de vérifier s'il n'y a pas des souterrains, des cachettes. Nouveau départ. Cette fois, les troupes se répartissent en différents points stratégiques : la radio de Bangui, la prison, les résidences des ministres...

» Dans la ville, c'est le chaos total. Les hommes et les femmes, joyeux et éméchés, entendent les premiers coups de feu. C'est la panique. Chacun part se réfugier. Les rues principales sont bloquées, les premiers morts tombent. Bokassa devient fou, frappe les prisonniers, engueule ses hommes, et demeure prostré au camp de Roux. Il crève de peur. Tout peut encore basculer. Il n'a pas arrêté Dacko, ni ses conseillers les plus dangereux.

» Pourtant, de son côté, le Président ne se doute de rien. Lorsqu'il rentre à Bangui, vers une heure du matin, il croise au kilomètre 17 les premiers groupes affolés qui lui annoncent le coup d'État et sa propre mort. Une demi-heure plus tard, il est arrêté. A son arrivée, Bokassa se jette dans ses bras, l'embrasse, en lui disant : " Je t'avais prévenu, il fallait en finir. "

» La petite troupe repart aussitôt, en direction de la prison de Ngaragba. Bokassa réveille le régisseur, qui l'accueille grenades en main, croyant à une attaque de Congolais. Bokassa lui ordonne d'ouvrir les portes de la prison, de libérer tous les prisonniers. L'homme refuse. Banza braque alors son arme et le régisseur aperçoit Dacko, au fond de la voiture, fusil sur la nuque. " C'est un coup d'État, murmure Bokassa. J'ai besoin de cette libération, pour ma popularité. Tu comprends? " Le régisseur s'exécute. Les voleurs, les escrocs, les assassins se déversent dans la ville, en hurlant : " Gloire à Bokassa! " Parmi eux, il y a un groupe de meurtriers très dangereux. Des hommes de l'ethnie kara, qu'on allait exécuter quelques jours plus tard. Des tueurs assoiffés de sang. Ce sont eux qui frappent à la porte de notre propriété, avenue de France, vers deux heures du matin.

» Notre intendant, mal réveillé, vient ouvrir, fusil en main. Ces dingues ont déjà brisé la porte. Ils maîtrisent Mohamed et s'emparent de son arme. Les Karas le déshabillent et le maintiennent à terre. A coups de bâton, de crosse, ils lui brisent le nez, les mâchoires, les côtes. Azzora, sa femme, accourt et découvre la scène. Ses enfants la rejoignent. Elle les écarte. Quand le corps de Mohamed s'abat dans une flaque, les hommes s'acharnent sur lui. A coups de pioche et de hache. Pas une fois Mohamed n'a crié. Pas une fois il n'a supplié. Profitant de cette frénésie, Azzora tente de s'esquiver, avec ses gamins. La famille se réfugie dans un conduit de ciment, à moitié immergé. Un des hommes, celui qui a gardé le fusil, les poursuit au fond. Les coups de feu résonnent à peine dans le boyau plein d'eau. Quand l'assassin ressort, le sang et la pluie se mêlent sur son visage halluciné. Il faut attendre quelques secondes pour voir affluer dans l'eau noire les petits corps et le boubou d'Azzora, alors enceinte.

» Depuis combien de temps mon père observe-t-il la scène? Il se rue dans la maison et charge son fusil, un Mauser gros calibre. Il se poste derrière une fenêtre, attend que les assaillants arrivent. Ma mère s'est réveillée, elle monte l'escalier de nos chambres, la tête encore vague du champagne du réveillon. Mais déjà il y a le feu dans la maison. Les hommes ont pénétré par l'arrière, saccageant chaque pièce, renversant les meubles, les lampes, et provoquant l'incendie dans leur folie.

» Sur le massacre de ma famille, il n'y a pas de version arrêtée. On pense que mon père a été abattu avec son propre fusil, à bout portant. Ma mère a dû être agressée en haut de l'escalier. Sans doute a-t-elle été tuée à coups de hache, à quelques pas de notre chambre. On a retrouvé, parmi les cendres, ses membres épars et calcinés. Quant à mon frère, de deux ans mon aîné, il a péri dans les flammes, prisonnier de sa moustiquaire crépitante. La plupart des assaillants ont grillé eux aussi, surpris par l'incendie qu'ils avaient provoqué.

» Je ne sais par quel miracle j'ai survécu. J'ai couru sous la pluie, les mains en flammes, hurlant, trébuchant, jusqu'à m'évanouir aux portes de l'ambassade de France où vivaient des amis de mes parents, Nelly et Georges Braesler. Lorsqu'ils m'ont découvert, qu'ils ont saisi l'horreur du génocide et compris que le colonel Bokassa avait pris le pouvoir, ils ont embarqué aussitôt, sur le petit aéroport de Bangui, dans un biplan, propriété de l'armée française. Nous avons décollé dans l'orage, laissant le Centrafrique à la folie d'un seul homme.

» Durant les jours suivants, on a peu parlé de cette " bavure ". Le gouvernement français était plutôt mal à l'aise face à la nouvelle situation. Pris au dépourvu, les Français ont fini par reconnaître le nouveau dirigeant. On a constitué des dossiers sur les victimes de la Saint-Sylvestre. On a donné une grosse indemnité au petit Louis Antioche. De leur côté, les Braesler ont remué ciel et terre pour que justice soit faite. Mais de quelle justice s'agissait-il? Les meurtriers étaient morts, et le principal responsable était devenu, dans le même temps, le chef d'État du Centrafrique.

Mes paroles restèrent suspendues dans le silence de l'aube. Sarah murmura :

– Je suis désolée.

– Ne sois pas désolée, Sarah. J'étais âgé de six ans. Je ne garde aucun souvenir de tout ça. C'est une longue plage blanche dans mon existence. D'ailleurs, qui se souvient de ses cinq premières années? Tout ce que je sais, je le tiens des Braesler.

Nos corps s'enlacèrent une nouvelle fois. Rose, rouge, mauve, l'aube édulcora notre violence et notre rage. La jouissance, encore une fois, ne vint pas. Nous ne parlions pas. Les mots ne peuvent rien pour les corps.

Plus tard, Sarah s'assit en face de moi, nue comme un charme, et s'empara de mes mains. Elle observa leurs plus infimes coutures, suivant du doigt les blessures, encore roses, de l'entrepôt de verre.

– Tes mains te font mal?

– Au contraire. Elles sont totalement insensibles.

Elle les caressait encore :

– Tu es mon premier goy, Louis.

– Je peux me convertir.

Sarah haussa les épaules. Elle auscultait mes paumes.

– Non, tu ne peux pas.

– Quelques coups de ciseaux bien placés et...

– Tu ne peux pas être citoyen d'Israël.

– Pourquoi?

Sarah lâcha mes mains, d'un air dégoûté, puis regarda par la fenêtre.

– Tu n'es personne, Louis. Tu n'as pas d'empreintes digitales.

19.

Le lendemain, je m'éveillai tard. Je me forçai à ouvrir les yeux et me concentrai sur la chambre de Sarah, les murs de pierre blanche, éclaboussés de soleil, la petite commode de bois, le portrait d'Einstein tirant la langue, et celui de Hawking dans son fauteuil roulant, punaisés au mur. Des livres de poche, entassés par terre. Une chambre de jeune femme solitaire.

Je regardai ma montre : onze heures vingt, 4 septembre. Sarah était partie aux *fishponds*. Je me levai et pris une douche. Dans la glace, suspendue au-dessus du lavabo, je scrutai longuement mon visage. Mes traits s'étaient creusés. Mon front resplendissait d'un éclat mat, et mes yeux, sous leurs paupières paresseuses, jouaient de leur couleur claire. Ce n'était peut-être qu'une impression, mais il me sembla que ma figure avait vieilli – et pris une expression cruelle. En quelques minutes, je me rasai puis m'habillai.

Dans la cuisine, coincé sous une boîte de thé, je trouvai un message de Sarah :

« Louis,
Les poissons n'attendent pas.
Je serai de retour en fin de journée.
Thé, téléphone, machine à laver :
Tout est à ta disposition.
Prends garde à toi et attends-moi.

Bonne journée, petit goy.
Sarah. »

Je préparai du thé, puis bus les premières goulées à la fenêtre, en scrutant la Terre promise. Le paysage offrait ici un curieux mélange d'aridité et de fertilité, de plaques sèches et d'étendues verdoyantes. Sous la lumière drue, les surfaces scintillantes des *fishponds* écorchaient la terre.

Je pris la théière et m'installai dehors, sous la tonnelle. Je tirai à moi le fil du téléphone et appelai mon répondeur. La connexion était mauvaise, mais je perçus mes messages. Dumaz, sérieux et grave, venait aux nouvelles. Wagner, impatient, me demandait de le rappeler. Le troisième appel était plus étonnant : c'était Nelly Braesler. Elle s'inquiétait de mon sort : « Mon petit Louis, c'est Nelly. Votre appel m'a beaucoup inquiétée. Que faites-vous donc? Rappelez-moi. »

Je composai le numéro d'Hervé Dumaz. Commissariat de Montreux. Neuf heures du matin, heure locale. Après plusieurs essais, j'obtins la ligne, on me passa l'inspecteur.

– Dumaz? Antioche à l'appareil.

– Enfin. Où êtes-vous? Istanbul?

– Je n'ai pu m'arrêter en Turquie. Je suis en Israël. Puis-je vous parler?

– Je vous écoute.

– Je veux dire : personne n'écoute notre conversation?

Dumaz émit un de ses faibles rires :

– Que se passe-t-il?

– On a tenté de me tuer.

Je sentis l'esprit de Dumaz voler en éclats.

– Comment?

– Deux hommes. Dans la gare de Sofia, il y a quatre jours. Ils étaient armés de fusils d'assaut et de lunettes infrarouges.

– Comment leur avez-vous échappé?

– Par miracle. Mais trois innocents ont été tués.

Dumaz gardait le silence. J'ajoutai :

– J'ai tué un des meurtriers, Hervé. J'ai gagné Istanbul en voiture puis rejoint Israël en ferry.

– Qu'avez-vous donc découvert?

– Aucune idée. Mais les cigognes sont au cœur de cette affaire. D'abord Rajko Nicolitch – l'orthologue tué dans des circonstances sauvages. Ensuite, moi, qu'on tente d'éliminer, alors que je n'enquête que sur ces oiseaux. Et maintenant une troisième victime. Je viens d'apprendre qu'un ornithologue israélien a été abattu il y a quatre mois. Ce meurtre appartient à la même série, j'en suis certain. Iddo avait découvert quelque chose, comme Rajko.

– Qui étaient les tueurs qui vous ont agressé?

– Peut-être les deux Bulgares qui ont interrogé Joro Grybinski, en avril dernier.

– Qu'allez-vous faire?

– Continuer.

Dumaz s'affola :

– Continuer! Mais il faut prévenir la police israélienne, contacter Interpol!

– Surtout pas. Ici, le meurtre d'Iddo est une affaire classée. A Sofia, la mort de Rajko est passée inaperçue. Celle de Marcel fera plus de bruit, parce qu'il est français. Mais tout cela appartient au chaos général. Aucune preuve, des faits disparates – il est trop tôt pour prévenir des instances internationales. Ma seule chance est d'avancer en solitaire.

L'inspecteur soupira :

– Êtes-vous armé?

– Non. Mais ici, en Israël, il n'est pas difficile de se procurer ce genre de matériel.

Dumaz ne disait rien – je percevais son souffle précipité.

– Et vous, avez-vous du nouveau?

– Rien de solide. Je creuse toujours l'histoire de Böhm. Pour l'instant je ne vois qu'un lien : les mines de diamants. D'abord en Afrique du Sud, puis en RCA. Je cherche. Sur les autres plans, je n'ai obtenu aucun résultat.

– Qu'avez-vous trouvé sur Monde Unique?

– Rien. Monde Unique est irréprochable. Sa gestion est transparente, ses action efficaces et reconnues.

– D'où vient cette organisation?

– Monde Unique a été fondée à la fin des années soixante-dix par Pierre Doisneau, un médecin français installé à Calcutta, dans le nord de l'Inde. Il s'occupait des déshérités, des enfants malades, des lépreux... Doisneau s'est organisé. Il a monté des dispensaires, installés le long des trottoirs, qui ont pris une importance considérable. On a commencé à parler de Doisneau. Sa réputation a traversé les frontières. Des médecins occidentaux sont venus l'aider, des fonds lui sont parvenus, des milliers d'hommes et de femmes ont ainsi pu être soignés.

– Ensuite?

– Plus tard, Pierre Doisneau a créé Monde Unique puis il a fondé un Club des 1001, composé d'environ mille membres – entreprises, personnalités, etc. –, qui ont versé chacun dix mille dollars. L'ensemble de cette somme (plus de dix millions de dollars) a été placé, afin de rapporter, chaque année, des revenus importants.

– Quel est l'intérêt de la manœuvre?

– Ces intérêts suffisent à financer les bureaux administratifs de Monde Unique. De cette façon, l'organisation peut certifier à ses donateurs que leur argent profite directement aux déshérités et non à quelque siège social luxueux. Cette transparence a joué un grand rôle dans le succès de MU. Aujourd'hui, des centres de soins se répartissent partout sur la planète. Monde Unique gère une véritable armée humanitaire. Dans le domaine, c'est une référence.

Des crépitements encombraient la ligne.

– Pouvez-vous m'obtenir la liste de ces centres dans le monde?

– Bien sûr, mais je ne vois pas...

– Et la liste des membres du Club?

– Vous faites fausse route, Louis. Pierre Doisneau est une célébrité. Il n'est pas passé loin du prix Nobel de la paix l'année dernière et...

– Pouvez-vous l'avoir?

– Je vais essayer.

Nouvelle rafale de crépitements.

– Je compte sur vous, Hervé. Je vous recontacte demain ou après-demain.

– Où puis-je vous joindre?

– Je vous rappelle.

Dumaz semblait dépassé. Je décrochai de nouveau l'appareil

et composai le numéro de Wagner. L'Allemand fut heureux de m'entendre :

– Où êtes-vous? s'exclama-t-il.

– En Israël.

– Très bien. Avez-vous vu nos cigognes?

– Je les attends ici. Je suis à la croisée de leur route, à Beit She'an.

– Dans les *fishponds?*

– Exactement.

– Les avez-vous vues en Bulgarie, sur le détroit du Bosphore?

– Je n'en suis pas certain. J'ai vu quelques vols sur le détroit. C'était fantastique. Ulrich, je ne peux rester longtemps en ligne. Avons-nous des nouvelles localisations?

– Je les ai là, sous la main.

– Allez-y.

– Le plus important est le groupe de tête. Elles ont dépassé Damas hier et s'acheminent vers Beit She'an. Je pense que vous pourrez les voir demain.

Ulrich me donna aussitôt leurs localisations. Je les notai sur ma carte.

– Et celles de l'Ouest?

– Celles de l'Ouest? Un instant... Les plus rapides traversent actuellement le Sahara. Elles seront bientôt au Mali, dans le delta du Niger.

Je notai également ces informations.

– Très bien, conclus-je. Je vous rappellerai dans deux jours.

– Où êtes-vous, Louis? Nous pourrions peut-être vous envoyer un fax : nous avons commencé quelques statistiques et...

– Désolé, Ulrich. Il n'y a pas de fax ici.

– Vous avez une drôle de voix. Tout va bien?

– Tout va bien, Ulrich. J'ai été content de vous parler.

Enfin j'appelai Yossé Lenfeld, le directeur de la Nature Protection Society. Yossé parlait l'anglais avec un accent de rocaille et criait si fort que mon combiné en vibrait. Je pressentis que l'ornithologue était encore un « spécimen ». Nous convînmes d'un rendez-vous : le lendemain matin, à l'aéroport Ben-Gourion, à huit heures trente du matin.

Je me levai, grignotai quelques pitas dans la cuisine et partis fouiller le local d'Iddo dans le jardin. Il n'avait laissé aucune note, aucune statistique, aucune information – juste des instruments et des pansements du genre de ceux que j'avais déjà débusqués chez Böhm.

En revanche, je découvris la machine à laver. Pendant que le tambour tournait avec tous mes vêtements, je poursuivis calmement ma petite recherche. Je ne décelai rien de plus, excepté d'autres vieux pansements, collés de plumes. Ce n'était décidément pas une journée fertile. Mais, pour l'heure, je n'avais qu'un désir : revoir Sarah.

Une heure plus tard j'étendais mon linge sous le soleil lorsqu'elle apparut, entre deux chemises.

– Fini, le boulot?

Pour toute réponse, Sarah cligna de l'œil et me prit par le bras.

20.

Par la fenêtre, le jour baissait avec lenteur. Sarah s'écarta de moi. La sueur ruisselait sur son torse. Elle regardait fixement le ventilateur, qui tournait au plafond en renâclant. Son corps était long et ferme, sa peau sombre, brûlée, desséchée. A chaque mouvement, on voyait courir ses muscles comme des bêtes traquées, prêtes à l'attaque.

– Tu veux du thé?

– Avec plaisir, répondis-je.

Sarah se leva et partit préparer l'infusion. Ses jambes étaient légèrement arquées. J'en ressentis une nouvelle excitation. Mon désir envers Sarah était inextinguible. Deux heures d'étreintes n'avaient pas suffi à m'apaiser. Il ne s'agissait ni de jouissance ni de plaisir, mais d'une alchimie des corps, attirés, attisés, comme destinés à brûler l'un pour l'autre. Pour l'éternité.

Sarah revint avec un étroit plateau en cuivre qui supportait une théière de métal, des petites tasses et des biscuits secs. Elle s'assit au bord du lit, puis nous servit à l'orientale – en levant très haut la théière au-dessus de chaque tasse.

– Louis, dit-elle, j'ai réfléchi aujourd'hui. Je crois que tu fais fausse route.

– Que veux-tu dire?

– Les oiseaux, la migration, les ornithologues. Il s'agit de meurtres. Et personne ne tue pour quelques oiseaux.

On m'avait déjà dit cela. Je rétorquai :

– Dans cette affaire, Sarah, il n'y a qu'un seul lien : les

cigognes. J'ignore où ces oiseaux m'emmènent. J'ignore aussi pourquoi cette route est ponctuée de morts. Mais cette violence sans frontières doit avoir une logique.

– Il y a de l'argent là-dessous. Un trafic entre tous ces pays.

– Certainement, répondis-je. Max Böhm se livrait à un commerce illicite.

– Lequel?

– Je l'ignore encore. Diamants, ivoire, or? Des richesses africaines, en tout cas. Dumaz, l'inspecteur suisse qui travaille sur cette affaire, est persuadé qu'il s'agit de pierres précieuses. Je pense qu'il a raison. Böhm ne pouvait trafiquer de l'ivoire – il s'était violemment insurgé contre le massacre des éléphants en RCA. Quant à l'or, on en trouve peu sur la route des cigognes. Restent les diamants, en Centrafrique, en Afrique du Sud... Max Böhm était ingénieur et avait travaillé dans ce domaine. Mais le mystère reste entier. Le Suisse avait pris sa retraite en 1977. Il n'a plus jamais remis les pieds en Afrique. Il ne s'occupait plus que de cigognes. Vraiment, Sarah, je ne sais pas.

Sarah alluma une cigarette et haussa les épaules :

– Je suis sûr que tu as une idée.

Je souris :

– C'est vrai. Je pense que le trafic continue et que les cigognes sont des courriers. Des messagers, si tu veux. Du genre des pigeons voyageurs. Elles transportent leur message à l'aide des bagues.

– Quelles bagues?

– En Europe, les ornithologues fixent des bagues aux pattes des oiseaux, indiquant leur date de naissance, leur provenance, ou bien la date et le lieu de leur capture dans le cas d'oiseaux sauvages. Je pense que les bagues des cigognes de Böhm racontent autre chose...

– Quoi?

– Quelque chose qui vaut qu'on tue pour ça. Rajko l'avait découvert. Ton frère aussi, je pense. Iddo avait même dû déchiffrer la signification des messages. D'où son excitation et son espoir de fortune.

Une flambée passa dans les yeux de Sarah. Elle cracha une

nouvelle bouffée mais ne dit rien. Un court instant, je crus qu'elle m'avait totalement oublié. Puis elle se leva.

– Louis, pour l'instant, tes problèmes ne sont pas dans le ciel. Regarde plutôt sur terre. Si tu continues à rêver ainsi, tu vas te faire descendre comme un chacal.

Elle enfila son jean et son tee-shirt.

– Viens avec moi.

Dehors, le soleil battait en retraite. Les collines, à l'horizon, frissonnaient dans la douceur de l'air. Sarah traversa le jardin puis s'arrêta, à mi-chemin entre la maison et le réduit. Elle écarta des branches d'olivier et balaya la poussière. Une bâche apparut. Sarah l'empoigna en ordonnant : « Aide-moi. » Nous tirâmes la toile, il y avait une trappe. Dans la journée, j'avais dû marcher ici une dizaine de fois. Sarah souleva la planche et découvrit un véritable arsenal. Fusils d'assaut, armes de poing, caisses de munitions. « La réserve de la famille Gabbor, dit Sarah. Nous avons toujours eu des armes, mais Iddo s'en était procuré d'autres. Des fusils d'assaut munis de silencieux. » Elle s'agenouilla et extirpa un sac de golf poussiéreux. Elle le saisit, l'épousseta et y enfourna armes et munitions. « Allons-y! », fit-elle.

Nous prîmes ma voiture et traversâmes les *fishponds*. Une demi-heure plus tard, nous parvenions dans un désert hérissé de roches noires et d'arbustes faméliques. Des ordures, des détritus par milliers nous fouettaient les jambes, des effluves écœurants flottaient dans le vent. Nous étions dans la décharge des kibboutzim. Un cliquetis me fit tourner la tête. Sarah était à genoux. Elle vérifiait les armes, déployées devant elle.

Elle sourit et commença :

– Ces deux fusils d'assaut sont des armes israéliennes. Fusil-mitrailleur Uzi, fusil-mitrailleur Galil. Des classiques. Il n'y a pas de meilleur matériel au monde. Ils enterrent les Kalachnikov et autres M16. (Sarah sortit une boîte de munitions et ouvrit sa main sur plusieurs cartouches, longues et acérées.) Ces fusils tirent du 22, comme les fusils de chasse traditionnels 22 long rifle. Sauf que les balles contiennent davantage de poudre et sont revêtues d'acier. (Sarah glissa un chargeur banane dans le Galil et m'exhiba le flanc de l'arme.) Ici, tu as deux positions : normal et automatique. En position automatique, tu peux balancer cinquante balles en quelques secondes. (Sarah fit mine de balayer l'espace d'une rafale, puis reposa l'Uzi.)

» Passons aux flingues. Les deux monstres que tu vois là sont les plus gros calibres automatiques existants : 357 Magnum et 44 Magnum. (Sarah saisit le pistolet couleur argent et enclencha un chargeur dans la crosse revêtue d'ivoire. L'arme était presque aussi longue que son avant-bras.) Le 44 tire seize coups Magnum. C'est l'arme de poing la plus puissante du monde. Avec ça, tu arrêtes une voiture lancée à cent kilomètres à l'heure. (Sarah déroula son bras et visa un point imaginaire, sans aucune difficulté; sa force physique me stupéfiait.) Le problème est que ça s'enraye tout le temps.

» Les pistolets que tu vois là sont beaucoup plus maniables. Le Beretta 9 mm est le pistolet automatique de la plupart des flics américains. (Sarah éjecta le chargeur d'une arme noire, aux proportions parfaites, qui semblait véritablement épouser la main.) Ce flingue italien a supplanté là-bas le fameux 38 Smith et Wesson. C'est une référence. Précis, léger, rapide. Le 38 tirait six coups, le Beretta en tire seize. (Elle embrassa la crosse.) Un vrai compagnon d'armes. Mais voici les meilleurs : le Glock 17 et le Glock 21, d'origine autrichienne. Les armes du futur, qui risquent même de surpasser les Beretta. (Elle saisit un pistolet qui ressemblait au Beretta, mais dans une version bâclée, mal finie.) A 70 % en polymères. Un miracle de légèreté. (Elle me le donna à soupeser – pas plus lourd qu'une poignée de plumes.) Un viseur phosphorescent, pour tirer dans la nuit, une gâchette qui fait office de sécurité absolue, un chargeur de seize balles. Les esthètes le critiquent parce qu'il n'est pas très beau. Mais pour moi, ce « jouet » est ce qu'on fait de mieux. Le Glock 17 tire du 9 mm parabellum, le 21 du 45 mm. Le 21 est moins précis, mais avec ce genre de balles tu stoppes ton adversaire – où que tu le touches.

Sarah me tendit une poignée de balles. Lourdes, trapues, menaçantes.

– Ces deux Glock sont les miens, reprit-elle. Je te donne le 21. Fais attention. La gâchette a été spécialement réglée à mon index. Elle sera trop souple pour toi.

Je regardai l'arme, incrédule, puis levai les yeux vers l'Israélienne :

– Comment sais-tu tout cela, Sarah?

Nouveau sourire :

– Nous sommes en guerre, Louis. N'oublie jamais ça. En cas d'alerte, aux *fishponds,* chacun de nous dispose de vingt minutes pour rejoindre un point de ralliement secret Tous les ouvriers du kibboutz sont des combattants virtuels. Nous sommes entraînés, conditionnés, toujours prêts à nous battre. Au début de l'année, les Scud sifflaient encore au-dessus de nos têtes. (Sarah prit le 9 mm, colla l'arme à son oreille et fit monter une balle dans le canon.) Mais tu as tort de me regarder avec tes yeux ronds : à l'heure actuelle, tu es sans doute plus en danger qu'Israël tout entier.

Je serrai les dents, saisis le Glock, puis demandai :

– Les tueurs qui m'ont attaqué en Bulgarie disposaient d'armes sophistiquées. Un fusil d'assaut, une visée laser, des amplificateurs de lumière... Qu'en penses-tu?

– Rien. Le matériel dont tu parles n'a rien de sophistiqué. Toutes les armées des pays développés disposent de ce genre d'équipement.

– Tu veux dire que les deux tueurs pourraient être des soldats en civil?

– Des soldats. Ou des mercenaires.

Sarah partit au loin, dans la poussière, pour mettre en place des cibles de fortune. Des lambeaux de plastique accrochés à des arbustes, des bidons de ferraille posés sur des racines. Elle revint, courbée dans le vent, et m'expliqua les rudiments du tir.

– Jambes solides, dit-elle, bras tendu, l'index posé latéralement le long du canon. Tu places ton regard dans l'encoche du viseur. A chaque coup tiré, tu épouses le recul avec ton poignet, d'avant en arrière. Et surtout pas de bas en haut, comme tu seras naturellement porté à le faire. Sinon, l'extrémité arrière de ton canon touchera ton poignet. Et à la longue, tu enrayes ton arme. Tu comprends, petit goy?

J'acquiesçai et me mis en place, calquant mes gestes sur ceux de Sarah. « Okay, Sarah. Je suis prêt. » Elle tendit ses deux mains, cramponnées sur son arme, leva le chien, attendit quelques secondes puis hurla : « Vas-y! »

Le fracas commença. Sarah était un tireur hors pair. Moi-même atteignais mes cibles. Le silence revint, chargé d'odeur de cordite. Trente-deux coups avaient brûlé dans l'air du soir.

« Recharge! » cria Sarah. A l'unisson, les chargeurs vides s'éjectèrent et nous recommençâmes. Nouvelle rafale. Nouvelles ferrailles en feu. « Recharge! » répéta Sarah. Tout s'accéléra : les balles poussées dans le ressort du chargeur, le cliquetis de la culasse qu'on arme, le viseur placé dans l'encoche. Un, deux, trois, quatre chargeurs se vidèrent ainsi. Les douilles nous sautaient au visage. Je n'entendais plus rien. Mon Glock fumait et je compris qu'il était brûlant – mais mes mains insensibles me permettaient de tirer à volonté, sans crainte de la chaleur.

« Recharge! » hurlait Sarah. Chaque sensation devenait une sourde jouissance. L'arme qui cogne, saute, rebondit dans la main. Le bruit qui tonne, à la fois court, rond, assourdissant. Le feu, bleuté, compact, empli d'une fumée âcre. Et les ravages, terrifiants, irréels, provoqués par nos armes à des dizaines de mètres de là. « Recharge! » Sarah tremblait de tous ses membres. Des balles lui échappaient des mains. Son horizon n'était plus qu'un champ dévasté. J'éprouvai tout à coup un terrible élan de tendresse pour la jeune fille. Je baissai mon arme et marchai vers elle. Elle m'apparut plus seule que jamais, ivre de violence, perdue dans la fumée et les douilles vides.

Alors, tout à coup, trois cigognes passèrent au-dessus de nous. Je les vis, claires et belles dans la fin du jour. Je vis Sarah se retourner, regard brillant, mèches virevoltantes. Et je compris. Elle glissa aussitôt un chargeur, fit monter la balle dans la culasse et braqua son Glock vers le ciel. Trois détonations retentirent, suivies d'un silence parfait. Je vis, comme au ralenti, les oiseaux, déchiquetés, flotter dans l'air, puis s'abattre au loin, avec de petits « ploc », discrets et tristes. Je fixai Sarah, sans pouvoir rien dire. Elle me rendit mon regard, puis éclata de rire, en renversant la tête. D'un rire trop fort, trop grave, trop effrayant.

« Les bagues! » Je courus en direction des oiseaux morts. Cent mètres plus loin, je découvris les corps. Le sable avait déjà bu leur sang. Je scrutai leurs pattes. Elles ne portaient pas de bagues.

C'étaient encore et toujours les mêmes oiseaux anonymes. Lorsque je revins à pas lents, Sarah était recroquevillée sur elle-même, pleurant et gémissant comme un rocher de chagrin dans le sable du desert.

Cette nuit-là, nous fîmes encore l'amour. Nos mains sentaient la poudre et il y avait en nous une rage pathétique à trouver le plaisir. Alors, dans les profondeurs de la nuit, la jouissance jaillit. Elle nous souleva comme une lame aveugle, dans un fracas de vague où nos sens se perdirent et s'anéantirent.

21.

Le lendemain matin, nous nous levâmes à trois heures. Nous prîmes notre thé sans dire un mot. Dehors, on entendait les pas lourds des kibboutzniks. Sarah refusa que je l'accompagne aux *fishponds*. La jeune juive ne pouvait s'afficher ainsi, avec un goy. Je l'embrassai et pris la route opposée, en direction de l'aéroport Ben-Gourion.

Il y avait environ trois cents kilomètres à parcourir. Au fil du jour qui se levait, je roulai à vive allure. Aux environs de Naplouse, j'affrontai l'autre réalité d'Israël. Un barrage militaire stoppa ma route. Passeport. Interrogatoire. A quelques centimètres des fusils d'assaut, j'expliquai une nouvelle fois la raison de mon voyage. « Des cigognes? Qu'est-ce que vous voulez dire? » Je dus répondre à d'autres questions, dans une cahute mal éclairée. Les soldats sommeillaient sous leur casque et leur gilet pare-balles. Ils se lançaient des coups d'œil incrédules. Enfin je sortis les photos de Böhm et leur montrai les oiseaux blanc et noir. Les soldats éclatèrent de rire. Je ris moi aussi. Ils m'offrirent du thé. Je le bus rapidement et repartis aussitôt, une sueur glacée dans le dos.

A huit heures du matin, je pénétrai dans les vastes entrepôts de l'aéroport Ben-Gourion, où les laboratoires de Yossé Lenfeld étaient installés. Lenfeld m'attendait déjà, impatient, faisant les cent pas devant la porte de tôle ondulée.

L'ornithologue, directeur de la Nature Protection Society, était un phénomène. Un de plus. Mais Yossé Lenfeld avait beau parler à tue-tête (sans doute pour couvrir le fracas des avions qui passaient au-dessus de nos têtes), user d'un anglais abrupt prononcé à une vitesse hallucinante, porter la kippa de travers et arborer des Ray-Ban de caïd, il ne m'impressionnait pas. Plus rien ne m'impressionnait. A mes yeux, ce petit homme aux cheveux gris, concentré sur ses idées comme un jongleur sur ses quilles, devait avant tout répondre à mes questions – je m'étais fait passer pour un journaliste. Point final.

Yossé m'expliqua d'abord le problème « ornithologique » d'Israël. Chaque année, quinze millions d'oiseaux migrateurs, de deux cent quatre-vingts espèces différentes, passaient au-dessus du pays, transformant le ciel en un lieu de trafic fourmillant. Ces dernières années, de nombreux accidents étaient survenus entre les oiseaux et les avions civils ou militaires. Plusieurs pilotes avaient été tués, des avions totalement détruits. Le prix des dégâts, pour chaque accident, était estimé à cinq cent mille dollars. L'IAF (Israel Air Force) avait décidé de prendre des mesures et fait appel à lui, en 1986. Yossé disposait aujourd'hui de moyens illimités pour organiser un « QG anti-oiseaux » et permettre au trafic aérien de reprendre sa cadence sans risque.

La visite commença par une cellule de surveillance, installée dans la tour de contrôle de l'aéroport civil. Aux côtés des radars traditionnels, deux femmes soldats surveillaient un autre radar, spécialisé dans la migration des volatiles. Sur cet écran, se déployaient régulièrement de longues vagues d'oiseaux. « C'est ici qu'on évite le pire, expliqua Yossé. En cas de vol impromptu, nous pouvons parer à la catastrophe. Ces passages d'oiseaux prennent parfois des dimensions incroyables. » Lenfeld se pencha sur un ordinateur, pianota sur le clavier et fit apparaître une carte d'Israël, où on voyait distinctement d'immenses groupes d'oiseaux couvrir tout le territoire hébreu.

– Quels oiseaux? demandai-je.

– Des cigognes, répondit Lenfeld. De Beit She'an au Néguev, elles peuvent traverser Israël en moins de six heures. Par ailleurs, les pistes de l'aéroport sont dotées d'enceintes qui reproduisent le cri de certains oiseaux prédateurs, afin d'éviter toute concentration au-dessus des terrains. Au pire, nous possédons des rapaces dressés – notre « brigade de choc » – que nous pouvons lâcher in extremis.

Tout en parlant, Lenfeld avait repris sa marche. Nous traversâmes les pistes d'atterrissage, dans le vrombissement des réacteurs, courbés sous les ailes géantes. Yossé m'abreuvait d'explications, oscillant entre le catastrophisme et l'exquise fierté d'être le « premier pays, après Panama, pour le passage des oiseaux migrateurs ».

Nous étions revenus aux laboratoires. A l'aide d'une carte magnétique, Lenfeld ouvrit une porte de métal. Nous pénétrâmes dans une sorte de cage de verre, munie d'une console informatique, qui surplombait un immense atelier aéronautique.

– Nous recréons ici les conditions exactes des accidents, expliqua Lenfeld. Nous projetons contre nos prototypes des corps d'oiseaux à une vitesse qui dépasse mille kilomètres à l'heure. Nous analysons ensuite les points d'impact, les résistances, les déchirures.

– Des oiseaux?

Lenfeld éclata de rire, de sa voix de granit :

– Des poulets, monsieur Antioche. Des poulets de supermarché!

La salle suivante était emplie d'ordinateurs, dont les écrans affichaient des colonnes de chiffres, des cartes quadrillées, des courbes et des graphiques.

– Voici notre département de recherche, commenta l'ornithologue. Nous déterminons ici les trajectoires de chaque espèce d'oiseaux. Nous intégrons les milliers d'observations et de notes prises par les *birdwatchers*. En échange de ces informations, nous leur offrons des avantages : le logement durant leur séjour, l'autorisation d'observer les oiseaux sur certains sites stratégiques...

Ces données m'intéressaient.

– Vous savez donc où passent exactement les cigognes, tout au long d'Israël?

Yossé se fendit d'un sourire et s'empara d'un ordinateur disponible. La carte d'Israël apparut une nouvelle fois, des itinéraires en pointillé se dessinèrent. Relativement serrés, ils se croisaient tous à hauteur de Beit She'an.

– Pour chaque espèce, nous avons les trajectoires et les dates de passage annuel. Autant que possible, nos avions évitent ces couloirs. Ici, en rouge, vous voyez les principales routes des cigognes. On constate qu'elles passent toutes, sans exception, par Beit She'an. Ce sont des...

– Je connais Beit She'an. Pouvez-vous m'assurer que ces itinéraires sont immuables?

– Absolument, répondit Lenfeld en hurlant toujours. Ce que vous voyez là est la synthèse de centaines d'observations réalisées depuis cinq ans.

– Avez-vous des données quantitatives, des statistiques sur le nombre d'oiseaux?

– Bien sûr. Quatre cent cinquante mille cigognes passent chaque année en Israël, au printemps et en automne. Nous savons selon quel rythme. Nous connaissons avec précision leurs habitudes. Nous avons les dates précises, les périodes de concentration, les moyennes – tout. Les cigognes sont réglées comme des horloges.

– Vous intéressez-vous aux cigognes baguées venues d'Europe?

– Pas spécialement. Pourquoi?

– Il semble que des cigognes baguées aient manqué à l'appel, le printemps dernier.

Yossé Lenfeld m'observait de derrière ses Ray-Ban. Malgré ses verres fumés, je devinai son regard incrédule. Il dit simplement :

– Je ne savais pas, mais sur le nombre... Vous n'avez pas l'air dans votre assiette, mon vieux. Venez. Nous allons prendre un rafraîchissement.

Je le suivis à travers un dédale de couloirs. La climatisation était glaciale. Nous parvînmes auprès d'un distributeur de boissons. Je choisis une eau minérale gazeuse et la fraîcheur des bulles me procura une sensation bienfaisante. Puis la visite reprit.

Nous pénétrâmes dans un laboratoire biologique, ponctué de paillasses, d'éprouvettes et de microscopes. Les chercheurs portaient ici des blouses blanches et semblaient travailler à quelque guerre bactériologique. Yossé m'expliqua :

– Nous sommes dans le cerveau du programme. Nous étudions dans leurs moindres détails les accidents d'avions et leurs conséquences sur nos équipements militaires. Les débris sont apportés dans cette salle, décryptés au microscope, jusqu'à observer la moindre plume, la moindre trace de sang, déterminer la vitesse de l'impact, la violence du choc. C'est ici que sont évalués les dangers et conçues les véritables mesures de sécurité. Vous ne le croirez pas, mais ce laboratoire est un département à part entière de notre armée. D'un certain point de vue, les oiseaux migrateurs sont les ennemis de la cause israélienne.

– Après la guerre des pierres, la guerre des oiseaux?

Yossé Lenfeld éclata de rire :

– Tout à fait! Je ne peux vous montrer qu'une partie de nos recherches. Le reste est « Secret Défense ». Mais j'ai là quelque chose qui va vous intéresser.

Nous passâmes dans un petit studio vidéo, bardé de magnétoscopes 3/4, de moniteurs haute définition. Lenfeld plaça une cassette dans le lecteur. A l'écran apparut un pilote de l'armée israélienne, casque sur la tête, visière baissée. En fait, on ne voyait que la bouche de l'homme. Elle disait, en anglais : « J'ai senti une explosion, quelque chose de très puissant a heurté mon épaule. Après quelques secondes d'absence, j'ai repris conscience. Mais je ne pouvais rien voir. Mon casque était totalement recouvert de sang et de lambeaux de chair... »

Lenfeld commenta :

– C'est un de nos pilotes. Il est entré en collision avec une cigogne, il y a deux ans, en plein vol. C'était en mars, les cigognes retournaient en Europe. Il a eu une chance incroyable : l'oiseau l'a percuté de plein fouet, son cockpit a explosé. Pourtant, il a pu atterrir. Il a fallu plusieurs heures pour ôter de son visage les verres brisés et les plumes d'oiseau.

– Pourquoi garde-t-il son casque à l'écran?

– Parce que l'identité des pilotes de l'IAF doit rester secrète.

– Je ne peux donc pas rencontrer cet homme?

– Non, dit Yossé. Mais j'ai mieux à vous proposer.

Nous sortîmes du studio, Lenfeld décrocha un combiné mural, composa un code, puis parla en hébreu. Presque aussitôt, un petit homme au visage de grenouille apparut. Ses paupières étaient lourdes, mais se rabattaient en un déclic sur des yeux proéminents.

– Shalom Wilm, dit Yossé à mon attention, responsable de tous les travaux d'analyse effectués dans ce laboratoire. Il a personnellement mené les recherches sur l'accident que nous venons d'évoquer.

Lenfeld expliqua en anglais à Wilm les raisons de ma visite. L'homme me sourit et m'invita à le suivre dans son bureau. Détail étrange : il demanda à Yossé de nous laisser seuls.

J'emboîtai le pas à Wilm. Nouveaux couloirs. Nouvelles portes. Enfin nous pénétrâmes dans un petit réduit, véritable coffre-fort dont la porte métallique s'ouvrait avec une combinaison.

– Est-ce là votre bureau? dis-je avec étonnement.

– J'ai menti à Yossé. Je voulais vous montrer quelque chose.

Wilm ferma la porte et alluma la lumière. Il m'observa une longue minute, avec gravité.

– Je ne vous voyais pas comme ça.

– Que voulez-vous dire?

– Depuis cet accident, en 1989, je vous attendais.

– Vous m'attendiez?

– Vous ou un autre. J'attendais un visiteur particulièrement intéressé par les cigognes qui retournent vers l'Europe.

Silence. Le sang battait sous mes tempes. Je dis d'une voix sourde :

– Expliquez-vous.

Wilm se mit à fourrager dans le réduit, véritable capharnaüm de métal, d'échantillons de fibres synthétiques et d'autres matières. Il dévoila une petite porte à hauteur d'homme puis composa une combinaison.

– En analysant les différentes pièces de l'avion accidenté, j'ai effectué une découverte étrange. J'ai compris que cette trouvaille n'était pas un hasard, qu'elle était liée à une autre histoire, bien plus vaste, dont vous êtes sans doute un des maillons.

Shalom ouvrit la paroi, plongea sa tête dans le coffre mural et continua – sa voix résonnait comme au fond d'une caverne :

– Mon intuition me souffle que je peux vous faire confiance.

Wilm s'extirpa du coffre. Il tenait dans sa main deux petits sachets transparents.

– De plus, j'ai hâte de me débarrasser de ce fardeau, ajouta-t-il.

Je perdis mon sang-froid :

– Je n'y comprends rien. Expliquez-vous!

Wilm répondit avec calme :

– Lorsque nous avons fouillé l'intérieur du cockpit de l'avion accidenté, ainsi que l'équipement de l'aviateur, son casque notamment, nous avons pu récolter, parmi les restes de la collision, différentes particules. Parmi celles-ci, nous avons collecté les débris de verre du cockpit.

Shalom posa sur la table un des sachets, surmonté d'une étiquette écrite en hébreu. Il contenait des morceaux minuscules de verre fumé.

– Nous avons également réuni les vestiges de la visière du casque. (Il posa un nouveau sachet, contenant cette fois des débris plus clairs.) Le pilote a eu une chance extraordinaire de survivre.

Wilm gardait maintenant sa main fermée.

– Mais lorsque j'ai étudié ces derniers débris au microscope, j'ai découvert autre chose. (Wilm maintenait ses doigts fermés.) Quelque chose dont la présence était totalement extraordinaire.

En une secousse d'adrénaline, je compris soudain ce que Wilm allait me dire. Pourtant, je hurlai :

– *Quoi, nom de Dieu?*

Shalom ouvrit doucement sa main et murmura :

– Un diamant.

22.

Je sortis des laboratoires de Lenfeld totalement exténué. Ainsi, les révélations de Shalom Wilm me conduisaient directement là où mon imagination avait refusé jusqu'alors de s'aventurer.

Max Böhm était un trafiquant de diamants, les cigognes étaient ses courriers.

Sa stratégie était exceptionnelle, stupéfiante, implacable. J'en savais assez pour l'imaginer avec précision. D'après les informations de Dumaz, le vieux Max avait travaillé à deux reprises dans le domaine des diamants – de 1969 à 1972 en Afrique du Sud, de 1972 à 1977 en Centrafrique. Parallèlement, l'ingénieur avait étudié et observé la migration des cigognes qui traçaient un lien aérien avec l'Europe. A quel moment avait-il eu l'idée d'utiliser ces oiseaux comme porteurs? Mystère, mais lorsque Böhm avait quitté la RCA en 1977, son réseau était déjà organisé – du moins côté Ouest. Il lui suffisait de posséder quelques complices en Centrafrique, qui prélevaient, à l'insu des dirigeants des exploitations diamantifères, les plus beaux diamants puis les fixaient aux pattes des cigognes baguées, à la fin de l'hiver. Les pierres se « volatilisaient » et traversaient les frontières.

Ensuite, il était très simple pour Böhm de récupérer les diamants. Il détenait les numéros des bagues, et connaissait le nid de chaque cigogne, à travers la Suisse, la Belgique, les Pays-Bas, la Pologne ou l'Allemagne. Il partait alors en chasse, sous couvert de baguer les petits, anesthésiait les adultes et s'emparait des pierres précieuses.

Le système comportait quelques failles : les accidents des cigognes provoquaient des pertes mais, vu la quantité – plusieurs centaines d'oiseaux chaque année – les gains demeuraient colossaux, et les risques d'être découvert quasi nuls. L'ornithologie était une couverture parfaite. De plus, au fil des années, Böhm avait sans doute développé ses « troupes » d'oiseaux, sélectionnant les plus solides, les plus expérimentés. Précaution supplémentaire : il avait engagé, sur la route des cigognes, des sentinelles qui s'assuraient que la migration se déroulait comme prévu. Ainsi, pendant plus de dix ans, le trafic s'était déroulé, à l'Est comme à l'Ouest, sans problème.

D'autres vérités prenaient naissance dans mon esprit. Compte tenu de leur chargement d'exception – des millions de francs suisses à chaque migration –, il était logique que Böhm ait perdu son sang-froid lorsque les cigognes de l'Est n'étaient pas revenues au printemps dernier. Il avait d'abord envoyé les deux Bulgares sur la voie des oiseaux, qui avaient interrogé Joro Grybinski, jugé inoffensif, puis Iddo, qui constituait un suspect plus solide et qu'ils avaient tué et abandonné le long des marécages.

Selon les révélations de Sarah, il était clair que le jeune ornithologue avait découvert le trafic. Un soir, en soignant une des cigognes de Böhm, il avait dû surprendre le contenu d'une de ses bagues : un diamant. Il avait alors compris le système et rêvé de fortune. Il s'était procuré des fusils d'assaut, puis, chaque soir, dans les marécages, avait abattu les cigognes baguées et récupéré les diamants. Ainsi, au printemps 1991, Iddo était entré en possession du chargement de diamants des oiseaux. Dès lors, il y avait deux hypothèses, soit Iddo avait parlé sous la torture et les Bulgares avaient repris les diamants. Soit il s'était tu, et le « trésor » était caché quelque part. Je penchais pour cette version. Sinon, pourquoi Max Böhm m'aurait-il envoyé sur les traces des cigognes?

Mais la révélation des oiseaux n'éclairait pas tout. Depuis quand ce trafic existait-il? Qui étaient les complices de Max Böhm en Afrique? Quel rôle jouait Monde Unique dans ce réseau? Et, surtout, quelle était la relation entre l'affaire des diamants et l'atroce prélèvement du cœur de Rajko? Les deux Bulgares avaient-ils tué aussi Rajko? Étaient-ils les chirurgiens virtuoses dont avait parlé Milan Djuric? En deçà de ces questions, une interrogation demeurait, qui me concernait au plus près : pourquoi Max Böhm m'avait-il choisi pour mener cette enquête? Pourquoi moi, qui ne connaissais rien aux cigognes, qui n'appartenais pas au réseau et qui, au pire, risquais de découvrir ce trafic?

Je roulais à pleine vitesse vers Beit She'an. Je franchis les déserts des territoires occupés vers dix-neuf heures. Je discernai au loin les camps militaires, dont les lumières clignotaient au sommet des collines. Aux environs de Naplouse, un barrage militaire m'arrêta une nouvelle fois. Le diamant donné par Wilm était caché au fond de ma poche, dans un papier plié. Le Glock 21, à l'abri, sous le tapis de sol. Je répétai, une nouvelle fois, mon discours sur les oiseaux. Enfin on me laissa passer.

A vingt-deux heures, Beit She'an apparut. Les parfums de l'ombre s'étaient levés, nourrissant cette compassion étrange qui règne au creux des crépuscules lorsque le feu du jour s'éteint. Je me garai et m'acheminai vers la maison de Sarah. Les lumières étaient éteintes. Lorsque je frappai, la porte s'ouvrit d'elle-même. Je sortis mon Glock et fis monter une balle dans le canon – les réflexes du feu s'attrapent vite –, pénétrai dans la pièce centrale mais ne trouvai personne. Je me précipitai dans le jardin, soulevai la bâche qui cachait la trappe et tirai la planche : un Galil et le Glock 17 avaient disparu. Sarah était partie. A sa manière. Armée comme un soldat en marche. Légère comme un oiseau de nuit.

23.

Je m'éveillai à trois heures, comme la veille. Nous étions le 6 septembre. Je m'étais écroulé sur le lit de Sarah et j'avais dormi tout habillé. Le kibboutz s'animait. Dans la nuit pourpre, je me mêlai aux hommes et aux femmes qui partaient vers les *fishponds,* tentai de les interroger à propos de Sarah. Mes questions ne me valurent que des coups d'œil hostiles et de vagues réponses.

Je m'orientai vers les *birdwatchers.* Ils se levaient très tôt, pour surprendre les oiseaux dès leur réveil. A quatre heures, ils vérifiaient déjà leur matériel, se chargeant de films et de vivres pour la journée. Sur les perrons ouverts, je risquai quelques questions en anglais. Après plusieurs tentatives, un jeune Hollandais reconnut ma description de Sarah. Il me certifia qu'il avait vu la jeune femme, la veille, aux environs de huit heures du matin, dans les rues de Newe-Eitan. Elle montait dans un car, le 133, direction l'ouest, Netanya. Un détail l'avait frappé : la fille portait un sac de golf.

Quelques secondes plus tard, je roulais pied au plancher, plein cap vers l'ouest. A cinq heures, la clarté inondait déjà les plaines de Galilée. Je stoppai dans une station-service, près de Césarée, pour effectuer le plein d'essence. En buvant un thé noir, je feuilletai mon guide, en quête d'informations sur Netanya, la destination de Sarah. Ce que je lus faillit me faire lâcher ma tasse brûlante : « Netanya. Population : 107 200 habitants ». Cette station balnéaire, célèbre pour ses belles plages de sable et sa tranquillité, est aussi un grand centre industriel spécialisé dans la taille des diamants. Dans le quartier de la rue Herzl, on peut assister aux opérations de taille et de polissage... »

Je redémarrai en faisant crisser les pneus. Sarah avait découvert toute l'affaire. Sans doute même possédait-elle des diamants.

A neuf heures, Netanya apparut à l'horizon, grande cité claire, blottie en bord de mer. Je suivis la route côtière qui consistait en une succession d'hôtels et de cliniques, et compris la vraie nature de Netanya. Derrière ses allures de station balnéaire, la ville était un repaire de riches vieillards qui prenaient du repos en se dorant au soleil. Silhouettes hésitantes, visages desséchés, mains tremblantes. A quoi pouvaient penser tous ces vieillards? A leur jeunesse, aux multiples Yom Kippour qui avaient égrené, année après année, leur destin d'exilés? Aux guerres répétées, aux horreurs des camps de concentration, à cette lutte incoercible pour gagner leur propre terre? Netanya, en Israël, était l'ultime sursis des vivants – le cimetière des souvenirs.

Bientôt la route s'ouvrit, à droite, sur le Atzma'ut Square, d'où partait la rue Herzl, fief des diamantaires. Je garai ma voiture et remontai à pied. Au bout d'une centaine de mètres, je pénétrai dans un quartier plus dense où régnait une atmosphère de souk, grouillante, bruyante et parfumée. Dans l'ombre des ruelles, perçaient çà et là les rayons du jour qui cherchaient à s'insinuer sous les étalages des boutiquiers, sous les volets clos des maisons. Les senteurs de fruits se mêlaient à celles des sueurs et des épices, les épaules se bousculaient dans un va-et-vient incessant et précipité. Les kippas, comme autant de soleils noirs, rebondissaient au fil de la foule.

Trempé de sueur, je ne pouvais ôter ma veste qui cachait mon Glock 21, glissé dans un étui holster à velcro, cédé par Sarah. Je songeai à la jeune juive qui était passée, quelques heures auparavant, portant sur elle des diamants et des armes dernier cri. Au détour de la rue Smilasky, je trouvai ce que je cherchais : les artisans diamantaires.

Les échoppes se chevauchaient, dans une odeur de poussière. Le long bruit vrillé des tours bourdonnait. L'artisanat ici avait conservé tous ses droits. Devant chaque porte, un homme était assis, patient et concentré. Dès la première boutique, je posai mes questions : « Avez-vous vu une jeune et grande femme blonde? Vous a-t-elle proposé des diamants bruts, de grande valeur? A-t-elle cherché à faire évaluer ces pierres ou à les vendre? » A chaque fois, c'était la même dénégation, le même regard incrédule, derrière les lunettes à double foyer ou la loupe monoculaire. L'hostilité du quartier devenait palpable. Les diamantaires n'aiment pas les questions. Ni les histoires. Leur rôle commence avec l'éclat des pierres. Peu importe ce qui s'est passé avant, ou autour de l'objet. A midi et demi, j'avais effectué le tour du quartier et je n'avais pas récolté la moindre information. Quelques échoppes encore et ma visite serait terminée. A une heure moins le quart, je posai une dernière fois mes questions à un vieil homme, qui parlait un français parfait. Il stoppa son tour et me demanda : « Avec un sac de golf, la jeune femme? »

Sarah était venue ici, la veille au soir. Elle avait posé un diamant sur le pupitre et demandé : « Combien? » Isaac Knicklevitz avait observé la pierre à la lumière, scrutant ses reflets sur une feuille de papier, puis à la loupe grossissante. Il l'avait comparée à d'autres diamants et avait obtenu la certitude qu'en matière de blancheur et de pureté, ce diamant était un chef-d'œuvre. Le vieil homme avait proposé un prix. Sans négocier, Sarah avait accepté. Isaac avait vidé son coffre et effectué ainsi, concédait-il, une excellente affaire. Cependant, Isaac n'était pas dupe. Il savait que cette entrevue n'était qu'une première étape de l'aventure. Selon lui, une telle pierre, vendue sans certificat, ne pouvait apporter que des ennuis. Il savait qu'un homme comme moi, ou un autre, plus officiel, finirait par frapper à sa porte. Il savait aussi qu'il aurait peut-être à rendre la pierre – à moins qu'il n'ait le temps de la tailler.

Isaac était un vieil homme, au profil d'aigle et à la coupe en brosse. Son crâne carré et ses larges épaules lui donnaient l'air d'un tableau cubiste. Il finit par se lever – à demi car l'échoppe était si basse que j'étais moi-même courbé en deux depuis le début de l'entrevue – pour me proposer d'aller déjeuner. Isaac avait sans doute encore beaucoup de choses à m'apprendre. Et Sarah était loin. J'épongeai mon visage et suivis le diamantaire à travers le dédale des ruelles.

Bientôt, nous parvînmes sur une petite place, abritée par une épaisse tonnelle. Sous ce toit de fraîcheur, les petites tables d'un restaurant se déployaient. Tout autour, un marché battait son plein. Des hommes braillaient derrière leurs étals, les passants jouaient des coudes. Le long des murs de torchis vert clair, comme encastrées dans l'ombre, d'autres boutiques s'agitaient, entourant ce cœur fourmillant d'une couronne plus vive encore. Isaac se fraya un chemin dans la cohue et s'installa à une table. Juste à notre droite, une odeur écœurante de sang m'assaillit. Parmi des cages puantes et une pluie de plumes, un homme tranchait méthodiquement le cou de centaines de poules. Le rouge coulait à flots. Près du boucher, un rabbin colossal, tout en noir, marmonnait en s'inclinant sans relâche, Torah en main. Isaac sourit :

– Vous ne semblez pas très familiarisé avec le monde juif, jeune homme. Casher, ça vous dit quelque chose? Toute notre nourriture est bénie de cette façon. Racontez-moi plutôt votre histoire.

Je la jouai au ventre :

– Isaac, je ne peux rien vous dire. La femme que vous avez vue hier est en danger. Je suis moi-même en danger. Toute cette histoire n'est qu'une longue menace pour celui qui s'en approche. Faites-moi confiance, répondez à mes questions et tenez-vous à l'écart de tout ceci.

– Aimez-vous cette jeune personne?

– Je n'aurais pas commencé par là, Isaac. Mais disons que oui, j'aime cette fille. A la folie. Disons que toute cette intrigue est une histoire d'amour, pleine de chaos, de sentiment et de violence. Cela vous plaît-il?

Isaac sourit de nouveau et commanda en hébreu le plat du jour. Pour ma part, l'odeur des volailles m'avait coupé l'appétit. Je demandai un thé.

Le tailleur reprit :

– Que puis-je pour vous?

– Parlez-moi du diamant de la jeune fille.

– C'est une pierre somptueuse. Pas très grosse – quelques carats tout au plus – mais d'une pureté et d'une blancheur exceptionnelles. La valeur d'un diamant s'établit d'après quatre critères, invariables : le poids, la pureté, la couleur et la forme.

Le diamant de votre amie est parfaitement incolore et d'une pureté sans faille. Pas la plus infime inclusion, rien. Un miracle.

– Si vous pensez que son origine est suspecte, pourquoi l'avez-vous acheté?

Le visage d'Isaac s'éclaira :

– Parce que c'est mon métier : je suis tailleur de diamants. Depuis plus de quarante ans, je coupe, clive, polis des pierres. Celle dont nous parlons constitue un véritable défi pour un homme comme moi. Le rôle du tailleur est essentiel dans la beauté d'un diamant. Une mauvaise coupe, et tout est fini, le trésor anéanti. Au contraire, une taille réussie peut magnifier la pierre, l'enrichir, la sublimer. Lorsque j'ai vu le diamant, j'ai compris que le ciel m'envoyait une occasion unique de réaliser un chef-d'œuvre.

– Avant d'être taillée, combien vaut une pierre de cette qualité?

Isaac tiqua :

– Ce n'est pas une question d'argent.

– Répondez-moi : j'ai besoin d'évaluer ce diamant.

– Difficile à dire. Cinq à dix mille dollars américains, peut-être.

J'imaginai les cigognes de Böhm fendant le ciel, chargées de leur précieux chargement. Chaque année elles étaient revenues en Europe, s'étaient posées dans leur nid, sur les sommets des toits d'Allemagne, de Belgique, de Suisse. Des millions de dollars à chaque printemps.

– Avez-vous une idée de l'origine d'un tel diamant?

– Toute l'année, dans les Bourses, les plus beaux diamants bruts défilent dans de petits papiers pliés. Personne ne saurait dire d'où ils viennent. Ou même s'ils ont été extraits de la terre ou de l'eau. Un diamant est parfaitement anonyme.

– Une pierre de cette qualité est rare. On connaît les mines capables de produire de tels diamants?

– En effet. Mais aujourd'hui les filons se sont multipliés. Il y a bien sûr l'Afrique du Sud et l'Afrique centrale. Mais aussi l'Angola, la Russie, qui sont actuellement très « fertiles ».

– Une fois extraites, où peut-on vendre de telles pierres brutes?

– En un seul endroit au monde : à Anvers. Tout ce qui ne

passe pas par la De Beers, soit 20 à 30 % du marché, se vend dans les Bourses de diamants d'Anvers.

– Avez-vous dit la même chose à la jeune fille?

– Absolument.

Mon Alice était donc en route pour Anvers. Le plat du jour arriva : des boulettes de fèves frites, accompagnées de purée de pois chiches et d'huile d'olive. Isaac, paisible entre tous, attaqua ses pitas.

Je l'observai un instant. Il semblait disposé à éclairer toutes mes lanternes, sans aucune condition en retour. Dans son regard oblique, je ne lisais rien d'autre que patience et attention. Je compris que rien ne pouvait plus l'étonner. Son expérience de diamantaire était un véritable tonneau des Danaïdes. Il avait vu défiler tant de têtes brûlées, tant d'âmes perdues ou d'êtres hallucinés dans mon genre.

– Comment les choses se passent-elles à Anvers?

– C'est assez impressionnant, ces Bourses sont aussi protégées que le Pentagone. On s'y sent observé de tous côtés par d'invisibles caméras. Là-bas, il n'y a pas de couleur politique ou de rivalités. Seule compte la qualité des pierres.

– Quels sont les principaux obstacles à la vente de tels diamants? Peut-on imaginer un trafic, une filière?

Isaac eut un sourire ironique :

– Une filière? Oui, sans aucun doute. Mais le monde du diamant brut est à part, monsieur Antioche. C'est sans doute la forteresse la mieux protégée du monde. L'offre et la demande y sont absolument réglementées, par la De Beers. Des structures d'achat, de tri et de stockage sont établies, un système de vente unique est en place, pour la plupart des diamants du monde. Le rôle de ce système est de distribuer, à intervalles réguliers, une quantité de pierres déterminée. D'ouvrir et de fermer, si vous voulez, le robinet à diamants à l'échelle du monde, afin d'éviter les fluctuations incontrôlables.

– Vous voulez dire qu'un trafic de pierres brutes est impossible, que la De Beers maîtrise la diffusion de tous les diamants?

– Il y a toujours les pierres qui se vendent à Anvers. Mais votre terme de « filière » me fait sourire. L'arrivée régulière de très belles pièces déstabiliserait le marché et serait aussitôt repérée.

Je sortis ma feuille de papier plié et laissai glisser le diamant de Wilm dans ma main :

– Des pièces comme celles-ci?

Isaac s'essuya la bouche, abaissa ses lunettes et approcha son œil expert. Autour de nous, le marché battait toujours son plein.

– Oui, comme celle-ci, acquiesça Isaac en me regardant d'un air incrédule. Un certain nombre pourraient provoquer un frémissement, une oscillation des prix. (Il eut un nouveau regard dubitatif sur la pierre.) C'est incroyable. Dans toute mon existence, je n'ai pas vu cinq pierres de cette qualité. En l'espace de deux jours, j'en contemple deux, comme si elles étaient aussi banales que des billes d'enfant. Cette pierre est-elle à vendre?

– Non. Autre question : si j'ai bien compris, un trafiquant doit avant tout craindre la De Beers?

– Tout à fait. Mais il ne faut pas sous-estimer les douanes, qui disposent d'excellents spécialistes. Les polices du monde entier surveillent ces petites pierres si faciles à cacher.

– Quel est l'intérêt d'un trafic de diamants?

– Le même que tout autre trafic : échapper aux taxes, aux législations des pays producteurs et distributeurs.

Max Böhm avait su déjouer ce réseau d'obstacles grâce à un système que personne ne pouvait imaginer. J'avais besoin encore de deux autres confirmations. Je rangeai la pierre précieuse et sortis de mon sac les fiches de l'ornithologue – ces fiches couvertes de chiffres, que je n'avais jamais comprises et dont j'entrevoyais maintenant la signification.

– Pouvez-vous jeter un œil sur ces chiffres et me dire ce qu'ils évoquent pour vous?

Isaac abaissa de nouveau ses lunettes et lut en silence.

– C'est parfaitement clair, répondit-il. Il s'agit de caractéristiques concernant des diamants. Je vous ai parlé des quatre critères : le poids, la couleur, la pureté, la forme. Ce qu'on appelle les quatre C – en anglais : Carat, Colour, Clarity, Cut... Chaque ligne, ici, correspond à l'un de ces critères. Voyez, par exemple, ce paragraphe. Sous une date, 13/4/87, je lis : « VVS1 », qui signifie « Very Very Small Inclusions ». Une pierre exceptionnellement pure, dont les inclusions n'apparaissent pas à la loupe dix fois grossissante. Ensuite : 10 C. C'est le poids :

10 carats (un carat correspond à 0,20 gramme). Ensuite, la lettre D, qui signifie : « Blanc exceptionnel + », soit la couleur la plus splendide. Nous avons là la description d'une pierre unique. Si je me réfère aux autres lignes et aux autres dates, je peux vous dire que le possesseur de ces trésors dispose d'une fortune aberrante.

Ma gorge était aussi sèche qu'un désert. La fortune dont parlait Isaac n'était le « palmarès » que d'une seule cigogne, au fil de plusieurs années de migration. J'éprouvai un vertige en songeant à la quantité de fiches que je tenais dans ma sacoche. Quelques-unes des livraisons de Böhm. Cigogne après cigogne. Année après année. J'effectuai une dernière vérification : « Et cela, Isaac, pouvez-vous me dire ce que c'est? » Je lui tendis une carte d'Europe et d'Afrique, traversée de flèches en pointillés. Il se pencha encore et dit, au bout de quelques secondes :

– Il pourrait s'agir d'itinéraires d'acheminement des diamants, des lieux d'extraction africains aux principaux pays d'Europe, qui achètent ou taillent les pierres. De quoi s'agit-il? ajouta Knicklevitz sur un ton moqueur. De votre « filière »?

– Ma filière, oui, en quelque sorte, dis-je.

Je venais de montrer une simple carte de la migration des cigognes – une photocopie tirée d'un livre d'enfant donnée par Böhm. Je me levai. Le bourreau de volailles nageait toujours dans le sang.

Isaac se leva à son tour et revint à la charge :

– Qu'allez-vous faire de votre pierre?

– Je ne peux vous la vendre, Isaac. J'en ai besoin.

– Dommage. Du reste, ces pierres sont trop dangereuses.

Je réglai la note et dis :

– Isaac, il n'y a que deux personnes qui sachent que ce diamant est entre vos mains : moi et la jeune fille. Autant dire que l'incident est clos.

– Nous verrons, monsieur Antioche. De toute façon, ces pierres m'ont donné un élan de jeunesse inespéré, un éclair fugitif dans mes vieilles années.

Isaac me salua d'un geste vague.

– Shalom, Louis.

Je me glissai dans la foule. J'empruntai des ruelles, longeai des boutiques et tentai de me repérer. Mes idées tourbillonnaient et j'avais du mal à me concentrer. De plus, un autre sentiment me préoccupait maintenant. Une impression plutôt, qui me tenaillait depuis que je marchais dans cette foule : la sensation d'être suivi.

24.

Je retrouvai la rue Herzl et le Atzma'ut Square. Je n'étais plus très loin de ma voiture mais décidai d'attendre encore, au creux de la foule. Je me dirigeai vers le bord de mer. Le vent du large soufflait de longues bourrasques salées.

Je me retournais, regardais les passants, scrutais les visages. Il n'y avait rien là de suspect. Quelques voitures glissaient dans la lumière blanche. La haute façade des immeubles se dressait, aussi claire qu'un miroir. De l'autre côté de l'avenue, juste devant la mer, des vieillards grelottaient sur leurs chaises. Je contemplai leur longue rangée de dos, voûtés, perclus, et haussai les épaules devant l'absurdité de leur habillement. Ils variaient les tissus lourds et épais, alors que la chaleur devait dépasser les 35 degrés. Des lainages, des manteaux, un imper, des cardigans. Un imper! Je scrutai cette silhouette qui longeait la balustrade, surplombant la plage. L'homme portait le col relevé et son dos était traversé par une longue marque de sueur. Mon esprit chavira : je venais de reconnaître un des tueurs de Sofia.

Je traversai l'avenue au pas de course.

L'homme se retourna. Il ouvrit la bouche puis prit aussitôt la fuite, se faufilant entre les vieillards assis. J'accélérai, balançant les chaises et les grabataires. En quelques enjambées, j'atteignis le meurtrier. Il fourra sa main dans son imper. Je l'attrapai par le col et lui décochai un direct dans l'estomac. Son cri se perdit dans sa gorge. Un fusil-mitrailleur Uzi glissa à ses pieds. Je balançai un coup de pied dans l'arme et empoignai sa nuque à deux mains. Je lui écrasai le visage sur mon genou. Son nez se brisa dans un bruit sec. Je percevais derrière moi les gémissements des vieillards effarés, qui se relevaient, parmi les chaises culbutées.

« Qui es-tu? hurlai-je en anglais, qui es-tu? » et je lui balançai un coup de tête entre les yeux. L'homme tomba à la renverse. Son crâne claqua sur le bitume. Je le rattrapai au vol. Les cartilages et les muqueuses lui pissaient par le nez. « Qui es-tu, nom de Dieu? » Je lui assenai une rafale de coups dans le visage. Mes phalanges insensibles s'écrasèrent sur ses os. Je frappai, frappai, broyai sa bouche ensanglantée. « Qui te paie, salopard? » hurlai-je en le maintenant de la main droite tout en fouillant ses poches de la gauche. Je trouvai son portefeuille. Parmi d'autres papiers, j'extirpai son passeport. Bleu métal, scintillant sous le soleil. Je restai bouche bée en reconnaissant le logo incrusté : United Nations. Le tueur détenait un passeport des Nations unies.

Ma seconde de surprise fut de trop.

Le Bulgare m'envoya un coup de genou dans l'entrejambe, puis se dressa comme un ressort. Je me pliai dans un souffle. Il me repoussa et me balança un coup de botte ferrée dans la mâchoire. J'esquivai le geste de justesse mais j'entendis ma lèvre se déchirer. Une gerbe de sang traversa le soleil. Je portai les mains à mon visage, maintins mes chairs de la main gauche, tout en dégainant maladroitement mon Glock de la droite. Le tueur s'enfuyait déjà à toutes jambes

Dans une autre ville, j'aurais bénéficié de quelques minutes pour m'enfuir. En Israël, je disposais au maximum de quelques secondes avant que la police ou l'armée n'intervienne. Je balayai l'espace avec mon arme pour faire reculer les vieux, puis partis à toutes jambes, titubant et gémissant, en direction de ma voiture, à Atzma'ut Square.

Ma main tremblait en glissant ma clé dans la serrure. Le sang coulait à flots. J'avais les yeux pleins de larmes et le pubis en feu. J'ouvris ma portière et me laissai tomber sur le siège. J'éprouvai aussitôt un haut-le-cœur, comme si ma tête allait s'ouvrir en deux. « Démarrer, pensai-je. Démarrer avant de tomber dans les vapes. » En tournant la clé de contact, le visage de Sarah jaillit dans mon esprit. Jamais je n'avais eu tant envie d'elle, jamais je ne m'étais senti aussi seul. La voiture arracha de l'asphalte en démarrant.

Je roulai ainsi trente kilomètres. Je perdais beaucoup de sang et ma vue commençait à s'assombrir. Il me semblait qu'on jouait des cymbales sous mes tempes, ma mâchoire résonnait comme une enclume. Les maisons s'espacèrent et le paysage se transforma bientôt en désert. Je m'attendais à être bloqué d'un instant à l'autre par des flics ou des soldats. Je repérai un haut rocher et me garai à l'ombre. Je braquai le rétroviseur sur ma figure. La moitié de mon visage n'était qu'une bouillie de sang dans laquelle on ne discernait plus rien. Seul un long débris de chair pendait juste sous le menton : ma lèvre inférieure. Je réprimai une nouvelle nausée, puis sortis ma trousse à pharmacie. Je désinfectai la plaie, pris des analgésiques pour calmer la douleur et fixai une bande élastique autour de mes lèvres. Je chaussai mes lunettes noires et jetai un nouveau regard au rétroviseur : le sosie de l'Homme invisible.

Je fermai les yeux quelques instants et laissai le calme revenir sous mon crâne. On m'avait donc suivi depuis la Bulgarie. Ou du moins connaissait-on mon itinéraire au point de me cueillir ici, en Israël. Ce dernier fait ne m'étonnait pas : après tout, il n'y avait qu'à suivre les cigognes pour me retrouver. Ce qui m'étonnait plus, c'était ce passeport des Nations unies. Je le sortis de ma poche et le feuilletai. L'homme s'appelait Miklos Sikkov. Origine : bulgare. Age : 38 ans. Profession : convoyeur. Le tueur, s'il travaillait effectivement pour Monde Unique, veillait sur le transport de chargements humanitaires – médicaments, nourriture, équipements. Ce mot avait aussi une autre signification : Sikkov était un homme de Böhm, un de ceux qui, tout au long de la route des cigognes, les guettaient, les surveillaient, ou empêchaient qu'on les chasse, en Afrique. Je feuilletai les pages des visas. Bulgarie, Turquie, Israël, Égypte, Mali, Centrafrique, Afrique du Sud : les tampons offraient une parfaite confirmation de mon hypothèse. Depuis cinq ans, l'agent des Nations unies ne cessait de sillonner les routes des cigognes – Est et Ouest. Je glissai le passeport de Sikkov dans la couverture déchirée de mon Filofax, puis démarrai et repris ma route en direction de Jérusalem.

Durant une demi-heure, je traversai les paysages de rocaille. Ma douleur se calmait. La fraîcheur de la climatisation était bienfaisante. Je n'avais qu'un souhait : grimper dans un avion et quitter cette terre brûlante.

Dans ma panique, je n'avais pas emprunté la voie la plus rapide, j'allais devoir effectuer un long détour par les Territoires occupés. Ainsi, à seize heures, je parvins aux environs de Naplouse. La perspective de croiser, dans mon état, des barrages de l'armée avait de quoi m'inquiéter. Jérusalem était à plus de cent kilomètres. Je remarquai alors une voiture noire, qui roulait derrière moi depuis un moment. Je l'observai dans mon rétroviseur : elle flottait dans l'air embrasé. Je ralentis. La voiture se rapprocha. C'était une Renault 25, aux plaques israéliennes. Je ralentis encore. Je réprimai un frisson de mille volts : Sikkov s'encadrait dans mon rétroviseur, le visage en sang, l'air d'un monstre écarlate cramponné à son volant. Je repassai la troisième et m'arrachai d'un bloc. En quelques secondes, je dépassai les deux cents kilomètres à l'heure. La voiture était toujours sur mes traces.

Nous roulâmes ainsi pendant dix minutes. Sikkov tentait de me dépasser. Je m'attendais d'une seconde à l'autre à recevoir une rafale dans mon pare-brise. J'avais posé le Glock sur le siège du passager. Tout à coup, je vis se dresser Naplouse à l'horizon, grise et vague dans la dureté de l'air. Beaucoup plus près, à droite, un camp palestinien apparut – un panneau annonçait : Balatakamp. Je songeai à mes plaques israéliennes. Je braquai dans cette direction et quittai la route principale. La poussière s'engorgea sous mes roues. J'accélérai encore. Je n'étais plus qu'à quelques mètres du camp. Sikkov était toujours sur mes talons. Je vis sur un toit une sentinelle israélienne, jumelles aux poings. Sur les autres terrasses, des femmes palestiniennes s'agitaient et me montraient du doigt. Des hordes d'enfants couraient en tous sens et ramassaient des pierres. Tout allait se passer comme je l'espérais.

Je fonçai dans la gueule de l'enfer.

Les premières pierres m'atteignirent alors que je m'engouffrais dans la rue principale. Mon pare-brise vola en éclats. Sur ma gauche, Sikkov cherchait toujours à se glisser entre moi et le mur opposé, criblé de graffitis. Premier choc. Nos deux voitures rebondirent sur les murs qui nous encadraient. Droit devant nous, les enfants continuaient à jeter leurs pierres. La Renault revint à l'assaut. Sikkov, ensanglanté, me lançait des regards venimeux. Partout sur les toits, des femmes hurlaient, virevoletant entre les draps. Des soldats israéliens accouraient, en état d'alerte, chargeant leurs fusils lacrymogènes et se regroupant en bordure des terrasses.

Tout à coup, une petite place s'ouvrit. Je tournai brutalement et partis dans un tête-à-queue, mon châssis raclant la terre tandis qu'une pluie de pierres s'abattait sur la voiture. Les vitres volèrent en éclats. Sikkov me déborda puis me barra la route. Je discernai le tueur qui dressait son fusil dans ma direction, me jetai sur le siège du passager puis entendis le bruit sourd de ma portière qui cédait sous la rafale. Au même instant, les sifflements des bombes lacrymogènes retentirent. Je levai les yeux. J'étais face au canon du Bulgare. Je cherchai mon Glock qui avait glissé dans ma chute : trop tard. Pourtant, Sikkov n'eut pas le temps d'écraser la gâchette. Alors qu'il me visait, une pierre l'atteignit à la nuque. Il se cambra, poussa un hurlement puis disparut. Les gaz commencèrent à se répandre, brouillant la vue, tordant les gorges. Le fracas qui nous entourait était infernal.

Je reculai et rampai dans la poussière. A tâtons, je récupérai le Glock. Les gaz sifflaient, des femmes hurlaient, des hommes se précipitaient. Aux quatre coins de la place, les guerriers de l'Intifida ne cessaient de lancer leurs pierres. Ils ne visaient plus nos voitures et s'en prenaient uniquement aux soldats qui arrivaient en masse. Des jeeps s'imbriquaient dans la poussière, des hommes en vert en descendaient, munis de masques à gaz. Certains fusils crachaient le poison blanchâtre, d'autres étaient chargés de balles de caoutchouc, d'autres encore tiraient à vue – de vraies balles sur de vrais enfants. La place ressemblait à un volcan en éruption. Les yeux me brûlaient et j'avais la gorge en flamme. Seul le fracas des pas et des armes faisait trembler le sol. Alors, tout à coup, une lame profonde jaillit de la terre, tel un grondement de tonnerre, immense, grave et magnifique. Une vague de voix entremêlées. Je vis alors les adolescents palestiniens, dressés sur les murets, qui chantaient l'hymne de leur révolte, les doigts tendus en forme du V de la victoire.

Aussitôt, passèrent devant moi les bottes ferrées de Sikkov qui fuyait dans la fumée épaisse. Je me relevai et courus dans sa direction. J'enfilai les petites ruelles, en suivant le salopard à la trace – il perdait du sang, aussitôt bu par le sable. Au bout de quelques secondes, j'aperçus Sikkov. J'arrachai mes pansements et tirai à moi la culasse du Glock. Nous courûmes encore. Les murs de chaux blancs se succédaient. Ni lui ni moi ne pouvions aller très vite, les poumons infectés par les gaz. L'imper de Sikkov était à quelques pas de moi. J'allais l'empoigner quand un réflexe le prévint. Il se retourna, braqua sur moi un 44 Magnum. L'éclair de l'arme m'éblouit. Je balançai un coup de pied dans sa direction. Sikkov recula contre un mur puis braqua de nouveau son arme. J'entendis la première détonation. Je fermai les yeux et déchargeai les seize balles du Glock droit devant. Quelques secondes d'éternité restèrent en suspens. Quand j'ouvris les yeux, le crâne de Sikkov n'était plus qu'un gouffre béant de sang et de fibres. Des chairs noircies dressaient de petits geysers écarlates. Le mur, éclaboussé de cervelle et d'os, offrait un trou d'au moins un mètre de diamètre. Je rengainai mon arme, par pur réflexe. Au loin, on percevait encore le chant des enfants palestiniens, bravant les fusils israéliens.

25.

Deux soldats israéliens me découvrirent sur la petite place. Mon visage vomissait du sang et mon esprit était en pleine déroute. Je n'aurais su dire où j'étais exactement, ni ce que j'étais en train de faire. Aussitôt des infirmiers m'emportèrent. Je tenais mon Glock serré sous ma veste. Quelques minutes plus tard, j'étais sous perfusion, allongé sur un lit de ferraille, sous une toile de tente surchauffée.

Des docteurs arrivèrent, observèrent mon visage. Ils s'exprimaient en français, parlèrent d'agrafes, d'anesthésie, d'intervention. Ils me prenaient pour un touriste innocent, victime d'une attaque de l'Intifada. Je compris que je me trouvais dans un dispensaire de l'organisation Monde Unique, situé à cinq cents mètres de Balatakamp. Si mes lèvres avaient été autre chose que de la glue disloquée, j'aurais souri. Je glissai subrepticement mon Glock sous le matelas et fermai les yeux. Aussitôt la nuit s'empara de moi.

Quand je me réveillai, tout était silencieux et noir. Je ne discernais pas même la taille de la tente. Je tremblais de froid et j'étais baigné de sueur. Je refermai les yeux et retournai à mes cauchemars. Je rêvai d'un homme aux bras longs et secs qui découpait avec un sang-froid et une application implacables un corps d'enfant. De temps à autre il plongeait ses lèvres noires dans les entrailles palpitantes. Je ne voyais jamais son visage, car il se tenait dans une véritable forêt de membres et de torses, suspendus à des crochets, qui avaient cette couleur ocre et luisante des morceaux de viande laquée qu'on voit dans les restaurants chinois.

Je rêvai d'une explosion de chairs dans un abri de toile aux parois rebondies. Du visage de Rajko souffrant jusqu'à la mort, ventre fendu, tripes frémissantes. D'Iddo, entièrement dépecé, les organes à vif, tel un Prométhée atroce, dévoré par les cigognes.

Le jour se leva. La vaste tente était emplie de lits et d'odeurs de camphre, de jeunes Palestiniens blessés y séjournaient. Le bourdonnement des groupes électrogènes résonnait au loin. Par trois fois, durant la journée, on m'ôta mes pansements pour me donner à manger une sorte de bouillie d'aubergines agrémentée d'un thé plus noir que jamais. J'avais la bouche comme une dalle de béton, le corps criblé de courbatures. A chaque instant, je m'attendais à ce que des soldats des Nations unies ou de l'armée israélienne viennent m'arracher et m'emportent. Mais personne ne venait et, j'avais beau tendre l'oreille, personne n'évoquait la mort de Sikkov.

Lentement, je m'éveillai à la réalité qui m'entourait. L'Intifada était une guerre d'enfants et je me trouvais dans un hôpital d'enfants. Sur les lits voisins, des mômes souffraient et agonisaient dans un silence empli d'orgueil. Au-dessus de leur lit, des radiographies affichaient les désastres de leurs corps fracassés : membres brisés, chairs perforées, poumons infectés. Il y avait aussi de nombreux enfants simplement malades – le manque de salubrité des camps favorisant toutes les infections.

En fin d'après-midi, une attaque se déclara. On entendit au loin le bruit des fusils, le sifflement des bombes lacrymogènes et les cris des enfants, déchaînés, ivres de rage, courant et se protégeant, dans les petites rues de Balatakamp. Peu après le cortège des blessés arriva. Des mères en larmes, hystériques sous leur voile, portant leurs enfants violacés, toussant et s'étranglant. Des enfants meurtris, les vêtements trempés de sang, le regard hâve, tordus sur les civières. Des pères sanglotant, tenant la main de leur fils, attendant l'intervention chirurgicale ou hurlant dehors, dans la poussière, leur soif de vengeance.

Le troisième jour, une ambulance israélienne vint me chercher. On voulait m'installer dans une chambre confortable, à Jérusalem, en attendant mon rapatriement. Je refusai. Une heure plus tard, une délégation de l'office du tourisme vint me proposer un régime alimentaire amélioré, un matelas plus confortable et toutes sortes d'avantages. Une nouvelle fois, je refusai. Non pas par solidarité vis-à-vis des Arabes, mais parce que cette tente était pour moi le seul refuge possible – mon Glock, chargé à bloc, se trouvait toujours caché sous mon matelas. Les Israéliens me firent signer un formulaire, stipulant que tout ce qui avait pu ou pourrait encore m'arriver en Cisjordanie ne regardait que moi. Je signai. Je leur demandai en échange un nouveau véhicule de location.

Après leur départ, je me lavai et scrutai mon visage dans une glace crasseuse. Ma peau s'était encore assombrie et j'avais considérablement maigri. Mes pommettes tendaient ma peau comme un scalp.

Avec précaution, je soulevai le pansement qui me barrait la bouche. Collée sous ma lèvre inférieure, une longue cicatrice formait littéralement un second sourire, comme tissé de fil barbelé. Je réfléchis à ce nouveau visage. Puis je songeai à ma personnalité, qui ne cessait d'évoluer. J'en tirai un obscur optimisme, fiévreux et suicidaire. Il me semblait que mon départ du 19 août avait été comme une apocalypse intime. En quelques semaines, j'étais devenu un Voyageur Anonyme, sans attache, qui courait de terribles risques mais se savait récompensé chaque jour par la réalité qu'il découvrait. D'ailleurs, Sarah me l'avait dit : je n'étais « personne ». Mes mains sans empreinte étaient devenues le symbole de cette liberté nouvelle.

Ce soir-là, je songeai à Monde Unique. Mes soupçons ne tenaient plus. En quelques jours de présence, j'avais pu évaluer l'organisation : il n'y avait aucune trace de manipulations, d'opérations abusives ou de rabatteurs d'organes. Les hommes de Monde Unique étaient bien des docteurs bénévoles, exerçant leur métier avec zèle et attention. Même si cette organisation s'était toujours trouvée sur ma route, même si Sikkov avait prétendu travailler pour elle, même si Max Böhm avait légué, pour quelque mystérieuse raison, sa fortune à l'association, la thèse du trafic d'organes ne menait nulle part. Pourtant, un lien existait – c'était une certitude.

26.

Le 10 septembre, Christian Lodemberg, un des docteurs suisses de Monde Unique, dont j'avais fait connaissance au camp, ôta mes agrafes. Aussitôt, j'articulai quelques syllabes. Contre toute attente, elles sortirent de ma bouche pâteuse, claires et intelligibles. J'avais retrouvé l'usage de la parole. Le soir même, j'expliquai à Christian que j'étais un ornithologue en quête d'oiseaux. Christian semblait sceptique.

– Il y a des cigognes par ici? lui demandai-je.

– Des cigognes?

– Les oiseaux blanc et noir.

– Ah... (Christian, de ses yeux clairs, cherchait un double sens à mes paroles.) Non, il n'y a pas de ces bestioles à Naplouse. Il faut remonter vers Beit-She'an, dans la vallée du Jourdain.

Je lui expliquai mon voyage et le suivi satellite à travers l'Europe et l'Afrique.

– Connais-tu un certain Miklos Sikkov? l'interrogeai-je encore. Un type des Nations unies.

– Ce nom ne me dit rien.

Je tendis à Christian le passeport du tueur.

– Je connais ce type, dit-il en regardant la photo. Comment t'es-tu procuré ce document?

– Que sais-tu sur lui?

– Pas grand-chose. Il rôdait de temps en temps par ici. C'était un mec louche. (Christian se tut et me regarda.) Il s'est fait tuer le jour de ton accident.

Christian me rendit le passeport métallisé.

– Il n'avait plus de visage. Il s'était pris seize balles de 45 mm dans la figure, tirées à bout portant. Je n'ai jamais vu un tel carnage. Un 45 n'est pas une arme habituelle par ici. En fait, le seul 45 que je connaisse, c'est celui que tu planques sous ton matelas.

– Comment le sais-tu?

– Petite fouille personnelle.

– Et Sikkov, repris-je, quand l'avez-vous découvert?

– Juste après toi, à quelques rues de là. Dans la pagaille, personne n'a fait le rapprochement entre lui et ta présence. On a d'abord cru à un règlement de comptes entre Palestiniens. Puis on a reconnu les vêtements, l'arme, tout. L'analyse des empreintes – nous sommes tous fichés à Monde Unique – a confirmé l'identité du Bulgare. Les médecins qui ont pratiqué l'autopsie ont trouvé plusieurs balles dans la boîte crânienne. J'ai lu le rapport, un document confidentiel, sans nom ni numéro. J'ai aussitôt compris qu'il y avait un loup. D'abord, la mort de l'homme était mystérieuse. Ensuite, il s'agissait de ce Bulgare, dont le rôle était nébuleux. Nous avons expliqué au Shin-bet qu'il s'agissait d'un simple accident, que le corps dépendait de notre organisation, que tout ça ne regardait pas la police israélienne. Nous sommes protégés par les Nations unies. Les Israéliens ferment leur gueule. Personne n'a plus parlé de meurtre ni de 45. Affaire classée.

– Qui était Sikkov?

– Je ne sais pas. Une sorte de mercenaire, envoyé par Genève, chargé d'assurer notre surveillance contre d'éventuels pillages. Sikkov était un drôle de lascar. L'année dernière, il n'est venu que quelques fois, à date fixe.

– Quand?

– Je ne me rappelle plus. Septembre, je crois, et février.

Les dates de passage des cigognes en Israël. Nouvelle confirmation : Sikkov était bien un « pion » de Böhm.

– Qu'avez-vous fait du corps?

Christian haussa les épaules :

– Nous l'avons enterré, tout simplement. Sikkov n'était pas le genre de type que sa famille réclame.

– Vous ne vous êtes pas demandé qui l'avait descendu?

– Sikkov était un type louche. Personne ne l'a regretté. C'est toi qui l'as tué?

– Oui, soufflai-je. Mais je ne peux t'en dire beaucoup plus. Je t'ai parlé de mon voyage auprès des cigognes. J'ai la conviction que Sikkov les suivait aussi. A Sofia, le Bulgare et un autre homme ont tenté de me tuer. Ils ont abattu plusieurs innocents. Dans l'affrontement, j'ai descendu son acolyte et je me suis enfui. Puis Sikkov m'a retrouvé ici. En fait, il connaissait ma prochaine étape.

– Comment l'aurait-il su?

– A cause des cigognes. Tu ne sais vraiment pas ce que Sikkov trafiquait dans le camp?

– Rien de médical en tout cas. Cette année, il est arrivé voici quinze jours. Puis il est reparti presque aussitôt. Lorsqu'on l'a revu, il était mort.

Sikkov attendait donc les cigognes en Israël, mais « on » l'avait rappelé en Bulgarie, dans le seul but de m'abattre.

– Sikkov disposait d'armes sophistiquées. Comment expliques-tu cela?

– Tu as la réponse entre les mains (je tenais toujours le passeport métallisé). Sikkov, en tant qu'agent de sécurité des Nations unies, disposait sans doute des armes des Casques bleus.

– Pourquoi Sikkov avait-il un passeport NU?

– Un tel passeport est très pratique. Tu n'as plus besoin de visas pour franchir les frontières, tu évites tous les contrôles. Les Nations unies accordent parfois ce genre de facilités à nos agents qui voyagent beaucoup. Une « fleur », en quelque sorte.

– Monde Unique est très proche de l'organisme international?

– Plutôt, oui. Mais nous restons indépendants.

– Le nom de Max Böhm t'évoque-t-il quelque chose?

– C'est un Allemand?

– Un ornithologue suisse, assez connu dans ton pays. Et le nom d'Iddo Gabbor?

– Non plus.

Ni ces noms ni ceux de Milan Djuric ou de Markus Lasarevitch n'évoquaient rien à Christian.

Je demandai encore :

– Est-ce que vos équipes réalisent des opérations chirurgicales importantes, du genre greffe d'organes?

Christian haussa les épaules :

– Nous ne disposons pas d'un matériel assez sophistiqué.

– Vous n'effectuez même pas d'analyses de tissus pour découvrir d'éventuelles compatibilités d'organes?

– Un typage HLA, tu veux dire? (Je marquai le terme dans mon petit calepin.) Non, pas du tout. Enfin, peut-être. Je ne sais pas. Nous réalisons beaucoup d'analyses sur nos patients. Mais dans quel but ferions-nous un typage tissulaire? Nous n'avons pas le matériel pour opérer.

Je posai ma dernière question :

– A part la mort de Sikkov, n'as-tu jamais remarqué ici des violences étranges, des actes de cruauté qui ne cadraient pas avec l'Intifada?

Christian nia de la tête :

– Nous n'avons pas besoin d'originalités de ce genre.

Il me fixait maintenant comme s'il me découvrait pour la première fois, et dit, en éclatant d'un rire nerveux :

– Ton regard me fout la trouille. Ma parole, je préférais quand tu étais muet!

27.

Deux jours après, je pris le départ pour Jérusalem. Sur la route, je mûris mon nouveau plan. J'étais plus que jamais déterminé à poursuivre la voie des cigognes. Mais j'allais changer de direction : la présence de Sikkov en Israël prouvait que mes ennemis connaissaient mon fil conducteur – le vol des oiseaux. Je résolus donc de contrecarrer cette logique en rejoignant les cigognes de l'Ouest. Ce changement de cap comportait deux avantages : d'une part, je sèmerais mes assaillants, du moins pour un moment. D'autre part, les cigognes de l'Ouest, sans doute parvenues à proximité du Centrafrique, m'amèneraient aux trafiquants eux-mêmes.

J'arrivai à l'aéroport Ben-Gourion, totalement désert, aux environs de seize heures. Un avion pour Paris s'envolait en fin d'après-midi. Je me munis de pièces de monnaie et repérai une cabine téléphonique.

J'appelai d'abord mon répondeur. Dumaz avait téléphoné plusieurs fois. Inquiet, il parlait de lancer un avis de recherche international. Il avait de sérieuses raisons de s'angoisser : une semaine auparavant, je lui avais promis de le rappeler dès le lendemain. A travers ses messages, je pus suivre l'évolution de son enquête. Dumaz, parti à Anvers, parlait de « découvertes essentielles ». L'inspecteur avait sans doute retrouvé la trace de Max Böhm le long des Bourses de diamants.

Wagner aussi avait appelé à plusieurs reprises, décontenancé par mon silence. Il suivait avec précision l'itinéraire des cigognes et avait envoyé chez moi, disait-il, un fax récapitulatif. Il y avait également un appel de Nelly Braesler. Je composai le numéro direct de Dumaz. Au bout de huit sonneries, l'inspecteur répondit et sursauta au son de ma voix :

– Louis, où êtes-vous? J'ai cru que vous étiez mort.

– Je ne suis pas passé loin. J'étais réfugié dans un camp palestinien.

– Dans un camp palestinien?

– Je vous raconterai tout ça plus tard, à Paris. Je rentre ce soir.

– Vous arrêtez l'enquête?

– Au contraire, je continue de plus belle.

– Qu'avez-vous trouvé?

– Beaucoup de choses.

– Par exemple?

– Je ne veux rien dire par téléphone. Attendez mon appel, ce soir, puis envoyez-moi aussitôt un fax. Ça marche?

– Oui, je...

– A ce soir.

Je raccrochai, puis appelai Wagner. Le scientifique me confirma que les cigognes de l'Est s'acheminaient vers le Soudan – elles avaient pour la plupart réussi à franchir le canal de Suez. Je l'interrogeai ensuite sur celles de l'Ouest, en lui expliquant ma volonté de suivre maintenant cette migration. J'inventai de nouvelles raisons – l'impatience de les surprendre dans la savane africaine, d'observer leur comportement et leur nourriture. Ulrich consulta son programme et me donna les informations. Les oiseaux traversaient actuellement le Sahara. Certaines prenaient déjà la direction du Mali et du delta du Niger, d'autres du Nigeria, du Sénégal, du Centrafrique. Je demandai à Wagner de m'envoyer la carte satellite et la liste des localisations exactes par fax.

Il était temps d'enregistrer mes bagages – j'avais soigneusement démonté le Glock 21 et dissimulé ses deux parties de métal – canon et culasse – dans une sorte de mini-boîte à outils graisseuse que Christian m'avait donnée. En revanche, j'avais abandonné toutes les cartouches. Au comptoir d'enregistrement, un homme de l'office du tourisme israélien m'attendait. Plutôt convivial, il ne me cacha pas qu'il me suivait depuis mon départ de Balatakamp. Il me demanda de venir avec lui et j'eus l'agréable surprise de traverser les bureaux des douanes et de contrôle, bagages à la main, sans l'ombre d'une fouille ou d'un interrogatoire. « Nous souhaitons, expliqua mon guide, vous épargner les habituels tracas du règlement israélien. » Il déplora, une dernière fois, l'« accident » de Balatakamp et me souhaita un bon voyage. Dans la salle d'embarquement, je me maudis intérieurement de n'avoir pas emporté les balles de 45.

Nous décollâmes à dix-neuf heures trente. Dans l'avion, j'ouvris le livre que Christian m'avait donné, *Les Chemins de l'espoir*, où Pierre Doisneau racontait son histoire. Je parcourus en diagonale ce pavé de six cents pages. C'était un livre pétri de grands sentiments et écrit avec une certaine maîtrise. Ainsi, on pouvait lire : « ... Les visages des malades étaient pâles. Ils rayonnaient tristement, d'une douce lumière, qui avait la couleur âcre et mélancolique du soufre. Ce matin-là, je sus que ces enfants étaient autant de fleurs, des fleurs malades, qu'il me fallait préserver et rendre à la vie saine... »

Ou encore : « La mousson approchait. Et avec elle, les cohortes inaltérables de miasmes et de maladies. La ville allait se couvrir de rouge et ses rues appeler la mort. Peu importait le quartier, peu importait la manière. Le spectacle de la douleur humaine allait se répandre et s'alanguir, au fil des trottoirs détrempés. Jusqu'aux confins fiévreux de l'humanité, là où l'obscurité des chairs est rendue à sa nuit aveugle... »

Et plus loin : « ... Le visage de Khalil était écarlate. Il mordait la couverture et retenait ses larmes. Il ne voulait pas pleurer devant moi. Et même, du creux de son orgueil, l'enfant me souriait. Tout à coup, il cracha du sang. Et je sus que c'était la rosée, qui parfois précède les ténèbres interminables, saluant ainsi son entrée dans l'au-delà... »

Ce style était ambigu. Il émanait de ces images, de cette écriture, une étrange fascination. Doisneau transfigurait la souffrance de Calcutta et, d'une certaine manière, lui donnait une beauté troublante. Pourtant, je devinais que le succès du livre était lié plutôt au destin solitaire de ce docteur français, qui avait affronté l'incoercible malheur du peuple indien. Doisneau racontait tout : l'horreur des *slums*, des millions d'êtres vivant comme des rats dans la fange et la maladie, l'abjection de ceux qui survivent en vendant leur sang, leurs yeux ou en tirant des rickshaws...

Les Chemins de l'espoir était un livre manichéen. D'un côté, il y avait la douleur quotidienne, insoutenable, de la multitude. De l'autre, un homme seul, qui criait « non » et réhabilitait cette population de souffrance. Selon lui, les Bengalis avaient su conserver une véritable dignité face à la douleur. Le public aime ce genre d'histoires à propos de « l'orgueil du malheur ». Je fermai le livre. Il ne m'avait rien appris – si ce n'est que Monde Unique et son fondateur étaient décidément irréprochables.

Aux environs de minuit, l'avion atterrit. Je passai les douanes de Roissy-Charles-de-Gaulle, puis pris un taxi dans la nuit claire. J'étais de retour au pays.

28.

Il était près d'une heure du matin lorsque j'entrai dans mon appartement. Je trébuchai sur le courrier entassé sous la porte, le ramassai puis visitai chacune des pièces afin de vérifier qu'aucun intrus n'avait pénétré ici durant mon absence. Ensuite je passai dans mon bureau et appelai Dumaz. Aussitôt l'inspecteur m'envoya un fax de plus de cinq pages.

Je lus le document d'un trait, sans prendre la peine de m'asseoir. D'abord, Dumaz avait retrouvé la trace de Max Böhm à Anvers. Il avait montré le portrait de l'ornithologue au fil des Bourses de diamants. Plusieurs personnes avaient reconnu le vieux Max et se souvenaient parfaitement de ses visites régulières. Depuis 1979, le Suisse venait vendre ses diamants chaque année, exactement aux mêmes dates : entre les mois de mars et d'avril. Certains négociants le plaisantaient là-dessus, lui demandant s'il ne possédait pas quelque « arbre à diamants » qui se serait épanoui au printemps.

Le second chapitre du fax était plus intéressant encore. Avant de partir pour l'Europe, Dumaz avait demandé à la CSO – l'immense centrale d'achat de diamants bruts, basée à Londres, qui contrôle 80 à 85 % de la production brute mondiale de diamants – la liste complète des responsables, ingénieurs, géologues ayant travaillé dans les mines africaines, à l'est comme à l'ouest, de 1969 à nos jours. A son retour il avait patiemment étudié cette longue liste et découvert, aux côtés de Max Böhm, au moins deux autres noms qu'il connaissait.

Le premier était celui d'Otto Kiefer. Selon la CSO, « Tonton Grenade » dirigeait encore plusieurs mines de diamants en Centrafrique, notamment la Sicamine. Or, Dumaz était certain que le Tchèque jouait un rôle essentiel dans le trafic des pierres. Le second ouvrait des horizons insoupçonnables. Dans la liste qui concernait l'Afrique australe, Dumaz avait remarqué un nom qui lui rappelait quelque chose : Niels van Dötten, un homme qui avait travaillé aux côtés de Max Böhm de 1969 à 1972, en Afrique du Sud, et qui, aujourd'hui, était un des responsables majeurs des mines de Kimberley. Niels van Dötten était également le géologue belge qui était parti avec Böhm en forêt profonde, en août 1977. C'est Guillard, l'ingénieur français interrogé par Dumaz, qui avait suggéré que van Dötten était flamand. Le nom, l'accent de van Dötten l'avaient trompé. L'homme n'était pas belge ni hollandais. C'était un Afrikaner, un Blanc d'Afrique du Sud.

Cette découverte essentielle démontrait que Böhm avait conservé, depuis les années soixante-dix, des relations suivies en Afrique du Sud avec un spécialiste du diamant. Bien plus, pour quelque raison mystérieuse, van Dötten avait rejoint Böhm en RCA, en août 1977. Les deux hommes, après la « résurrection » de Böhm, en 1978, avaient dû reprendre contact. Van Dötten était le trafiquant de l'est – celui qui « équipait » les cigognes australes, détroussant les mines dont il avait la charge – tandis que Kiefer était l'homme de l'ouest.

Juste avant le fax de Dumaz se trouvait la télécopie de Wagner, transmise dans l'après-midi. Le message comprenait une carte satellite de l'Europe, du Proche-Orient et de l'Afrique, sur laquelle se détachaient les itinéraires observés des cigognes et leur trajet à venir. En Europe, au sommet du réseau, j'écrivis « Max Böhm », le cerveau du système. A mi-chemin, au centre de l'Afrique, j'inscrivis : « Otto Kiefer ». Au sud-est, tout en bas : « Niels van Dötten ». Entre ces noms, sur la carte satellite, couraient les trajectoires des cigognes, reliant ces trois points en pointillé. Le système était parfait. Infaillible.

Je composai le numéro de Dumaz.

– Alors? fit-il avant d'entendre ma voix.

– C'est parfait, dis-je. Vos informations confirment mes propres résultats.

– A votre tour de m'expliquer ce que vous savez.

Je résumai mes découvertes : la filière des cigognes, les diamants, Sikkov et son acolyte, l'implication mystérieuse de Monde Unique. En conclusion, je fis part à Dumaz de ma décision de me rendre en Centrafrique. L'inspecteur n'avait plus de voix. Au bout d'une minute, il demanda pourtant :

– Où sont les diamants?

– Lesquels?

– Ceux de l'est, qui ont disparu avec les oiseaux.

La question me déconcerta. Je n'avais parlé ni d'Iddo ni de Sarah. Dumaz était fortement intrigué par cette fortune en cavale. Je décidai de mentir :

– Je ne sais pas, répondis-je laconiquement.

Dumaz soupira :

– L'affaire prend une importance qui nous dépasse.

– Comment cela?

– J'ai toujours pensé que Max Böhm trafiquait des denrées africaines. Mais j'imaginais qu'il bricolait. L'ampleur du système me coupe le souffle.

– Que voulez-vous dire?

– J'ai parlé avec les hommes de la CSO. Il y a des années qu'ils soupçonnent un trafic de diamants, où Max Böhm jouerait un rôle central. Ils n'ont jamais réussi à déceler son réseau – la filière des cigognes, que vous venez de découvrir. Vous avez bien travaillé, Louis. Mais il vaut mieux passer la main. Contactons la CSO.

– Je vous propose un marché. Accordez-moi encore dix jours, le temps d'aller en Centrafrique et d'en revenir – puis nous livrerons ensemble le dossier à la CSO et à Interpol. Jusque-là, pas un mot.

Dumaz hésita, puis dit :

– Dix jours, d'accord.

– Écoutez-moi, repris-je. J'ai une mission pour vous. Un personnage est apparu dans cette affaire. Une femme. Elle s'appelle Sarah Gabbor. Elle est mêlée à tout ça malgré elle et possède des diamants qu'elle cherche actuellement à vendre à Anvers. Vous devez pouvoir retrouver sa trace.

– C'est une des complices de Böhm?

– Non. Elle cherche simplement à négocier des pierres.

– Beaucoup?

– Quelques-unes.

Par une méfiance irraisonnée, je venais de nouveau de mentir à Dumaz.

– Comment est-elle? demanda-t-il.

– Très grande, mince. Elle a vingt-huit ans, mais paraît plus âgée. Blonde, les cheveux mi-longs, une peau mate et des yeux d'une beauté parfaite. Son visage est assez anguleux, plutôt original. Croyez-moi, Hervé : les gens qui l'auront vue s'en souviendront.

– Ses pierres sont brutes, je suppose?

– Oui. Elles proviennent de la filière Böhm.

– Depuis quand cherche-t-elle à les vendre?

– Sans doute quatre ou cinq jours. Sarah est israélienne. Elle va traiter avec des négociants juifs. Retournez chez ceux que vous avez rencontrés.

– Et si je retrouve sa piste?

– Vous l'abordez calmement et vous lui expliquez que vous travaillez avec moi. Vous ne parlez pas des diamants. Vous la persuadez simplement de se mettre à l'abri jusqu'à mon retour. D'accord?

– D'accord. (Dumaz sembla réfléchir quelques secondes puis :) Admettons que je retrouve cette Sarah. Que puis-je lui dire pour la convaincre que nous collaborons?

– Dites-lui que je porte son Glock sur mon cœur.

– Son quoi?

– Son Glock. G-L-O-C-K. Elle comprendra. Dernière chose, ajoutai-je. Ne vous fiez pas à l'apparence de Sarah. Elle est belle et fine mais c'est une femme dangereuse. C'est une Israélienne, vous comprenez? Une combattante entraînée, experte en armes à feu. Méfiez-vous du moindre de ses gestes.

– Je vois, fit Dumaz d'une voix neutre. C'est tout?

– Je vous avais demandé des informations sur Monde Unique. Je n'ai rien trouvé dans votre fax.

– J'ai rencontré de sérieux obstacles.

– C'est-à-dire?

– Monde Unique m'a fourni une carte détaillée de ses centres à travers le monde. Mais l'organisation refuse de me livrer la liste du Club des 1001.

– En votre qualité de flic, vous ne pouvez...

– Je n'ai ni mandat ni aucun ordre officiel. Par ailleurs, Monde Unique est une véritable institution en Suisse. Il serait mal vu qu'un petit flic commence à les emmerder pour une affaire qui ne repose, au fond, sur rien. Franchement, je ne fais pas le poids.

Dumaz m'exaspérait. Il avait perdu toute efficacité.

– Pouvez-vous au moins me télécopier cette carte?

– Dès que nous aurons raccroché.

– Hervé, je vais partir le plus tôt possible en Afrique, demain ou après-demain. Je ne vous contacterai pas. Trop compliqué. Dans une dizaine de jours, je réapparaîtrai, avec les clés ultimes de l'histoire.

Je saluai Dumaz et raccrochai. Quelques secondes plus tard, mon fax bourdonnait. C'était la carte des centres MU. A l'heure actuelle, on comptait environ soixante camps à travers le monde, dont près du tiers étaient permanents. Les autres camps se déplaçaient, au gré des urgences. Des centres étaient implantés en Asie, en Afrique, en Amérique du Sud, en Europe de l'Est. On repérait des concentrations dans les pays déchirés par la guerre, la famine ou la misère. Ainsi, la Corne de l'Afrique comptait plus d'une vingtaine de camps. Le Bangladesh, l'Afghanistan, le Brésil, le Pérou en totalisaient une autre vingtaine. Parmi cette distribution disparate, je discernai deux tracés, qui me parurent très clairs. Un itinéraire « est », à travers les Balkans, la Turquie, Israël, le Soudan, puis l'Afrique du Sud. Un tracé « ouest » beaucoup plus court, partant du Sud-Maroc (le front du Polisario), puis se répartissant entre le Mali, le Niger, le Nigeria et le Centrafrique. Je superposai cette carte à celle de Wagner : ces camps suivaient la route des cigognes et pouvaient aisément servir de points de chute aux sentinelles des oiseaux, tel Sikkov.

Cette nuit-là, je dormis à peine. Je m'informai des vols en direction de Bangui : un vol Air Afrique décollait le lendemain soir, 23 h 30. Je réservai une place en première classe – toujours aux frais de Böhm.

L'étau de mon destin se serrait d'un cran. De nouveau, j'étais seul. En route vers le noyau brûlant du mystère – et les cendres vives de mon propre passé.

IV

Forêt profonde

29.

Le 13 septembre au soir, lorsque les portes vitrées de Roissy-Charles-de-Gaulle s'ouvrirent, sous le panneau Air Afrique, je compris que je pénétrais déjà sur le continent noir. De hautes femmes déployaient leurs boubous bigarrés, des Noirs, très sérieux, sanglés dans des costumes de diplomate, surveillaient leurs bagages de carton, des géants enturbannés, djellaba claire et canne de bois, patientaient sous les écrans des départs. De nombreux vols pour l'Afrique partent de nuit – et il y avait ce soir une véritable foule le long des comptoirs.

J'enregistrai mes bagages puis empruntai l'escalator jusqu'à la salle d'embarquement. Durant la journée, j'avais complété mon équipement. J'avais acheté un petit sac à dos imperméable, un poncho en toile cirée (la saison des pluies battait son plein en RCA), un drap-housse en coton fin, des chaussures de marche, cousues dans une matière synthétique qui séchait très rapidement, et un couteau imposant, à lame crénelée. Je m'étais procuré une tente légère, pour une ou deux personnes, en cas de bivouacs improvisés, puis j'avais enrichi ma trousse à pharmacie de médicaments antipaludéens, préparations contre les coliques, vaporisateur antimoustiques... J'avais également pensé à quelques aliments de survie – barres de pâte d'amandes, céréales, plats autochauffants – qui me permettraient d'éviter les dîners de singes grillés ou d'antilopes à la broche... Enfin, j'avais pris un dictaphone, et des cassettes de cent vingt minutes – de quoi conserver des traces d'éventuels interrogatoires.

Aux environs de vingt-trois heures, nous embarquâmes. L'avion était à moitié vide, empli seulement de passagers masculins. Je constatai que j'étais le seul Blanc. Le Centrafrique ne semblait pas être une destination touristique. Les Noirs s'installaient, discutant dans une langue inconnue, pleine de syllabes mastocs et d'intonations aiguës. Je devinai qu'ils parlaient sango, la langue nationale du Centrafrique. Parfois ils s'exprimaient en français, un français plein de creux et de bosses, de « vrrrrraiment » sentencieux et de *r* en grelots. J'éprouvai aussitôt le coup de foudre pour ce langage inattendu. C'était la première fois qu'une langue « parlait » autant par ses sonorités que par les mots effectivement prononcés.

A minuit, le DC 10 décolla. Mes voisins ouvrirent leurs attachés-cases et sortirent des bouteilles de gin et de whisky. Ils me proposèrent un verre. Je refusai. Dehors, la nuit rayonnait et semblait nous entourer d'un halo étrange. Les discours de mes voisins me berçaient doucement. Je ne tardai pas à m'endormir.

A deux heures du matin, nous fîmes escale à N'Djamena, au Tchad. A travers le hublot, je n'aperçus qu'un vague bâtiment, mal éclairé, en bout de piste. Par la porte ouverte, la chaleur se répandait dans l'avion, âcre et comme affamée. Dehors, des silhouettes blanchâtres flottaient dans l'obscurité. Soudain, tout disparut. Nous décollâmes de nouveau. N'Djamena avait été aussi furtive qu'un songe.

A cinq heures du matin, je m'éveillai brusquement. La lumière du jour brillait au-dessus des nuages. C'était une lumière grise et vibrante, un glacis de fer, dont les reflets scintillaient comme du mercure. L'avion piqua à quatre-vingts degrés au cœur des nuages. Nous traversâmes des couches de noir, de bleu, de gris, qui nous plongèrent dans une complète obscurité.

Et, tout à coup, l'Afrique apparut.

La forêt infinie se déroulait sous nos yeux. C'était une mer d'émeraude, immense et ondulante, qui se précisait à mesure que nous descendions. Peu à peu, le vert sombre s'éclairait, se nuançait. J'aperçus des chevelures ébouriffées, des crêtes moutonneuses, des cimes en effervescence. Les fleuves étaient jaunes, la terre rouge sang et les arbres vibraient comme des épées de fraîcheur. Tout était vif, acéré, lumineux. Il s'échappait parfois de cette liesse des nonchalances plus mates, des plages de repos, qui avaient l'indolence des nénuphars ou le calme des pâturages. Des cabanes apparurent, minuscules, plantées dans la jungle. J'imaginai les hommes qui vivaient là, qui appartenaient à ce monde exubérant. J'imaginai cette existence détrempée, ces matins de métal où les cris des animaux vous sifflent aux oreilles, où la terre s'enfonce sous vos pieds, prenant l'empreinte de votre lente décrépitude. Durant toute la manœuvre de l'atterrissage, je demeurai ainsi, englouti par la stupeur.

Je ne sais où se situe exactement le tropique du Cancer, mais en débarquant, je compris que je l'avais franchi, au point d'affleurer maintenant l'équateur. L'air n'était qu'une bourrasque de feu. Le ciel affichait une clarté atone et infiniment pure – comme délavé pour la journée par les averses du matin. Et surtout, les odeurs explosaient en tous sens. Des parfums lents et lourds, des remords tenaces et crus, composant un mélange étrange d'excès de vie et de mort, d'éclosion et de pourriture.

La salle des arrivées n'était qu'un simple bloc de béton brut, sans décoration ni apprêt. En son centre, deux petits comptoirs de bois se dressaient, derrière lesquels des militaires armés inspectaient les passeports et les certificats de vaccination. Ensuite, il y avait la douane : un long tapis roulant, en panne, où l'on devait ouvrir chacun de ses bagages (mon Glock était toujours en pièces détachées, réparti dans mes deux sacs). Le soldat inscrivit une croix avec une craie humide et m'autorisa à passer. Je me retrouvai dehors, parmi une foule de familles braillardes, venues attendre leurs frères ou leurs cousins. L'humidité se renforçait encore et j'eus l'impression de pénétrer au cœur d'une éponge infinie.

– Où vas-tu, patron?

Un grand Noir au sourire dur me barrait la route. Il m'offrait ses services. Sans y penser, par défi peut-être, je dis : « Sicamine. Conduis-moi au même hôtel que d'habitude. » Le nom de la mine – pur bluff de ma part – fut comme un sésame. L'homme siffla entre ses doigts, appela une horde de gosses qui prirent aussitôt mes bagages. Il ne cessait de leur répéter « Sicamine, Sicamine », afin d'accélérer le mouvement. Une minute plus tard j'étais en route pour Bangui, dans un taxi jaune poussiéreux dont le châssis raclait le sol.

Bangui n'avait rien d'une ville. C'était plutôt un long village, composé de bric et de broc. Les maisons étaient en torchis, recouvertes de tôle ondulée. La route était en terre battue et d'innombrables passants longeaient cette piste écarlate. Sous le ciel lubrifié, je saisis la dualité des couleurs africaines : le noir et le rouge. La Chair et la Terre. Les pluies de l'aube avaient gorgé le sol et la piste était creusée de flaques étincelantes. Les hommes portaient des chemisettes et des sandales, en toute élégance. Ils marchaient d'un pas nonchalant, vaillants dans la chaleur naissante. Mais surtout, il y avait les femmes. De longues tiges dressées, cambrées, belles à vénérer, qui portaient leurs ballots sur la tête, comme les fleurs leurs pétales. Leur cou ressemblait à un collier de grâce, leur visage respirait la douceur et la fermeté, et leurs longs pieds nus, sombres sur le dessus, clairs sous le dessous, étaient d'une sensualité à vous briser les sens. Sous ce ciel d'apocalypse, ces fines et farouches silhouettes composaient le plus beau spectacle que j'aie jamais contemplé.

« Sicamine, beaucoup d'argent! » plaisanta mon guide au côté du chauffeur. Il frottait son index contre son pouce. Je souris et acquiesçai. Nous étions arrivés devant un Novotel. Une bâtisse au crépi grisâtre, arborant des balcons de bois, surplombée par d'immenses arbres. Je payai le jeune Noir en francs français et pénétrai dans l'hôtel. Je réglai une nuit d'avance et changeai cinq mille francs français en francs CFA – de quoi organiser mon expédition en forêt. On me conduisit à ma chambre, située au rez-de-chaussée, le long d'un grand patio intérieur où se découpait une piscine, parmi des jardins exotiques. Je haussai les épaules. En cette saison des pluies, le carré d'eau turquoise ressemblait au bassin de Gribouille.

Ma chambre était convenable : spacieuse et claire. La décoration était anonyme, mais ses couleurs – brun, ocre, blanc – me semblaient, je ne sais pourquoi, caractéristiques de l'Afrique. La climatisation ronronnait. Je pris une douche et me changeai. Je décidai d'attaquer l'enquête. Je fouillai dans les tiroirs du bureau et découvris un annuaire de la RCA – un fascicule d'une trentaine de pages. Je composai le numéro du siège de la Sicamine.

Je parlai à un certain Jean-Claude Bonafé, directeur exécutif. Je lui expliquai que j'étais journaliste, que je projetais de réaliser un reportage sur les Pygmées. Or, j'avais noté que certaines de ses exploitations se trouvaient sur le territoire des Pygmées Akas. Pouvait-il m'aider à me rendre là-bas? En Afrique, la solidarité entre Blancs est une valeur sûre. Bonafé me proposa aussitôt de me prêter une voiture jusqu'à la lisière de la forêt et de déléguer un guide de sa connaissance. Mais il m'avertit également : il était impératif de contourner les sites de la Sicamine. Son directeur général, Otto Kiefer, vivait sur place et c'était un « type pas commode... » En conclusion, il précisa sur un ton de confidence : « D'ailleurs, si Kiefer apprenait que je vous ai aidé, j'aurais de sacrés ennuis... »

Bonafé m'invita ensuite à passer à son bureau, dans la matinée, pour mettre au point ces préparatifs. J'acceptai et raccrochai. Je passai d'autres coups de téléphone, parmi la communauté française de Bangui. Nous étions samedi, mais tout le monde semblait travailler ce jour-là. Je parlai à des directeurs de mine, des responsables de scierie, des hommes de l'ambassade de France. Tous ces Français déracinés, usés, vidés par les tropiques, semblaient heureux de parler avec moi. En orientant mes questions, je pus me faire une idée précise de la situation et dresser un portrait complet d'Otto Kiefer.

Le Tchèque dirigeait quatre mines, disséminées dans l'extrême-sud de la RCA – là où commence le « grand vert », l'immense forêt équatoriale qui s'étend vers le Congo, le Zaïre, le Gabon. Il travaillait maintenant pour l'État centrafricain. Malheureusement, de l'avis de tous, les filons étaient taris. La RCA ne produisait plus de diamants de grande qualité, mais on continuait à creuser – pour la forme. Personnellement, bien sûr, j'avais une autre idée sur l'absence des pierres de valeur.

Tous mes interlocuteurs, sans exception, me confirmèrent la violence, la cruauté de Kiefer. Aujourd'hui, il était vieux – la soixantaine – mais plus dangereux que jamais. Il s'était installé en forêt profonde, pour mieux surveiller ses hommes. Personne ne soupçonnait que Kiefer était le numéro un des trafiquants.

S'il demeurait dans les ténèbres végétales, c'était pour mieux manœuvrer, détourner les pierres brutes et les envoyer au camarade Böhm – par voie de cigognes.

Je résolus de surprendre Kiefer au fond de la forêt, de l'affronter ou de le suivre – selon les circonstances – jusqu'à ce qu'il parte en quête des cigognes. Bien que Böhm soit mort, j'étais certain que le Tchèque n'abandonnerait pas le système des courriers. Les cigognes n'étaient pas encore parvenus au Centrafrique. Je disposais donc d'environ huit jours pour cueillir Kiefer au cœur des mines. Il était onze heures. J'enfilai ma saharienne et partis à la rencontre de Bonafé.

30.

Le siège social de la Sicamine était situé au sud de la ville. Le trajet en taxi dura environ quinze minutes, le long d'avenues rougeâtres qui s'étendaient à l'ombre d'arbres géants. A Bangui, en pleine rue, on pouvait découvrir de véritables tronçons de forêt, creusés d'ornières immenses et sanglantes, ou encore des bâtiments en ruine, dévorés par la végétation, comme martelés par un troupeau d'éléphants.

Les bureaux étaient installés dans une sorte de ranch en bois, devant lequel étaient stationnés des 4 × 4 mouchetés de latérite – la terre africaine. J'annonçai ma présence au bureau d'accueil. Une large femme se décida à m'escorter le long d'un deck mal équarri. Je suivis son déhanchement souple.

Jean-Claude Bonafé était un petit Blanc bien en chair, la cinquantaine dégarnie. Il portait une chemise bleu ciel et un pantalon de toile écrue. A priori, rien ne le distinguait d'un autre chef d'entreprise français. Rien, sinon une lueur d'intense folie dans le regard. L'homme semblait ravagé de l'intérieur, dévoré par une tourmente, pleine d'éclats de rire et d'idées douloureuses. Ses yeux brillaient comme des vitres et ses dents, longues et biseautées, reposaient sur sa lèvre inférieure, dans un sourire perpétuel. L'homme, face aux tropiques, ne s'avouait pas vaincu. Il luttait contre la déliquescence tropicale, à coups de détails, de petites touches précieuses, de parfum parisien.

– Je suis véritablement enchanté de vous connaître, attaqua-t-il. J'ai déjà travaillé à votre projet. J'ai débusqué un guide de confiance : le cousin d'un de mes employés, originaire de la Lobaye.

Il s'assit derrière son bureau, un bloc de bois brut sur lequel des statuettes africaines se dressaient en solitaires, puis déploya une main manucurée en direction d'une carte du Centrafrique, fixée contre le mur, derrière lui.

– En fait, attaqua-t-il, la partie la plus connue de la RCA est le Sud. Parce qu'il y a Bangui, la capitale. Parce que c'est ici que commence la forêt dense, source de toutes les richesses. Et aussi le territoire des M'Bakas, les véritables maîtres du Centrafrique – Bokassa appartenait à cette ethnie. La région qui vous intéresse est au-dessous encore, à l'extrême Sud, au-delà de M'Baïki.

Bonafé indiquait sur la carte un immense aplat de vert. Il n'y avait aucune trace de routes, de pistes ou de villages. Rien, excepté du vert. La forêt à l'infini.

– C'est ici, continua-t-il, que notre mine est implantée. Juste au-dessus du Congo. Le territoire des Pygmées Akas. Les « Grands Noirs » n'y vont jamais. Ils crèvent de trouille.

Une image se précisa dans mon esprit. Kiefer, Maître des Ténèbres, était mieux protégé là-bas que par toute une armée. Les arbres, les animaux, les légendes étaient ses sentinelles. J'ôtai ma veste. Il faisait ici une chaleur de fauves. La climatisation ne fonctionnait pas. Je jetai un coup d'œil à Bonafé. Sa chemise était trempée par la transpiration. Il poursuivait :

– Pour ma part, j'adore les Pygmées. C'est un peuple exceptionnel, plein de joie, de mystère. Mais la forêt est plus extraordinaire encore. (Ses yeux exprimaient le ravissement, ses dents en tessons de bouteilles s'entrouvraient, en signe de béatitude.) Savez-vous comment cet univers fonctionne, monsieur Antioche? Le Grand Vert puise sa vie dans la lumière. Une lumière qui arrive au compte-gouttes, à travers la canopée. (Bonafé forma un toit avec ses doigts potelés, puis il baissa la voix, comme s'il livrait un secret.) Il suffit qu'un arbre tombe, et tac! le soleil filtre par ce trou. La végétation capte les rayons, pousse au plus vite et comble aussitôt la percée. C'est fantastique. A terre, l'arbre tombé engraisse le sol, pour donner naissance à une nouvelle génération. Et ainsi de suite. La forêt est inouïe, monsieur

Antioche. C'est un monde intense, fourmillant, dévorant. Un univers en soi, avec ses rythmes, ses règles, ses habitants. Des milliers d'espèces végétales différentes, d'invertébrés, de vertébrés existent là-dessous!

Je regardais Bonafé, son visage grotesque et cireux, planté dans des épaules tombantes. L'homme avait beau lutter : il s'affaissait, fondait dans la torpeur des tropiques.

– La forêt est-elle... dangereuse?

Bonafé émit un petit rire :

– Ma foi... oui, répondit-il. C'est assez dangereux. Surtout les insectes. La plupart sont porteurs de maladies. Il y a les moustiques, qui transmettent des paludismes endémiques, très revêches à la quinine, ou la dengue, qui colle des fièvres à vous rompre les os. Il y a les fourroux, dont les piqûres donnent d'atroces démangeaisons, les fourmis, qui détruisent tout sur leur passage, les filaires, qui vous injectent des filaments dans les artères, jusqu'à les boucher complètement. D'autres saloperies, vraiment coriaces, telles les chiques qui vous rongent les orteils ou les mouches-vampires, qui vous sucent le sang. Ou encore des vers très particuliers qui prennent naissance sous vos chairs. J'en ai eu plusieurs dans le crâne. Je les sentais creuser, gratter, avancer sous mon cuir chevelu. Il n'est pas rare non plus d'en surprendre, à l'œil nu, s'acheminant sous les paupières de l'homme qui est en train de vous parler. (Bonafé rit. Il semblait étonné par ses propres conclusions.) C'est vrai, la forêt est plutôt dangereuse. Mais tout cela ne constitue que des accidents, des exceptions. Ne vous en souciez pas. La brousse est merveilleuse, monsieur Antioche. Merveilleuse...

Bonafé décrocha son téléphone et parla sango. Puis il me demanda :

– Quand comptez-vous partir?

– Dès que possible.

– Avez-vous votre autorisation?

– Quelle autorisation?

Les pupilles de l'homme s'arrondirent. Puis Bonafé éclata de rire de nouveau. Il répéta, frappant dans ses mains : « Quelle autorisation? » Ses traits ruisselaient de sueur. Il sortit un mouchoir de soie, tout en explosant en petits ricanements. Bonafé s'expliqua :

– Vous ne pourrez jamais bouger d'ici sans une autorisation ministérielle. La moindre piste, le moindre village est surveillé par des postes de police. Que voulez-vous! Nous sommes en Afrique, et toujours gouvernés par un régime militaire. De plus, des troubles sont survenus récemment, des grèves. Vous devez solliciter une autorisation auprès du ministère de l'Information et de la Communication.

– Combien de jours faudra-t-il?

– Trois au moins, je le crains. D'autant que vous devrez attendre lundi pour effectuer votre demande. De mon côté, je peux vous appuyer auprès du ministre. C'est un mulâtre, un ami. (Bonafé dit cela comme si les deux faits étaient liés.) Nous allons tenter d'accélérer la procédure. Mais il me faut des photographies d'identité et votre passeport (je lui donnai à regret ce qu'il me demandait, dont deux portraits issus d'un visa inutile pour le Soudan). Dès que vous aurez obtenu ce papier...

On frappa à la porte. Un Noir massif entra. Son visage était rond, son nez camus et ses yeux globuleux. Sa peau ressemblait à du cuir. Il avait la trentaine et était vêtu d'une djellaba à dominante bleue.

– Gabriel, dit Bonafé, je te présente Louis Antioche, un journaliste venu de France. Il souhaite aller en brousse, afin de réaliser un reportage sur les Pygmées. Je crois que tu peux l'aider.

Gabriel me fixa. Bonafé s'adressa à moi :

– Gabriel est originaire de la Lobaye. Toute sa famille vit à la lisière de la forêt.

Le Nègre me regardait avec ses yeux à fleur de tête, sourire en coin. Le Blanc reprit :

– Gabriel va porter vos papiers au ministère – un de ses cousins y travaille. Dès que votre autorisation sera prête, je mettrai un 4 × 4 à votre disposition.

– Merci beaucoup.

– Ne me remerciez pas. La voiture ne vous sera d'aucun secours. Trente kilomètres après M'Baïki, c'est la forêt. Il n'y a plus de piste.

– Et alors?

– Vous devrez continuer à pied jusqu'à nos exploitations. Comptez environ quatre jours de marche.

– Vous n'avez pas taillé de routes jusqu'à la mine?

Bonafé gloussa :

– Des routes! (Il se tourna vers le Noir.) Des routes, Gabriel. (Il s'adressa de nouveau à moi.) Vous êtes un comique, monsieur Antioche. Vous n'avez pas idée de la jungle que vous allez devoir affronter. Il suffit de quelques semaines à cette végétation pour effacer la moindre piste. Nous avons renoncé depuis longtemps à tracer des sentiers dans ce chaos de lianes. Du reste, au cas où vous l'ignoreriez : les diamants sont un chargement plutôt léger. Pas besoin de camions, ni de matériel spécifique. Nous disposons toutefois d'un hélicoptère, qui effectue des navettes régulières avec l'exploitation. Mais nous ne pouvons affréter l'appareil seulement pour vous.

Un sourire s'insinua sur ses lèvres, une anguille se glissant dans des eaux troubles.

– D'ailleurs, une fois que vous aurez atteint la forêt profonde, inutile de compter sur les gens de chez nous. Les mineurs travaillent dur. Et Clément, notre contremaître, est gâteux. Quant à Kiefer, je vous ai prévenu : ne l'approchez pas. Donc, contournez notre exploitation et rejoignez la Mission.

– La Mission?

– Plus loin dans la forêt, une sœur alsacienne a installé un dispensaire. Elle soigne et éduque les Pygmées.

– Elle vit seule là-bas?

– Oui. Une fois par mois elle vient à Bangui, pour superviser son ravitaillement – nous lui permettons d'utiliser notre hélicoptère. Puis elle disparaît à nouveau, avec ses porteurs, pour un mois. Si vous recherchez la tranquillité, vous serez servi. On ne peut imaginer endroit plus reculé. Sœur Pascale vous indiquera les campements akas les plus intéressants. Tout cela vous convient-il?

La jungle intense, une sœur protégée par des Pygmées, Kiefer au cœur de l'ombre : la folie de l'Afrique commençait à me tenir.

– J'ai une dernière requête.

– Je vous écoute.

– Pourriez-vous me trouver des balles de 45 – pour un pistolet automatique?

Mon interlocuteur me glissa un regard par en dessous, comme pour saisir mes véritables intentions. Il lança un bref regard à Gabriel puis rétorqua :

– Aucun problème.

Bonafé frappa sur la table du plat des mains, se tourna vers le Noir :

– As-tu bien compris, Gabriel? Tu vas emmener M. Antioche à la lisière de la forêt. Ensuite, tu demanderas à ton cousin de le guider jusqu'à la Mission.

Le Noir acquiesça. Il ne m'avait pas quitté des yeux. Bonafé lui parlait comme un instituteur à ses élèves. Mais Gabriel semblait pouvoir nous rouler en un clin d'œil. Sans effort, d'une chiquenaude de l'esprit. Son intelligence planait dans la chaleur étouffante, comme un insecte roublard. Je remerciai Bonafé et revins sur Kiefer :

– Dites-moi, c'est une drôle d'idée de la part de votre directeur de s'installer au fond de ce bourbier.

Bonafé ricana encore :

– Cela dépend de quel point de vue on se place. L'extraction des diamants demande une surveillance très stricte. Et comptez sur Kiefer pour tout savoir, tout diriger.

Je risquai une nouvelle question :

– Avez-vous connu Max Böhm?

– Le Suisse? Non, pas personnellement. Je suis arrivé après qu'il avait quitté la RCA, en 1980. C'est lui qui dirigeait la Sicamine avant le Tchèque. Une connaissance à vous? Pardonnez-moi, mais, de l'avis de tous, Böhm était pire encore que Kiefer. Et ce n'est pas peu dire. (Il haussa les épaules.) Que voulez-vous, mon ami : l'Afrique porte à la cruauté.

– Dans quelles conditions Max Böhm a-t-il quitté l'Afrique?

– Je n'en sais rien. Je crois qu'il a eu des ennuis de santé. Ou des problèmes avec Bokassa. Ou les deux. Vraiment, je ne sais pas.

– Pensez-vous que M. Kiefer soit resté en contact avec le Suisse?

Ce fut une question de trop. Bonafé me scruta de toutes ses

pupilles. Chaque iris semblait se concentrer sur le fond de mes pensées. Il ne répondit rien. J'esquissai un sourire à rebours et me levai. Sur le pas de la porte, Bonafé me répéta, me tapant dans le dos :

– Souvenez-vous, mon vieux, pas un mot à Kiefer.

Je décidai de marcher, à l'ombre des grands arbres. Le soleil était haut. La boue, par endroits, était déjà sèche, voletant comme du pigment pourpre. Les lourdes cimes se balançaient doucement, emplies des soupirs du vent.

Tout à coup, je sentis une main sur mon épaule. Je me retournai. Gabriel se tenait devant moi, le visage arrondi sur un sourire. Il dit aussitôt, de sa voix grave :

– Patron, tu t'intéresses aux Pygmées comme moi aux cactus. Mais je connais quelqu'un qui peut te parler de Max Böhm et d'Otto Kiefer.

Mon cœur se bloqua net :

– Qui?

– Mon père. (Gabriel baissa la voix.) Mon père était le guide de Max Böhm.

– Quand puis-je le voir?

– Il sera à Bangui demain matin.

– Qu'il vienne aussitôt au Novotel. Je l'attendrai.

31.

Je déjeunai à l'ombre, sur la terrasse de l'hôtel. Des tables étaient disposées autour de la piscine et on pouvait, à l'abri de plantes tropicales, déguster quelque poisson du fleuve. Le Novotel semblait désert. Les rares clients étaient des hommes d'affaires européens, qui traitaient leurs contrats au pas de course et n'attendaient qu'une chose : leur avion de retour. Pour ma part, j'appréciais l'hôtel. La large terrasse, tapissée de pierre claire et emplie de feuillages, avait cette mélancolie des maisons coloniales abandonnées, où la végétation a dessiné des fleuves de lianes, des lacs d'herbes folles.

Tout en savourant mon « capitaine », j'observais le directeur de l'hôtel qui sermonnait le jardinier. C'était un jeune Français au teint verdâtre, qui semblait à bout de nerfs. Il tentait de relever un plant de rose, que le Noir avait écrasé par mégarde. Sans les dialogues, la scène confinait au gag. L'irritation du Blanc, ses gestes exagérés et le visage contrit du Noir, qui hochait la tête l'air absent : tout avait l'allure d'une scène comique de film muet.

Aussitôt après, le directeur vint me souhaiter la bienvenue, tout en cherchant à connaître l'obscure raison qui m'avait amené en Centrafrique. Je vis qu'il tiquait en scrutant la cicatrice de ma lèvre. J'expliquai mes projets de reportage. A son tour, il me raconta son histoire. Il s'était porté volontaire pour diriger le Novotel de Bangui. Une étape essentielle dans sa carrière, disait-il – et il semblait sous-entendre que, lorsqu'on est parvenu à diriger quelque chose ici, on ne craint plus rien. Il partit ensuite dans une longue tirade sur l'incompétence des Africains, leur insouciance et leurs défauts innombrables. « Je dois tout fermer à clé, affirmait-il, en secouant un lourd trousseau à sa ceinture. Et ne vous fiez pas à leur allure correcte. C'est le fruit d'un long combat (« le combat » du gérant consistait en une chemisette rose à manches courtes, dotée d'un nœud papillon, que tous les serveurs portaient comme une bonne farce). Aussitôt qu'ils ont quitté l'hôtel, continuait-il, ils retournent pieds nus dans leur case et dorment par terre! »

Le visage du gérant avait la même expression que celle de Bonafé. C'était une usure, une corrosion d'un genre étrange, comme une racine qui aurait poussé à l'intérieur des corps, et qui se nourrirait du sang des hommes. « A propos, acheva-t-il en baissant la voix, vous n'avez pas trop de lézards dans votre chambre? » Je lui dis que non et le congédiai d'un long silence.

Après le déjeuner, je me décidai à consulter les dossiers que j'avais préparés à Paris sur les diamants et la chirurgie cardiaque. Je parcourus rapidement la documentation qui traitait des pierres – méthodes d'extraction, classification, carats, etc. J'en savais aujourd'hui assez long sur le réseau de Böhm et ses chaînons essentiels. Les informations techniques et les commentaires spécialisés ne pouvaient m'apporter grand-chose.

Je passai au dossier sur la chirurgie cardiaque, composé d'extraits d'encyclopédies médicales. L'histoire de cette activité était une véritable épopée, écrite par des pionniers téméraires. Ainsi, je plongeai dans d'autres époques :

> « ... Les véritables débuts de la chirurgie cardiaque eurent lieu à Philadelphie, grâce à Charles Bailey. Sa première intervention sur la valvule mitrale date de la fin 1947. C'est un échec. Le malade meurt d'hémorragie. Pourtant, Bailey a acquis la certitude qu'il est dans le vrai. Ses collègues ne le ménagent pas. Il se fait traiter de fou, de boucher. Bailey attend. Il réfléchit. En mars 1948, il réalise une valvulotomie qui semble satisfaisante au Wilmington Memorial Hospital. Mais le troisième jour, le malade meurt d'une erreur de réanimation.

» Pour réaliser ses projets, Bailey doit devenir un chirurgien forain et opérer dans les hôpitaux qui tolèrent ses interventions. Le 10 juin 1948, Charles Bailey doit opérer deux rétrécissements mitraux le même jour. Le premier malade meurt d'arrêt cardiaque avant la fin de l'intervention. Charles Bailey se hâte de se rendre à l'autre hôpital avant que la nouvelle de l'échec ne soit connue, de peur d'être interdit de salle d'opération. Alors le miracle survient : la seconde intervention est un succès. La chirurgie de la valvule mitrale est enfin née... »

Je poursuivis ma lecture et m'attardai sur les premières transplantations cardiaques :

« ... Contrairement à une tenace légende, ce n'est pas le chirurgien sud-africain Christian Neethling Barnard qui, le 3 décembre 1967, tenta la première greffe cardiaque chez l'homme : avant lui, en janvier 1960, le docteur français Pierre Sénicier avait implanté le cœur d'un chimpanzé dans le thorax d'un malade de soixante-huit ans parvenu au dernier stade d'une insuffisance cardiaque irréversible. L'opération réussit. Mais le cœur greffé ne fonctionna que quelques heures... »

Je feuilletai encore :

« ... Une des dates majeures de la chirurgie cardiaque reste la greffe du cœur effectuée en 1967, au Cap, par le professeur Christian Barnard. La technique de cette opération, qui se renouvela bientôt aux États-Unis, en Angleterre et en France, avait été mise au point par le professeur américain Shumway – la méthode " Shumway "...

» ... Le patient, Louis Washkansky, était âgé de cinquante-cinq ans. En sept ans, il avait subi trois infarctus du myocarde, dont le dernier l'avait laissé en état d'insuffisance cardiaque définitive. Pendant tout le mois de novembre 1967, une équipe de trente chirurgiens, anesthésistes, médecins, techniciens, fut réunie en permanence à l'hôpital Groote Schuur, au Cap, dans l'attente de l'opération dont l'heure et le jour seraient fixés par le professeur Christian Barnard. La décision fut prise dans la nuit du 3 au 4 décembre : une jeune femme de vingt-cinq ans venait d'être tuée dans un accident de la route. Son cœur remplacerait le cœur défaillant de Louis Washkansky. Celui-ci survécut trois semaines, mais il succomba à une pneumonie. La quantité massive de drogues immunodépressives absorbées pour empêcher le rejet de la greffe avait trop affaibli son système de défense pour lui permettre de lutter contre une infection... »

Toute cette chair ouverte, ces organes manipulés me donnaient la nausée. Pourtant, je savais que Max Böhm trouvait sa place dans cet historique. Le Suisse avait travaillé en Afrique du Sud de 1969 à 1972. J'imaginai des explications rocambolesques à sa transplantation. Peut-être avait-il rencontré, au Cap, Christian Barnard ou des médecins de son service. Peut-être était-il retourné là-bas, après son attaque de 1977, afin de subir une greffe particulière. Ou bien, pour une raison que j'ignore, savait-il qu'un de ces docteurs, capables d'opérer une greffe, se trouvait au Congo, en 1977. Mais ces versions étaient trop incroyables. Et ne résolvaient pas le caractère « miraculeux » de la tolérance physique de Böhm.

Je découvris un passage qui traitait des problèmes de tolérance :

« ... Dans le domaine de la chirurgie cardiaque, les problèmes chirurgicaux sont bien résolus et les difficultés qui persistent sont immunologiques. En effet, en dehors du cas exceptionnel que constituent les jumeaux vrais, l'organe du donneur, même apparenté, est reconnu par le receveur comme différent et sera victime de phénomènes de rejet. Il est donc toujours nécessaire d'utiliser chez le receveur des traitements immunodépresseurs pour limiter l'importance du rejet. Les traitements usuels (azathioprine, cortisone) sont non spécifiques et comportent un certain nombre de risques, en particulier d'infection. Plus récemment, dans les années quatre-vingt, un produit est apparu : la ciclosporine. Cette substance, issue d'un champignon japonais, enraye en profondeur les phénomènes de rejet. Les patients voient ainsi leur espérance de vie décuplée et les greffes ont pu se généraliser.

» Un autre moyen de limiter le rejet est bien sûr de choisir un donneur aussi compatible que possible. La solution la plus favorable est représentée par un membre de la fratrie ou de la famille proche, qui, sans être jumeau, possède avec le receveur quatre antigènes d'histocompatibilité HLA en commun (donneur HLA identique). Nous parlons ici d'organes non vitaux, comme le rein par exemple. Sinon, l'organe est prélevé sur un cadavre, et l'on essaie, par échange d'organes à longue distance, de réaliser la combinaison le plus compatible possible – il existe plus de vingt mille groupes HLA différents... »

Je refermai le dossier. Il était dix-huit heures. Dehors, la nuit était déjà tombée. Je me levai et ouvris la baie vitrée de ma chambre. Une brassée de chaleur me suffoqua. C'était la première fois que j'affrontais la chaleur tropicale. Ce climat n'était pas un fait annexe, une circonstance parmi d'autres. C'était une violence qui frappait la peau, un poids qui emportait cœur et corps dans des profondeurs malaisées à décrire – un ramollissement de l'être, où la chair, les organes semblaient se fondre et se diluer lentement dans leurs propres sucs.

Je me décidai pour une promenade nocturne.

Les longues avenues de Bangui étaient vides et les rares immeubles, bruts et maculés de boue, semblaient plus nus encore qu'en plein jour. Je me dirigeai vers le fleuve. Les berges de l'Oubangui étaient silencieuses. Les ministères et les ambassades dormaient d'un sommeil sans rêve. Des soldats, pieds nus, montaient la garde. Près de l'eau, dans l'obscurité, je distinguai les crêtes échevelées des arbres qui bordaient les rives. Parfois, en contrebas, un clapotis se faisait entendre. J'imaginais alors quelque énorme animal, mi-fauve mi-poisson, s'insinuant dans les herbes humides, attiré par les odeurs et les bruits de la ville.

Je marchai encore. Depuis mon arrivée à Bangui, une idée

me taraudait. Ce pays sauvage avait été, durant mes premières années, « mon » pays. Un îlot de jungle où j'avais grandi, joué, appris à lire et à écrire. Pourquoi mes parents étaient-ils venus s'enterrer dans la région la plus perdue d'Afrique? Pourquoi avaient-ils tout sacrifié, fortune, confort, équilibre, pour ce coin de forêt?

Je n'évoquais jamais mon passé, ni mes parents disparus et ces zones aveugles de mon existence. Ma famille ne m'intéressait pas. Ni la vocation de mon père, ni la dévotion de ma mère, qui avait tout quitté pour suivre son époux, ni même ce frère, de deux ans mon aîné, qui était mort brûlé vif. Sans doute, cette indifférence était un refuge. Et je la comparais souvent à l'insensibilité de mes mains. Le long de mes bras, mon épiderme réagissait parfaitement. Puis, au-delà, je n'éprouvais aucune sensation précise. Comme si une barre de bois invisible retranchait mes mains du monde sensible. Pour ma mémoire, un phénomène identique se produisait. Je pouvais remonter le fil de mon passé jusqu'à l'âge de six ans. En deçà, c'était le néant, l'absence, la mort. Mes mains étaient brûlées. Mon âme aussi. Et ma chair et mon esprit avaient cicatrisé de la même façon – fondant leur guérison sur l'oubli et l'insensibilité.

Tout à coup je m'arrêtai. J'avais quitté le bord du fleuve. Je marchais maintenant le long d'une grande avenue mal éclairée. Je levai les yeux et scrutai le panneau accroché à un grillage, indiquant le nom de l'artère. Un tremblement me secoua des pieds à la tête. Avenue de France. Sans m'en rendre compte, irrésistiblement, mes pas m'avaient guidé sur le lieu même de la tragédie – là où mes parents avaient été massacrés par une bande de tueurs cinglés, un soir de Saint-Sylvestre, en 1965.

32.

Le lendemain matin, je prenais mon petit déjeuner à l'ombre d'un parasol quand une voix m'interpella :

– Monsieur Louis Antioche?

Je levai les yeux. Un homme d'une cinquantaine d'années se tenait devant moi. Il était petit, massif et portait une chemise et un pantalon kaki. Il émanait de lui un air d'autorité indiscutable. Je me souvins de Max Böhm, de sa corpulence, de son habillement – les deux hommes se ressemblaient. Sauf que mon interlocuteur était aussi noir qu'un parapluie anglais.

– Lui-même. Qui êtes-vous?

– Joseph M'Konta. Le père de Gabriel, de la Sicamine.

Je me levai aussitôt et lui proposai un siège :

– Oui, bien sûr. Veuillez vous asseoir.

Joseph M'Konta s'exécuta, puis il joignit ses mains sur son ventre. Il lançait des regards curieux autour de lui, la tête rentrée dans les épaules. Il avait la face écrasée, un nez aux larges narines, des yeux humides, comme voilés de tendresse. Mais ses lèvres étaient crispées sur une grimace de dégoût.

– Vous voulez boire quelque chose? Du café? Du thé?

– Du café, merci.

M'Konta me scrutait, lui aussi, du coin de l'œil. Le café arriva. Après les banalités d'usage, sur le pays, la chaleur et mon voyage, Joseph attaqua sur un ton précipité :

– Vous cherchez des renseignements sur Max Böhm?

– Exactement.

– Pourquoi vous intéressez-vous à lui?

– Max était un ami. Je l'ai connu en Suisse, peu avant sa mort.

– Max Böhm est mort?

– Il y a un mois, d'une crise cardiaque.

La nouvelle ne sembla pas l'étonner.

– Ainsi, la petite horloge a cassé.

Il se tut, réfléchit puis :

– Que voulez-vous savoir?

– Tout. Ses activités en Centrafrique, sa vie quotidienne, les raisons de son départ.

– Vous menez une enquête?

– Oui et non. Je cherche à mieux le connaître, à titre posthume. C'est tout.

M'Konta demanda, d'un air suspicieux :

– Vous êtes flic?

– Absolument pas. Tout ce que vous direz restera entre nous. Vous avez ma parole.

– Êtes-vous prêt à vous montrer reconnaissant?

Je l'interrogeai du regard. M'Konta fit une moue explicative :

– Quelques billets, je veux dire...

– Tout dépend de ce que vous pourrez me dire, répliquai-je.

– J'ai bien connu le vieux Max...

Après quelques minutes de négociation, nous convînmes d'un « prix d'ami ». Dès lors, l'homme me tutoya. Son élocution était rapide. Les mots jaillissaient, roulant comme des billes au fond de l'eau :

– Patron, Max Böhm était un drôle d'homme... Ici, personne ne l'appelait Böhm... c'était Ngakola... père de la magie blanche...

– Pourquoi l'appelait-on ainsi?

– Böhm avait des pouvoirs... Cachés sous ses cheveux... ses cheveux étaient tout blancs... ils poussaient droit vers le ciel... comme un bouquet de coco, tu comprends?... c'est grâce à eux qu'il était si fort... il lisait dans chaque homme... il découvrait les voleurs de diamants... toujours... personne ne pouvait lui résister... personne... c'était un homme fort... très fort... mais il était du côté de la nuit.

– Que veux-tu dire?

– Il vivait dans les ténèbres... son esprit... son esprit vivait dans les ténèbres...

M'Konta but une petite goulée de café.

– Comment as-tu connu Max Böhm?

– En 1973... avant la saison sèche... Max Böhm est arrivé dans mon village, à Bagandou, à la lisière de la forêt... il était envoyé par Bokassa... il venait surveiller les plantations de café... à cette époque, des voleurs pillaient les cultures... en quelques semaines, Böhm les a dissuadés.

– Comment a-t-il fait?

– Il a surpris un voleur, l'a roué de coups, puis traîné sur la place du village... là, il a saisi un poinçon – un des poinçons avec lesquels on plante le grain –, et lui a percé les deux tympans...

– Et alors? balbutiai-je.

– Alors... personne n'a jamais plus volé de grains de café à Bagandou.

– Était-il accompagné?

– Non... il était seul... Max Böhm ne craignait personne.

Torturer un M'Baka, en solitaire, sur la place d'un village forestier. Böhm n'avait pas froid aux yeux. Joseph continua :

– L'année suivante, Böhm est revenu... cette fois, il venait inspecter les mines de diamants... toujours pour le compte de Bokassa... Les filons s'étendaient au-delà de la SCAD, une grande scierie à la lisière de la jungle... tu connais la forêt dense, patron? Non? Crois-moi, elle est vraiment dense... (Joseph mima la canopée avec ses larges mains; ses *r* roulaient comme une charge de cavalerie.) Mais Böhm n'avait pas peur... Böhm n'avait jamais peur... il voulait descendre au sud... il cherchait un guide... je connaissais bien la forêt et les Pygmées... je parlais même le langage aka... Böhm m'a choisi...

– Y avait-il des Blancs sur les terrains d'exploitation?

– Un seul... Clément... Un type complètement fou, qui a épousé une Aka... Il n'avait aucune autorité... c'était l'anarchie complète...

– On trouvait donc de belles pierres dans ces filons?

– Les plus beaux diamants du monde, patron... il n'y avait qu'à se pencher dans les marigots... C'est pour ça que Bokassa a envoyé Böhm... (M'Konta émit un petit rire aigu.) Bokassa, il avait la passion des pierres précieuses!

Joseph but une nouvelle lampée de café, puis observa mes croissants. Je lui tendis l'assiette. Il reprit, la bouche pleine :

– Cette année-là, Böhm est resté quatre mois... au début, il a joué au « casse-nègres »... Ensuite, il a réorganisé l'exploitation, changé les techniques... Ça filait droit, tu peux me croire... Quand la saison des pluies est arrivée, il est reparti à Bangui... Ensuite, chaque année, il est revenu ainsi à la même époque... « Visite de surveillance », qu'il disait...

– C'est alors qu'il utilisait le coupe-câble?

– Tu connais l'histoire, patron?... En fait, le coup de la tenaille a été exagéré. Je ne l'ai vu faire qu'une seule fois, dans le camp de la Sicamine... Et ce n'était pas pour punir un clandestin, mais un violeur... Un salaud qui avait abusé d'une petite fille et l'avait laissée pour morte dans la jungle.

– Que s'est-il passé?

La grimace de dégoût de M'Konta s'accentua. Il prit un autre croissant.

– C'était horrible. Pleinement horrible. Deux hommes maintenaient le tueur sur le ventre, les jambes en l'air... il nous regardait avec ses yeux d'animal pris au piège... il lançait des petits rires, comme s'il n'y croyait pas... Alors Ngakola est arrivé avec sa grande tenaille... il a ouvert la pince et l'a refermée d'un coup sec sur le talon du voleur... clac!... le type a hurlé... un autre coup et c'était fini... les tendons étaient coupés... j'ai vu ses pieds, patron... je ne pouvais pas y croire... ils pendaient à ses chevilles... avec les os qui jaillissaient... le sang partout... des tempêtes de mouches... et le silence du village... Max Böhm était debout... il ne disait rien... du sang plein la chemise... son visage était blanc, plein de sueur... Vraiment, patron, je n'oublierai jamais ça... alors, sans un mot, il a retourné l'homme d'un coup de pied, il a brandi sa tenaille et l'a refermée sur l'entre-deux du violeur...

Une veine claqua dans ma gorge.

– Böhm était donc si cruel?

– Il était dur, oui... Mais à sa façon, il agissait en toute justice... Jamais par sadisme ni par racisme.

– Max Böhm n'était pas raciste? Il ne haïssait pas les Noirs?

– Pas du tout. Böhm était un salaud, mais pas un raciste. Ngakola vivait avec nous et nous respectait. Il parlait sango et aimait la forêt. Et je ne te parle pas de la chagatte.

– De la quoi?

– La chagatte. Le cul. Böhm adorait la femme noire. (Joseph agitait sa main, comme s'il s'était brûlé à cette seule idée.)

Je poursuivis :

– Böhm volait-il des diamants?

– Voler? Böhm? Jamais de la vie... Je te l'ai dit : Max était juste...

– Mais il supervisait les trafics de Bokassa, non?

– Il ne voyait pas les choses de cette façon... son obsession, c'était l'ordre, la discipline... il voulait que les camps tournent sans une faille... après ça, qui récupérait les diamants, qui prenait l'argent, il s'en foutait... Ça ne l'intéressait pas. A ses yeux, c'était de la cuisine de nègres...

Max Böhm avait-il si bien caché son jeu, commencé son trafic plus tard?

– Joseph, savais-tu que Max Böhm était un passionné d'ornithologie?

– Les oiseaux, tu veux dire? Bien sûr, patron. (Joseph éclata de rire – un sabre clair dans son visage.) Je partais avec lui observer les cigognes.

– Où ça?

– A Bayanga, au-delà de la Sicamine, à l'ouest. Là-bas, les cigognes venaient par milliers. Elles bouffaient les sauterelles, les petits animaux. (Joseph éclata de rire.) Mais les habitants de Bayanga, eux, ils les bouffaient à leur tour! Böhm ne pouvait supporter ça. Il avait obtenu de Bokassa qu'on ouvre un parc national. D'un seul coup, plusieurs milliers d'hectares de forêts et de savanes ont été déclarés intouchables. Moi, je n'ai jamais compris ce genre de trucs. La forêt, c'est à tout le monde! Mais enfin, à Bayanga, les éléphants, les gorilles, les bongos, les gazelles étaient protégés. Et les cigognes avec.

Ainsi, le Suisse était parvenu à protéger ses oiseaux. Prévoyait-il déjà de les utiliser pour son trafic? Du moins l'échange était clair : les diamants pour Bokassa, les oiseaux pour Max Böhm.

– Connaissais-tu la famille de Max Böhm?

– Oui et non... Sa femme, on la voyait jamais... toujours malade... (Joseph rit de toutes ses dents.) Vraiment la femme blanche!... Le fils Böhm, c'était différent... il venait parfois avec nous... il ne disait rien... c'était un rêveur... il flânait dans la forêt... Ngakola s'efforçait de l'éduquer... il lui faisait conduire le 4×4... il l'obligeait à chasser, à surveiller les prospecteurs, dans la mine... il voulait en faire un homme... mais le jeune Blanc restait planté là, distrait, terrifié... Une vraie cloche... Ce qui était extraordinaire, c'était la ressemblance physique entre Philippe Böhm et son père... ils étaient identiques, patron, tu peux me croire... la même carrure, la même coupe en brosse, le même visage en pastèque... Mais Böhm détestait son fils...

– Pourquoi?

– Parce que le môme était peureux. Et Böhm ne pouvait supporter cette peur.

– Que veux-tu dire?

Joseph hésita, puis il s'approcha, parla plus bas :

– Son fils était comme un miroir, tu comprends? Le miroir de sa propre trouille.

– Tu viens de me dire que Böhm ne craignait personne.

– Personne, sauf lui-même.

Je fixai les yeux humides de M'Konta.

– Son cœur, patron. Il avait peur de son cœur. (Joseph mit sa main à sa poitrine.) Il craignait qu'à l'intérieur ça ne fonctionne plus... il tâtait toujours son pouls... A Bangui, il était toujours fourré à la clinique...

– Une clinique, à Bangui?

– Un hôpital réservé aux Blancs. La Clinique de France.

– Elle existe toujours?

– Plus ou moins. Aujourd'hui, elle est ouverte aux Noirs et ce sont des médecins centrafricains qui consultent.

Je passai à la question cruciale :

– As-tu participé à la dernière expédition de Böhm?

– Non. Je venais de m'installer à Bagandou. Je n'allais plus en forêt.

– Mais sais-tu quelque chose à ce sujet?

– Seulement ce qu'on en a dit. A M'Baïki, ce voyage est

devenu une légende. On a retenu son nom de code : PR 154 – du nom du lotissement que les prospecteurs allaient étudier.

– Où sont-ils partis?

– Très loin au-delà de Zoko... Après la frontière du Congo...

– Et alors?

– En route, Ngakola a reçu un télégramme, apporté par un Pygmée... sa femme venait de mourir... Böhm l'a appris comme ça... son cœur n'a pas résisté... il est tombé...

– Continue...

La grimace de Joseph s'était accentuée au point que les lèvres se retroussaient. Je répétai :

– Continue, Joseph.

Il hésita encore puis soupira :

– Grâce à ses accords secrets avec la forêt, Ngakola a ressuscité... grâce à la magie, à la Panthère qui enlève nos enfants...

Je me souvenais des propos de Guillard, rapportés par Dumaz. Les paroles de M'Konta coïncidaient avec la version de l'ingénieur. Il y avait là de quoi terrifier n'importe qui. Un voyage au cœur des ténèbres, un mystère terrible, sous des pluies torrentielles, et ce héros diabolique, l'homme aux cheveux blancs, revenu d'entre les morts.

– Je vais partir en forêt, sur les traces de Böhm.

– C'est une mauvaise idée. La saison des pluies bat son plein. Les mines de diamants sont dirigées aujourd'hui par un seul homme, Otto Kiefer, un tueur. Tu vas beaucoup marcher, prendre des risques inutiles. Tout ça pour rien. Que comptes-tu faire là-bas?

– Je veux découvrir ce qui s'est réellement passé en août 1977. Comment Max Böhm a survécu à son attaque. Les esprits ne me semblent pas une explication suffisante.

– Tu as tort. Comment vas-tu t'y prendre?

– Je vais éviter les mines et loger chez sœur Pascale.

– Sœur Pascale? Elle est à peine plus douce que Kiefer.

– On m'a parlé d'un camp pygmée, Zoko, où je compte m'installer. De là, je rayonnerai vers les exploitations. J'interrogerai discrètement les hommes qui travaillaient déjà dans les marigots, en 1977.

Joseph nia de la tête puis se servit une dernière tasse de café.

Je regardai ma montre : il était plus de onze heures. Nous étions dimanche et je n'avais pas l'ombre d'un projet pour la journée.

– Joseph, demandai-je, connais-tu quelqu'un à la Clinique de France?

– Un cousin à moi travaille là-bas.

– Peut-on y aller maintenant?

– Maintenant? (M'Konta dégustait son café.) Je dois visiter ma famille au kilomètre Cinq et...

– Combien?

– Dix mille balles de mieux.

Je jurai en souriant, puis glissai l'argent dans sa poche de chemise. M'Konta cligna de l'œil, puis reposa sa tasse :

– On est partis, patron.

33.

La Clinique de France était située au bord de l'Oubangui. Sous le soleil éclatant, le fleuve coulait lentement. On l'apercevait à travers les broussailles, noir, immense, immobile. Il ressemblait à du sirop épais, dans lequel se seraient englués les pêcheurs et leurs pirogues.

Nous marchions sur les berges, là même où je m'étais promené la veille. La piste était bordée d'arbres aux couleurs pastel. A droite, les larges édifices des ministères se dressaient – ocre, roses, rouges. A gauche, près du fleuve, des baraques en bois se blottissaient dans les herbes, abandonnées par les habituels marchands de fruits, de manioc, de babioles. Tout était calme. Même la poussière avait renoncé à courir dans la lumière. C'était dimanche. Et, comme partout dans le monde, ce jour était maudit à Bangui.

Enfin, la clinique apparut, un bloc carré de deux étages, couleur d'abandon. Son architecture coloniale exhibait des balcons de pierre, percés d'ornements en crépi blanchâtre. Tout le bâtiment était rongé par la latérite et la végétation. Des griffes de forêt et des empreintes rougeâtres montaient à l'assaut des murs. La pierre semblait gonflée, comme gorgée d'humidité.

Nous pénétrâmes dans les jardins. Suspendues aux arbres, des blouses de chirurgien séchaient. Les tissus étaient maculés de taches violentes, écarlates. Joseph surprit l'expression de mon visage. Il éclata de rire : « Ce n'est pas du sang, patron. C'est de la terre – de la latérite. Son empreinte ne s'efface jamais. »

Il s'esquiva pour me laisser entrer. Le hall, ciment brut et lino ravagé, était totalement vide. Joseph frappa sur le comptoir. De longues minutes s'écoulèrent. Enfin, un grand type en blouse blanche striée de marques rouges apparut. Il joignit les mains et s'inclina :

– Que puis-je faire pour vous? dit-il d'un ton onctueux.

– Alphonse M'Konta est-il là?

– Il n'y a personne, le dimanche.

– Et toi, tu n'es personne?

– Je suis Jésus Bomongo. (L'homme s'inclina encore puis ajouta de sa voix de sucre :) Pour vous servir.

– Mon ami aimerait consulter les archives du temps où il n'y avait ici que des Blancs. C'est possible?

– Eh bien, c'est ma responsabilité qui est en jeu et...

Joseph me fit un signe explicite. Je négociai pour la forme et me délestai encore de dix mille francs CFA. Joseph m'abandonna. Je suivis mon nouveau guide, le long d'un couloir de ciment plongé dans l'obscurité. Nous montâmes un escalier.

– Vous êtes médecin? demandai-je.

– Juste infirmier. Mais ici, c'est à peu près pareil.

Après avoir gravi trois étages, un nouveau couloir s'ouvrit, éclairé par la lumière du soleil qui filtrait à travers des motifs ajourés. Une odeur violente d'éther emplissait l'atmosphère. Les pièces que nous croisions n'abritaient aucun malade. Seulement un désordre de matériel : des fauteuils roulants, de grandes tiges métalliques, des draps rosâtres, des tronçons de lit posés le long des murs. Nous étions sous les combles de la clinique. Jésus sortit un trousseau de clés et déverrouilla une porte en ferraille, grinçante et désaxée.

Il demeura sur le pas de la porte.

– Les dossiers sont entreposés en vrac, là-bas, expliqua-t-il. Après la chute de Bokassa, les propriétaires se sont enfuis. La clinique a fermé pendant deux ans, puis nous l'avons rouverte pour accueillir des Centrafricains – nous avons des médecins à nous, maintenant. Vous ne trouverez pas beaucoup de dossiers. Les Blancs qui ont été soignés à Bangui sont rares. Seulement les cas d'urgence, qui ne pouvaient être transférés. Ou au contraire les maladies bénignes. (Jésus haussa les épaules.) La médecine africaine est une vraie calamité. Tout le monde sait ça. On ne s'en sort qu'avec les marabouts.

Sur cette grande réplique, il tourna les talons et disparut. Je me retrouvai seul.

La salle des archives ne contenait que quelques tables et des chaises éparses. Les murs étaient assombris par de longues dégoulinures noirâtres. Des cris lointains traversaient l'air en fusion. Je découvris les archives dans une armoire en fer. Sur quatre étages, étaient entassés des dossiers jaunis, rongés par l'humidité. Je les feuilletai et m'aperçus qu'ils étaient accumulés sans aucun ordre. Je rassemblai plusieurs tables, de façon à former un support, puis les posai en piles. Il y en avait quinze, constituée chacune par plusieurs centaines de dossiers. J'essuyai les traînées de sueur sur mon visage et attaquai le décryptage.

Debout, courbé, je tirais à moi la première feuille de chaque dossier. Je pouvais lire le nom, l'âge et le pays d'origine du patient. Venaient ensuite la maladie et les médicaments prescrits. Je feuilletai ainsi plusieurs milliers de dossiers. Des noms français, allemands, espagnols, tchèques, yougoslaves, russes, chinois, même, défilèrent, associés à toutes sortes de maladies qui avaient réduit en fièvres menues les fragiles étrangers. Paludisme, coliques, allergies, insolations, maladies vénériennes... Suivaient à chaque fois des noms de médicaments, toujours les mêmes, puis, plus rarement, épinglée sur la feuille, une demande de rapatriement à l'adresse de l'ambassade de tutelle. Les heures se succédaient, les piles aussi. A dix-sept heures, j'avais achevé ma recherche. Pas une fois je n'avais vu apparaître le nom de Böhm, ni celui de Kiefer. Même ici, le vieux Max avait éliminé toute trace.

Des pas résonnèrent derrière moi. Jésus venait aux nouvelles.

– Alors? dit-il en tendant le cou.

– Rien. Je n'ai pas trouvé la moindre trace de l'homme que je cherche. Pourtant, je sais qu'il venait régulièrement dans cette clinique.

– Comment s'appelle-t-il?

– Böhm. Max Böhm.

– Jamais entendu parler.

– Il vivait à Bangui dans les années soixante-dix.

– Böhm, c'est un nom allemand?

– Suisse.

– Suisse? L'homme que tu cherches est un Suisse? (Jésus éclata d'un rire aigu et frappa dans ses mains.) Un Suisse. Il fallait le dire tout de suite. Ça ne sert à rien de chercher ici, patron. Les fiches médicales des Suisses sont ailleurs.

– Où? m'impatientai-je.

Jésus prit un air offusqué. Il garda le silence quelques secondes puis brandit son index, long et retroussé :

– Les Suisses sont des gens sérieux, patron. Il ne faut jamais l'oublier. Quand la clinique a fermé ses portes, en 1979, ils ont été les seuls à se préoccuper des fiches médicales de leurs malades. Ils craignaient surtout qu'un de leurs ressortissants ne rentre au pays avec des microbes africains. (Jésus leva les yeux au ciel, consterné.) Bref, ils ont voulu embarquer tous leurs dossiers. Le gouvernement centrafricain a refusé. Tu comprends, les malades étaient suisses, mais les maladies, elles, étaient africaines. Enfin, il y a eu plein d'histoires...

– Alors? coupai-je, excédé.

– Là, patron, c'est un peu confidentiel. C'est le secret du corps médical qui est en jeu et...

Je plaçai un nouveau billet de dix mille francs CFA dans sa main. Il me gratifia d'un large sourire et continua aussitôt :

– Les dossiers ont été stockés à l'ambassade d'Italie.

Une chance sur cent pour que le vieux Max ait ignoré cette péripétie. Jésus reprit :

– Le gardien de l'ambassade est un ami. Il s'appelle Hassan. L'ambassade d'Italie se trouve à l'autre bout de la ville et...

Je traversai Bangui à bord d'un taxi craspect, sur les chapeaux de roues. Dix minutes plus tard, je stoppais devant les marches de l'ambassade d'Italie. Cette fois, je ne m'embarrassai pas de palabres. Je débusquai Hassan – un petit crépu aux cernes mauves –, lui fourrai un billet de cinq mille francs dans la poche et l'entraînai malgré lui dans les sous-sols du bâtiment. J'étais bientôt assis dans une grande salle de conférences, contemplant quatre tiroirs métalliques disposés devant moi : les archives médicales des ressortissants helvétiques venus en Centrafrique de 1962 à 1979.

Elles étaient parfaitement ordonnées, par ordre alphabétique.

A la lettre B, je découvris les dossiers de la famille Böhm. Le premier était celui de Max. Très épais, il contenait une foule d'ordonnances, d'analyses, d'électrocardiogrammes. Dès le 16 septembre 1972, l'année de son arrivée, Max Böhm était venu à la Clinique de France pour un examen complet. Aussitôt, le médecin-chef Yves Carl lui avait prescrit un traitement, directement importé de Suisse, en lui recommandant le calme et les efforts limités. Sur son mémo confidentiel, Carl avait écrit au stylo, en oblique : « Insuffisance du myocarde. A surveiller de près. » Les derniers mots étaient soulignés. Tous les trois mois, le vieux Max était ainsi revenu, pour prendre ses ordonnances. Les doses de médicaments s'amplifiaient au fil des années. Max Böhm vivait en sursis. Le dossier s'achevait en juillet 1977, date à laquelle l'ordonnance prescrivait de nouveaux produits, à doses massives. Lorsque Böhm était parti dans la jungle, le mois suivant, son cœur n'était plus que l'écho de lui-même.

Le dossier d'Irène Böhm débutait en mai 1973. Des copies de résultats médicaux, effectués en Suisse, ouvraient l'ensemble des documents. Le Dr Carl s'était contenté de suivre cette patiente, atteinte d'une infection des trompes. Le traitement avait duré huit mois. Mme Böhm était guérie, mais le dossier stipulait : « Stérilité ». Irène Böhm avait alors trente-quatre ans. Deux ans plus tard, le Dr Carl décela la nouvelle maladie de l'épouse Böhm. Le dossier contenait une longue lettre, adressée au médecin traitant de Lausanne, expliquant qu'il fallait réaliser d'urgence de nouvelles analyses. Carl ne mâchait pas ses mots : « Possible cancer de l'utérus. » Suivait une diatribe contre les moyens dérisoires des cliniques africaines. En conclusion, Carl exhortait son collègue à convaincre Irène Böhm d'espacer ses visites en Centrafrique. Le dossier médical s'achevait ainsi, en 1976, sans aucune autre pièce ni aucun document. Je connaissais la suite. A Lausanne, les analyses avaient révélé la nature cancéreuse du mal. La femme avait préféré rester en Suisse, tenter de se soigner et cacher son état à son époux et à son fils. Elle était morte un an plus tard.

Le cauchemar devint palpable avec le dossier de Philippe Böhm, fils de l'ornithologue – enfin retrouvé. Dès les premiers mois de son arrivée, l'enfant avait contracté des fièvres. Il avait dix ans. L'année suivante, il avait subi un long traitement contre des coliques. Ensuite, ce furent des amibes. Un début de dysenterie fut enrayé, mais le jeune Philippe contracta un abcès au foie. Je feuilletai les ordonnances. En 1976 et 1977, son état s'améliorait. Les visites à la clinique s'espaçaient, les résultats d'analyses étaient encourageants. L'adolescent avait quinze ans. Pourtant, son dossier s'achevait sur un certificat de décès, daté du 28 août 1977. Un rapport d'autopsie y était agrafé. J'extirpai la feuille froissée, écrite avec application. Elle était signée « Dr Hippolyte M'Diaye, diplômé de la Faculté de médecine de Paris ». Ce que je lus alors me fit comprendre que je n'avais évolué jusqu'à présent que dans l'antichambre du cauchemar.

Rapport d'autopsie/Hôpital de M'Baïki, Lobaye
28 août 1977
Sujet : Böhm, Philippe.
Sexe masculin.
Blanc, type caucasien.
1,68 mètre, 78 kilos.
Nu.
Né le 8/9/62. Montreux, Suisse.
Décédé aux alentours du 24/8/77, en forêt profonde, à cinquante kilomètres de M'Baïki, sous-préfecture de la Lobaye, République de Centrafrique.

Le visage est intact, excepté des marques de griffures sur les joues et sur les tempes. A l'intérieur de la bouche, plusieurs dents sont brisées, d'autres simplement effritées, probablement sous l'effet d'un spasme intense de la mâchoire (aucun signe d'ecchymose extérieure). La nuque est brisée.

La face antérieure du thorax révèle une plaie profonde, parfaitement médiane, qui part de la clavicule gauche jusqu'à l'ombilic. Le sternum est sectionné longitudinalement, sur toute sa longueur, ouvrant ainsi le thorax. Nous relevons également de nombreuses traces de griffes, qui courent tout au long du torse, notamment autour de la plaie principale. Les deux membres supérieurs ont été amputés. Les doigts de la main gauche sont brisés, l'index et l'annulaire de la main droite arrachés.

La cavité thoracique révèle l'absence du cœur. Au niveau de la cavité abdominale, on constate la disparition ou la mutilation de plusieurs organes : intestins, estomac, pancréas. Près du corps ont été retrouvés des fragments organiques, portant la trace d'une denture animale. Aucun signe d'hémorragie dans la cavité thoracique.

Entaille très large (sept centimètres) au bas de l'aine droite, atteignant l'os du col du fémur. La verge, les organes génitaux et le haut des cuisses ont été arrachés. Nombreuses traces de griffes sur les cuisses. Face externe de la cuisse droite et de la cuisse gauche déchirées. Fractures complexes des deux chevilles.

Conclusion : Le jeune Philippe Böhm, ressortissant suisse, a été attaqué par un gorille, lors de l'expédition PR 154, qu'il effectuait au côté de son père, Max Böhm, près de la frontière du Congo. Les empreintes de griffes ne laissent aucun doute. Certaines mutilations subies par la jeune victime sont également spécifiques à l'animal. Le gorille a coutume d'arracher la face externe des cuisses et de briser les chevilles de ses victimes afin d'éviter toute possibilité de fuite. Il semble que le singe responsable du crime, un vieux mâle qui rôdait depuis plusieurs semaines dans cette région, ait été abattu plus tard par une famille de Pygmées Akas.

Note : Le corps est transporté à la Clinique de France, Bangui, dès cet après-midi. Je joins ici une copie de mon rapport et du certificat de décès, à l'attention du Dr Yves Carl. 28 août 1977. 10 h 15.

A cet instant, le temps s'arrêta. Je levai les yeux et scrutai la salle immense et vide. Malgré la sueur qui striait mon visage, j'étais de glace. Le rapport d'autopsie de Philippe Böhm ressemblait à s'y méprendre à celui de Rajko Nicolitch. Par deux fois, à treize années d'intervalle, on avait tué et volé le cœur de la victime, en laissant croire à un crime animal. Mais, en deçà de cette découverte terrifiante, je comprenais le noyau secret du destin de Max Böhm – ce qui s'était passé, dans les ténèbres de la jungle, au cours de l'expédition PR 154 : on avait greffé le cœur de son fils dans son propre corps.

34.

La nuit ne porte pas toujours conseil. En ce lundi 16 septembre, je me levai dans un état second. Mon sommeil n'avait été qu'une longue tourmente habitée par les souffrances du jeune Philippe Böhm. Je demeurais pétrifié par l'horreur du destin de Max Böhm, qui avait sacrifié son propre fils pour survivre. Plus que jamais, j'étais convaincu que ma quête des diamants se doublait d'une course plus profonde, sur les traces de tueurs d'exception – auxquels le vieux Max était lié, par un étau de sang.

Je bus mon thé sur le balcon de ma chambre. A huit heures trente, la sonnerie du téléphone retentit. J'entendis la voix de Bonafé :

– Antioche? Vous pouvez me remercier, mon vieux. J'ai pu contacter le ministre ce week-end. Votre autorisation vous attend sur le bureau du secrétaire général du ministère, ce matin même. Allez-y tout de suite. Je mets à votre disposition une de nos voitures, cet après-midi, à quatorze heures. Gabriel vous conduira. Il vous expliquera ce que vous devez emporter comme nourriture, cadeaux, matériel, etc. Dernière chose : il vous donnera un sac de cent cartouches, mais restez discret sur ce point. Bonne chance.

Il raccrocha. Ainsi, il était temps. La forêt m'attendait.

Quelques heures plus tard, j'étais en route à bord d'une Peugeot 404 break – qui avait remplacé le 4 x 4 prévu – conduite par Gabriel qui arborait un tee-shirt sur lequel on pouvait lire : « Le sida. Je me protège. Je mets des préservatifs. » Dans son dos, était dessinée une carte du Centrafrique glissée dans un préservatif.

Dès la sortie de Bangui, un camp militaire nous barra la route. Des soldats débraillés, aux visages mauvais et aux mitraillettes poussiéreuses, nous ordonnèrent de nous arrêter. Ils nous expliquèrent qu'ils allaient « procéder à une vérification de nos pièces d'identité puis se livrer à une fouille réglementaire de notre véhicule ». Aussitôt, Gabriel partit dans la cahute de contrôle, passeport et autorisation en main. Deux minutes plus tard, il était dehors. La barrière se levait. Les voies de l'administration africaine étaient insondables.

A partir de cet instant, le paysage prit une couleur fluorescente. Les arbres et les lianes jaillirent à perte de vue, enveloppant l'artère de bitume. « C'est la seule route goudronnée de Centrafrique, expliqua Gabriel. Elle mène à Berengo, l'ancien palais de Bokassa. » Le soleil s'était adouci, le vent de la vitesse était chargé de parfums tendres et suaves. Nous croisions des êtres orgueilleux, marchant au bord de l'asphalte, avec cette grâce qui n'appartient qu'aux Noirs. Une nouvelle fois, les femmes me coupaient le souffle. Tant de fleurs solitaires, grandes et souples, déambulant si naturellement dans les herbes hautes...

Cinquante kilomètres plus tard, un second barrage apparut. Nous pénétrions dans la province de la Lobaye. De nouveau, Gabriel négocia notre passage. Je descendis de la voiture. Le ciel s'était rembruni. D'immenses nuages voyageaient, de couleur violacée. Dans les arbres, des grappes d'oiseaux piaillaient, semblant redouter l'approche de l'orage. Il régnait ici une agitation fourmillante. Des camions stationnaient, des hommes buvaient, au coude à coude, le long de comptoirs improvisés, des femmes vendaient toutes sortes de denrées, à même le sol.

La plupart proposaient des chenilles vivantes, velues et colorées, qui se tordaient et s'enlaçaient au fond de larges bassines. Les femmes, accroupies devant leur cueillette, incitaient à la vente en criant, d'une voix haut perchée : « Patron, c'est la saison des chenilles. La saison de la vie, des vitamines... »

Soudain, l'orage éclata. Gabriel me proposa de prendre un thé chez ses frères musulmans. Nous nous installâmes sous une véranda de fortune et je bus mon premier vrai thé, en compagnie d'hommes en djellabas blanches, portant le petit calot caractéristique. Durant plusieurs minutes, je regardai, j'écoutai, j'admirai la pluie. C'était une rencontre, un tête-à-tête intime qui laissait au cœur un goût d'amitié, de charme, de bienfaisance.

– Gabriel, connais-tu un certain Dr M'Diaye, à M'Baïki?

– Bien sûr, c'est le président de la préfecture. (Gabriel précisa :) Il faut lui rendre une visite de politesse. M'Diaye doit signer ton permis.

Une demi-heure plus tard, la pluie avait cessé. Nous reprîmes la route. Il était seize heures. Gabriel sortit de la boîte à gants un sac de matière plastique empli de balles sombres et trapues. Je plaçai aussitôt seize cartouches dans mon chargeur, puis le glissai dans la crosse du Glock 21. Gabriel ne fit aucun commentaire. Il m'observait du coin de l'œil. Porter un pistolet automatique en forêt n'avait rien d'étonnant. En revanche, c'était la première fois qu'il voyait une telle arme, si légère, aux déclics discrets et fluides.

M'Baïki apparut. C'était un ensemble de baraques en terre et en tôle, plantées en petits quartiers disparates, sur le flanc d'une colline. Au sommet, trônait une grande demeure, aux couleurs bleu délavé. « La maison du Dr M'Diaye », souffla Gabriel. Notre voiture s'achemina jusqu'au portail.

Nous pénétrâmes dans un jardin chaotique, tordu de lianes et de feuilles géantes. Aussitôt des enfants surgirent. Ils nous scrutaient, de derrière les arbres, avec humour. La maison ressemblait à un souvenir colonial. Très grande, abritée par un long toit en tôle rouillée, elle aurait pu être magnifique, mais elle semblait se laisser mourir sous les pluies successives et les brûlures du soleil. Des rideaux déchirés tenaient lieu de portes et de fenêtres.

M'Diaye attendait devant sa porte, les yeux rouges.

Après les salutations d'usage, Gabriel partit dans un long préambule, nourri de « Monsieur le Président » et d'explications compliquées à propos de mon expédition. M'Diaye écoutait, le regard vague. C'était un petit homme, aux épaules avachies, dont les crâne était surmonté d'un canotier détrempé. Son visage était flou et son regard plus flou encore. Je me trouvais là devant un spécimen coriace d'ivrogne africain, déjà passablement saoul. Enfin, il nous invita à entrer.

La grande salle était plongée dans l'ombre. Le long des murs, des rigoles suintaient, murmurant dans l'obscurité. Lentement, très lentement, M'Diaye sortit un stylo d'un tiroir afin de signer mon autorisation. Par le rideau d'une autre porte, j'apercevais l'arrière-cour, où une grosse femme noire, aux seins oblongs, préparait une masse grouillante de chenilles. Elle empalait les larves sur des branches taillées en pointe qu'elle posait avec délicatesse sur les braises. Ses enfants couraient et virevoltaient autour d'elle. M'Diaye ne signait toujours pas. Il s'adressa à Gabriel :

– La forêt est dangereuse en cette saison.

– Oui, président.

– Il y a les animaux sauvages. Les pistes sont mauvaises.

– Oui, président.

– Je ne sais si je peux vous autoriser à partir ainsi...

– Oui, président.

– En cas d'accident, comment pourrais-je vous aider?

– Je ne sais pas, président.

Le silence s'imposait. Gabriel avait adopté l'air attentif du bon élève, M'Diaye attaqua la question essentielle :

– Il me faudrait un peu d'argent. Une caution – pour que je puisse vous aider, en cas de besoin.

La mascarade suffisait.

– M'Diaye, j'ai à vous parler, dis-je. Une affaire importante.

Le président regarda dans ma direction. Il semblait me découvrir.

– Une affaire importante? (Son regard flotta un moment dans la pièce.) Buvons, alors.

– Où?

– Au café. Juste derrière la maison.

Dehors, la pluie avait repris, légère et nonchalante. M'Diaye nous emmena dans une gargote. Le sol était en terre battue et les tables constituées de cageots renversés. M'Diaye commanda une bière, Gabriel et moi un soda. Le président posa sur moi son regard épuisé :

– Je vous écoute, dit-il.

J'attaquai sans préambule :

– Vous souvenez-vous de Max Böhm?

– Qui?

– Il y a quinze ans, un Blanc qui supervisait les mines de diamants.

– Je ne vois pas.

– Un gros homme, dur et cruel, qui terrifiait les ouvriers et vivait dans la forêt.

– Non. Vraiment.

Je tapai sur la table. Les verres sautèrent. Gabriel me regarda avec stupeur.

– M'Diaye, vous étiez jeune. Vous veniez de décrocher votre diplôme de médecin. Vous avez signé l'autopsie de Philippe Böhm, le fils de Max. Vous ne pouvez avoir oublié. L'enfant avait été démembré, son corps était criblé de blessures, son cœur avait disparu. Je tiens tous ces détails de votre propre certificat, M'Diaye. Je l'ai ici, signé de votre main.

Le docteur ne répondit rien. Ses yeux rouges me fixèrent. Il prit son verre, à tâtons, sans cesser de m'observer. Il porta sa bière à sa bouche et but, lentement, par petites lampées. Je découvris la crosse du Glock, sous ma veste. Les autres clients du bar sortirent.

– Vous avez conclu à une attaque de gorille. Je sais que vous avez menti. Vous avez maquillé un meurtre, sans doute pour de l'argent, le 28 août 1977. Répondez, docteur de mes deux!

M'Diaye détourna la tête, scrutant le coin de ciel qui jaillissait par la porte et porta de nouveau sa boisson à ses lèvres. Je dégainai le Glock et frappai le saoulard au visage. Il bascula et s'écrasa contre la paroi de tôle. Son chapeau vola. Des éclats de verre s'incrustèrent dans sa chair. A travers sa joue arrachée, sa gencive apparut, rose vif. Gabriel tenta de me retenir, mais je le repoussai. J'empoignai M'Diaye et lui enfonçai mon arme dans les narines :

– Salaud, hurlai-je. Tu as blanchi un meurtre avec tes mensonges. Tu as couvert des tueurs d'enfant, tu...

M'Diaye agita mollement un bras :

– Je... je vais parler. (Il regarda Gabriel, puis dit, d'une voix lente :) Laisse-nous...

Le Noir s'esquiva. M'Diaye s'appuya contre la paroi ondulée. Je soufflai :

– Qui a trouvé le corps?

– Ils... ils étaient plusieurs.

– Qui?

L'ivrogne tardait à répondre. Je resserrai mon étreinte.

– Les Blancs... des jours auparavant...

Je laissai un peu de mou – le canon du Glock toujours à hauteur des narines.

– Une expédition... Ils partaient pour chercher des filons de diamants, dans la forêt.

– Je sais, la PR 154. Je veux des noms.

– Il y avait Max Böhm. Son fils, Philippe Böhm. Et puis un autre Blanc, un Afrikaner. Je ne sais pas comment il s'appelait.

– C'est tout?

– Non. Il y avait aussi Otto Kiefer, l'homme de Bokassa.

– Otto Kiefer était de l'expédition?

– Ou... oui...

Je perçus soudain un nouveau rapport : Max Böhm et Otto Kiefer étaient liés autant par cette nuit sauvage que par l'intérêt des diamants. Le président s'essuya la bouche. Le sang coulait sur sa chemise. Il poursuivit :

– Les Blancs sont passés ici, à M'Baïki, puis ils ont rejoint la SCAD.

– Ensuite?

– Je ne sais pas. Une semaine plus tard, le grand Blanc est revenu, le Sud-Africain, tout seul.

– A-t-il donné des explications?

– Pas d'explication. Il est rentré à Bangui. On ne l'a jamais revu. Jamais.

– Et les autres?

– Deux jours plus tard, Otto Kiefer est apparu. Il est venu me voir, à l'hôpital, et m'a dit : « J'ai un client pour toi dans la camionnette. » C'était un corps, bon Dieu, un corps de Blanc, avec le torse ouvert. Les tripes lui sortaient de partout. Au bout d'un moment, j'ai reconnu le fils de Max Böhm. Kiefer m'a dit : « C'est un gorille qui a fait le coup. Il faut que tu fasses l'autopsie. » Je me suis mis à trembler des pieds à la tête. Kiefer m'a gueulé dessus. Il m'a dit : « Fais l'autopsie, nom de Dieu. Et souviens-toi – c'est un gorille qui a fait le coup. » J'ai commencé le travail, dans le bloc opératoire.

– Alors?

– Une heure plus tard, Kiefer est revenu. Je crevais de trouille. Il s'est approché et m'a demandé : « C'est fini? » Je lui ai dit que ce n'était pas un gorille qui avait tué Philippe Böhm. Il m'a répondu de la boucler et il a sorti des liasses de francs français – des billets de cinq cents, tout neufs et craquants. Il a commencé à les enfourner dans le torse ouvert du cadavre. Seigneur, je n'oublierai jamais cet argent qui nageait dans les viscères. Le Tchèque a dit : « Je ne te demande pas de raconter des salades. (Il continuait à enfoncer les billets neufs.) Juste de confirmer qu'il s'agit bien d'une putain d'attaque de gorille. » J'ai voulu répliquer, mais il est parti aussitôt. Il avait laissé deux millions dans la plaie béante. J'ai récupéré et nettoyé l'argent. Puis j'ai rédigé le rapport, comme on m'avait demandé.

Mon sang brûlait dans mes veines. M'Diaye me fixait toujours, avec ses yeux glauques. Je pointai de nouveau l'arme sur son visage et sifflai :

– Parle-moi du cadavre.

– Les blessures... Elles étaient trop fines. Ce n'étaient pas des marques de griffes, comme j'ai écrit. C'étaient les marques d'un bistouri. Aucun doute là-dessus. Et surtout, il y avait la disparition du cœur. Quand j'ai pénétré dans la cavité thoracique, j'ai tout de suite repéré l'excision des artères et des veines. Du travail de professionnel. J'ai compris qu'on avait volé le cœur du jeune Blanc.

– Continue, repris-je d'une voix tremblante.

– J'ai refermé le corps et achevé mon rapport. « Attaque de gorille. » Affaire classée.

– Pourquoi n'as-tu pas inventé une mort plus simple? Une crise de paludisme par exemple.

– Impossible. Il y avait le Dr Carl, à Bangui, qui allait voir le corps.

– Où est-il, ce Dr Carl?

– Il est mort. Le typhus l'a emporté il y a deux ans.

– Comment s'est terminée l'histoire de Philippe Böhm?

– Je ne sais pas.

– Selon toi, qui a effectué cette opération meurtrière?

– Aucune idée. En tout cas, c'était un chirurgien.

– As-tu revu Max Böhm?

– Jamais.

– As-tu entendu parler d'un dispensaire, dans la forêt, au delà de la frontière du Congo?

– Non. (M'Diaye cracha du sang, puis s'essuya les lèvres du revers de la manche.) Nous, on va jamais là-bas. Il y a les panthères, les gorilles, les esprits... C'est le monde de la nuit.

Je relâchai mon étreinte. M'Diaye s'écroula. Des hommes, des femmes étaient accourus. Ils s'agglutinaient aux fenêtres de la gargote. Personne n'osait entrer. Gabriel chuchota, parmi la foule :

– Il faut l'emmener à l'hôpital, Louis. Chercher un docteur.

M'Diaye se dressa sur un coude :

– Quel docteur? ricana-t-il. C'est moi le docteur.

Je le regardai, empli de mépris. Il vomit une longue traînée rouge. Je m'adressai aux Noirs qui observaient le funeste spectacle :

– Soignez-le, nom de Dieu!

C'est M'Diaye qui intervint :

– Et le gas-oil? gargouilla-t-il.

– Quel gas-oil?

– Il faut payer l'essence – pour l'électricité, à l'hôpital.

Je lui jetai une liasse de francs CFA au visage et tournai les talons.

35.

Nous roulâmes plusieurs heures sur une piste cahotante et boueuse. Le jour baissait. Une sorte de pluie sèche, pétrie de poussière, s'abattait sur le pare-brise. Enfin Gabriel demanda :

– Comment connaissais-tu cette affaire, à propos du Blanc?

– C'est une vieille histoire, Gabriel. N'en parlons plus. Quoi que tu penses, je suis venu ici pour réaliser un reportage sur les Pygmées. C'est mon seul objectif.

Un large sentier, bordé de cahutes, s'ouvrit devant nous. Le village de la SCAD apparut. A droite, au loin, se déployaient les édifices de la scierie. Gabriel ralentit. Nous traversâmes un flux d'hommes et de femmes, revêtus de poussière rouge, dont les corps frôlaient notre carrosserie, dans un bruissement sec. La violence des couleurs, des sensations m'épuisait.

Au bout du village, des bâtiments en ciment brut surgirent. Gabriel m'expliqua : « Voici l'ancien dispensaire de sœur Pascale. Tu peux dormir ici ce soir, avant de partir pour la forêt, demain matin. »

Les petits blockhaus abritaient des lits de camp, recouverts de plastique et enveloppés de hautes moustiquaires – de quoi passer une nuit honorable. Plus loin, la piste rouge se poursuivait, encadrée par la forêt profonde qui finissait par dresser une véritable muraille. On discernait seulement la route qui perdait son cours dans cet abîme.

Gabriel et quelques autres déchargèrent le matériel. Pour ma part, j'étudiai la carte de la région donnée par Bonafé. En vain.

Il n'existait aucun sentier dans la direction où je voulais aller. La SCAD était le dernier point inscrit, juste avant la forêt dense qui s'étendait sur au moins cinq cents kilomètres au sud. Le village de la scierie semblait posé en équilibre au bord d'un immense précipice de lianes et de végétation.

Tout à coup, je levai les yeux. Des hommes étranges nous entouraient. Leur taille ne dépassait pas un mètre cinquante. Ils étaient vêtus de hardes, de tee-shirts crasseux, de chemises déchirées. Leur peau était claire, couleur caramel, et leurs visages nous souriaient avec douceur. Aussitôt, Gabriel leur offrit des cigarettes. Des ricanements fusèrent. Le Grand Noir m'expliqua : « Voici les Akas, patron, les Pygmées. Ils vivent à côté, à Zoumia, un village de huttes. »

Quelques femmes apparurent. Elles allaient les seins nus, le ventre rond, la taille couronnée d'une ceinture de feuillage ou de tissu. Elles portaient leur enfant en bandoulière et riaient plus encore que les hommes. A leur tour elles acceptèrent des cigarettes et se mirent à fumer avec enthousiasme. Toutes ces femmes arboraient des cheveux très courts. On découvrait dans ces coiffures des trésors de raffinement. L'une d'entre elles exhibait des dessins en dents de scie sur la nuque. Une autre deux sillons le long des tempes, alors que ses sourcils étaient striés en pointillé. Sur leur peau, on discernait des marques, des cicatrices boursouflées qui partaient en courbes, en arabesques, en figures légères. Un autre détail me glaça : tous ces Pygmées avaient les dents taillées en pointe.

Gabriel me présenta son cousin, Beckés, qui allait me guider jusqu'à Zoko. C'était un grand Noir filiforme qui portait un ensemble sportswear aux couleurs d'Adidas, et ne quittait pas ses lunettes de soleil. Il affichait un calme désarmant. Il décocha un large sourire et me donna rendez-vous le lendemain matin, ici même, à sept heures – sans plus de commentaire.

Gabriel le suivit. Il voulait dîner « en famille », à la SCAD. Je lui demandai de revenir au dispensaire huit jours plus tard. Il opina, cligna de l'œil, puis me souhaita bonne chance. Mon estomac se noua lorsque j'entendis le moteur de sa Peugeot s'éloigner.

Bientôt l'obscurité tomba. Une femme prépara le dîner. J'engloutis ma part de manioc – une sorte de glu grisâtre, aux relents d'excréments –, puis décidai de dormir sur le toit du dispensaire. Je me glissai dans ma housse de coton, à la belle étoile. J'attendis ainsi, les yeux grands ouverts, que le sommeil vienne. Dans quelques heures, j'allais découvrir la forêt dense. Le Grand Vert. Pour la première fois depuis le début de mon aventure, je l'avoue, je ressentais de la peur. Une peur aussi tenace que les grincements sourds des animaux inconnus, qui me souhaitaient la bienvenue, du fond de la jungle.

36.

A sept heures, le lendemain, Beckés apparut. Nous bûmes un thé ensemble. Il parlait un français très limité, ponctué de silences et de « bon » méditatifs. Pourtant, il connaissait parfaitement la jungle du Sud. Selon lui, la piste qui s'ouvrait devant nous, creusée par les bulldozers de la scierie, ne durait que pendant un kilomètre. Ensuite, il faudrait emprunter d'étroits sentiers. Par de tels chemins, nous pouvions atteindre Zoko en trois jours de marche. J'acquiesçai sans avoir la moindre idée de ce que pouvait signifier un tel marathon.

L'équipe se mit en place. Beckés avait enrôlé cinq Pygmées pour porter notre chargement. Cinq petits hommes dépenaillés, fumant et souriants, qui semblaient disposés à nous suivre jusqu'au bout des ténèbres. Il avait aussi embauché une cuisinière, Tina, une jeune M'Baka à la beauté troublante. Elle se dandinait dans son boubou torsadé et portait sur la tête une immense marmite, qui contenait ses ustensiles de cuisine et ses effets personnels. La jeune fille ne cessait de rire. L'expédition semblait la ravir.

Je distribuai des cigarettes et expliquai les grandes lignes du voyage. Beckés traduisait en sango. Je parlai seulement de l'expédition Zoko et n'évoquai pas la suite de mon projet. Du village pygmée, je comptais rejoindre en solitaire les mines d'Otto Kiefer, qui n'étaient situées qu'à quelques kilomètres au sud-est. Je répétai que ce voyage ne serait l'affaire que d'une semaine puis scrutai longuement la piste rougeâtre. Le filin de terre se perdait à l'infini, dans un monstrueux entrelacs d'arbres et de lianes. La troupe se mit en marche.

La jungle était un véritable champ aux morts, un mélange d'existence acharnée et d'anéantissement profond. Partout des souches vermoulues, des arbres effondrés, des odeurs de pourriture ressemblaient aux ultimes sursauts d'une vie d'excès. Marcher en forêt, c'était évoluer dans cette perpétuelle agonie, cette mélancolie de parfums, cette rancœur de mousses et de marigots. Parfois le soleil perçait. Il éclaboussait la foule exubérante de feuilles et de lianes, qui paraissait se réveiller, se contorsionner à son contact, tels des corps avides venant s'abreuver à cette lumière soudaine. La forêt devenait alors un fantastique vivier, un déchaînement de croissance si puissant, si empressé qu'il vous semblait l'entendre bruisser sous vos pas.

Pourtant, je n'éprouvais aucun sentiment d'oppression. La forêt était aussi une mer immense, déployée, infinie. A travers les hauts troncs enlacés de lianes, à travers les bosquets suspendus, les myriades de feuilles, à travers cette gigantesque dentelle qui ressemblait à nos forêts européennes, c'était une liberté extraordinaire qui vaquait en maître. Malgré les cris, malgré les arbres, la forêt donnait une impression de grand espace aéré. Bien sûr, cette solitude n'était qu'un mirage. Pas un millimètre n'était inhabité. Tout y grouillait, s'y bousculait.

Selon Beckés, chaque animal occupait un territoire spécifique. La clairière formée par la chute d'un arbre était le refuge des porcs-épics. Les sous-bois inextricables, encombrés de lianes, étaient habités par les antilopes. Quant aux clairières découvertes, les oiseaux y nichaient et y chantaient tout le jour, bravant la pluie.

Parfois, lorsqu'un raclement ou un sifflement jaillissait, dépassant tous les autres, je demandais à Beckés : « Quel est ce cri? » Il réfléchissait quelques instants puis répondait :

– C'est la fourmi.

– La fourmi?

– Elle a des ailes, un bec et elle marche sur l'eau. (Il haussait les épaules.) C'est la fourmi.

Beckés avait une vision particulière de la forêt équatoriale. Comme tous les M'Bakas, il pensait que la jungle était habitée par des esprits, des forces puissantes et invisibles, entretenant avec les animaux sauvages de secrètes complicités. D'ailleurs, les Centrafricains ne parlaient pas des animaux comme l'aurait fait un Européen. A leurs yeux, il s'agissait d'êtres supérieurs, au moins égaux aux hommes, qu'il fallait craindre et respecter, et auxquels on prêtait des sentiments secrets et des pouvoirs parallèles. Ainsi, Beckés ne parlait de « la » Gorille qu'à voix basse, de peur de « la » vexer, et racontait comment, le soir, la Panthère pouvait briser le verre des lampes de son seul regard.

Les averses commencèrent le premier jour. Ce fut un dégorgement sans trêve, qui devint un élément à part entière du voyage, au même titre que les arbres, les cris des oiseaux ou nos propres fièvres. Ces torrents n'apportaient aucune fraîcheur et ralentissait seulement notre expédition – la terre s'approfondissait, creusait de véritables ornières sous nos pas. Mais tout le monde continuait, comme si la colère du ciel ne pouvait nous atteindre.

Dans ce déluge, nous croisâmes des chasseurs m'bakas. Ils portaient sur leur dos d'étroits paniers dans lesquels était serré leur gibier : des gazelles au pelage ocre, des singes blottis comme des nourrissons, des fourmiliers argentés aux écailles craquelantes. Les Grands Noirs échangeaient avec nous une cigarette, un sourire, mais leur visage était soulevé par une onde d'inquiétude. Ils s'efforçaient de remonter au nord, à la lisière, avant la nuit. Seuls les Akas osaient braver l'obscurité et se jouer des esprits. Or notre équipée descendait au sud – tel un blasphème en marche.

Chaque soir nous dressions notre campement à l'abri de la pluie. D'un coup, à six heures, la nuit s'abattait et les lucioles s'allumaient, virevoltant inlassablement entre les arbres. Nous mangions un peu plus tard, agglutinés autour du feu, assis par terre, émettant des bruits de bêtes affamées.

Je ne parlais pas, songeant au but secret de mon voyage. Puis je rentrais sous ma tente et demeurais ainsi, à l'abri, écoutant les gouttes de pluie s'écraser sur la toile du double toit. Dans ces moments-là, je me tournais vers le silence et réfléchissais au cours tragique de mon aventure. Je songeais aux cigognes, aux pays que j'avais traversés comme un météore et à ce flot de violence qui déferlait sous mes pas. J'éprouvais le sentiment de remonter le cours d'un fleuve de sang, dont j'allais bientôt découvrir la source – là où Max Böhm avait volé le cœur de son fils, là où trois hommes, Böhm, Kiefer et van Dötten, avaient conclu un pacte diabolique, sur fond de diamants et de cigognes. Je songeais aussi à Sarah. Sans remords ni tristesse. Dans d'autres circonstances, peut-être aurions-nous construit notre existence ensemble.

Je pensais également, je l'avoue, à Tina notre cuisinière. Au fil de notre route, je ne pouvais m'empêcher de lui lancer des regards furtifs. Elle avait un profil de reine, un cou en escalade qui se résolvait en un menton court puis s'ouvrait sur d'amples mâchoires auréolées par des lèvres épaisses, sensuelles et suaves. Au-dessus, son regard scintillait, à l'ombre d'un front bombé. Sur son crâne ras, des nattes se dressaient, telles de cornes de bongo. A plusieurs reprises, elle avait surpris mes coups d'œil. Elle avait éclaté de rire et sa bouche avait éclos comme une fleur de cristal pour murmurer :

– N'aie pas peur, Louis.

– Je n'ai pas peur, avais-je répondu d'un ton ferme avant de me concentrer sur les cahots du sentier.

Au troisième jour, nous n'avions pas encore vu l'ombre d'un camp pygmée. Le ciel n'était qu'un souvenir et la fatigue commençait à nous tendre les muscles comme des barres à mines. Plus que jamais j'éprouvais la sensation de descendre, à la verticale, dans un puits profond de la terre, de m'enfouir dans la chair même de la vie végétale – sans espoir de retour.

Pourtant, le 18 septembre, en fin d'après-midi, un arbre en flammes croisa notre route. Un brasier rouge dans l'océan végétal. C'était le premier signe d'une présence humaine depuis notre départ. Ici, des hommes avaient préféré brûler ce tronc géant avant qu'il ne s'abatte sous le poids des averses. Dans la pluie acharnée, Beckés se retourna et me dit, sourire aux lèvres : « Nous arrivons. »

37.

Le campement de Zoko se dressait au cœur d'une large clairière, parfaitement circulaire. Des huttes de feuilles et des cases de latérite entouraient la grande place, pelée comme un désert. Chose curieuse, le sol, les murs et les dômes de feuillage n'exhibaient plus les couleurs de la forêt – le vert et le rouge – mais un ocre dur, comme si l'on avait gratté jusqu'à la croûte de la jungle. Zoko était une véritable brèche taillée dans les entrelacs du monde végétal.

Il régnait ici une grande agitation. Les femmes revenaient de la cueillette, soutenant de lourdes hottes tressées, emplies de fruits, de graines, de tubercules. Les hommes, par d'autres sentiers, arrivaient, portant en bandoulière des singes, des gazelles ou encore de longs filets. Une lourde fumée bleutée circulait autour des huttes jusqu'à se nouer en volutes et s'élever au centre du campement. Dans cette atmosphère trouble – la pluie venait de cesser –, on discernait les familles, devant les huttes, qui entretenaient ces foyers de fumée âcre. « Technique pygmée, me souffla Beckés. Pour chasser les insectes. » Des chants s'élevèrent. De longues mélopées aiguës, presque tyroliennes, des torsades sonores qui jouaient de la voix comme d'une corde infiniment sensible, et qui nous avaient déjà accueillis quand nous découvrions l'arbre en flammes. Les Akas communiquaient ainsi, à distance, ou exprimaient simplement leur allégresse.

Un Grand Noir vint à notre rencontre. C'était Alphonse, l'instituteur, le « propriétaire » des Pygmées de Zoko. Il insista pour que nous nous installions avant l'arrivée de nuit dans une clairière voisine, plus réduite, où se dressait un auvent d'environ dix mètres de long. Sa famille y campait déjà. Je dressai ma tente à proximité, pendant que mes compagnons fabriquaient des paillasses de palmes. Pour la première fois depuis deux jours, nous nous retrouvions au sec.

Alphonse ne cessait de discourir, parlant de « son » fief, désignant au loin chaque élément du camp pygmée.

– Et sœur Pascale? demandai-je.

Alphonse haussa les sourcils :

– Le dispensaire, vous voulez dire? Il est à l'autre bout du camp, derrière les arbres. Je vous déconseille d'y aller ce soir. La sœur n'est pas contente.

– Pas contente?

Alphonse tourna les talons et répéta simplement :

– Pas contente du tout.

Les porteurs préparèrent le feu. Je m'approchai et m'assis sur un minuscule tabouret en forme de vasque. Le foyer crépitait et dégageait une forte odeur d'herbes mouillées. Les végétaux, prisonniers des flammes, semblaient brûler à regret. D'un coup, la nuit tomba, une nuit habitée de percées humides, de courants frais, de cris d'oiseaux. J'éprouvais au creux de mon être une sorte d'appel, de souffle, comme la légèreté d'une embrasure tout près de mon cœur. Je levai les yeux et compris cette sensation nouvelle. Au-dessous de nous, s'ouvrait un ciel clair, criblé d'étoiles. Voilà quatre jours que je n'avais vu le firmament.

C'est alors que les tambours commencèrent.

Je ne pus retenir un sourire. C'était si irréel – et en même temps si prévisible. Au plus profond de la jungle, nous entendions battre le cœur du monde. Beckés se leva et bougonna : « C'est la fête à côté, Louis. Il faut y aller. » Derrière lui, Tina gloussait et oscillait des épaules. Une minute plus tard, nous nous tenions au bord de l'esplanade.

Dans la pénombre, on distinguait les enfants akas qui couraient en tous sens. Des fillettes, devant les cases de terre, s'enroulaient la taille de jupe de raphia. Quelques garçons s'étaient emparés de sagaies et esquissaient des pas de danse, puis s'arrêtaient en éclatant de rire. Les femmes revenaient des bosquets voisins, les hanches auréolées de feuilles et de branches. Les hommes posaient sur cette animation un regard amusé, en fumant les cigarettes que Beckés avait distribuées. Et toujours, le tambour tonnait, soutenant les fièvres à venir.

Alphonse accourut, une lampe-tempête à la main. « Vous voulez voir danser les Pygmées, patron? me souffla-t-il dans l'oreille. Suivez-moi. » Je lui emboîtai le pas. Il s'installa sur un petit banc, près des huttes, puis posa la lampe au centre de la place. De cette façon, les corps des petits fantômes apparurent nettement. Leur sarabande déchirait la nuit, couleur de feu et de liesse.

Les Akas dansaient, en deux arcs de cercle distincts. D'un côté les hommes, de l'autre les femmes. Une sourde mélopée s'élevait de la ronde : « Aria mama, aria mama... » Les voix entremêlées, rauques et graves, étaient parfois traversées d'une saillie enfantine, dressée dans le tumulte. « Aria mama, aria mama... » Au fil de la lampe, je vis d'abord passer les femmes. Ventre rond. Jambes souples. Bouquets de feuilles. Aussitôt après, les hommes surgirent. Dans la lumière de pétrole, les corps caramel passèrent au rouge, au mordoré, puis au cendré. Les jupes de raphia vibraient à contretemps, enveloppant leurs hanches d'un voile frémissant. « Aria mama, aria mama... »

Les martèlements de tambour s'amplifièrent. L'homme qui en jouait était arc-bouté, cigarette au bec. Il cognait de tous ses muscles, le cou dressé comme un aigle. Je réprimai un frisson. Ses yeux, absolument blancs, brillaient dans la nuit. Alphonse éclata de rire : « Un aveugle. Seulement un aveugle, le meilleur des musiciens. » Aussitôt après, d'autres joueurs le rejoignirent. Le rythme s'amplifia, s'emplit d'échos, de contre-temps, jusqu'à construire un chant de la terre, vertigineux et irrésistible. D'autres voix s'élancèrent, se réunirent, s'enlacèrent sur fond de « Aria mama, aria mama... ». La magie se levait, telle une fluorescence sonore sous le ciel étoilé.

De nouveau les femmes passèrent devant la lampe. En file indienne, chacune d'elles tenant les flancs de la précédente et avançant ainsi, suivant la cadence. Elles semblaient effleurer, cajoler le rythme. Leur corps appartenait aux trépidations des tambours, comme l'écho appartient au cri qui le provoque. Elles étaient devenues une résonance pure, une vibration de chair. Les hommes revinrent. Accroupis, mains à terre, allant et venant comme un balancier – soudain devenus bêtes, esprits, elfes...

– Que fêtent-ils donc? demandai-je en hurlant pour couvrir le tambour.

Alphonse me regarda du coin de l'œil. Son visage se confondait avec l'ombre :

– Une fête? Un deuil, vous voulez dire. Une famille du Sud a perdu sa petite fille. Ils dansent aujourd'hui, avec leurs frères de Zoko. C'est la coutume.

– De quoi est-elle morte?

Alphonse secoua la tête en criant dans mon oreille :

– C'est horrible, patron. Pleinement horrible. Gomoun a été attaquée par la Gorille.

Un voile rouge couvrit la réalité.

– Que sait-on de l'accident?

– Rien. C'est Boma, l'aîné du campement, qui l'a découverte. Gomoun n'était pas rentrée, ce soir-là. Les Pygmées ont organisé des recherches. Ils craignaient que la forêt ne se soit vengée.

– Vengée?

– Gomoun ne respectait pas la tradition. Elle refusait de se marier. Elle voulait continuer d'étudier, auprès de sœur Pascale, à Zoko. Les esprits n'aiment pas qu'on se moque d'eux. C'est pour ça que la Gorille l'a attaquée. Tout le monde le sait : la forêt s'est vengée.

– Quel âge avait Gomoun?

– Quinze ans, je crois.

– Où vivait-elle exactement?

– Dans un campement du sud-est, vers les mines de Kiefer.

Le martèlement des peaux s'insinuait dans mon esprit. L'aveugle se déchaînait, dardant ses yeux de lait dans l'obscurité. Je criai :

– C'est tout ce que tu peux me dire? Tu ne sais rien d'autre?

Alphonse grimaça. Ses dents blanches surgirent, sur fond de gorge rose. Il balaya mon insistance de la main :

– Laisse tomber, patron. Cette histoire est néfaste. Très néfaste.

L'instituteur fit mine de se lever. Je lui saisis le bras. La sueur dégoulinait de mon visage :

– Réfléchis bien, Alphonse.

Le Noir explosa :

– Tu veux quoi, patron? Que la Gorille revienne? Elle a arraché les bras et les jambes de Gomoun. Elle a tout balayé sur son passage. Les arbres, les lianes, la terre. Tu veux qu'elle t'entende? Qu'elle nous écrabouille nous aussi?

Le M'Baka se leva d'un bond, emportant sa lampe dans un geste furieux.

Les Pygmées dansaient toujours, imitant maintenant une chenille géante. Le tambour de l'aveugle accélérait. Et mon cœur dans la foulée. La série des meurtres s'inscrivait en noms et en dates de souffrance dans mon esprit. Août 1977 : Philippe Böhm. Avril 1991 : Rajko Nicolitch. Septembre 1991 : Gomoun. J'en étais certain, le cœur de la jeune fille avait été prélevé. Un détail surgit dans ma conscience. Alphonse avait dit : « Elle a tout balayé sur son passage. Les arbres, les lianes, la terre. » Vingt jours auparavant, dans la forêt de Sliven, le Tsigane qui avait découvert Rajko avait précisé : « La veille, il devait y avoir eu une sacrée tempête. Parce que dans ce coin-là tous les arbres étaient couchés, les feuillages aux quatre cents coups. »

Comment n'avais-je pas compris plus tôt? Les voleurs de cœur voyageaient en hélicoptère.

38.

A cinq heures, le jour se leva. La forêt résonnait de cris ouatés. Je n'avais pas dormi de la nuit. Aux environs de deux heures, les Akas avaient achevé leur cérémonie. J'étais resté dans l'ombre et le silence, sous l'auvent de palmes, à scruter les dernières braises qui répandaient leurs lueurs roses dans l'obscurité. Je n'éprouvais plus aucune peur. Juste une fatigue écrasante, et un étrange sentiment de calme, presque de sécurité. Comme si je m'acheminais désormais au plus près du corps d'une pieuvre dont les tentacules ne pouvaient plus m'atteindre.

Les premières pluies du jour commencèrent. Un léger martèlement d'abord, puis une batterie plus drue, plus régulière. Je me levai et m'acheminai vers Zoko.

Devant les huttes, des feux brûlaient déjà. J'aperçus quelques femmes qui réparaient un long filet, destiné sans doute à la chasse du jour. Je traversai la place, puis découvris, derrière les cases, une large bâtisse de ciment surmontée d'une croix blanche. Tout autour, s'étendaient des jardins et un potager. Je me dirigeai vers la porte ouverte. Un Grand Noir me barra le passage, l'air hostile. « Sœur Pascale est réveillée? » demandai-je. Avant que l'homme n'ait pu répondre, une voix jaillit de l'intérieur : « Entrez, n'ayez pas peur. » C'était une voix autoritaire, qui ne tolérait pas la discussion. Je m'exécutai.

Sœur Pascale ne portait pas le voile. Elle était simplement vêtue de noir, pull-over et jupe assortis. Ses cheveux étaient courts, d'un gris revêche. Son visage, malgré des rides nombreuses, avait cette intemporalité des pierres et des fleuves. Ses yeux bleu glacé ressemblaient à des éclats d'acier saillant dans le limon des années. Ses épaules étaient larges et ses mains immenses. Du premier coup d'œil, je compris que la femme était de taille à affronter les dangers de la forêt, les maladies lancinantes et les chasseurs barbares.

– Que voulez-vous? demanda-t-elle sans me regarder.

Elle était assise et beurrait patiemment des tartines au-dessus d'un bol de café.

La pièce était pratiquement vide. Seuls un évier et un frigidaire étaient accolés au mur du fond. Un christ de bois suspendu promenait son regard de supplicié.

– Je m'appelle Louis Antioche, dis-je. Je suis français. J'ai parcouru des milliers de kilomètres pour obtenir des réponses à certaines questions. Je pense que vous pouvez m'aider.

Sœur Pascale beurrait toujours ses tartines. C'était du pain mou, humide, conservé tant bien que mal. Je regardai sa blancheur éclatante, qui apparaissait ici, en pleine forêt, comme un trésor improbable. La sœur surprit mon regard.

– Excusez-moi. Je manque à tous mes devoirs. Asseyez-vous, je vous prie. Et partagez mon petit déjeuner.

Je saisis une chaise. Elle me lança un coup d'œil qui n'exprimait rien d'autre que l'indifférence.

– De quelles questions s'agit-il?

– Je veux savoir comment la petite Gomoun est morte.

L'interrogation ne l'étonna pas. Elle répliqua, en saisissant une cafetière brûlante :

– Café? Ou préférez-vous du thé?

– Du thé, s'il vous plaît.

Elle fit un signe au boy qui se tenait dans l'ombre, l'interpellant en sango. Quelques secondes plus tard, je respirais le fumet âcre d'un Darjeeling anonyme. Sœur Pascale reprit :

– Ainsi, vous vous intéressez aux Akas.

– Non, répondis-je en soufflant sur ma tasse. Je m'intéresse aux morts violentes.

– Pourquoi?

– Parce que plusieurs victimes ont disparu de la même façon, dans cette forêt, et ailleurs.

– Votre enquête porte sur les bêtes sauvages?

– Sur les bêtes sauvages, oui. En quelque sorte.

La pluie clapotait toujours au-dessus de nos têtes. Sœur Pascale trempa sa tartine. Les chairs tendres du pain s'amollirent au contact du café. D'un coup sec des mâchoires, la sœur attrapa l'extrémité qui menaçait de s'affaisser. Rien ne trahissait chez elle de l'étonnement face à mes propos. Mais une étrange ironie sourdait sous ses paroles. Je tentai de briser ce jeu du double sens.

– Ma sœur, soyons clairs. Je ne crois pas un mot de cette histoire de gorille. Je n'ai aucune expérience de la forêt, mais je sais que les gorilles sont plutôt rares dans cette région. Je pense que la mort de Gomoun appartient à une série de crimes spécifiques sur lesquels j'enquête actuellement.

– Jeune homme, je ne comprends rien à ce que vous racontez. Il faudrait d'abord m'expliquer qui vous êtes et ce qui vous amène ici. Nous sommes à plus de cent cinquante kilomètres de Bangui. Il vous a fallu marcher quatre jours pour atteindre ce trou de jungle. Je devine que vous n'êtes ni un homme de l'armée française, ni un ingénieur des mines, ni même un prospecteur indépendant. Si vous comptez sur ma participation, je vous conseille de vous expliquer.

En quelques mots, je résumai mon enquête. Je parlai des cigognes et des « accidents » qui avaient ponctué ma route. Je parlai de la mort de Rajko, déchiqueté par un ours sauvage. J'évoquai l'attaque de gorille fatale à Philippe Böhm. Je décrivis les circonstances de ces disparitions – les comparant à celle de Gomoun. Je n'évoquai pas le rapt des cœurs. Je ne parlai pas non plus du système des diamants ni du trafic. Je souhaitais juste éveiller l'attention de la sœur sur toutes ces coïncidences.

La missionnaire me fixait maintenant de ses yeux bleus incrédules. La pluie continuait à battre la tôle du toit.

– Votre histoire ne tient pas debout, mais je vous écoute. Quelles sont vos questions?

– Que savez-vous sur les circonstances de la mort de Gomoun? Avez-vous vu le corps?

– Non. Il est enterré à plusieurs kilomètres d'ici. Gomoun appartenait à une famille nomade qui voyageait plus au sud.

– Vous a-t-on parlé de l'état de ce corps?

– Doit-on réellement en parler?

– C'est essentiel.

– Gomoun avait un bras et une jambe arrachés. Son torse était couvert de plaies, de déchirures. Sa poitrine était béante, sa cage thoracique réduite en miettes. Les animaux sauvages avaient commencé à dévorer les organes.

– Quels animaux?

– Des phacochères, des fauves sans doute. Les Akas m'ont parlé de griffures sur le cou, les seins et les bras. Comment savoir? Les Pygmées ont enterré la pauvre petite dans leur campement, puis ils ont quitté les lieux à tout jamais, comme le veut la tradition.

– Le corps ne portait pas d'autres traces de mutilation?

Sœur Pascale tenait toujours son bol. Elle hésita, puis relâcha les bords de faïence. Je m'aperçus que ses deux mains tremblaient légèrement. Elle baissa la voix :

– Si... (Elle hésitait.) Son sexe était exagérément ouvert.

– Vous voulez dire qu'elle avait été violée?

– Non. Je parle d'une plaie. Les extrémités de son vagin semblent avoir été agrandies à coups de griffes. Ses lèvres ont été largement déchirées.

– L'intérieur du corps était-il intact? Je veux dire : des organes spécifiques avaient-ils disparu?

– Je vous l'ai dit : certains organes étaient à moitié dévorés. C'est tout ce que je sais. La pauvre petite n'avait pas quinze ans. Que Dieu ait son âme.

La religieuse se tut. Je repris :

– Quel genre d'adolescente était Gomoun?

– Très studieuse. Elle suivait mes leçons avec attention. Cette jeune fille avait tourné le dos à la tradition aka. Elle voulait continuer à étudier, partir en ville, travailler parmi les Grands Noirs. Récemment, elle avait même refusé de se marier. Les Pygmées pensent que les esprits de la forêt se sont vengés de Gomoun. C'est pourquoi ils ont tant dansé hier soir. Ils souhaitent se réconcilier avec la forêt. Moi-même, je ne peux plus demeurer ici. Je dois retourner à la SCAD. On murmure que Gomoun est morte à cause de moi.

– Vous ne semblez pas bouleversée, ma sœur.

– Vous ne connaissez pas la forêt. Nous vivons avec la mort. Elle frappe régulièrement, aveuglément. Il y a cinq ans, j'enseignais à Bagou, un autre camp non loin d'ici. En deux mois, soixante des cent habitants sont morts. Épidémie de tuberculose. La maladie avait été « importée » par les Grands Noirs. Jadis, les Pygmées vivaient à l'abri des microbes, protégés par la cloche végétale que constitue la forêt dense. Aujourd'hui, ils sont décimés par les maladides venues de l'extérieur. Ils ont besoin de gens comme moi, de soins, de médicaments. J'exécute mon travail et j'évite de réfléchir.

– Gomoun se promenait-elle souvent seule dans la forêt? S'éloignait-elle du campement?

– C'était une jeune fille solitaire. Elle aimait partir avec ses livres, le long des sentiers. Gomoun adorait la forêt, ses parfums, ses bruits, ses animaux. En ce sens, elle était une véritable Aka.

– Rôdait-elle du côté des mines de diamants?

– Je ne sais pas. Pourquoi cette question? Toujours votre idée de meurtre! C'est ridicule. Qui pouvait en vouloir à une petite Aka, qui n'était jamais sortie de sa jungle?

– Ma sœur, il est temps que je vous révèle autre chose. Je vous ai parlé du meurtre de Rajko, en Bulgarie. J'ai évoqué celui de Philippe Böhm, en 1977, ici même. Ces meurtres ont une particularité commune.

– Laquelle?

– Dans les deux cas, les meurtriers ont prélevé le cœur de la victime, selon les méthodes consacrées dans ce genre d'opération.

– Pures sornettes. Une telle opération est inconcevable dans un milieu naturel.

Sœur Pascale gardait son sang-froid. Ses yeux étaient toujours luisants et froids, mais ses cils battaient plus rapidement.

– C'est pourtant la stricte vérité. J'ai rencontré le docteur qui a réalisé l'autopsie du Tsigane, en Bulgarie. Il n'y a aucun doute sur l'opération. Ces tueurs disposent de moyens colossaux, qui leur permettent d'intervenir n'importe où, dans des conditions optimales.

– Savez-vous ce que cela signifie?

– Oui : un hélicoptère, des groupes électrogènes, une tente

pressurisée, sans doute d'autres équipements encore... Dans tous les cas, rien d'insurmontable.

– Et alors? trancha la missionnaire. Vous pensez que la petite Gomoun...

– C'est une quasi-certitude.

La sœur nia de la tête, à contretemps des gouttes qui s'écrasaient sur le toit. Je détournai le regard et observai la végétation, par l'embrasure. La forêt semblait ivre de pluie.

– Je n'ai pas terminé, ma sœur. Je vous ai déjà parlé de « l'accident » survenu en forêt centrafricaine, en 1977. A cette époque, étiez-vous déjà en RCA?

– Non, j'étais au Cameroun.

– Cette année-là, au mois d'août, Philippe Böhm a été retrouvé mort dans la forêt, un peu plus bas, au Congo. C'était la même violence, la même cruauté, la même disparition du cœur.

– Qui était-ce? Un Français?

– Il était le fils de Max Böhm, un Suisse qui travaillait non loin d'ici, dans les mines de diamants, et dont vous avez forcément entendu parler. On s'est efforcé de transporter le corps jusqu'à M'Baïki. Une autopsie a été effectuée à l'hôpital. La conclusion fut « Attaque de gorille ». Mais j'ai obtenu les preuves que le certificat de décès avait été dicté. On avait occulté certains signes essentiels qui prouvaient que l'opération était d'origine humaine.

– Comment pouvez-vous en être si sûr?

– J'ai retrouvé le médecin qui a réalisé l'autopsie. Un Centrafricain, un docteur du nom de M'Diaye.

La sœur éclata de rire :

– M'Diaye est un saoulard!

– Il ne buvait pas, à l'époque.

– Où voulez-vous en venir? Que vous a dit M'Diaye sur l'intervention? Quels sont les signes de crime humain?

Je me penchai et soufflai :

– Sternotomie. Marques de bistouri. Excision parfaite des artères.

Je marquai un temps et observai sœur Pascale. Sa peau grise palpitait. Elle porta une main à sa tempe.

– Seigneur... pourquoi de telles horreurs?

– Pour sauver un homme, ma sœur. Le cœur de Philippe Böhm a été greffé dans le corps de son propre père. Max Böhm venait d'être frappé d'un terrible infarctus, quelques jours auparavant.

– C'est monstrueux... impossible...

– Ma sœur, croyez-moi. J'ai recueilli avant-hier le témoignage de M'Diaye. Il concorde avec celui que j'ai entendu à Sofia, à propos de Rajko. Ces constats dressent le portrait de la même folie meurtrière, du même sadisme. Un sadisme étrange, puisque j'ai la conviction qu'il permet aussi de sauver des vies humaines. Gomoun a été la victime de ces meurtriers.

Sœur Pascale secouait la tête, la main sur son front.

– Vous êtes fou, vous êtes fou... Vous n'avez aucune preuve pour la petite Gomoun.

– Justement, ma sœur. J'ai besoin de vous.

La missionnaire me fixa brutalement. Je demandai aussitôt :

– Avez-vous des connaissances chirurgicales?

La sœur me regardait toujours, sans comprendre. Elle répliqua :

– J'ai travaillé dans des hôpitaux de guerre, au Viêt-nam et au Cambodge. Quelle est votre idée?

– Je souhaite exhumer le corps et réaliser une autopsie.

– Vous êtes dément.

– Ma sœur, il faut que je vérifie mes suppositions. Vous seule pouvez m'aider, vous seule pouvez me dire si les organes du corps de Gomoun ont subi une intervention chirurgicale ou si la jeune fille a été attaquée par un animal.

La missionnaire serra de nouveau les poings. Ses yeux luisaient d'un éclat métallique, des globes d'acier sous des paupières de chair.

– Le camp de Gomoun est trop loin, inaccessible.

– Nous nous ferons guider.

– Personne ne nous accompagnera là-bas. Et personne ne vous permettra de profaner une tombe.

– Nous opérerons ensemble, ma sœur. Seulement vous et moi.

– C'est inutile. En forêt, le processus de décomposition d'un corps est accéléré. Gomoun a été enterrée il y a environ soixante-douze heures. A l'instant où nous parlons, son corps n'est déjà plus qu'une masse abjecte de vers.

– Même l'état actuel du corps ne peut masquer les coupes précises d'un ciseau chirurgical. Quelques secondes d'observation suffiront. Nous pouvons gagner cette course, vous et moi. C'est l'atroce vérité contre de vaines superstitions.

– Mon fils, rappelez-vous à qui vous parlez.

– Justement, ma sœur. L'abjection des chairs mortes n'est rien face à la grandeur de la vérité. Les enfants de Dieu ne sont-ils pas épris de lumière?

– Taisez-vous, blasphémateur.

Sœur Pascale se leva. Sa chaise racla dans l'aigu. Ses pupilles n'étaient plus que des entailles creusées dans sa peau d'ardoise. Elle dit, d'une voix d'outre-cœur :

– Partons. Maintenant.

Elle pivota brutalement et cria quelque chose en sango à l'homme noir qui accourut aussitôt, puis s'affaira en tous sens. La missionnaire extirpa de son pull noir un crucifix d'argent suspendu à une chaîne de métal. Elle l'embrassa, murmura quelques mots. Lorsque le christ retomba sur sa poitrine, je remarquai que la barre latérale de la croix était courbée vers le bas, comme si le poids de la souffrance était parvenu à faire ployer l'instrument même du martyre. Je me levai à mon tour, puis vacillai. Je n'avais rien mangé depuis la veille et je n'avais pas dormi. Sur la table, ma tasse de thé était toujours posée, intacte. Je la bus d'un trait. Le Darjeeling était tiède et visqueux. Il avait le goût du sang.

39.

Nous marchâmes pendant plusieurs heures. En tête, Victor, le boy de sœur Pascale, jouait de sa machette pour nous frayer un passage. Derrière lui, la missionnaire avançait, droite dans son poncho kaki. Je fermai la marche, résolu et concentré. Nous descendions plein sud. A pas rapides, et en silence. Nous arpentions, glissions, escaladions. Des vieilles souches et des racines torses, des rocs vermoulus et des branches poisseuses, des bosquets gorgés d'eau et des feuilles tranchantes. La pluie ne cessait pas. Nous traversions ses dards étincelants, comme des soldats traversent des pieux de peur, lorsqu'ils avancent vers le front. Les marigots se multipliaient. Nous pénétrions dans ces eaux noires jusqu'à mi-corps, éprouvant alors un sentiment d'immersion sans retour.

Aucun cri, aucune présence ne vint interrompre cette demi-journée de marche. Les animaux de la forêt restaient prostrés sous les feuilles ou au fond des terriers, parfaitement invisibles. Seuls trois Pygmées croisèrent notre route. L'un d'eux portait une chemise de camouflage, striée de raies ocre et noires, récupérée on ne sait où. Une étroite bande de cheveux crépus lui traversait le crâne. C'était une véritable crête, à la manière des Mohicans. Celui qui ouvrait la marche tenait une braise fumante sous sa chemise et un panier de feuilles tressées, cylindrique et fermé.

Sœur Pascale s'adressa à lui. C'était la première fois que je l'entendais parler le langage aka. Sa voix grave résonnait des « hmm-hmm » caractéristiques et de longues voyelles suspendues.

L'Aka ouvrit son panier et le tendit à la missionnaire. Ils parlèrent de nouveau. Nous nous tenions immobiles, sous la pluie, qui semblait s'acharner sur nous comme sur autant de cibles. Les feuilles des arbres ployaient sous la violence des gouttes et les troncs noirâtres dégoulinaient de véritables torrents.

La missionnaire murmura, sans me regarder : « Du miel, Louis. » Je me penchai au-dessus du panier. J'aperçus les alvéoles luisants et les abeilles qui se cramponnaient à leurs biens pillés. Je lançai un coup d'œil à l'homme. Il m'offrait un large sourire aiguisé. Ses épaules étaient percées de multiples piqûres. J'imaginai un instant cet homme escaladant un arbre bourdonnant, puis se glissant sous la voûte feuillue pour affronter la fureur de la ruche. Je l'imaginai plongeant ses mains dans la faille d'écorce, tâtonner au cœur de l'essaim pour en extirper quelques pains sucrés.

Comme pour appuyer mes pensées, l'Aka me tendit un pain dégoulinant de miel. J'en brisai un morceau, puis le portai à ma bouche. Aussitôt, ma gorge s'emplit d'un parfum exquis, lourd et profond. La pression de ma langue fit jaillir des hexagones cartonneux un nectar unique. C'était si suave et si sucré que j'en ressentis une sorte d'ivresse immédiate, au fond de mon ventre – comme si, d'un coup, mes entrailles avaient été saoules.

Une demi-heure plus tard, nous parvenions au camp de Gomoun. La végétation s'était transformée. Ce n'était plus l'immensité inextricable qui nous avait entourés jusque-là. Au contraire, la forêt était ici aérée et ordonnée. Des arbres noirs et filiformes se multipliaient à perte de vue, offrant une symétrie quasi parfaite. Nous fîmes quelques pas dans le campement fantôme. Il n'y avait là que quelques huttes, plantées au pied des arbres, sans ordre apparent. Il y régnait une solitude intense. Curieusement, cet espace de feuilles, totalement vide, totalement immobile, me rappelait la maison de Böhm, lorsque je l'avais fouillée, à l'aube de mon départ – un autre lieu habité par la mort.

Sœur Pascale s'arrêta devant une hutte de petite taille. Elle dit quelques mots à Victor, qui sortit deux pelles, enroulées dans de vieux tissus. La missionnaire indiqua un tas de terre fraîchement retournée, situé derrière le dôme. « C'est là-bas », dit-elle.

Sa voix était à peine perceptible, dans les frétillements de la pluie. Je laissai tomber mon sac à dos et empoignai une des pelles. Victor me regardait, muet et tremblant. Je haussai les épaules et enfonçai l'instrument dans la terre rouge. J'eus le sentiment de glisser une lame dans le flanc d'un homme.

Je creusais. Sœur Pascale s'adressa encore à Victor. Visiblement, la missionnaire ne lui avait pas expliqué l'objectif de notre expédition. Je creusais toujours. La terre, très friable, n'offrait aucune résistance. En quelques minutes, j'avais atteint cinquante centimètres de profondeur. Mes pieds s'enfonçaient dans l'humus, gorgé d'insectes et de racines. « Victor! » hurla la sœur. Je levai les yeux. Le M'Baka ne bougeait pas, yeux exorbités. Son regard passa rapidement d'elle à moi, de moi à elle. Puis il tourna les talons et s'enfuit à toutes jambes.

Le silence se referma sur nous. Je poursuivis ma tâche. J'entendis le bruit de l'autre pelle qu'on saisissait. Je marmonnai, sans lever les yeux : « Laissez, ma sœur. Je vous en prie. » J'étais maintenant à mi-corps dans la fosse. Les vers, les scolopendres, les scarabées et autres araignées grouillaient autour de moi. Certains prenaient la fuite sous la violence de mes coups. D'autres s'agrippaient à la toile de mon pantalon, comme pour m'empêcher d'approfondir mon séisme. L'odeur de la terre me cognait les sens. Ma pelle clapotait dans la flaque de boue. Je creusais, creusais, oubliant même ce que je cherchais. Pourtant, tout à coup, le contact d'une surface plus dure me rappela à la réalité. J'entendis la voix blanche de ma compagne : « L'écorce, Louis. Vous y êtes. »

J'hésitai une fraction de seconde, puis raclai la terre avec le bord de la pelle. Le lambeau de bois apparut. Sa surface était légèrement bombée, rouge et fissurée. Je lançai la pelle à l'extérieur et tentai d'arracher à mains nues la carapace d'écorce. Une première fois, mes mains glissèrent et je tombai dans la boue. Sœur Pascale, au bord de la tombe, me tendit la main. Je hurlai : « Foutez-moi la paix! » Je recommençai. Cette fois, l'écorce joua plus nettement. L'averse s'engouffrait dans le trou béant et commençait à le remplir. Soudain, le pan de bois céda. Entraîné par le mouvement, je tombai de nouveau à la renverse, récoltant sur le crâne le couvercle qui avait pivoté à 360 degrés.

Je ressentis une étrange douceur. Durant une seconde, je goûtai cette sensation inattendue puis hurlai de toutes mes forces : c'était le contact de la peau de Gomoun, de son corps d'enfant.

Je me redressai et m'efforçai au calme. Le cadavre de la jeune fille s'étendait devant moi. Elle était vêtue, en toute pauvreté, d'une petite robe à fleurs défraîchie et d'une veste de survêtement élimée. Cette indigence me serra le cœur. Mais j'étais surpris par la beauté de l'enfant, comme immaculée. Sa famille avait pris soin de maquiller ses plaies, avant de l'enterrer. Seules de légères cicatrices striaient ses mains et ses chevilles nues. Son visage était intact. Ses yeux fermés étaient auréolés de larges cernes, aux teintes brunes. J'étais également surpris par l'évidence de ce lieu commun : la mort ressemblait au sommeil – comme deux gouttes d'encre brune. La fraîcheur à mes pieds me rappela l'urgence de la situation. Je criai : « A vous de jouer, ma sœur. Descendez. La pluie inonde la fosse! » Sœur Pascale avait ôté son poncho et se tenait droite près du bord, tripotant son crucifix. Ses cheveux de métal, son visage grisâtre – tout luisait sous la pluie, et lui donnait l'allure d'une statue de fer. Ses yeux demeuraient rivés au cadavre. Je hurlai à nouveau :

– Vite, ma sœur! Nous avons peu de temps.

La religieuse restait immobile. Des tremblements saccadés secouaient son corps, comme des rafales d'électricité.

– Ma sœur!

La missionnaire pointa son doigt vers la tombe, puis balbutia, d'une voix d'automate :

– Seigneur, la petite... La petite s'en va...

Je jetai un regard à mes pieds et me plaquai au mur de boue. Les rigoles de pluie s'étaient insinuées sous la robe. Une de ses jambes flottait maintenant dans la flaque, à un mètre du corps. Le bras droit commençait à se détacher de l'épaule, écartant le col de la veste et laissant apparaître la saillie blanchâtre de l'os. « Nom de Dieu », murmurai-je. Je pataugeai dans le flot rougeâtre et me hissai à la surface. Aussitôt après, je m'allongeai à terre et passai mes mains sous les aisselles de la petite fille. Elle avait perdu son bras, qui clapotait le long de l'écorce. Le tissu de la robe m'échappa des doigts. Je hurlai de rage : « Ma sœur, aidez-moi. Bon Dieu, aidez-moi! » La femme ne bougeait pas.

Je levai les yeux. De véritables électrochocs fouettaient ses membres. Ses lèvres palpitaient. J'entendis soudain sa voix :

« ... Seigneur Jésus,
Toi qui as pleuré Ton ami Lazare, au tombeau,
essuie nos larmes, nous T'en prions... »

Je plongeai de nouveau les bras dans la boue et tirai plus fortement le corps de l'enfant. Sous la pression, sa bouche s'ouvrit et un flot de vers en déborda. La fillette aka n'était qu'une gangue de peau, protégeant des millions de charognards. Je vomis un jet de bile, sans pourtant lâcher prise.

« ...Toi qui as fait revivre les morts,
accorde la vie éternelle à notre sœur,
nous T'en prions... »

Je tirai encore et hissai la petite fille à la surface. Gomoun avait perdu un membre inférieur et son bras droit. La robe flottait sur sa hanche orpheline, gorgée de latérite. Je repérai la hutte la plus proche. J'empoignai le buste et reculai jusqu'à l'abri de feuilles.

« ... Tu as sanctifié notre sœur dans l'eau du baptême,
donne-lui en plénitude la vie des enfants de Dieu,
nous T'en prions... »

J'installai le petit corps sur la terre sèche, dans l'obscurité. Le toit était si bas que je me déplaçais à genoux. Je bondis à l'extérieur pour m'emparer du sac de sœur Pascale puis retournai sous le dôme. Là, je sortis le matériel : des instruments chirurgicaux, des gants de caoutchouc, des champs, une lampe-tempête et, je ne sais pourquoi, un cric de voiture. Je trouvai également des masques, en papier vert, et plusieurs bouteilles d'eau. Tout était intact. Je posai l'ensemble sur une toile en plastique, évitant de regarder Gomoun, qui suintait d'insectes par la bouche, les yeux, le nez. A la hauteur de son ventre, sa robe détrempée se soulevait mollement. Des millions de profanateurs grouillaient dessous. L'odeur était insoutenable. Quelques minutes encore, et tout serait fini.

> « *...Tu l'as nourrie de Ton corps,*
> *reçois-la à la table de Ton Royaume,*
> *nous T'en prions...* »

Je sortis de nouveau. Sœur Pascale était toujours debout, psalmodiant sa prière. Je l'empoignai par les deux bras et la secouai violemment pour la réveiller de sa catalepsie mystique. « Ma sœur, hurlai-je. Bon sang, réveillez-vous ! »

Elle eut un sursaut si violent qu'elle échappa à mon étreinte, puis, au bout d'une minute, fit « oui » avec les paupières, et je la soutins jusqu'à la hutte.

J'allumai la lampe-tempête et la fixai au treillis de branches. Un éclair laiteux nous aveugla. Je plaçai un masque sur le visage de la sœur, la revêtis d'un champ, puis glissai sur ses doigts les gants de caoutchouc. Ses mains ne tremblaient plus. Ses yeux incolores se tournèrent vers la petite. Sa respiration gonflait la membrane de papier. D'un geste bref, elle m'ordonna d'approcher les instruments chirurgicaux. Je m'exécutai. J'avais également enfilé un champ, un masque et des gants. Sœur Pascale saisit le ciseau puis découpa la robe de Gomoun, afin de lui découvrir son torse.

Un flot de dégoût m'envahit de nouveau.

Le buste de la petite Aka n'était qu'une plaie, minutieuse, variée, délirante. Un des petits seins était presque sectionné. Tout le flanc droit, de l'aisselle à la naissance de l'aine, était creusé de lacérations profondes, dont les bords, telles des lèvres abominables, s'étaient noircis et fissurés. Au-dessus encore, le moignon de l'épaule exhibait la pointe de l'os. Mais surtout, au centre, la plaie principale, longue, nette, traversait la partie supérieur du thorax. Vision d'effroi : la peau, des deux côtés, palpitait légèrement, comme si la poitrine était reprise par une vie nouvelle, fourmillante, effrayante.

Mais tout cela n'était rien comparé au sexe de l'adolescente : le vagin, pratiquement imberbe, était ouvert d'une façon disproportionnée, jusqu'au nombril, dévoilant dans ses profondeurs des replis brunâtres, suintant de vers et d'insectes aux carapaces luisantes. Je me sentis défaillir, mais perçus au fond de l'horreur un autre fait. J'avais devant moi la réplique exacte d'une des photographies de Böhm. Le lien. Le lien était toujours là, tissé dans la chair des morts et les ténèbres. « Louis, que faites-vous? Passez-moi le cric! » Sa voix était étouffée par le masque. Je balbutiai à mon tour : « Le... cric? » La religieuse acquiesça. Je lui donnai l'instrument. Elle le posa près d'elle puis ordonna : « Aidez-moi. » Elle venait d'agripper des deux mains le bord gauche de la plaie centrale, s'appuyant solidement sur l'os du sternum. Les nerfs à blanc, je fis de même, à droite, et, ensemble, nous tirâmes chacun de notre côté. Lorsque la fissure fut ouverte, la sœur glissa le cric, en prenant soin de coincer ses deux extrémités contre les bords osseux. Aussitôt après elle se mit à tourner la crémaillère – et je vis le petit torse s'ouvrir sur l'abîme organique.

« De l'eau! » hurla-t-elle. Je donnai à la missionnaire une des bouteilles. Elle déversa le litre entier. Un véritable flot de bestioles jaillit. Sans hésiter, sœur Pascale plongea ses mains dans le corps et détailla les bribes organiques de l'adolescente. Je détournai les yeux. La religieuse versa de nouveau quelques centilitres d'eau claire, puis me demanda de mieux orienter la lampe-tempête. Elle enfourna alors sa main jusqu'au poignet dans le thorax de la morte. Elle s'approcha, jusquà ce que son visage effleure la blessure. Durant quelques secondes, la sœur joua encore des entrailles puis, soudain, s'esquiva et fit sauter le cric d'un coup de coude. Aussitôt les deux pans de la cage thoracique se refermèrent, telles les ailes d'un scarabée.

La religieuse recula, secouée par un dernier spasme. Elle arracha son masque. Sa peau était sèche comme celle d'un serpent. Elle planta ses pupilles grises dans les miennes puis murmura : « Vous aviez raison, Louis. La petite a été opérée. Son cœur a été prélevé. »

40.

A dix-sept heures, nous étions de retour dans la clairière de Zoko. Le jour baissait déjà. Après nous être débarrassés de nos cirés et de nos chaussures trempées, sœur Pascale, sans dire un mot, prépara du thé et du café. A ma demande, la missionnaire accepta de rédiger un certificat de décès, que j'empochai aussitôt. Il ne valait pas grand-chose – sœur Pascale n'était pas médecin. Mais cela demeurait un témoignage sur l'honneur.

– Ma sœur, accepteriez-vous de répondre encore à quelques questions?

– Je vous écoute.

Sœur Pascale avait retrouvé son calme. J'attaquai :

– Quels sont les hélicoptères centrafricains susceptibles d'atterrir ici, en pleine jungle?

– Il n'y en a qu'un. Celui d'Otto Kiefer, l'individu qui dirige la Sicamine.

– Pensez-vous que les hommes de cette mine soient capables de commettre un tel acte?

– Non. Gomoun a été opérée par des professionnels. Les gens de la Sicamine sont des brutes, des barbares.

– Pensez-vous qu'ils auraient pu, moyennant finance, apporter leur aide à une telle opération?

– Peut-être, oui. Ils n'ont aucun scrupule. Kiefer devrait être en prison depuis longtemps. Mais pourquoi? Pourquoi irait-on attaquer une petite Pygmée au cœur de la jungle? Et pourquoi dans de telles conditions? Pourquoi avoir ainsi mutilé son corps?

– C'est la question suivante, ma sœur. Y a-t-il un moyen de connaître le groupe HLA des habitants de Zoko?

Sœur Pascale fixa sur moi ses pupilles :

– Le groupe tissulaire, vous voulez dire?

– Exactement.

La religieuse hésita, passa sa main sur son front, puis murmura :

– Oh, mon Dieu...

– Répondez, ma sœur. Y a-t-il un moyen?

– Eh bien, oui...

Elle se leva.

– Suivez-moi.

La missionnaire prit une torche électrique puis se dirigea vers la porte. Je la suivis. Dehors, la nuit était tombée, mais la pluie ne désemparait pas. Au loin, on entendait le ronronnement d'un groupe générateur. Sœur Pascale sortit des clés et ouvrit la porte de la pièce mitoyenne au dispensaire. Nous entrâmes.

Une forte odeur aseptique régnait dans la salle, qui ne devait pas mesurer plus de quatre mètres sur six. Deux lits s'étendaient à gauche, dans l'obscurité. Au centre, des instruments d'analyse étaient disposés – appareil de radiographie, *physioguard*, microscope. A droite, un ordinateur était posé sur une table de fortune, parmi un entrelacs de câbles et d'autres blocs gris clair. Le faisceau de la lampe se promenait sur ce complexe informatique, doté de plusieurs CD Rom. Je n'en croyais pas mes yeux : il y avait là de quoi stocker des quantités colossales de données. Je repérai aussi un scanner, qui permettait de mémoriser des images puis de les intégrer dans la mémoire informatique. Mais le plus étonnant était sans doute le téléphone cellulaire relié à l'ordinateur. De son gourbi, sœur Pascale pouvait communiquer avec le monde entier. Le contraste entre cette pièce de ciment brut, plantée au cœur de la jungle, et ces instruments si sophistiqués me stupéfia.

– Il y a beaucoup de choses que vous ignorez, Louis. D'abord, nous ne sommes pas ici dans une mission oubliée d'Afrique, aux moyens limités. Au contraire. Le dispensaire de Zoko est une unité pilote dont nous testons actuellement les aptitudes, avec l'aide d'une organisation humanitaire.

– Quelle organisation? balbutiai-je.

– Monde Unique.

Le souffle me manqua. Un spasme contracta mon cœur.

– Il y a trois ans, notre congrégation a passé un contrat avec Monde Unique. L'association souhaitait s'implanter en Afrique et bénéficier de notre expérience sur ce continent. Ils nous proposaient de fournir du matériel moderne, une formation technique pour nos sœurs et des médicaments selon nos besoins. Nous devions simplement rester en contact avec le centre de Genève, livrer les résultats de nos analyses et accueillir parfois leurs médecins. Notre mère supérieure a accepté cet arrangement unilatéral. C'était en 1988. A partir de ce moment, tout s'est déroulé très vite. Les budgets ont été alloués. La mission de Zoko a été équipée. Des hommes de Monde Unique sont venus et m'ont expliqué les procédures d'utilisation.

– Quel genre d'hommes?

– Ils ne croient pas en Dieu, mais ils ont foi en l'humanité – tout autant que nous.

– En quoi consiste votre matériel?

– Ce sont surtout des instruments d'analyse, de quoi réaliser des radiographies, des examens médicaux.

– Quels examens?

Sœur Pascale eut un sourire aigre. Comme une pointe qui aurait rayé le métal de son visage. Elle murmura :

– Je n'en sais rien moi-même, Louis. Je me contente de prélever le sang, d'effectuer des biopsies sur les sujets.

– Mais qui réalise les analyses?

La missionnaire hésita, puis souffla, les yeux baissés :

– Lui.

Elle désignait l'ordinateur.

– Je place les échantillons dans un scanner programmé, qui effectue les différents tests. Les résultats sont automatiquement intégrés dans l'ordinateur qui dresse la fiche analytique de chaque sujet.

– Qui subit ici ce type d'examens?

– Tout le monde. C'est pour leur bien, comprenez-vous?

J'opinai de la tête, dans un geste épuisé, puis demandai :

– Qui prend connaissance de ces résultats?

– Le centre de Genève. Régulièrement, grâce à un modem et au téléphone cellulaire, ils consultent le fichier de l'ordinateur et dressent des statistiques sur l'état de santé des Pygmées de Zoko. Ils décèlent les risques d'épidémie, l'évolution des parasites, ce genre de choses. C'est d'abord une méthode préventive. En cas d'urgence, ils peuvent nous envoyer des médicaments très rapidement.

La perfidie du système m'horrifiait. Sœur Pascale effectuait les prélèvements organiques, en toute innocence. Puis l'ordinateur se livrait aux examens ordonnés par le logiciel. Le programme analysait ainsi, parmi d'autres critères, le groupe HLA de chaque Pygmée. Ensuite, ces analyses étaient consultées par le siège, à Genève. Les habitants de Zoko constituaient un parfait stock humain, dont on connaissait avec précision les caractéristiques tissulaires. De la même façon, sans doute, à Sliven, à Balatakamp, les « sujets » étaient sous contrôle. Et la technique devait se répéter dans chaque camp de Monde Unique, qui maîtrisait ainsi un effrayant vivier d'organes.

– Quels sont vos contacts personnels avec Monde Unique?

– Je n'en ai aucun. Je passe mes commandes de médicaments par ordinateur. J'intègre également les vaccins et les soins effectués. Je communique aussi, de temps en temps, avec un technicien, qui gère, par modem, la maintenance du matériel.

– Vous ne parlez jamais avec des responsables de MU?

– Jamais.

La missionnaire se tut quelques secondes, puis reprit :

– Pensez-vous qu'il existe un rapport entre ces analyses et Gomoun?

J'hésitais à avancer mes explications.

– Je n'ai aucune certitude, ma sœur. Le système que j'imagine est tellement incroyable... Avez-vous la fiche de Gomoun?

Sœur Pascale fouilla dans un tiroir de fer, posé sur la table. Au bout de quelques secondes, elle me tendit une feuille cartonnée. Je la lus, à la lueur de la torche. Le nom, l'âge, le village d'origine, la taille et le poids de la petite Gomoun étaient notés. Apparaissaient ensuite des colonnes. A gauche, des dates. A droite, les soins apportés à l'enfant. Mon cœur se serra à la vue de ces menus événements qui marquaient le destin ordinaire d'une fillette de la forêt. Enfin, au bas de la fiche, imprimé en petits caractères, je découvris ce que je cherchai. Le typage HLA de Gomoun. HLA : $Aw_{19,3}$ - $B_{37,5}$. Un frisson me parcourut la peau. Sans aucun doute, ces initiales avaient coûté la vie à la jeune Aka.

– Louis, répondez-moi : ces analyses ont-elles joué un rôle dans le meurtre de la petite?

– Il est trop tôt, ma sœur. Trop tôt...

Sœur Pascale me fixait avec ses yeux luisants comme des têtes d'épingle. A l'expression de son visage, je compris qu'elle saisissait, enfin, la cruauté du système. Un tic nerveux tressautait de nouveau sur ses lèvres.

– C'est impossible... impossible...

– Calmez-vous, ma sœur. Rien n'est certain et je...

– Non, taisez-vous... c'est impossible...

Je sortis à reculons puis courus dans la pluie, en direction du campement. Mes compagnons étaient en train de dîner, autour du feu. L'odeur du manioc planait sous l'auvent. On m'invita à m'asseoir. J'ordonnai le départ. Immédiat. Cet ordre était une hérésie. Les Grands Noirs sont terrifiés par les ténèbres. Pourtant, ma voix, mon visage ne toléraient aucune discussion. Beckés et les autres s'exécutèrent, de mauvaise grâce. Le guide bredouilla :

– Où... où allons-nous, patron?

– Chez Kiefer. A la Sicamine. Je veux surprendre le Tchèque avant l'aube.

41.

Nous marchâmes toute la nuit. A quatre heures du matin, nous parvenions à proximité des mines de Kiefer. Je décidai d'attendre la pointe du jour. Chacun de nous était épuisé, trempé jusqu'aux os. Nous nous installâmes, sans prendre la peine de nous abriter, le long du sentier. Accroupis, tête dans les épaules, nous nous endormîmes. Je sentis s'abattre sur moi un sommeil comme je n'en avais jamais connu. Un éclair noir, qui m'éblouit, me fracassa puis m'abandonna comme au plus profond d'un lit de cendres.

A cinq heures du matin, je me levai. Les autres dormaient encore. Je partis aussitôt, en solitaire, vers les exploitations minières. Il suffisait de suivre une piste ancienne, creusée par les mineurs. Les arbres, les lianes, les taillis montaient à l'assaut de la route, dressant au-dessus d'elle des délicates enluminures, des gorgones feuillues, des fresques de racines. Enfin, la piste s'ouvrit plus largement. Je sortis mon Glock de son étui holster, vérifiai le chargeur, le replaçai dans ma ceinture.

Une poignée d'hommes, engloutis dans un long marigot, creusaient le sol à mains nues, puis filtraient la terre à l'aide d'un large tamis. C'était un ouvrage de patience, puant et humide. Les mineurs travaillaient dès l'aube, le regard las, les gestes lents. Les yeux sombres n'exprimaient rien d'autre que la lassitude et l'abrutissement. Quelques-uns toussaient et crachaient dans l'eau noirâtre. D'autres grelottaient et produisaient des clapotis incessants. Tout autour, la haute voûte de feuillage s'ouvrait, telle une nef végétale, emplie des cris et des claquements d'ailes des oiseaux. L'or de la lumière montait, s'amplifiait à vue d'œil, brûlant maintenant les extrémités de chaque feuille, enflammant les espaces ténus que ménageaient les branches et les lianes.

En amont du ruisseau, on pouvait apercevoir un campement de baraques. Des fumées épaisses s'élevaient par des cheminées de tôle. Je m'acheminai vers le repaire d'Otto Kiefer.

C'était une nouvelle clairière, rouge et boueuse, encerclée de cahutes et de tentes de toile. Au centre, une longue planche était dressée sur des tréteaux, autour de laquelle une trentaine d'ouvriers buvaient du café et mangeaient du manioc. Quelques-uns étaient penchés au-dessus d'un poste de radio, tentant d'écouter RFI ou Radio-Bangui, malgré le vacarme des groupes générateurs. Des hordes de mouches se ruaient sur leurs visages.

Des feux barraient l'entrée des tentes. Dans les flammes, des singes grillaient, leurs poils crépitaient en produisant une odeur de carne répugnante. Tout autour, des hommes frissonnaient de fièvre. Certains accumulaient les vêtements – vestes, pulls, toiles plastiques – troués et enchevêtrés dans un magma de replis. Ils portaient des chaussures dépareillées – des sandales, des bottes, des mocassins, qui s'ouvraient en mâchoires de crocodile. D'autres au contraire étaient à moitié nus. Je repérai un homme filiforme, enroulé dans un boubou turquoise, dont le crâne était surmonté d'une sorte de cône chinois tressé. Il venait de trancher la gorge d'un fourmilier et collectait avec précaution le sang de l'animal.

Il régnait ici une atmosphère contradictoire : un mélange d'espoir et de désespoir, d'impatience et de nonchalance, d'épuisement et d'excitation. Tous ces hommes appartenaient au même rêve perdu. Cramponnés à leurs désirs, ils vouaient leur vie au tâtonnement quotidien de leurs mains dans la boue écarlate. Je balayai, une dernière fois, le camp du regard. Il n'y avait pas l'ombre d'un véhicule. Ces hommes étaient les otages de la forêt.

Je m'approchai de la table. Quelque regards se levèrent, lentement. Un homme demanda :

– Que cherches-tu, patron?

– Otto Kiefer.

L'homme jeta un coup d'œil vers une cabane de tôle, au-dessus de laquelle une pancarte indiquait : « Direction ». La porte était entrebâillée. Je frappai et pénétrai à l'intérieur. J'étais parfaitement calme, ma main cramponnée sur la crosse du Glock.

Le spectacle qui s'offrit à moi n'avait rien de terrifiant. Un grand type, dont la pâleur rappelait l'éclat livide d'un squelette, s'efforçait de réparer un magnétoscope posé sur une vieille télévision, modèle bois et métal. Il devait avoir soixante ans. Il portait le même chapeau que moi – un bob kaki, percé d'œillets cerclés de métal – et un tricot de peau grisâtre. Il arborait un holster vide à la ceinture. Sa figure était longue, osseuse et grêlée. Son nez piquait droit et ses lèvres étaient fines. Il leva les yeux dans ma direction. Bleu liquide, délavés et vides.

– Salut. C'que vous voulez?

– Vous êtes Otto Kiefer?

– J'suis Clément. Vous y connaissez quéq'chose en magnétoscopes?

– Pas vraiment. Où est Otto Kiefer?

L'homme ne répondit pas. Il se pencha de nouveau sur l'appareil, marmonna : « Me faudrait p't-être un tournevis. » Je répétai :

– Savez-vous où est Kiefer?

Clément appuyait sur les touches, vérifiait les voyants. Au bout d'un instant, il esquissa une grimace. La terreur m'empoigna les tripes : le vieux avait les dents taillées en pointe.

– Qué'c'que vous lui voulez, à Kiefer? dit-il sans lever les yeux.

– Simplement lui poser quelques questions.

Le sexagénaire marmonna : « Me faudrait un tournevis. J'crois qu'j'ai c'qu'y m'faut par là. » Il me contourna, puis passa derrière un bureau en fer sur lequel traînaient des papiers humides et des cadavres de bouteilles. Il ouvrit le premier tiroir. Aussitôt je me ruai sur lui et refermai avec violence le tiroir sur sa main. J'appuyai de toutes mes forces sur son bras tendu. Le poignet craqua d'un coup sec. Clément ne broncha pas. Je poussai le dingue, qui alla s'écraser contre le bois humide. Sa main brisée était crispée sur un 38 Smith et Wesson. Je lui arrachai le flingue. Le vieux en profita pour me mordre la main, à pleines dents pointues. Je ne ressentis pas l'ombre d'une douleur. Je lui balançai un coup de crosse sur le visage, l'agrippai par son maillot et le hissai jusqu'à hauteur d'un calendrier exhibant une femme aux seins nus. Clément grimaça de nouveau. Il gardait dans sa bouche des filaments de ma peau. Je lui enfonçai le 38 dans les narines (cela devenait une habitude).

– Où est Kiefer, salopard?

L'homme susurra entre ses lèvres ensanglantées :

– Enculé. J'dirai rien.

J'abattis la crosse sur sa bouche. Une volée de dents gicla. Je serrai sa gorge. Du sang jaillissait de ses lèvres, coulant sur ma main serrée.

– Accouche, Clément, et dans deux minutes je suis dehors. Je te laisse à ta mine et tes dingueries de Pygmée blanc. Parle. Où est Kiefer?

Clément s'essuya la bouche de sa main valide et grommela :

– L'est pas là.

Je resserrai mon étreinte :

– Où est-il?

– J'sais pas.

Je lui cognai le crâne sur la paroi de bois. Les seins de la pin-up tremblèrent.

– Parle, Clément.

– L'est... l'est à Bayanga. A l'ouest d'ici. Vingt kilomètres...

Bayanga. Un déclic dans mon esprit. C'était le nom des plaines dont avait parlé M'Konta. Là-bas, chaque automne, les oiseaux migrateurs affluaient. Les cigognes étaient donc de retour. Je hurlai :

– Il est parti rejoindre les oiseaux?

– Les oiseaux? Quels... quels oiseaux?

Le vampire ne jouait pas la comédie. Il ne savait rien du système. Je repris :

– Quand est-il parti?

– Deux mois.

– Deux mois, tu es sûr?

– Ouais.

– En hélicoptère?

– Bien sûr.

Je serrais toujours le cou du vieux reptile. Sa peau ridée se gonflait, en quête d'oxygène. J'étais désorienté. Ces informations ne concordaient avec aucune de mes prévisions.

– Et depuis, tu n'as reçu aucune nouvelle?

– Non... aucune...

– Il est toujours à Bayanga?

– J'sais pas...

– Et l'hélicoptère? L'hélicoptère est revenu, il y a environ une semaine, non?

– Ouais.

– Qui était à bord?

– J'sais pas. J'ai rien vu.

Je lui cognai la tête contre la paroi. L'image de la pin-up se décrocha. Clément toussa, puis cracha du sang. Il répéta :

– J'te jure. J'ai rien vu. On... on a juste entendu l'hélicoptère. C'est tout. Z'ont pas atterri à la mine. J'te jure!

Clément ne savait rien. Il n'appartenait ni au système des diamants ni à celui des cœurs volés. Aux yeux de Kiefer, il ne valait sans doute pas plus que la boue qui lui collait au derrière. J'insistai pourtant :

– Et Kiefer? Était-il du voyage?

Le vieux prospecteur ricana de toutes ses dents aiguës. Il couina :

– Kiefer? Peut plus aller avec personne.

– Pourquoi?

– L'est malade.

– Malade? Qu'est-ce que tu racontes, bon Dieu?

Le sexagénaire répétait, en secouant sa vieille carcasse :

– Malade. Kiefer l'est malade. Ma... malade...

Clément étouffait dans son rire ensanglanté. Je relâchai mon étreinte et le laissai s'écrouler au sol.

– Quelle maladie, vieux dingue? Parle.

Il me lança un regard de biais, celui de toutes les folies, puis grinça :

– Sida. Kiefer a le sida.

42.

Je m'enfuis à toutes jambes, à travers la forêt, rejoignis Beckés, Tina et les autres. Je soignai ma main, puis ordonnai un nouveau départ – en direction de Bayanga. Nous reprîmes notre route, droit vers l'ouest, empruntant cette fois une piste plus large. Le voyage dura dix heures. Dix heures de course silencieuse, essoufflée, hagarde, que nous ne stoppâmes qu'une seule fois, pour manger des restes froids de manioc. La pluie avait repris. Des cordes inlassables, auxquelles nous ne prêtions plus aucune attention. Nos vêtements alourdis collaient à la peau et entravaient notre marche. Pourtant, notre rythme ne faiblit pas et, à vingt heures, Bayanga apparut.

On ne voyait que des lumières lointaines, éparses et tremblotantes. Une odeur de manioc et de pétrole martelait l'air. Mes jambes avaient peine encore à me soutenir. Une angoisse lancinante revenait au fond de mon cœur, comme le ressac d'un mauvais rêve.

« Nous allons dormir dans les villas de la Kosica, une compagnie forestière abandonnée », dit Beckés. Nous parcourûmes la ville éteinte, traversâmes une plaine de roseaux, dans laquelle la piste dessinait des virages incessants. Soudain la route s'élargit puis s'ouvrit sur une vaste savane dont on percevait seulement l'immensité, offerte à la nuit. Nous étions donc parvenus à la lisière ouest de la forêt.

Les villas apparurent. Elles étaient très espacées et semblaient étrangères l'une à l'autre. Tout à coup, un Noir nous barra la route, muni d'une torche électrique. Il adressa quelques mots à Beckés, en sango, puis nous guida jusqu'à une vaste demeure qui s'ouvrait sur une courte véranda. A trois cents mètres de là, une autre maison se dressait, vaguement éclairée. L'homme à la torche m'expliqua, en baissant la voix :

– Méfiez-vous, cette villa est habitée par un monstre.

– Quel monstre?

– Otto Kiefer, un Tchèque. Un homme terrible.

– Malade, non?

Le Noir me balança le faisceau de sa lampe dans le visage :

– Oui. Très malade. Le sida. Vous le connaissez?

– On m'en a parlé.

– Ce Blanc nous pourrit la vie, patron. Il n'en finit pas de crever.

– Son cas est désespéré?

– Bien sûr, rétorqua l'homme. Mais ça ne l'empêche pas de faire la loi. L'animal est dangereux. Terriblement dangereux. On le connaît tous, ici. Il a tué je ne sais combien de nègres. Et aujourd'hui, il garde avec lui des grenades et des armes automatiques. Il va tous nous faire sauter. Mais ça ne se passera pas comme ça! Moi-même, je possède un fusil et...

Le Noir hésita à poursuivre. Il semblait totalement à cran.

– Ce Tchèque vit-il seul dans la maison?

– Une femme s'occupe de lui. Une M'Bati. Malade, elle aussi. (Le Noir s'arrêta, puis reprit, me braquant de nouveau sa lampe dans les yeux :) C'est lui que tu es venu voir, patron?

La nuit était lourde comme un sirop tiède.

– Oui et non. J'aimerais lui rendre une visite. C'est tout. De la part d'un ami.

Le Noir baissa son faisceau :

– Tu as de drôles d'amis, patron. (Il soupira.) Ici, personne ne veut plus nous vendre de viande. Et ils parlent de tout brûler, quand Kiefer sera mort.

Beckés portait les bagages dans la villa. Tina s'était esquivée dans la nuit. Je payai le Noir et posai ma dernière question :

– Et les cigognes, les oiseaux blanc et noir? Arrivent-elles loin d'ici?

Le Noir ouvrit ses bras et désigna toute la plaine :

– Les cigognes? Elles se posent ici même. Nous sommes au cœur de leur territoire. Dans quelques jours, elles seront des milliers. Dans la plaine, au bord du fleuve, auprès des maisons. Partout. A ne pas faire un pas devant l'autre!

Mon voyage était terminé, j'étais parvenu à la destination finale : celle des cigognes, celle de Louis Antioche, d'Otto Kiefer, le dernier maillon du réseau des diamants. Je saluai l'homme, pris mon sac de voyage, puis pénétrai dans la maison. Elle était assez grande, meublée de tables basses et de fauteuils en bois. Beckés m'indiqua ma chambre, au fond du couloir, à droite. Je pénétrai dans mon antre. Au centre, se dressait une haute et ample moustiquaire qui surplombait le lit. Les pans de tulle m'adressèrent alors la parole. « Tu viens, Louis? »

Tout était plongé dans l'ombre, mais je reconnus la voix de Tina.

– Qu'est-ce que tu fais là? demandai-je, le souffle coupé.

– Je t'attends.

Elle éclata de rire, ses dents claires tranchèrent le tissu de l'ombre. Je lui rendis son sourire puis me glissai sous la moustiquaire – comprenant que le destin, une dernière fois, m'accordait un sursis.

43.

Aussitôt, en quelques gestes rapides, je déroulai son boubou. Ses deux seins jaillirent, comme des torpilles de bois. Je jetai ma bouche dans son pubis, crépu et âcre. J'y cherchai je ne sais quoi, l'oubli, la tendresse – ou quelques regrets salés. Sa peau frémit. Ses cuisses fuselées s'ouvrirent sur l'empire que je profanais. Une voix au-dessus de moi parla en sango, puis de longues mains me relevèrent et s'emparèrent de mes hanches, afin de me situer, précisément, au creux de l'ombre. Alors, doucement, très doucement, je pénétrai entre les jambes de Tina.

Son corps était tendu, aiguisé, pétri de muscles et de grâce. Il jouait de ses douceurs et de sa force, à volonté, avec l'air de ne pas y toucher. Tina sut me prendre. Elle m'emporta, au fil de mouvements inconnus, profonds et lancinants. Ses mains se jouèrent de mes secrets, trouvant les détails les plus sensibles de ma chair. Concentré sur elle, noyé de sueur et de feu, je promenais mes lèvres sur ses aisselles noires, sa bouche aux dents violentes, ses seins durs et vibrants. Tout à coup, beaucoup trop vite, une vague abrupte s'ouvrit en moi et une explosion de jouissance confina aussitôt à la douleur. A cet instant, des images se précipitèrent sous mon crâne, comme pour me dessouder l'âme. Je vis le corps de Gomoun, infesté d'insectes, la gorge calcinée de Sikkov, le visage de Marcel, couvert de sang, la moustiquaire de mon enfance partant en flammes et en crépitements. Quelques secondes plus tard, tout avait disparu. Le plaisir m'inondait les veines, avec son avant-goût, déjà, de sépulture.

Tina, elle, n'en avait pas fini. Elle se rua au creux de ma pilosité, léchant, suçant, dévorant mes aisselles et mon pubis, longeant ma peau de sa douce langue fluorescente, jusqu'à ce que son corps cambré soit soulevé d'une rage animale. Je n'affichais plus une garde suffisante. En gémissant, Tina déchira les pansements de ma main blessée et planta mes doigts dans son sexe, si rose et si vif qu'il semblait briller dans l'ombre. A force de contorsions, de nuances, elle atteignit son plaisir, alors que le sang, de ma plaie rouverte, coulait lentement entre ses jambes. Une explosion de parfums surgit alors, des senteurs âcres et délicieuses, comme l'odeur même du plaisir aigu de la jeune fille. Tina se renversa, chavira, s'échouant le long des draps, telle une fleur de jouissance, anéantie par son propre nectar.

Cette nuit-là, je ne dormis pas. Le long des trêves que Tina m'accordait, je ne cessai de réfléchir. Je songeai à la secrète logique de mon destin, au crescendo incessant d'émotions, de sensations, de splendeurs qui m'était offert, à mesure que mon existence devenait violente et dangereuse. Il y avait là une étrange symétrie : les ciels d'orage, l'amitié de Marcel, les caresses de Sarah ou de Tina avaient trouvé leur écho dans la cruauté de la gare, la violence des Territoires occupés et le corps profané de Gomoun. Tous ces faits constituaient les deux bords d'une même route, sur laquelle je m'acheminais et qui m'emmenait, malgré moi, jusqu'au bout de l'existence. Là où l'homme ne peut en tolérer davantage, où il accepte de mourir, parce qu'il pressent, au-delà de sa conscience, qu'il en sait assez. Oui, cette nuit-là, sous la moustiquaire, j'admis la possibilité de ma mort.

Soudain, un bruit se fit entendre. En quelques secondes, le même écho, léger et obstiné, se répéta, comme une myriade de reflets dans l'air du matin. C'était un claquement, un renflement que je connaissais bien. Je regardai ma montre. Il était six heures du matin. Le jour perçait faiblement le long des stores de verre. Tina s'était endormie. Je me dirigeai vers la fenêtre, ouvris les lamelles vitrées puis regardai dehors.

Elles étaient là. Douces et grises, dressées sur leurs pattes maigrelettes. Posées en un souffle, elles se répandaient maintenant partout dans la plaine, entourant les bungalows, se concentrant sur les bords du fleuve ou marchant le long des joncs effilés. Je compris qu'il était temps.

– Tu pars? chuchota Tina.

En guise de réponse, je retournai sous la moustiquaire et embrassai son visage. Ses nattes dressées se découpaient sur l'oreiller et ses yeux brillaient comme des lucioles dans la pénombre. Son corps se confondait aux ténèbres. Et c'était comme si le désir avait enfin trouvé sa place, au creux de l'ombre. Anonyme et secret, mais empli de vertiges pour celui qui saurait le cueillir. Jamais je n'avais tant souffert de ne pouvoir passer mes mains sur cette longue tige de volupté pour sentir ces chairs qui multipliaient les pièges de douceur, les reliefs et les formes enchantés.

Je me levai et m'habillai, glissai dans ma poche le petit dictaphone après avoir vérifié son bon fonctionnement. Lorsque je fixai mon étui holster, Tina s'approcha et m'enlaça de ses longs bras. Je compris que nous jouions là une scène éternelle : celle du départ du guerrier, répétée depuis des millénaires, sous toutes les latitudes, dans toutes les langues.

– Va sous la moustiquaire, murmurai-je. Nos parfums y sont encore. Retrouve-les et retiens-les, petite gazelle. Qu'ils soient conservés pour toujours dans ton coeur.

Tina ne comprit pas aussitôt le sens de mes paroles. Puis son visage s'éclaira et elle me dit adieu en sango.

Dehors, le ciel flambait dans l'aube détrempée. Les hautes herbes scintillaient et l'atmosphère ne m'avait jamais semblé aussi pure. Des milliers de cigognes se déployaient, à perte de vue. Blanc et noir, noir et blanc. Elles étaient maigres, déplumées, harassées mais elles semblaient heureuses. Dix mille kilomètres plus tard, elles étaient parvenues à destination. J'étais seul, seul face à l'ultime étape, seul face à Kiefer, le mort-vivant qui connaissait les dernières pièces du cauchemar. Je vérifiai, encore une fois, le chargeur du Glock 21 et repris ma marche. La maison du Tchèque se découpait, très nette, sur les eaux du fleuve.

44.

Sans bruit, je gravis les marches de la véranda. Lorsque je pénétrai dans la pièce centrale, je découvris la femme m'bati qui ronflait, recroquevillée sur un canapé de bois. Son épais visage se répandait dans un sommeil sans grâce. Ses joues étaient lacérées par de longues scarifications, qui luisaient dans les premières lueurs du jour. Autour d'elle, des enfants dormaient, à même le sol, blottis sous des couvertures trouées.

Un couloir s'ouvrait à gauche. J'étais frappé par la ressemblance de cette maison avec celle que je venais de quitter. Kiefer et moi habitions la même demeure. J'avançai avec précaution. Le long des murs, des centaines de lézards couraient, me fixant de leurs yeux secs. Il régnait ici une puanteur indescriptible. Les remugles du fleuve saturaient l'atmosphère. J'avançai encore. Mon intuition me soufflait que le Tchèque logeait dans la même chambre que moi : la dernière sur la droite, au fond du couloir. La porte était ouverte. Je découvris une pièce noyée dans la pénombre. Sous une haute moustiquaire, un lit trônait, apparemment vide. Une table basse supportait des flacons translucides et deux seringues. Je fis quelques pas encore dans le sépulcre.

– Que viens-tu faire ici, mec?

Un frisson de glace me pétrifia. La voix avait jailli de derrière la moustiquaire. Mais c'était à peine une voix. Un susurrement plutôt, un sifflement empli de salive et de bruits creux, qui formait à grand-peine des mots intelligibles. Je sus que cette voix m'accompagnerait jusqu'au fond de la tombe. Elle ajouta :

– On peut rien contre un homme déjà mort.

Je m'approchai. Ma main tremblait sur mon Glock – comme celle d'un enfant apeuré. Enfin, je distinguai celui qui se tenait derrière les pans de tulle. Je ne pus réprimer un dégoût de toute mon âme. La maladie avait rongé Otto Kiefer dans les règles. Sa chair n'était qu'une peau flasque, relâchée sur sa carcasse. Il n'avait plus ni cheveux, ni sourcils, ni aucune trace de pilosité. Des taches noirâtres, des croûtes sèches saillaient, çà et là, sur son front, son cou, ses avant-bras. Il portait une chemise blanche, maculée de traînées sombres, et se tenait assis, dans son lit, comme un homme situé en deçà de la mort.

Je ne percevais pas les traits de son visage. Je pressentais seulement ses orbites, antres creux où deux yeux scintillaient comme du soufre. Une chose unique apparaissait nettement : ses lèvres, noires et sèches, sur sa peau glabre. Elles s'écartaient sur des gencives boursouflées, plus noires encore. Au fond de l'orifice, brillait une denture irrégulière et jaunâtre. C'était cette atrocité qui parlait.

– T'as un clope?

– Non.

– Salopard. Pourquoi ramènes-tu ta gueule ici?

– J'ai... j'ai des questions à vous poser.

Kiefer partit d'un petit rire salivant. Un filet de bave brunâtre coula sur sa chemise. L'homme n'y prit garde. Il reprit, avec difficulté :

– Alors, j'sais qui tu es. T'es le connard qui fout sa merde dans nos affaires depuis deux mois. On te croyait de l'autre côté, à l'est, au Soudan.

– J'ai dû changer mes plans. Je devenais trop prévisible.

– Et t'es venu jusqu'ici débusquer le vieux Kiefer. C'est ça?

Je ne répondis pas. D'un geste discret, je déclenchai l'enregistreur. La respiration de Kiefer sifflait dans les graves, courant sur des crêtes de salive. On aurait dit le cri d'un insecte en train de se noyer dans un marécage. Les secondes passèrent. Kiefer reprit :

– Que veux-tu savoir, petit?

– Tout, répondis-je.

– Et pourquoi l'ouvrirais-je?

Je répliquai, d'une voix blanche :

– Parce que tu es un dur, Kiefer. Et comme tous les durs, tu respectes certaines règles. Celles du combat, du vainqueur. J'ai tué un homme, à Sofia, un Bulgare. Il travaillait pour Böhm. J'ai tué un autre homme, en Israël, Miklos Sikkov, un autre sbire. J'ai secoué M'Diaye, à M'Baïki, et il m'a raconté ce que tu lui as demandé d'écrire, il y a quinze ans. J'ai cassé les dents de Clément, et je t'ai traqué jusqu'ici, Kiefer. A tout point de vue, j'ai vaincu. Je connais la combine des diamants et des cigognes. Je sais aussi que vous cherchez les pierres disparues, depuis avril dernier. Je sais comment votre réseau s'organisait. Je sais que vous avez tué Iddo Gabbor, en Israël, parce qu'il avait découvert vos plans. Je sais beaucoup de choses, Kiefer. Et ce matin, tu es au fil de mon arme. Ta combine des diamants est close. Max Böhm est mort et toi-même tu n'en as plus pour longtemps. J'ai vaincu, Kiefer, et pour cela, tu parleras.

Le sifflement résonnait toujours. Dans l'obscurité, on aurait pu croire que Kiefer ronflait. Ou au contraire qu'il guettait, comme un serpent, sifflant et torve. Enfin, il susurra :

– Très bien, petit. Passons un marché, toi et moi.

Perclus de maladies, et sous la menace de mon arme, Kiefer jouait encore les mecs à la redresse. Le Tchèque annonça ses atouts. Au fond de son fiel, je distinguai un léger accent slave :

– Si tu sais tant de choses, tu dois savoir comment on m'appelle ici, « Tonton Grenade ». Sous le drap, près de moi, je tiens une grenade toute chaude, prête à sauter. De deux choses l'une. Ou je te parle ce matin et, en signe de gratitude, tu me butes aussitôt après. Ou tu n't'en sens pas les couilles – et j'nous fais sauter tous les deux. Maintenant. Tu m'offres une belle occasion d'en finir, petit. Seul, c'est décidément trop dur.

Je déglutis. La logique infernale de Kiefer me clouait les nerfs. A quelques jours de sa mort, pourquoi voulait-il se suicider, par Glock interposé? Je répliquai :

– Je t'écoute, Kiefer. Le moment venu, ma main ne tremblera pas.

Le moribond ricana. Des glaires noires s'éjectèrent de ses lèvres.

– Très bien. Alors, accroche-toi. Parce que des histoires comme ça, t'en entendras pas tous les jours. Tout a commencé dans les années soixante-dix. J'étais l'homme de main de Bokassa. A l'époque, y avait pas mal de boulot. Des voleurs aux ministres, ça dérouillait dans tous les sens. Je m'acquittais de mes missions vachardes et touchais ma part. C'était la belle vie. Mais Bokassa devenait totalement cinglé. Y a eu le coup des deux Martine, des oreilles coupées, la soif de pouvoir, ça prenait plutôt une sale tournure...

» Au printemps 1977, Bokassa m'a proposé une mission. Je devais accompagner Max Böhm. Je connaissais un peu le Suisse. Un mec plutôt efficace, sauf qu'y jouait au redresseur de torts. Y voulait garder les mains propres, alors qu'il trempait dans des magouilles de café et de diamants. Cette année-là, Böhm avait découvert un filon de diamants, au-delà de M'Baïki.

J'intervins, mû par la surprise :

– Un filon?

– Ouais. Dans la forêt, Böhm avait surpris des villageois qui trouvaient des diamants superbes, le long des marigots. Il avait fait venir un géologue qu'il connaissait, un Afrikaner, pour vérifier la découverte et attaquer les travaux d'exploitation. Böhm était réglo, mais Bokassa se méfiait. Il s'était mis dans la tête que l'Suisse voulait le doubler. Y me confia donc la direction de l'expédition, avec Böhm et le géologue, un mec du nom de van Dötten.

– L'expédition PR 154.

– Exactement.

– Ensuite?

– Tout s'est passé comme prévu. Nous sommes descendus plein sud, au-delà de la SCAD. A pied, sous la flotte, dans la boue, avec une dizaine de porteurs. Nous avons atteint le filon. Böhm et le pédé ont effectué des analyses.

– Le pédé?

– Van Dötten était homosexuel. C'tait une grande tantouze d'Afrikaner, qu'adorait la fesse noire et les p'tits ouvriers... Faut que j'te fasse un dessin, blandin?

– Continue, Kiefer.

– Les deux hommes ont travaillé plusieurs jours. Repérages, extractions, analyses. Tout confirmait les premières conclusions de Böhm. Le filon regorgeait de diamants. Des diamants d'une qualité exceptionnelle. Petits, mais absolument purs. Van Dötten prévoyait même un rendement incroyable. Ce soir-là, on a trinqué à la santé d'la mine et d'notre récompense. Un Pygmée est alors surgi de nulle part. Y portait un message pour Max Böhm. Ça s'passe comme ça dans la forêt. Les Akas sont les facteurs. Le Suisse a lu la lettre et est tombé recta dans la boue. Sa peau était gonflée comme une chambre à air. Il était en train de crever du cœur. Van Dötten s'est précipité. Y lui a arraché sa chemise et massé le torse. Moi, j'ai ramassé la feuille de papier. C'était l'annonce de la mort de Madame. J'savais même pas que Böhm avait une femme. Le fils, lui, il a tout d'suite compris. Y s'est mis à débloquer, à chialer, comme un môme qu'il était. Il n'avait rien à faire ici, dans les tempêtes de moustiques et les marigots pleins de sangsues.

» Un vent de panique s'est levé sur nous. Faut qu'tu t'imagines, mec, où nous étions. A trois jours de marche de la SCAD, à quatre de M'Baïki. Et quand bien même. Rien ni personne n'aurait pu sauver le Suisse. Böhm était condamné. J'le savais et j'n'avais plus qu'une idée : nous tirer de là et retrouver un coin de ciel. Les porteurs ont fabriqué un brancard. On a plié bagage. Mais Böhm a repris connaissance. Le Suisse ne voyait pas les choses de la même façon. Y voulait qu'on descende au sud. Y disait qu'y connaissait un dispensaire, au-delà de la frontière du Congo. Un toubib était là-bas. Le seul toubib au monde qui pourrait jamais le sauver. Y pleurait, il hurlait qu'il voulait pas mourir. Son fils le soutenait, van Dötten se lamentait. Nom de Dieu! J'ai voulu les planter là tout net, mais les porteurs ont été plus rapides que moi. Y se sont tirés, sans demander leur reste.

» Bref, j'avais plus le choix. Il fallait porter le brancard et supporter le fils, qui braillait après sa mère. On a donné au père des médicaments puis on est partis, moi, van Dötten et les deux Böhm. Le convoi d'la dernière chance. Mais le plus dingue, petit, c'est qu'au bout de six ou sept heures de marche, on a trouvé le dispensaire. Incroyable! Une grande demeure, plantée au beau milieu de la forêt. Avec un laboratoire intégré, des nègres qui s'affairaient de partout, en blouse blanche! J'ai tout de suite senti qu'il y avait un loup ici. Un truc pas clair. C'est alors qu'il est apparu. Un grand mec, la quarantaine, plutôt bel homme. Putain! En pleine jungle, mec, y avait ce type, aux allures de nabab, qui nous dit, d'une voix très calme : « Que se passe-t-il? »

Sous mes tempes, un bourdonnement montait. Une vrille basse qui s'élevait, à mesure que mes nerfs virevoltaient. C'était la première fois que j'entendais parler de ce médecin. Je demandai :

– Qui était-il?

– J'sais pas. J'ai jamais su. Mais tout d'suite j'ai compris que Böhm et lui se connaissaient de longue date, que le Suisse l'avait déjà rencontré dans la forêt, sans doute lors d'autres expéditions. Y gueulait, sur son brancard de feuilles. Y suppliait le toubib de le sauver, de faire n'importe quoi, qui voulait pas mourir. Une odeur de merde s'était répandue. Böhm avait tout lâché dans son froc. J'ai jamais pu blairer Böhm, petit, tu peux m'croire. Mais ça m'a foutu un coup de l'voir dans cet état-là. Saloperie! Nous étions des durs, fiston. Des putains d'Africains de Blancs. Mais la forêt était en train de nous bouffer. Alors le toubib s'est penché et a murmuré : « Tu es prêt à tout, Max? Vraiment à *tout?* » Sa voix était douce. Il semblait tout droit sorti des pages d'une revue mondaine. Böhm l'a agrippé par le col et lui a dit, à voix basse : « Sauve-moi, Doc. Tu sais ce qui ne tourne pas rond chez moi. Alors sauve-moi. C'est le moment de montrer ce que tu sais faire. Nous avons des diamants. Une véritable fortune. Là, plus haut, dans la terre. » C'était dingue! Ces deux hommes se parlaient comme s'ils s'étaient quittés la veille. Mais surtout, Böhm parlait à l'autre comme s'il avait été un spécialiste du cœur. Tu t'rends compte, mec, en pleine jungle?

Kiefer s'interrompit. Lentement, le jour pénétrait dans la pièce. Le visage du Tchèque répandait son effroi. Ses gencives noires luisaient dans l'ombre. Ses pommettes saillaient si violemment qu'elles semblaient sur le point de blesser la peau qui les recouvrait. J'éprouvai tout à coup une immense pitié pour le tueur à la grenade. Aucun homme, sur cette terre, ne méritait une telle dégénérescence. Kiefer reprit :

– Alors, le toubib, y s'est adressé à moi. Y m'a dit : « Je vais devoir l'opérer. – Ici? que j'ai fait. Mais vous êtes dingue ou quoi? – Nous n'avons pas le choix, monsieur Kiefer, qu'y répond. Aidez-moi à le transporter. » Et d'un coup, je m'aperçois qu'il connaît mon nom. Qu'il nous connaît tous les trois. Même van Dötten. On a porté le vieux Max à l'intérieur de la maison, dans une grande pièce carrelée de faïence. Y avait une espèce de climatisation qui bourdonnait. Ça ressemblait bien à une salle d'opération. Stérile et tout. Mais y avait comme une putain d'odeur de sang, très lointaine, qui me tenaillait les tripes.

Kiefer était en train de décrire l'abattoir des photographies de Böhm. Un à un, les éléments se mettaient en place. Sous le choc, je chancelai. A tâtons je m'emparai d'un fauteuil de bois et m'assis lentement. Kiefer ricana :

– Tu t'sens mal, fiston? Cramponne-toi. Parce qu'on en est qu'au hors-d'œuvre. Dans la première salle stérile, on a dû se doucher et se changer. Puis on est entrés dans une autre pièce, où l'on apercevait le bloc opératoire, séparé par une vitre. Y avait deux tables, nickel, en métal. On a installé Böhm. Le toubib agissait avec calme et gentillesse. Le vieux Max semblait apaisé. Au bout d'un moment, nous sommes retournés dans la première salle. Le fils nous attendait. Le chirurgien lui a parlé très doucement : « Je vais avoir besoin de toi, mon grand, qu'il a dit. Pour soigner ton papa, j'ai besoin de te prélever un peu de sang. C'est sans danger. Tu ne sentiras absolument rien. » Y se tourne vers moi et ordonne : « Laissez-nous, Kiefer. L'opération est délicate. Je dois préparer les patients. » J'suis sorti, petit. Le crâne comme un volcan. Je savais plus où j'étais. Dehors, y pleuvait des cordes. J'ai retrouvé van Dötten. Il tremblait de tous ses membres. J'en menais pas large non plus. Les heures ont passé comme ça. Finalement, à deux heures du matin, le docteur est ressorti. Il était couvert de sang. Son visage était décomposé, pâle comme un linge. Des veines dansaient sous sa peau. Quand j'l'ai vu, j'me suis dit : « Böhm est mort. » Pourtant, sa figure s'est fendue d'un sale sourire. Ses yeux clairs brillaient à la lumière des lampes à pétrole. Il a dit : « Max Böhm est hors de danger. » Puis il a ajouté : « Mais je n'ai pu sauver le fils. » J'me suis redressé. Van Dötten s'est pris la tête dans les mains et a murmuré : « Oh, mon Dieu... » J'ai hurlé : « Quoi, le fils? Bougre d'enculé, qu'as-tu fait? Qu'as-tu fait au gamin, salopard de boucher? » Je me suis rué dans le dispensaire avant qu'il ait pu répondre quoi que ce soit. C'était un vrai labyrinthe, tout en carrelage blanc. Enfin, j'ai retrouvé la salle d'opération. Un bougnoule montait la garde, armé d'un AK-47. Mais à travers la vitre, j'ai pu voir les traces du carnage.

» Les carreaux étaient rouges. Les murs dégoulinaient de rouge. Les billards étaient engloutis par le rouge. J'aurais jamais cru qu'un corps humain pouvait saigner autant. Une putain d'odeur de charogne tournait dans l'air. J'suis resté pétrifié.

» Au fond de la pièce, dans l'obscurité, j'ai aperçu le vieux Max, qui dormait paisiblement, sous un drap blanc. Mais plus près de moi, y avait le jeune Böhm. Une explosion de chair et de tripaille. Tu connais ma réputation, blandin. J'ai pas peur de la mort et j'ai toujours aimé faire du mal, surtout aux nègres. Mais c'que j'avais devant moi, ça dépassait tout. Le corps était lacéré dans tous les sens. Y avait des plaies que je pouvais même pas détailler. Le gamin avait le torse ouvert, de la gorge au nombril. Y avait des viscères à moitié sorties qui dégoulinaient sur le ventre.

» Pas besoin d'être grand clerc pour comprendre ce que le chirurgien avait fait. Il avait volé le cœur du gosse et l'avait greffé dans le corps du père. C'était certainement génial d'avoir réussi un truc pareil en pleine jungle. Mais c'que j'avais devant moi, c'était pas l'œuvre d'un génie. C'était le boulot d'un fou, d'un putain de nazi ou de je n'sais quoi. Insoutenable, mec, j'te jure. Depuis quinze ans, y s'est pas passé une nuit sans que je repense à ce corps déchiqueté. Je me suis encore approché, tout contre la vitre. J'voulais voir le visage du jeune Böhm. Sa tête était tournée selon un angle impossible, à 180 degrés. J'ai remarqué ses yeux, exorbités, terrifiés. Le gamin était bâillonné. J'ai compris alors que le salopard lui avait fait tout ça à vif, sans anesthésie. J'ai dégainé mon flingue et j'suis retourné dehors. Le toubib m'attendait, avec quatre bougnoules armés jusqu'aux crocs.

» Y braquaient sur moi des lampes-tempête. Ébloui, j'voyais plus rien. J'ai entendu la voix doucereuse du toubib, qui me pénétrait le cerveau : “ Soyez raisonnable, Kiefer. Au moindre geste, je vous abats comme un chien. Vous êtes désormais complice du meurtre d'un enfant. C'est la peine capitale assurée, au Congo comme au Centrafrique. Mais si vous suivez mes instructions, il n'y aura aucun grabuge et sans doute même beaucoup d'argent à gagner... " Le toubib m'a alors expliqué ce que j'avais à faire. Je devais emmener le corps du fils Böhm à M'Baïki et bricoler une version officielle avec un toubib noir. Je gagnerais dans l'histoire plusieurs bâtons. Pour l'instant. Ensuite, il y aurait sans doute une affaire plus juteuse. Je n'avais pas le choix. J'ai ficelé le corps de Philippe Böhm sur une civière et je suis reparti, avec deux porteurs, en direction de la SCAD. J'ai laissé le père Böhm dans les mains du cinglé. Van Dötten s'était enfui. J'ai retrouvé ma camionnette et roulé jusqu'à M'Baïki, avec le corps du môme. Cette histoire était dégueulasse, mais j'espérais que la forêt allait se refermer sur le toubib et effacer ce cauchemar.

Par cette nuit d'épouvante, Böhm, Kiefer et van Dötten avaient livré, malgré eux, leur âme au diable. Je n'avais jamais imaginé un autre homme dirigeant le trio. Depuis cette nuit d'août 1977, les trois Blancs étaient sous contrôle. La capsule de titane, sur le nouveau cœur de Max Böhm, prenait tout son sens : c'était la pièce à conviction – la « signature » du docteur, l'objet qui concrétisait le crime et permettait au praticien de maintenir son empire sur Böhm et, indirectement, sur les deux autres.

– Je connais la suite, Kiefer, dis-je. J'ai interrogé M'Diaye. Tu lui as dicté son rapport et tu es rentré à Bangui avec le corps. Que s'est-il passé, alors?

– J'ai raconté n'importe quoi à Bokassa. J'ai expliqué comment un gorille nous avait attaqués, comment le jeune Böhm s'était fait tuer, comment le vieux Max était reparti dans son pays, via Brazzaville. C'était suspect, mais Bokassa s'en foutait. Y voyait qu'une chose : la découverte des diamants. Nous étions à trois mois du couronnement. Y cherchait partout des pierres. Pour sa « couronne ». Dans le secret le plus total, une unité de prospection s'est installée dans la forêt. C'est moi qui dirigeais le chantier. Dès le mois d'octobre, des pierres extraordinaires ont été découvertes. Elles ont été envoyées aussi sec à Anvers, pour être taillées.

– Quand as-tu revu Böhm?

– Un an et demi plus tard, en janvier 1979, à Bangui. J'en croyais pas mes yeux. Le vieux Max avait horriblement maigri. Ses gestes étaient lents, précautionneux. Ses cheveux en brosse étaient plus blancs que jamais. On s'est trouvé un coin tranquille, le long de l'Oubangui, pour causer. La ville chauffait ailleurs : les manifestations d'étudiants avaient déjà commencé.

– Que t'a dit Böhm?

– Y m'a proposé une affaire, la plus dingue qu'on m'ait jamais proposée. Voilà c'qu'y m'a dit, en substance : « Le règne de Bokassa est terminé, Kiefer. Sa destitution est une affaire de semaines. Personne ne connaît le véritable potentiel de la Sicamine, à part toi et moi. C'est toi qui diriges ce filon. Tu maîtrises tes gars et contrôles les stocks. On sait comment ça marche, en forêt, non? Rien ne t'empêche de garder les plus belles pierres. Personne n'ira jamais voir ce qui est effectivement sorti des marigots. (Böhm, le justicier africain, était en train de me proposer de détourner des diamants. Pas à dire : son « opération » l'avait changé en profondeur...) Pour moi, qu'il a continué, l'Afrique, c'est fini. Je ne veux plus revenir ici. Jamais. Mais en Europe, je peux réceptionner tes pierres et les vendre à Anvers. Qu'en penses-tu? »

» J'ai réfléchi. Le trafic de diamants, c'est la plus terrible tentation quand on a un boulot dans mon genre : toute la journée, baigner dans la merde et voir des trésors filer sous ses doigts. Mais j'connaissais aussi les risques. J'ai dit : " Et les courriers, Böhm? Qui transportera les diamants? " Böhm m'a répondu : " Justement, Kiefer. Je dispose de courriers. Des courriers que personne ne peut repérer ou arrêter. Des courriers qui ne prennent ni l'avion, ni le bateau, ni aucun moyen de transport connu, qui n'auront jamais affaire à aucune douane ni à aucun contrôle. " Je le regardais sans rien dire. Alors, y m'a proposé de partir avec lui à Bayanga, à l'ouest, pour me présenter ses " passeurs ".

» Là-bas, dans la plaine, nous n'avons découvert que des milliers de cigognes, qui allaient s'envoler vers l'Europe. Le Suisse m'a alors prêté ses jumelles et a désigné une cigogne qui portait un anneau à la patte. Y m'a dit : " Depuis vingt ans, Kiefer, je prends soin de ces cigognes. Lorsqu'elles reviennent en Europe, au mois de mars, je les accueille, je les nourris et je bague leurs petits. Depuis vingt ans, j'étudie leur migration, leurs cycles d'existence, tout un tas d'éléments de ce genre, qui me passionnent depuis l'enfance. Aujourd'hui, mes études vont nous servir au-delà de toute mesure. Regarde cet oiseau. "

» Y m'désigne un oiseau bagué. " Imagine un instant que je place dans sa bague un ou plusieurs diamants bruts. Que se passera-t-il? Dans deux mois, les diamants seront en Europe, dans un nid spécifique. C'est mathématique. Les cigognes reviennent chaque année, exactement, dans le même nid. Si on étend la méthode à toutes les cigognes baguées, on peut livrer ainsi des milliers de pierres précieuses sans aucun problème. Au printemps, je retrouve ces oiseaux et récupère leurs diamants. Et je n'ai plus qu'à aller les vendre à Anvers. "

» Tout à coup, le projet du Suisse prenait forme. J'ai demandé : " Quel serait mon rôle? " Böhm a répondu : " Pendant la saison d'exploitation, tu détournes les plus beaux diamants. Ensuite, tu vas à Bayanga, tu glisses ces pierres dans les bagues des oiseaux. Je te fournirai un fusil et des balles anesthésiantes. Tu es bon tireur, Kiefer. Une telle manœuvre ne te demandera qu'une à deux semaines. Et il y aura dix mille dollars pour toi chaque année. " C'était une misère, comparé aux bénéfices qu'une telle combine pouvait rapporter. Mais le Suisse m'expliqua qu'il n'était pas seul sur le coup. J'ai compris c'qu'il était en train de s'passer.

» Le projet venait d'ailleurs. C'était l'idée du chirurgien, le toubib de la jungle. Il nous tenait désormais et pouvait nous obliger à réaliser ce trafic. Le même réseau était en train de se monter côté est, avec van Dötten dans mon rôle, en Afrique du Sud. Nous étions coincés, petit, et en même temps, nous allions devenir très riches. J'ai dit : " Je marche. " Tu connais la suite. L'expérience des diamants a parfaitement fonctionné. Chaque année j'ai lesté un millier de petits diamants aux pattes des cigognes. On me virait ma part sur un compte numéroté en Suisse. Tout fonctionnait à merveille, à l'est comme à l'ouest. Jusqu'en avril dernier...

Kiefer s'arrêta. Ses lèvres produisirent un bruit de succion et tout son corps se cambra, comme aspiré par une douleur intérieure. Kiefer retomba, puis me glissa un regard par en dessous, du creux de ses orbites noires :

– Excuse-moi, petit. C'est l'heure du biberon.

Kiefer s'empara de la seringue et d'un des flacons, sur la petite table, il en extirpa une dose de morphine sous forme d'ampoule. Le Tchèque prépara son injection en quelques gestes. Ses mains ne tremblaient pas. Il saisit un caoutchouc brunâtre, puis tendit son bras gauche et releva sa manche. Son bras était constellé de taches sombres et granuleuses, comme des croûtes de sang séché qui auraient dessiné de curieux atolls sur une mer laiteuse. D'une main experte, il concocta son garrot, seringue entre les lèvres. Aussitôt ses veines se gonflèrent. Avec l'extrémité de l'aiguille, Kiefer tâta chacune d'elles, cherchant le meilleur point d'attaque. Tout à coup il enfonça l'aiguille. Sous l'effet du produit, il se recroquevilla, se concentra sur son geste. Son crâne nu traversa un rayon de soleil et brilla d'un éclat blanchâtre, telle une pierre fluorescente. Ses articulations osseuses jouèrent sous sa peau. Les secondes passèrent. Puis Kiefer se relâcha. Il partit d'un petit rire étouffé, et sa tête retourna dans l'ombre.

Je me concentrai sur les dernières paroles du Tchèque. Oui, je connaissais la suite. En avril dernier, les cigognes de l'Est n'étaient pas revenues. Böhm avait paniqué, et envoyé ses sbires. Les deux hommes avaient remonté la route des cigognes, n'avaient rien trouvé. Ils avaient seulement tué Iddo, le seul qui aurait pu véritablement les renseigner. Plus tard, Max Böhm avait eu l'idée de m'envoyer sur la même piste, avec les deux Bulgares à mes trousses, chargés de m'éliminer lorsque je deviendrais trop « curieux ». Ainsi il m'avait condamné, dans le seul espoir que je découvre un infime détail à propos des cigognes. La question essentielle demeurait entière : pourquoi moi? Peut-être Kiefer pouvait-il m'apporter une réponse. Comme lisant dans mes pensées, c'est lui qui demanda :

– Mais toi, petit, pourquoi tu as suivi les oiseaux?

– J'agissais sur l'ordre de Böhm.

– Sur l'ordre de...

Kiefer partit d'un éclat de rire noir et gluant – un bruissement horrible, fracassé – et des filaments noirâtres se répandirent de nouveau sur sa chemise. Il répétait :

– Sur l'ordre de Böhm... sur l'ordre de Böhm...

Je couvris ces gargouillis :

– J'ignore pourquoi il m'a choisi – je ne disposais d'aucune expérience ornithologique et, surtout, je n'appartenais pas à votre système. Mais Böhm m'a lancé en quelque sorte contre vous, comme un chien dans un jeu de meurtriers.

Kiefer soupira :

– Tout ça n'est plus si grave, maintenant. De toute façon, nous étions foutus.

– Foutus?

– Böhm était mort, petit. Et sans lui, l'arnaque ne tenait plus. Lui seul connaissait les nids, les numéros. Il a emporté la combine dans sa tombe. Et nous avec. Parce qu'on servait plus à rien et qu'on en savait beaucoup trop.

– Qui ça, on?

– Moi, van Dötten, les Bulgares.

– C'est pour ça que tu t'es caché à Bayanga?

– Ouais. Et vit' fait encore. Mais voilà qu'arrivé ici, la maladie m'a cueilli. L'ironie du destin, petit. Le sida à soixante ans, c'est-y pas à se tordre?

– Et van Dötten?

– J'sais pas où y s'trouve. Qu'il crève.

– Qui te menace, Kiefer?

– Le système, le toubib, je n'sais pas. On appartenait à quelque chose de plus vaste, de plus international, tu piges? Moi, y a dix ans que je croupis dans mon trou. Je s'rais bien incapable de te dire quoi qu'ce soit là-dessus. Böhm a toujours été mon seul contact.

– Le nom de Monde Unique te dit-il quelque chose?

– Vaguement. Ils ont une mission, près de la Sicamine. Une sœur, qui soigne les Pygmées. J'm'occupe pas d'ce genre de trucs.

Les opérations à vif, les vols de cœurs n'appartenaient pas à l'univers de Kiefer. Pourtant, j'insistai :

– Sikkov possédait un passeport des Nations unies; était-il possible qu'il travaille, à ton insu, pour Monde Unique?

– Ouais. Possible.

– Es-tu au courant du meurtre de Rajko Nicolitch, un Tsigane de Sliven, en Bulgarie, effectué au mois de mai dernier?

– Non.

– Et de celui de Gomoun, une petite Pygmée de Zoko, près de la Sicamine, il y a dix jours?

Kiefer se redressa.

– Près de la Sicamine?

– Ne fais pas l'innocent, Kiefer. Tu sais très bien que le toubib est revenu en RCA. Il a même utilisé ton hélicoptère.

Kiefer retomba au fond du lit. Il murmura :

– Tu sais décidément beaucoup de choses, petit mec. Y a dix jours, Bonafé m'a fait passer le message. Le doc était revenu, à Bangui. Y cherchait sans doute les diamants.

– Les diamants?

– La récolte de cette année – faut bien que les pierres s'envolent, d'une façon ou d'une autre. (Kiefer ricana.) Mais le doc ne m'a pas trouvé.

Je rétorquai, au bluff :

– Il ne t'a pas trouvé parce qu'il ne t'a pas cherché.

Le Tchèque se dressa de nouveau :

– Qu'est-ce que tu m'chantes?

– Il n'est pas venu pour les diamants, Kiefer. A ses yeux, l'argent n'est qu'un moyen. Un élément de second ordre.

– Pourquoi se serait-il déplacé dans ce trou à nègres?

– Il est venu pour Gomoun, pour voler le cœur de la petite Pygmée.

Le malade cracha :

– Bordel, j'te crois pas!

– J'ai vu le corps de la petite fille, Kiefer.

Le Tchèque sembla réfléchir.

– Il n'est pas venu pour moi. Merde alors... Je peux donc mourir tranquille.

– Tu n'es pas encore mort, Kiefer. As-tu jamais revu ce docteur?

– Jamais.

– Tu ne connais pas son nom?

– Non, j'te dis.

– Est-il français?

– Il parle français, c'est tout c'que j'sais.
– Sans accent?
– Sans accent.
– Comment est-il, physiquement?
– Un grand mec. La gueule maigre, un front dégarni, des cheveux gris. Une vraie gueule de pierre.
– C'est tout?
– Lâche-moi, petit.
– Où se cache ce docteur, Kiefer?
– Quelque part dans le monde.
– Böhm savait-il où était le toubib?
– Ouais, je crois.
Ma voix chevrotait :
– Où?
– J'sais pas.
Je poussai le fauteuil et me levai. La chaleur avait envahi la chambre, une chaleur à tordre des barres de fer. Kiefer grinça :
– Et notre marché, salopard?
Je le fixai dans les yeux :
– N'aie crainte.
Je tendis le bras et levai le chien du Glock. Kiefer siffla :
– Tire, enculé.
J'hésitai encore. Tout à coup je vis la forme de la grenade sous le drap, le doigt du Tchèque accrocher la goupille. Je joignis les poings et tirai une seule fois. La moustiquaire tressauta. Kiefer explosa en un bruit mat, aspergeant la moustiquaire de sang et de cervelle noirs. Dehors, j'entendis le déchaînement des cigognes, qui s'envolaient à tire-d'aile.

Au bout de quelques secondes, j'ouvris les pans de tulle. Kiefer n'était plus qu'une carcasse creuse, répandue sur l'oreiller, un foyer de sang, de chair et de débris d'os. La grenade, intacte, était engluée dans les plis du drap. Je repérai de minuscules diamants et des bagues de ferraille qui s'émiettaient dans cette glu humaine – la « récolte » de l'année. J'abandonnai là cette fortune, mais cueillis un des anneaux métalliques.

Je sortis dans le couloir. La femme m'bati, réveillée en sursaut, accourait en gesticulant, avec ses miochards à ses trousses. Elle riait à travers ses larmes : le monstre était anéanti. Je les bousculai à coups de coude. Sur les murs, les lézards galopaient toujours, comme une moulure atroce, fourmillante et verdâtre. Je bondis dehors. Le soleil m'arrêta dans ma course. Ébloui, je descendis les marches en titubant puis lâchai mon Glock dans la terre écarlate.

Tout était fini – tout commençait.

Loin devant moi, parmi les herbes hautes, Tina courait à ma rencontre.

V

Un automne en enfer

45.

Quatre jours plus tard, à l'aube, j'étais de retour à Paris. Nous étions le 30 septembre. Mon vaste appartement du boulevard Raspail m'apparut petit et renfermé. Je n'étais plus habitué aux espaces circonscrits. Je ramassai mon courrier des deux dernières semaines puis gagnai mon bureau pour écouter les messages du répondeur. Je reconnus les voix d'amis ou de relations, déroutés par mon absence de plusieurs mois. Il n'y avait aucun message de Dumaz. Ce silence était plutôt étrange. L'autre singularité était un nouvel appel de Nelly Braesler. En vingt-cinq ans d'éducation à distance, elle ne m'avait jamais contacté si souvent. Pourquoi cette attention soudaine?

Il était six heures du matin. Je déambulai dans mon appartement et éprouvai une sorte de vertige. C'était irréel de se retrouver ainsi, vivant, au creux du confort, après les événements que je venais d'affronter. Les images des dernières journées africaines défilèrent. Beckés et moi enterrant dans la plaine le corps d'Otto Kiefer, enroulé dans la moustiquaire sanglante – avec ses diamants. Les tracasseries des gendarmes de Bayanga, à qui j'avais expliqué que Otto Kiefer s'était suicidé avec le pistolet automatique qu'il conservait sous son oreiller. L'adieu à Tina, que j'avais étreinte, une dernière fois, le long du fleuve.

Mon voyage en Afrique avait apporté autant de lumière que de ténèbres. Le témoignage d'Otto Kiefer clôturait l'affaire des diamants. Deux des principaux protagonistes étaient morts. Van Dötten se cachait sans doute, quelque part en Afrique du Sud.

Sarah Gabbor courait toujours, ayant peut-être déjà vendu ses diamants. La jeune femme était désormais riche, mais aussi en danger. Des tueurs devaient être, à l'heure actuelle, sur ses traces. La filière des diamants s'achevait sur cette seule interrogation – mais le réseau ailé était bel et bien terminé.

Restait le « toubib » africain, l'instigateur de toute l'affaire.

Depuis quinze années au moins, un homme prélevait des cœurs et pratiquait des opérations à vif sur d'innocentes victimes, à travers le monde. L'hypothèse d'un trafic d'organes était évidente, mais plusieurs détails laissaient à supposer une vérité plus complexe. Pourquoi ce chirurgien agissait-il avec tant de sadisme? Pourquoi effectuait-il une sélection si précise, à l'échelle de la planète, alors qu'un trafic d'organes aurait pu se mettre en place dans un seul des pays concernés? Recherchait-il un groupe tissulaire spécifique?

A l'heure actuelle, je ne disposais que de deux pistes importantes.

Première piste : le « toubib » et Max Böhm s'étaient connus dans la forêt équatoriale, entre 1972 et 1977, au hasard des expéditions du Suisse. Le chirurgien avait donc séjourné au Congo ou au Centrafrique – et il n'avait pas toujours habité au fond de la jungle. Je pouvais remonter sa trace grâce aux douanes et aux hôpitaux des deux pays – mais comment recueillir ces informations, sans aucun pouvoir officiel? Je pouvais aussi interroger les spécialistes de la chirurgie cardiaque en Europe. Un praticien capable de réaliser la transplantation de Max Böhm, en 1977, en pleine forêt, était exceptionnel. Il devait être possible de remonter la piste d'un tel virtuose, francophone et exilé au cœur de l'Afrique. Je songeai alors au Dr Catherine Warel qui avait réalisé l'autopsie de Max Böhm puis aidé Dumaz dans son enquête.

La seconde piste était Monde Unique. Le meurtrier se servait de cette vaste machine d'analyses et de renseignements à l'insu de ses dirigeants, pour repérer ses victimes à travers la planète. Sur le terrain, il utilisait les hélicoptères, les tentes stériles et autres moyens logistiques des centres de soins. Pour agir ainsi, l'homme, sans aucun doute, occupait un poste important au sein de l'organisation. Il me fallait donc avoir accès à l'organigramme de MU. En croisant ces informations avec les renseignements africains, un nom allait peut-être apparaître, brillant de toutes ses coïncidences. Là encore, j'achoppais sur ma position non officielle. Je n'avais aucun pouvoir, aucune mission spécifique. Dumaz m'avait prévenu : on ne s'attaquait pas facilement à une organisation humanitaire reconnue à l'échelle mondiale.

Plus profondément, mon enquête personnelle marquait le pas. J'étais brisé, perclus de remords et acculé à une solitude qui ne m'avait jamais semblé aussi profonde. Ma survie n'était aujourd'hui qu'une sorte de miracle. Je devais, de toute urgence, m'adjoindre l'aide d'instances policières pour affronter le dernier réseau de sang.

Sept heures du matin. J'appelai Hervé Dumaz à son domicile. Aucune réponse. Je préparai du thé, puis m'assis dans le salon, ruminant mes idées sombres. Sur la table basse, je regardai mon courrier entassé – invitations, lettres de collègues universitaires, revues intellectuelles et quotidiens... Je m'emparai des *Monde* des derniers jours et les parcourus distraitement.

Quelques secondes plus tard, je lisais, stupéfait, cet article :

MEURTRE
À LA BOURSE DES DIAMANTS

Le 27 septembre 1991, un meurtre a été commis dans les locaux de la célèbre Beurs von Diamanthandel, à Anvers. C'est dans une des salles supérieures de la Bourse des diamants qu'une jeune Israélienne, Sarah Gabbor, armée d'un pistolet automatique de marque autrichienne Glock, a abattu un inspecteur fédéral suisse, du nom de Hervé Dumaz. Nul ne connaît encore les mobiles de la jeune femme, ni la provenance des diamants exceptionnels qu'elle était venue vendre ce jour-là.

Ce matin-là, le 27 septembre 1991, à neuf heures, à la Beurs von Diamanthandel, tout se déroule comme d'habitude. Les bureaux ouvrent, les consignes de sécurité sont appliquées et les premiers « vendeurs » arrivent. C'est ici, et dans les autres Bourses d'Anvers, que se vendent et s'achètent les 20 pour cent de la production diamantifère qui n'utilisent pas le circuit traditionnel contrôlé par l'empire sud-africain De Beers.

Aux environs de dix heures trente, une jeune femme, grande et blonde, parvient au premier étage et pénètre dans la salle principale, munie d'un sac à main en cuir. Elle se dirige vers le bureau d'un négociant puis lui propose une enveloppe blanche contenant plusieurs dizaines de diamants, assez petits, mais d'une très extrême pureté. L'acheteur, d'origine israélienne (il souhaite conserver l'anonymat), reconnaît la jeune femme. Depuis une semaine, tous les deux jours, elle vient vendre la même quantité de diamants, qui présentent toujours une grande qualité.

Mais aujourd'hui, un autre personnage intervient. Un homme d'une trentaine d'années, qui s'approche de la femme et lui murmure quelques mots à l'oreille. Aussitôt celle-ci se retourne et extirpe de son sac un pistolet automatique. Elle tire sans hésiter. L'homme s'écroule, tué net d'une balle dans le front.

La jeune femme tente de s'enfuir, tout en menaçant les vigiles accourus dans la salle. Elle part ainsi, à reculons, très calme. Pourtant, elle ignore les rouages sophistiqués de la sécurité de la Bourse. Lorsqu'elle parvient dans le hall du premier étage, où se trouvent les ascenseurs, des vitres blindées se dressent brutalement autour d'elle, lui barrant toutes les issues. Prise au piège, la femme entend alors le traditionnel message l'exhortant à lâcher son arme et à se rendre. La meurtrière s'exécute. Les policiers belges la maîtrisent aussitôt, accédant au sas par les ascenseurs.

Depuis ce moment, les services de sécurité de la Beurs von Diamanthandel et la police belge – dont des spécialistes en matière de trafic de diamants – visionnent la scène du meurtre, enregistrée par les caméras de surveillance. Nul ne comprend les raisons de cet épisode foudroyant. Les identités des protagonistes achèvent de plonger la police dans l'incertitude. La victime est un inspecteur fédéral suisse, du nom de Hervé Dumaz. Ce jeune policier, âgé de 34 ans, exerçait ses fonctions au commissariat de Montreux. Que faisait-il, à Anvers, alors qu'il avait pris deux semaines de congé? Et pourquoi, s'il s'apprêtait à arrêter la jeune femme, n'avait-il pas prévenu les services de sécurité de la Bourse?

Autant de mystères que la personnalité de la jeune femme approfondit encore. Sarah Gabbor, jeune kibboutznik âgée de 28 ans, vivait dans la région de Beit-She'an, en Galilée, près de la frontière jordanienne. Pour l'heure, on ignore comment cette femme, qui travaillait dans une pêcherie, pouvait détenir une telle fortune en diamants...

Je froissai le journal dans un geste de rage. De nouveau, la violence surgissait. De nouveau, le sang coulait. Malgré mes conseils, Dumaz avait voulu jouer son rôle à sa façon. Il avait menacé Sarah, tel un flic maladroit. Sarah n'avait pas hésité un instant et avait abattu l'inspecteur. Dumaz était mort, Sarah sous les verrous. Seule consolation à cet épilogue sanglant : ma jeune amante était désormais en sécurité.

Je me levai et passai dans mon bureau. Machinalement, je me postai derrière la fenêtre et écartai les rideaux. Les jardins du Centre américain, qui jouxtent mon immeuble, étaient rasés. Les taillis et les bosquets avaient cédé la place aux sillons noirâtres des bulldozers. Seuls quelques arbres avaient été épargnés. Je devais, en urgence absolue, revoir Sarah Gabbor. Ce serait là ma première occasion réelle d'entrer en contact avec la police internationale.

46.

La matinée fila comme un feu de brousse. Je passai des coups de téléphone – renseignements internationaux, ambassades, cours de justice – puis envoyai plusieurs fax afin d'obtenir l'autorisation qui m'importait : celle de rencontrer Sarah à la prison de femmes de Gaushoren, dans la banlieue de Bruxelles. Aux environs de midi, j'avais effectué toutes les démarches possibles. A plusieurs reprises, j'avais laissé entendre que je détenais des informations essentielles qui pourraient apporter un éclairage nouveau sur l'affaire. C'était du quitte ou double : soit on me prenait au sérieux et les conséquences de ma décision ne m'appartenaient plus, soit on me considérait comme un fou et toute requête était inutile.

A onze heures, j'appelai, une nouvelle fois, les renseignements internationaux. Quelques secondes plus tard, je composais les douze chiffres de l'hôpital de Montreux où le corps de Max Böhm avait été autopsié le 20 août dernier, et demandai le Dr Catherine Warel. Au bout d'une minute, j'entendis un « allô? » énergique.

– Je suis Louis Antioche, docteur Warel. Peut-être vous souvenez-vous de moi?

– Non, répliqua la femme.

– Nous nous sommes rencontrés il y a plus d'un mois, dans votre clinique. Je suis l'homme qui a découvert le corps de Max Böhm.

– Ah oui. L'ornithologue?

Je ne sus si elle parlait de moi ou de Böhm.

– Exactement. Docteur Warel, j'ai besoin de renseignements importants – liés à ce décès.

J'entendis le claquement métallique d'un couvercle de briquet.

– Je vous écoute. Si je puis vous aider...

Je m'apprêtais à parler lorsque je compris que mes propos sembleraient totalement absurdes.

– Je ne peux m'exprimer par téléphone. Il faut que je vous voie, le plus vite possible.

Catherine Warel était une femme de sang-froid. Elle répondit sans hésiter :

– Eh bien, venez cet après-midi, si vous pouvez. Un avion part d'Orly pour Lausanne, vers l'heure du déjeuner. Je vous attendrai à la clinique, à quinze heures.

– J'y serai. Merci, docteur.

Avant de partir, je composai le numéro du Dr Djuric, à Sofia. Après un quart d'heure d'essais infructueux, j'entendis enfin résonner une sonnerie d'appel. Au bout de dix-sept sonneries, une voix ensommeillée me répondit, en bulgare :

– Allô?

C'était la voix de Milan Djuric, sortant sans doute de la sieste :

– Docteur, c'est Louis Antioche, l'homme aux cigognes.

Après quelques secondes de silence, la voix grave répondit :

– Antioche? J'ai beaucoup pensé à vous, depuis notre première rencontre. Vous enquêtez toujours sur la mort de Rajko?

– Plus que jamais. Et je crois avoir retrouvé son assassin.

– Vous avez...

– Oui. Du moins sa trace. Le meurtre de Rajko appartient à un système parfaitement organisé, dont les raisons profondes m'échappent encore. Mais je suis sûr d'une chose : le réseau s'étend à toute la planète. D'autres crimes du même ordre se sont produits dans d'autres pays. Et pour arrêter ce massacre, j'ai besoin de votre aide.

– Je vous écoute.

– J'ai besoin de connaître le groupe HLA de Rajko.

– Rien de plus facile. J'ai toujours le rapport d'autopsie. Ne quittez pas.

J'entendis des bruits de tiroirs qu'on ouvrait, de papiers qu'on feuilletait.

– Voilà. Selon le code international, il s'agit du type HLA-$Aw_{19,3}$ - $B_{37,5}$.

Un poing se serra sur mon cœur. Le même groupe que celui de Gomoun. Une telle similitude ne pouvait être une coïncidence. Je balbutiai :

– S'agit-il d'un groupe rare ou possédant une quelconque caractéristique?

– Aucune idée. Ce n'est pas ma spécialité. Du reste, il existe une infinité de groupes tissulaires et je ne vois pas...

– Avez-vous accès à un télécopieur?

– Oui. Je connais le directeur d'un centre et...

– Pourriez-vous me faire parvenir, aujourd'hui, par fax, votre rapport d'autopsie?

– Bien sûr. Que se passe-t-il donc?

– Notez d'abord mes coordonnées, docteur.

Je dictai mes numéros de téléphone et de télécopieur personnels, puis continuai :

– Écoutez, Djuric. Un chirurgien s'évertue à voler des cœurs, à travers le monde. J'ai assisté moi-même, au plus profond de l'Afrique, à l'autopsie d'une petite fille dont le corps n'avait rien à envier à celui de Rajko. L'homme dont je vous parle est un monstre, Djuric. C'est une bête féroce, mais je pense qu'il agit selon une logique secrète, comprenez-vous?

Sa voix grave résonna dans l'appareil :

– Connaissez-vous son identité?

– Non. Mais vous aviez raison : c'est un chirurgien d'exception.

– De quelle nationalité est-il?

– Française, peut-être. En tout cas c'est un francophone.

Le nain semblait réfléchir. Il reprit :

– Qu'allez-vous faire?

– Continuer mes recherches. J'attends des éléments essentiels, d'une heure à l'autre.

– Vous n'avez pas prévenu la police?

– Pas encore.

– Antioche, je voudrais vous poser une question.

– Laquelle?

Des interférences encombrèrent la ligne. Le nain éleva la voix :

– Lorsque vous m'avez rendu visite, à Sofia, je vous ai dit que votre visage me rappelait quelqu'un.

Je ne répondis rien. Djuric insista :

– J'ai longuement réfléchi à cette ressemblance. Je pense qu'il s'agit d'un docteur que j'ai connu à Paris. Un membre de votre famille exerce-t-il la médecine?

– Mon père était docteur.

– S'appelle-t-il Antioche, lui aussi?

– Bien sûr. Djuric, mon temps est compté.

Le nain continua :

– A-t-il exercé à Paris dans les années soixante?

Mon cœur cognait dans ma gorge. Une nouvelle fois, l'évocation de mon père provoquait en moi une sourde angoisse.

– Non. Mon père a toujours travaillé en Afrique.

Lointainement, la voix de Djuric résonna :

– Est-il toujours vivant? Votre père est-il toujours vivant?

Les interférences déferlaient. J'achevai cette conversation en répliquant par saccades :

– Il est mort le dernier jour de 1965. Un incendie. Avec ma mère, mon frère. Morts. Tous les trois.

– Est-ce dans cet incendie que vos mains ont été brûlées?

J'abattis ma paume sur le téléphone, coupant la communication. L'évocation de mes parents suscitait toujours en moi une peur, une frayeur incontrôlées. Et je ne comprenais pas les questions du nain. Comment aurait-il connu mon père à Paris? Djuric avait suivi ses études rue des Saints-Pères, mais dans les années soixante, il n'était qu'un enfant.

Onze heures trente. J'attrapai un taxi et filai à l'aéroport. Durant le vol, je lus d'autres quotidiens. La plupart consacraient encore un bref article à l'affaire des diamants, mais n'offraient rien de neuf. Ils évoquaient plutôt la difficulté diplomatique d'une telle intrigue, fondée sur le meurtre d'un policier suisse par une jeune Israélienne, dans une ville belge, citaient les ambassadeurs de Suisse et d'Israël à Bruxelles, qui exprimaient leur « consternation » et leur « volonté d'éclaircir au plus vite les raisons de ce drame ».

A Lausanne, je louai une voiture et partis en direction de Montreux. Le malaise déclenché par les questions de Djuric me taraudait. La confusion de la situation m'accablait, alors qu'en même temps j'appréhendais toute l'urgence et l'acuité de l'action à entreprendre. Et puis, planaient toujours mes souvenirs mêlés d'Afrique. La nuit rayonnante, auprès de Tina, les entrelacs de la piste de Bayanga, les scintillements de la pluie – et aussi le corps de Gomoun, le visage d'Otto Kiefer, les horreurs conjuguées des destins de Max Böhm, de son fils, de sœur Pascale... Et le chirurgien, toujours, en toile de fond. Sans nom ni visage.

A la clinique, le Dr Warel m'attendait. Je retrouvai son visage couperosé et ses fortes cigarettes françaises. J'attaquai sans ambages :

– Docteur, après la mort de Max Böhm, vous avez collaboré avec l'inspecteur Dumaz, à propos de certaines recherches.

– Exact.

– J'ai travaillé aussi avec l'inspecteur. Et j'ai maintenant besoin d'informations.

La femme tiqua. Elle alluma une cigarette, souffla une bouffée puis demanda :

– A quel titre, puisque vous n'êtes pas de la police?

Je répondis d'un trait :

– Max Böhm était un ami. J'enquête sur sa vie passée, à titre posthume. Et certains éléments ont une importance capitale.

– Pourquoi l'inspecteur Dumaz ne m'appelle-t-il pas lui-même?

– Hervé Dumaz est mort, docteur. Tué par balles, dans des circonstances qui sont liées à la disparition de Böhm.

– Que racontez-vous là?

– Achetez les journaux d'aujourd'hui, docteur. Vous vérifierez si je dis la vérité.

Catherine Warel marqua un temps. Après quelques secondes, elle déclara d'une voix moins assurée :

– Quel rôle jouez-vous dans cette histoire?

– J'agis en solitaire. Tôt ou tard, la police reprendra l'enquête. Acceptez-vous de m'aider?

Un nuage de fumée s'échappa des lèvres du Dr Warel. Enfin, elle rétorqua :

– Que voulez-vous savoir?

– Vous vous souvenez sans doute que Max Böhm était un transplanté cardiaque. L'intervention chirurgicale semblait remonter à plus de trois ans. Or vous n'avez jamais retrouvé les traces de cette opération, ni en Suisse ni ailleurs. Vous n'avez pas découvert non plus le nom du médecin traitant de l'ornithologue.

– C'est exact.

– Je pense avoir découvert la piste du chirurgien qui a pratiqué l'intervention. Sa personnalité est étonnante. Terrifiante, même.

– Expliquez-vous.

– Cet homme est un spécialiste de la chirurgie cardiaque, un virtuose. Mais c'est aussi un dangereux criminel.

– Écoutez, monsieur Antioche, je ne sais pas si j'ai raison de vous écouter. Avez-vous des preuves de ce que vous avancez?

– Quelques-unes. Depuis notre première rencontre, j'ai voyagé à travers le monde et reconstitué l'existence de Max Böhm. Ainsi, j'ai découvert dans quelles conditions s'était déroulée sa transplantation cardiaque.

– Où et comment?

– En Afrique centrale, en 1977. On a greffé dans le corps de Böhm le cœur de son propre fils – tué à cette occasion.

– Mon Dieu... vous êtes sérieux?

– Souvenez-vous, docteur : l'exceptionnelle compatibilité entre le corps du receveur et l'organe greffé. Rappelez-vous aussi la capsule de titane : le chirurgien a délibérément « signé » son acte avec cette pastille – afin de maintenir Max Böhm sous sa coupe.

Catherine Warel alluma une autre cigarette. Son sang-froid tenait bon. Elle demanda :

– Connaissez-vous cet homme?

– Non. Mais il continue d'opérer à travers le monde. Pour des raisons que j'ignore, il a déjà volé et continue de voler des cœurs dans des corps d'êtres vivants, sous toutes les latitudes. Il dispose de moyens illimités.

– Un trafic d'organes, vous voulez dire?

– Je n'en sais rien. Une intuition me souffle qu'il s'agit d'autre chose. L'homme est fou. Et d'une cruauté hallucinante.

Warel recracha une bouffée :

– Que voulez-vous dire?

– Il opère ses victimes à vif.

Le docteur baissa la tête. Sa cigarette passait d'une main à l'autre, toutes deux recroquevillées. Enfin, sortant un bloc-notes de sa blouse, Warel murmura :

– Que... que puis-je faire pour vous?

– Ce chirurgien exerçait, en août 1977, à la frontière du Congo et du Centrafrique. A cette époque, il disposait d'une sorte de dispensaire, en pleine forêt équatoriale. Je pense qu'il se cachait déjà – mais sa présence a forcément laissé des indices. Ce docteur avait besoin de matériel, de médicaments... Je suis certain que vous pouvez retrouver sa trace. Encore une fois, il s'agit d'un expert – d'un homme qui a réussi une transplantation cardiaque au cœur de la jungle, à une époque où, vous-même l'avez dit, les réussites dans ce domaine n'étaient pas si nombreuses.

Catherine Warel écrivit en détail mes informations. Elle demanda :

– Quelle est sa nationalité d'origine?

– Il est francophone.

– Savez-vous à quelle date il s'est installé en Afrique?

– Non.

– Pensez-vous qu'il y est toujours?

– Non.

– Vous n'avez pas la moindre idée d'où il se trouve actuellement?

– Je pense qu'il collabore avec Monde Unique.

– L'organisation humanitaire?

– Je crois qu'il utilise les structures de l'association pour mener à bien ses expériences diaboliques. Docteur Warel, je vous assure que je dis la vérité. Chaque jour qui passe est un nouveau cauchemar. L'homme continue, vous comprenez? Peut-être qu'à l'heure même où nous parlons il torture un gosse innocent, quelque part dans le monde.

Warel répliqua, de son ton bourru :

– N'en faites pas trop. Je vais passer quelques coups de fil. J'espère obtenir vos renseignements ce soir, demain au plus tard. Je ne vous promets rien.

– Pensez-vous pouvoir vous procurer la liste des docteurs de Monde Unique?

– Difficile. Monde Unique est une organisation très fermée. Je vais voir ce que je peux faire.

– Si j'ai raison, docteur – et si le meurtrier n'a pas changé de nom –, les deux données se recouperont. Agissez au plus vite.

Warel me fixa tout à coup de ses yeux noirs. Nous nous tenions debout, dans le recoin d'un couloir au linoléum luisant. Je lui rendis son regard – tendu mais confiant. Je savais qu'elle ne préviendrait pas la police.

47.

Je rentrai à Paris aux environs de vingt-deux heures. Je n'avais reçu aucune réponse des ambassades ni des tribunaux, aucun message du Dr Warel. Seul Djuric m'avait télécopié le rapport d'autopsie de Rajko. Je pris une douche brûlante et cuisinai des œufs brouillés, agrémentés de saumon et de pommes de terre. Je préparai un thé russe, brun et fumé, puis me glissai dans mon lit, dans l'espoir que le sommeil vienne, mon Glock à portée de main. Vers vingt-trois heures, le téléphone sonna, c'était Catherine Warel.

– Alors? dis-je.

– Rien pour l'instant. J'attends pour demain matin la liste des médecins français ou francophones qui ont exercé en Afrique centrale entre 1960 et 1980. J'ai également contacté quelques vieux amis qui pourront me renseigner plus en détail. Côté Monde Unique, pas moyen d'obtenir la liste des toubibs. Mais tout n'est pas perdu. Je connais un jeune ophtalmologue qui vient d'être embauché là-bas. Il a promis de m'aider.

Un échec sur toute la ligne. Et le temps courait toujours. Je dissimulai ma déception :

– Très bien, docteur. Je vous remercie de la confiance que vous me témoignez.

– Ce n'est rien. J'ai pas mal roulé ma bosse, vous savez. Ce que vous m'avez raconté aujourd'hui dépasse tout.

– Je vous donnerai toutes les clés... lorsque je les aurai moi-même.

– Prenez garde à vous. Je vous téléphone demain.

Je raccrochai, l'esprit vide. Il fallait attendre.

Le jour n'était pas levé quand la sonnerie du téléphone retentit encore. Je décrochai, en fixant l'horloge à quartz, sur la table de chevet. 5 h 24. « Allô? » grommelai-je.

– Louis Antioche?

C'était une voix très grave, au fort accent oriental.

– Qui est à l'appareil?

– Itzhak Delter, l'avocat de Sarah Gabbor.

Je me dressai dans mon lit.

– Je vous écoute, dis-je distinctement.

– Je vous téléphone de Bruxelles. Je crois que vous avez appelé hier, à l'ambassade. Vous souhaitez rencontrer Sarah Gabbor, c'est bien cela?

– Exactement.

L'homme se racla la gorge. Sa voix résonnait comme la caisse d'une contrebasse :

– Vous comprendrez que, dans l'état actuel des choses, c'est très difficile.

– Je dois la voir.

– Puis-je vous demander quels sont vos liens avec Mlle Gabbor?

– Des liens personnels.

– Vous êtes juif?

– Non.

– Depuis combien de temps connaissez-vous Sarah Gabbor?

– Un mois environ.

– Vous l'avez connue en Israël?

– A Beit She'an.

– Et vous pensez avoir des informations importantes à nous livrer?

– Je crois, oui.

Mon interlocuteur semblait réfléchir. Puis il dit tout à coup, d'un long trait grave :

– Monsieur Antioche, cette affaire est complexe, très complexe. Elle nous met tous dans l'embarras. Je parle de l'État israélien, mais aussi des autres gouvernements impliqués. Nous sommes convaincus que l'acte inconsidéré de Sarah Gabbor ne constitue que la partie émergée de l'iceberg. La pointe d'une filière beaucoup plus importante, d'envergure internationale.

« Acte inconsidéré » pour qualifier une balle de Glock en plein front – Delter avait le sens de l'euphémisme. L'avocat poursuivit :

– La police de chaque pays enquête sur ce dossier. Pour l'heure, toute information est confidentielle. Je ne peux absolument pas vous promettre que vous rencontrerez Mlle Gabbor. En revanche, je crois qu'il serait bon que vous veniez à Bruxelles – afin que nous parlions. Nous ne pouvons nous entretenir de tout cela par téléphone.

Je m'emparai d'un bloc-notes :

– Donnez-moi votre adresse.

– Je suis à l'ambassade d'Israël, 71, rue Joseph-II.

– Rappelez-moi votre nom.

– Itzhak Delter.

– Monsieur Delter, soyons clairs : si je puis vous aider, je le ferai sans hésiter. Mais à une seule condition : la certitude de rencontrer Sarah Gabbor.

– Cette décision ne nous appartient pas. Mais nous nous efforcerons d'obtenir cette autorisation. Si les enquêteurs estiment que cette rencontre peut aider au déroulement de l'enquête, il n'y aura pas de problème. Je pense que tout dépend de votre coopération et des informations que vous détenez...

– Non, maître. C'est donnant donnant. D'abord, Sarah. Ensuite, mon témoignage. Je serai à Bruxelles en milieu de journée.

Delter soupira – un vrombissement de réacteur :

– Nous vous attendons.

Quelques minutes plus tard, j'étais douché, rasé, habillé. Je portais le complet Hackett des grands jours, gris soyeux et boutons de nacre. Je réservai une voiture de location et appelai un taxi afin de me rendre chez le concessionnaire.

Il me restait plus de trente mille francs du pactole de Böhm. A quoi s'ajoutait ma rente mensuelle de vingt mille francs, que j'avais touchée en août et en septembre. Au total, soixante-dix mille francs qui me permettraient d'organiser tous les voyages nécessaires pour coincer le « doc ». De plus, je disposais encore de nombreux bons de location et autres billets d'avion première classe, aisément échangeables.

Lorsque je refermai la porte de chez moi, une décharge d'adrénaline courut dans mes membres.

48.

A neuf heures je roulais sur l'autoroute du nord, en direction de Bruxelles. Le ciel déroulait des trames sombres, comme les fils d'une dynamo néfaste. Au fil des kilomètres, le paysage changeait. Des bâtiments de briques rouges apparaissaient, telles des croûtes de sang qui se seraient insinuées à travers la campagne. J'avais l'impression de pénétrer dans les strates intérieures d'une tristesse brunâtre et sans retour. Le désespoir semblait pousser ici, parmi les herbes folles et les voies ferrées. A midi je passai la frontière. Une heure plus tard je roulais dans Bruxelles.

La capitale belge m'apparut comme une ville morne et sans éclat. Un Paris aux petits bras, qui aurait été dessiné par un artiste maussade. Je trouvai l'ambassade sans difficulté. C'était un immeuble, d'architecture moderne – béton gris et balcons rectilignes. Itzhak Delter m'attendait dans le hall.

Il ressemblait à sa voix. C'était un colosse d'un mètre quatre-vingt-dix, mal à l'aise dans son costume impeccable. Arborant un visage massif, aux mâchoires agressives, et des cheveux blonds coupés en brosse, cet homme faisait plutôt songer à un soldat habillé en civil qu'à un subtil avocat roué, aguerri aux affaires diplomatiques. Tant mieux. Je préférais traiter avec un homme d'action. Nous n'allions pas perdre de temps en palabres inutiles.

Après une fouille en règle, Delter me fit pénétrer dans un petit bureau à la décoration anonyme. Il me proposa de m'asseoir. Je refusai. Nous parlâmes ainsi quelques minutes, debout l'un en face de l'autre. L'avocat me dépassait d'une tête, mais je me sentais sûr de moi, concentré sur ma rage et mes secrets. Delter m'annonça qu'il m'avait obtenu l'autorisation de rencontrer Sarah Gabbor. J'expliquai à mon tour que je disposais de plusieurs éléments qui pourraient éclairer l'affaire des diamants et disculper la jeune femme en tant que complice directe des trafiquants.

Sceptique, Delter voulut m'interroger avant que nous nous rendions à la prison. Je refusai. L'homme serra les poings, ses mâchoires jouèrent sous sa peau. Au bout de quelques secondes, Delter se détendit et sourit. Il dit de sa voix profonde : « Vous êtes un dur, Antioche. Allons. Ma voiture est en bas. Nous avons rendez-vous à 14 heures à la prison de Ganshoren. »

En route, Delter me demanda clairement si j'étais l'amant de Sarah. J'éludai la question. De nouveau il me demanda si j'étais juif. Je niai de la tête. Cette idée semblait l'obséder. Delter ne posa plus de questions. Il m'expliqua que Sarah Gabbor était une « cliente » très difficile. Elle refusait de parler à quiconque, même à lui, son avocat. Il admit également qu'elle avait manifesté, lorsqu'elle avait su que je venais à Bruxelles, le désir de me voir. Je réprimai un frisson. Ainsi, malgré tout, notre filin d'amour tenait toujours.

La banlieue ouest de Bruxelles aurait pu s'appeler « De Profundis ». Ce fut un voyage au cœur de la tristesse et de l'ennui. Les maisons brunes composaient une étrange nuée d'organes, sombres et luisants, comme pétrifiés dans leur sang coagulé.

« Nous arrivons », dit Delter en s'arrêtant devant un vaste édifice au portail encadré de colonnes carrées en granit. Deux femmes, armées de mitraillettes, montaient la garde. Au-dessus d'elles était gravé dans la pierre : « Tribunal des femmes ».

On nous annonça. Quelques secondes plus tard, une femme d'une cinquantaine d'années vint à notre rencontre. Un sale petit air suspicieux était plaqué sur son visage. Elle se présenta : Odette Wilessen, directrice de la prison. Avec un fort accent flamand, elle me répéta, en me fixant avec ses yeux d'oiseau funeste : « Sarah Gabbor a manifesté le désir de vous rencontrer. En fait, elle est au secret jusqu'à nouvel ordre, mais M. Delter ainsi que le juge d'instruction pensent qu'il serait positif que vous la voyiez. C'est une détenue difficile, monsieur Antioche.

Je ne veux pas de complications supplémentaires. Sachez tenir votre place. »

Nous fîmes quelques pas, puis découvrîmes un petit jardin. « Attendez-moi ici », ordonna Odette Wilessen. Elle disparut. Nous patientâmes près d'une fontaine de pierre. Cette atmosphère, silencieuse et compassée, rappelait celle d'un couvent. Rien d'ailleurs ne laissait présager que nous étions dans un établissement pénitentiaire. Nous étions entourés de bâtiments gris, à l'architecture classique, sans le moindre barreau aux fenêtres. La directrice revint, accompagnée de deux gardiennes, vêtues de bleu, qui la dépassaient de vingt bons centimètres. Odette Wilessen nous pria de la suivre. Nous longeâmes une allée d'arbres puis une porte s'ouvrit.

Au fond d'un long couloir, un haut portail vitré se dressait, à l'intérieur même de l'édifice. De larges barreaux plats, couleur bleu ciel, striaient la vitre épaisse et sale. Je compris pourquoi la prison était invisible jusqu'alors. C'était un bâtiment dans le bâtiment. Un bloc de ferraille et de verrous, cerné de pierre. Nous approchâmes. Sur un signe de la directrice, une femme, de l'autre côté, actionna une serrure. Un cliquetis retentit. Nous pénétrâmes alors dans un autre espace, confiné, embrumé, où perçaient des néons blancs et aveuglants.

Le couloir continuait. La peinture bleu clair recouvrait tout : les grilles, qui barraient les fenêtres étroites, les murs, à mi-hauteur, les serrures, les panneaux métalliques... Ici, le jour ne pénétrait qu'à grand-peine et les néons blafards devaient griller toute l'année, jour et nuit. Nous suivîmes les gardiennes. Il régnait un silence lourd et absolu, comme une pression des grands fonds.

Au bout du couloir, il fallut tourner à droite, glisser une nouvelle clé, ouvrir une nouvelle porte. Je croisai une porte dont la partie supérieure était vitrée. Des visages de femmes apparurent. Elles s'affairaient autour de petites machines à coudre. Les regards se fixèrent sur moi. A mon tour je les observai quelques secondes, puis je baissai les yeux et repris ma route. Sans m'en rendre compte, je m'étais arrêté pour scruter ces êtres emprisonnés, pour y lire la trace de leurs fautes, comme une marque de naissance qui aurait stigmatisé leur visage. Plusieurs portes se succédèrent et ce furent encore d'autres activités – informatique, poterie, travail du cuir...

Nous continuâmes. A travers des barreaux plats et écaillés, j'aperçus une tache de jour, grise et morne. Des murs noirâtres entouraient une cour à ciel ouvert, au macadam fissuré, traversée par un filet de volley-ball. Le ciel de plomb ressemblait à un mur supplémentaire. Là, des femmes allaient et venaient, bras dessus, bras dessous, en fumant des cigarettes. Encore une fois leurs yeux m'enveloppèrent. Des pupilles d'êtres blessés, humiliés, meurtris. Des pupilles obscures et profondes, où perçait l'acuité d'un désir entremêlé de haine. « Allons », fit l'une des matonnes. Itzhak Delter me tira par le bras. D'autres serrures, d'autres cliquetis se succédèrent.

Enfin nous accédâmes au parloir. C'était une grande pièce, plus sombre encore, et plus sale. L'espace était séparé en deux, dans le sens de la longueur, par une barrière de vitres dont les contours de bois et les tablettes affichaient toujours la sinistre couleur de layette. L'architecte de la prison avait sans doute cru judicieux d'ajouter cette touche délicate aux finitions du blockhaus. Notre groupe s'arrêta sur le seuil de la salle. Odette Wilessen se tourna vers moi :

– Cette entrevue est exceptionnelle, monsieur Antioche, je vous le répète. Sarah Gabbor est une femme dangereuse. Pas de vague, monsieur. Pas de vague.

D'un coup de menton, Odette Wilessen m'indiqua la direction à suivre, le long des compartiments. Je m'avançai seul, croisant les boxes vides. Mon cœur cognait plus fort à mesure que les vitres défilaient. Soudain je dépassai une ombre. Je revins en arrière et sentis mes jambes se dérober sous moi. Je m'écroulai sur un siège, face à la vitre. De l'autre côté, Sarah me regardait, le visage fermé à double tour.

49.

Ma kibboutznik portait maintenant les cheveux courts. Sa tignasse blonde était devenue une jolie coupe au carré, délicate et lisse. Son teint, à l'ombre des néons, avait pâli. Mais ses pommettes tenaient toujours la dragée haute à la douceur de ses yeux. C'était bien la même petite sauvageonne, belle et tenace, que j'avais connue parmi les cigognes. Elle prit le combiné de communication.

– Tu as une sale gueule, Louis.

– Tu es magnifique, Sarah.

– Qui t'a fait cette cicatrice au visage?

– Un souvenir d'Israël.

Sarah haussa les épaules :

– Voilà ce que c'est de fouiner partout.

Elle portait une chemise bleue, ample, aux manches ouvertes. J'aurais voulu l'embrasser, perdre mes lèvres dans les contours de son corps, en dévorer les lignes âpres et légères. Il y eut un silence. Je demandai :

– Comment vas-tu, Sarah?

– Comme ça.

– Je suis heureux de te voir.

– Tu appelles ça me voir? Tu n'as jamais eu le sens des réalités...

Je passai la main sous la tablette afin de vérifier s'il n'y avait pas de micros cachés.

– Raconte-moi tout, Sarah. Depuis ta disparition à Beit She'an.

– Tu es venu pour jouer les taupes?

– Non, Sarah. C'est tout le contraire. Ils m'ont autorisé à te rencontrer parce que j'ai promis de leur livrer des informations permettant de te disculper.

– Que vas-tu leur dire?

– Tout ce qui pourra démontrer ton rôle mineur dans le trafic des diamants.

La kibboutznik haussa les épaules.

– Sarah, je suis venu pour te voir. Mais aussi pour savoir. Tu me dois la vérité. Elle peut nous sauver, toi et moi.

Elle éclata de rire et me jeta un regard glacial. Lentement, elle tira de sa poche un paquet de cigarettes, en alluma une, puis commença :

– Tout ce qui arrive est de ta faute, Louis. Enfonce-toi bien ça dans le crâne. Tout, tu entends? Le dernier soir, à Beit She'an, lorsque tu m'as parlé des bagues des cigognes, tu m'as rappelé certaines choses auxquelles je n'avais pas prêté attention. Après la mort d'Iddo, j'avais rangé toutes ses affaires. Sa chambre, mais aussi son laboratoire, comme il appelait le gourbi où il soignait ses cigognes. En déplaçant son matériel, j'avais découvert une petite trappe, sous un enclos, dans laquelle étaient cachées des centaines de bagues métalliques, couvertes de sang. Sur le moment, je n'avais prêté aucune attention à ces trucs dégueulasses. Pourtant, par respect pour sa mémoire et sa passion d'ornithologue, j'avais laissé le sac de toile en place, dans la trappe. Puis j'avais oublié ce détail.

» Beaucoup plus tard, lorsque tu m'as expliqué ton idée de message placé dans les bagues, un déclic s'est produit. Je me suis souvenue du sac d'Iddo et j'ai compris : Iddo avait découvert ce que tu cherchais. C'est pourquoi il s'était armé et disparaissait des journées entières. Chaque jour il éliminait des cigognes et récupérait les bagues.

» Ce soir-là, j'ai choisi de ne rien te dire. J'ai attendu l'aube, patiemment, pour ne pas éveiller tes soupçons. Puis, quand tu es parti à l'aéroport Ben-Gourion, je suis retournée dans la cahute et j'ai exhumé les morceaux de fer. J'ai ouvert une bague à l'aide d'une pince. Tout à coup, un diamant m'a sauté dans la main. Je n'en croyais pas mes yeux. J'ai aussitôt ouvert une autre bague. Il y avait dedans plusieurs autres pierres, plus petites. J'ai recommencé ainsi une dizaine de fois. A chaque fois je découvrais des diamants. Le miracle se répétait à l'infini. J'ai renversé le sac et hurlé de joie : il y avait là au moins mille bagues.

– Alors?

– Alors, j'étais riche, Louis. Je disposais des moyens de m'enfuir, d'oublier les poissons, la boue et le kibboutz. Mais d'abord je voulais être sûre. J'ai préparé un sac de voyage, embarqué quelques armes et pris le bus pour Netanya, la capitale des diamants.

– J'ai suivi ta trace jusqu'à là-bas.

– Comme tu vois, ça n'a pas servi à grand-chose.

Je ne répondis rien, Sarah poursuivit :

– J'ai trouvé là-bas un tailleur de pierres qui m'a acheté un diamant. Le bonhomme m'a arnaquée, mais il n'a pu me cacher la qualité extraordinaire de ces pierres. Le pauvre vieux! Son émotion se lisait sur son visage. Je possédais donc une fortune. A ce moment, j'étais si exaltée que je n'ai même pas réfléchi à la situation, je n'ai même pas songé aux cinglés qui trafiquaient des pierres précieuses par cigognes interposées. Je savais seulement une chose : ces mecs avaient tué mon frère et cherchaient toujours les diamants. J'ai loué une voiture, puis foncé à Ben-Gourion. Là, j'ai pris le premier vol pour l'Europe. Ensuite j'ai voyagé encore et planqué les diamants en lieu sûr.

– Et puis?

– Une semaine a passé. Les producteurs indépendants vendent en général leurs diamants à Anvers. Je devais donc aller là-bas et jouer serré. Discrètement et rapidement.

– Tu... tu étais toujours armée?

Sarah ne put réprimer un sourire. Elle dressa vers moi son index, armant avec son pouce un pistolet imaginaire.

– Monsieur Glock m'a suivie partout.

Un court instant, je pensai : « Sarah est folle. »

– J'ai décidé de tout fourguer à Anvers, continua-t-elle, par sachets de dix ou quinze pierres, tous les deux jours. Le premier jour, j'ai repéré un vieux juif, dans le genre du tailleur de Netanya. J'ai obtenu 50 000 dollars, en quelques minutes. Le surlendemain, je suis revenue et j'ai changé d'interlocuteur : 30 000 de mieux. La troisième fois, alors que j'étais en train d'ouvrir mon enveloppe, une main s'est posée sur moi. J'ai entendu : « Pas un geste. Vous êtes en état d'arrestation. » J'ai senti le canon dans mon dos. J'ai perdu la tête, Louis. En un éclair, j'ai vu tous mes espoirs réduits à néant. J'ai vu mon fric, mon bonheur, ma liberté s'évanouir. Je me suis retournée, Glock en main. Je ne voulais pas tirer, juste maîtriser ce petit flic de merde qui croyait pouvoir me stopper dans ma course. Mais ce con braquait sur moi un Beretta 9 mm, chien levé. Je n'avais pas le choix : j'ai tiré une seule fois, droit au front. Le mec s'est étalé sur le sol, la moitié du crâne en moins. (Sarah rit d'un rire mauvais.) Il n'avait même pas effleuré la gâchette. J'ai repris mes pierres, tout en tenant en joue les diamantaires. Ils étaient terrifiés. Ils pensaient sans doute que j'allais les voler. Je suis sortie à reculons. J'ai cru un bref instant que j'allais m'en sortir. C'est alors que les vitres se sont refermées. Je suis restée coincée dans ce putain de bocal.

– J'ai lu tout ça dans les journaux.

– L'histoire ne s'arrête pas là, Louis.

Sarah écrasa nerveusement sa cigarette, plus souveraine que jamais.

– L'homme qui a tenté de m'arrêter était un agent fédéral suisse, un nommé Hervé Dumaz. Pour les autorités belges, l'affaire devenait plutôt compliquée. Un flic suisse, tué en Belgique, par une Israélienne. Et une fortune en diamants, dont la provenance demeurait une énigme. Les Belges ont commencé à m'interroger. Puis mon avocat, Delter, a pris le relais. Ensuite, une délégation suisse a déboulé. Bien sûr, je n'ai rien dit. A personne. Mais j'ai réfléchi : pourquoi un petit inspecteur de Montreux m'aurait-il suivie jusqu'à Anvers, alors que personne ne savait que j'étais en Belgique? Je me suis alors souvenue du « flic étrange » dont tu m'avais parlé et j'ai compris que c'était toi qui avais placé Dumaz sur ma trace, pendant que tu continuais à courir après tes cigognes et tes trafiquants. J'ai compris que c'était toi, fils de pute, qui m'avais mis ce flic entre les pattes.

Je pâlis et balbutiai :

– Tu étais en danger. Dumaz devait te protéger jusqu'à mon retour...

– Me protéger?

Sarah éclata d'un rire si fort qu'une des gardiennes s'approcha, arme au poing. Je lui fis signe de s'éloigner.

– Me protéger? reprit Sarah. Tu n'as donc pas compris qui était Dumaz? Qu'il travaillait avec les trafiquants que tu recherchais?

Le glas des derniers mots me frappa au ventre. Mon sang se figea. Avant que j'aie pu rien dire, Sarah poursuivit :

– Depuis qu'on m'interroge, j'ai appris beaucoup de choses sur ces diamants. Beaucoup plus que je ne pourrais jamais leur en raconter. Delter est venu une fois avec un officier d'Interpol, un Autrichien nommé Simon Rickiel. Pour me persuader de coopérer, ils m'ont raconté quelques histoires très instructives. Notamment celle d'Hervé Dumaz, flic véreux qui arrondissait ses fins de mois en remplissant des missions de sécurité, plus ou moins troubles, auprès de sociétés plus troubles encore. Lors du grabuge, de nombreux témoins ont reconnu Dumaz. Ils ont déclaré que chaque printemps, Dumaz accompagnait Böhm à Anvers, qui vendait ses pierres là-bas – le même genre que les miennes : des petits diamants, d'une qualité unique. L'histoire commence à se dessiner dans ta tête? (Sarah rit encore, puis alluma une nouvelle cigarette.) J'ai connu des pigeons, mais des comme toi, jamais.

Mon cœur cognait à se rompre. En même temps, tout devenait clair : la rapidité avec laquelle Dumaz avait obtenu les informations sur le vieux Max, sa conviction que toute l'affaire reposait sur un trafic de diamants, son obstination à m'envoyer en Centrafrique. Hervé Dumaz connaissait Max Böhm, mais il ignorait la nature de la filière. Il m'avait donc utilisé, à mon insu, pour retrouver les diamants disparus et découvrir les rouages du système. Une profonde nausée me barrait la gorge.

– Je veux t'aider, Sarah.

– Je n'ai pas besoin de ton aide. Mon avocat va me sortir de là. (Elle rit.) Je n'ai pas peur des Belges, ni des Suisses. Nous sommes les plus forts, Louis. N'oublie jamais ça.

Le silence, de nouveau, s'imposa. Au bout de quelques secondes, Sarah reprit, à mi-voix :

– Louis, nous n'en n'avons jamais parlé ensemble...

– Quoi?

Sa voix était légèrement enrouée.

– Les cigognes apportent-elles des bébés, dans ton pays?

Sur l'instant, je ne saisis pas la question. Enfin je répondis :

– Oui... Sarah.

– Sais-tu pourquoi on raconte ça?

Je me tortillai sur mon siège et m'éclaircis la voix. Deux mois auparavant, lorsque je préparais mon voyage, j'avais étudié cette question particulière. Je racontai à Sarah la légende germanique selon laquelle la déesse Holda avait fait de la cigogne son émissaire. Cette divinité gardait, dans les endroits humides, les âmes des défunts tombées du ciel avec l'eau de la pluie. Elle les réincarnait alors dans des corps d'enfants et chargeait la cigogne de les apporter aux parents.

J'expliquai aussi que, partout, en Europe ou au Proche-Orient, on croyait à cette vertu particulière des oiseaux au bec orange. Même au Soudan, les volatiles avaient la réputation d'apporter les enfants. Mais là-bas on vénérait une cigogne noire, qui déposait des bébés noirs sur le toit des cases... Je racontai d'autres anecdotes, apportai d'autres détails, mêlés de charme et de tendresse. Ce fut un instant de pur amour, aussi bref qu'éternel. Lorsque j'eus achevé mon récit, Sarah murmura :

– Nos cigognes ne nous ont apporté que la violence et la mort. C'est dommage, je n'aurais pas été contre.

– Contre quoi?

– Des enfants. Avec toi.

L'émotion déferla sur mon cœur comme une pieuvre de feu. Je me levai d'un bond et plaquai mes mains brûlées sur la paroi transparente. Je hurlai : « Sarah! » Ma femme sauvage baissa les yeux et renifla, D'un coup, elle se leva et souffla :

– Tire-toi, Louis. Vite, tire-toi.

Mais c'est elle qui prit la fuite, sans se retourner. Telle une Eurydice moderne – au fond d'un enfer de bois bleu ciel.

50.

– Je souhaite rencontrer Simon Rickiel.

Itzhak Delter fronça les sourcils. Sa mâchoire en enclume s'entrouvrit :

– Rickiel, le type d'Interpol?

– Oui, répliquai-je. C'est avec lui que je souhaite m'entretenir.

Delter joua des épaules. Je perçus le froissement de sa veste. Nous étions dans le jardin de la prison de Ganshoren.

– Ça n'était pas prévu ainsi. C'est avec moi que vous devez parler. Votre témoignage me concerne en priorité : je dois juger de son intérêt pour la défense de ma cliente.

– Vous n'avez pas compris, Delter. Je ne suis pas en train de vous doubler. Mes révélations n'ont qu'un but : épargner à Sarah une peine de prison maximale. Mais cette affaire se déploie sur un plan international. Mon témoignage doit aussi être écouté par un homme d'Interpol, qui connaît la situation.

J'appuyai mes dernières paroles d'un sourire. Delter tirait la gueule. En fait, ma requête visait à éviter toute manipulation de sa part. Les propos de Sarah m'avaient fait comprendre que Rickiel détenait beaucoup d'informations. Cigognes ou pas cigognes, Max Böhm était dans le collimateur de la police internationale depuis un moment. En présence de l'officier, je parlerais en terrain de connaissance. De sa voix grave, Delter bourdonna :

– Vous vous foutez de moi, Antioche. On ne se moque pas impunément d'un avocat de mon calibre.

– Gardez vos menaces et appelez Rickiel. Je vous dirai tout, à tous les deux.

Delter me précéda vers le portail de granit. Nous prîmes sa voiture puis traversâmes la banlieue sous une fine bruine, jusqu'à Bruxelles. Durant le trajet, l'avocat ne dit pas un mot. Enfin, nous stoppâmes devant un immense bâtiment noir datant du siècle dernier, coincé entre deux horloges. La façade était percée de hautes fenêtres, déjà allumées. Des gardes armés affrontaient la pluie sans broncher, sous des gilets pare-balles.

Nous empruntâmes un large escalier. Au deuxième étage, Delter prit une suite de couloirs interminables, qui alternaient parquet grinçant et tapis râpés. Il semblait ici chez lui. Enfin, nous entrâmes dans un petit bureau de police, modèle standard – murs crados, lampe blafarde, meubles en tôle et machines à écrire datant d'avant-guerre. Delter s'entretint quelques minutes avec deux hommes en bras de chemise, presque aussi balèzes que lui, portant à l'épaule des Magnum 38. Je me demandai quel genre de veste pouvait dissimuler de tels engins.

Les hommes me lancèrent un regard morne. L'un d'eux passa derrière un bureau et posa les questions usuelles : nom, prénom, date de naissance, situation familiale... Il voulut ensuite prendre mes empreintes digitales. Par pure provocation, je dressai devant lui mes paumes rosâtres, lisses et anonymes. Cette vision lui causa un choc. Il bougonna quelques excuses puis s'éclipsa dans un autre bureau. Entre-temps, Ithzak Delter avait lui aussi disparu.

Je patientai un long moment. Personne ne daignait m'expliquer ce que j'attendais exactement. Je restai assis, à ruminer mes remords. L'entrevue avec Sarah m'avait bouleversé. Mes erreurs – et leurs conséquences – tournaient dans mon esprit, sans que je puisse arguer quoi que ce soit pour ma défense. Le crime, qu'on le pratique ou qu'on l'affronte, est un métier, qui exige intuition et expérience. Il ne suffisait pas d'être suicidaire pour être efficace.

Delter réapparut. Il était accompagné par un curieux personnage, un petit homme à la mine chiffonnée, dont la moitié supérieure du visage était glacée par d'épaisses lunettes en culs de bouteille. Cette frêle silhouette était engloutie dans un pull de camionneur à fermeture à glissière et un lourd pantalon de velours côtelé. Le bouquet était ses chaussures : l'homme portait d'énormes chaussures de sport, aux semelles épaisses et aux hautes languettes. De véritables pompes de rappeur. Enfin, à la ceinture, enfoui dans les replis du pull, on discernait un pistolet automatique : un Glock 17, modèle 9 millimètres parabellum – la copie conforme de celui de Sarah.

Delter s'inclina et fit les présentations :

– Voici Simon Rickiel, Louis. Officier d'Interpol. Dans l'affaire qui nous concerne, il est notre interlocuteur privilégié. (Il se tourna vers le petit homme.) Simon, je vous présente Louis Antioche, le témoin dont je vous ai parlé.

L'utilisation de mon prénom démontrait que l'avocat était décidé à jouer le jeu. Je me levai et m'inclinai à mon tour, gardant mes mains dans le dos. Rickiel me gratifia d'un bref sourire. Son visage était coupé en deux : ses lèvres s'arquaient alors que toute la partie supérieure était immobile, comme emprisonnée dans un bocal. J'imaginais d'une autre façon les officiers de la police internationale.

– Suivez-moi, dit l'Autrichien.

Son bureau ne ressemblait pas aux autres pièces. Les murs étaient immaculés, le parquet sombre et étincelant. Un large meuble de bois se dressait au milieu, supportant un matériel informatique dernier cri. Je repérai un terminal de l'agence Reuter – qui diffusait, en temps réel, toute l'actualité mondiale – et un second terminal qui affichait d'autres informations, sans doute spécifiques à Interpol.

– Asseyez-vous, ordonna Rickiel en se glissant derrière son bureau.

Je pris un siège. Delter s'assit en retrait. De but en blanc, l'Autrichien résuma :

– Bien. Maître Delter m'a expliqué que vous souhaitiez témoigner, de votre propre gré. Il semble que vous déteniez des éléments qui pourraient nous éclairer sur cette affaire et peut-être alléger les charges qui pèsent sur Sarah Gabbor. C'est bien cela?

Rickiel s'exprimait en français, sans l'ombre d'un accent.

– Absolument, répondis-je.

Le flic marqua un temps. Il se tenait la tête dans les épaules, les bras croisés sur son bureau. Les écrans des ordinateurs se reflétaient dans ses lunettes, comme autant de petites lucarnes laiteuses. Il reprit :

– J'ai parcouru votre dossier, monsieur Antioche. Votre « profil » est pour le moins atypique. Vous déclarez être orphelin. Vous n'êtes pas marié et vous vivez en solitaire. Vous avez trente-deux ans mais vous n'avez jamais exercé d'activité professionnelle. En dépit de cela, vous vivez dans l'opulence et habitez un appartement boulevard Raspail, à Paris. Vous expliquez ce confort par l'attention particulière que vous portent vos parents adoptifs, Nelly et Georges Braesler, riches propriétaires dans la région du Puy-de-Dôme. Vous déclarez également mener une existence retirée et sédentaire. Pourtant, vous revenez d'un voyage à travers le monde, qui semble avoir été plutôt mouvementé. J'ai vérifié certains éléments. On retrouve votre trace notamment en Israël et en Centrafrique, dans des conditions très particulières. Dernier paradoxe : vous arborez des allures de dandy délicat, mais vous avez le visage traversé par une cicatrice toute fraîche – et je ne parle pas de vos mains. Qui êtes-vous donc, monsieur Antioche?

– Un voyageur égaré dans un cauchemar.

– Que savez-vous sur cette affaire?

– Tout. Ou presque.

Rickiel émit un petit rire dans ses épaules.

– Cela promet. Pouvez-vous nous expliquer par exemple l'origine des diamants qui étaient en possession de Mlle Sarah Gabbor? Ou pourquoi Hervé Dumaz a fait mine d'arrêter la jeune femme sans prévenir les services de sécurité de la Beurs von Diamanthandel?

– Absolument.

– Très bien. Nous vous écoutons et...

– Attendez, l'interrompis-je. Je vais m'exprimer ici sans avocat ni protection, et de surcroît dans un pays étranger. Quelles garanties pouvez-vous m'offrir?

Rickiel rit de nouveau. Ses yeux étaient froids et immobiles, parmi les lueurs informatiques.

– Vous parlez comme un coupable, monsieur Antioche. Tout

dépend de votre degré d'implication dans cette affaire. Mais je peux vous assurer qu'en qualité de témoin vous ne serez ni inquiété ni tourmenté par des tracasseries administratives. Interpol a l'habitude de travailler sur des affaires qui mêlent les cultures et les frontières. C'est seulement ensuite, selon les pays impliqués, que les choses se compliquent. Parlez, Antioche, nous ferons le tri. Nous allons pour l'heure vous écouter d'une manière informelle. Personne ne notera ou n'enregistrera vos propos. Personne ne consignera votre nom, à quelque titre que ce soit, dans le dossier. Ensuite, selon l'intérêt de vos informations, je vous demanderai de répéter votre témoignage à d'autres personnes de notre service. Vous deviendrez alors « témoin officiel ». Dans tous les cas, je vous garantis que, si vous n'avez ni tué ni volé personne, vous repartirez de Belgique en toute liberté. Cela vous convient-il?

Je déglutis et tirai rapidement un trait mental sur mes crimes personnels. Je résumai les principaux événements des deux derniers mois. Je racontai tout, sortant de mon sac, au fil du récit, les objets qui donnaient corps à mes paroles : les fiches de Max Böhm, le petit cahier de Rajko, le rapport d'autopsie de Djuric, le diamant donné par Wilm, à Ben-Gourion, le certificat de décès de Philippe Böhm, le constat signé par sœur Pascale, la « cassette-confession » d'Otto Kiefer... En guise d'épilogue, je posai sur le bureau les tout premiers éléments découverts en Suisse : les photographies de Max Böhm et la radiographie de son cœur, doté d'une capsule de titane.

Mon récit dura plus d'une heure. Je m'efforçai d'expliquer la double intrigue – celle des « voleurs de diamants » et celle du « voleur de cœurs » – et comment ces deux réseaux étaient liés entre eux. Je pris soin également de replacer le rôle de chacun, notamment celui de Sarah, impliquée malgré elle dans cette aventure, et celui d'Hervé Dumaz, flic crapuleux qui s'était servi de moi et aurait abattu Sarah sans aucun doute, après avoir récupéré les pierres précieuses.

Je m'arrêtai, observant les réactions de mes deux interlocuteurs. Le regard de verre de Rickiel scrutait mes pièces à conviction, sur le bureau. Un sourire s'était figé sur ses lèvres. Quant à

Delter, ses mâchoires menaçaient de se décrocher tout à fait. Le silence se referma sur mes paroles. Rickiel dit enfin :

– Formidable. Votre histoire est simplement formidable.

Le visage me brûlait :

– Vous ne me croyez pas?

– Disons, à 80 pour cent. Mais il y a dans ce que vous racontez une quantité de choses à vérifier, sinon à démontrer. Ce que vous appelez vos « preuves » est tout relatif. Les gribouillages d'un Tsigane, les conclusions d'une bonne sœur qui n'est pas médecin, un diamant isolé, sont plutôt de maigres indices que des preuves solides. Quant à votre cassette, nous allons l'écouter. Mais vous savez sans doute que ce type de document n'est pas recevable devant une cour de justice. Reste l'éventuel témoignage de Niels van Dötten, votre géologue sud-africain.

L'envie de casser ses lunettes au petit flic devint tout à coup irrépressible. Mais, obscurément, j'admirais aussi le sang-froid de l'Autrichien. Mon aventure aurait cloué n'importe quel autre auditeur – et Rickiel évaluait, mesurait, envisageait chaque aspect de l'histoire. L'officier poursuivit :

– Dans tous les cas, je vous remercie, Antioche. Vous éclairez de nombreux points qui nous tracassaient depuis un moment. Le meurtre de Dumaz n'a pas réellement surpris nos services car nous soupçonnions ce trafic de diamants depuis au moins deux années et disposions de sérieuses présomptions. Nous connaissions les noms : Max Böhm, Hervé Dumaz, Otto Kiefer, Niels van Dötten. Nous connaissions le réseau : le triangle Europe/Centrafrique/Afrique du Sud. Mais il nous manquait l'essentiel : les courriers, c'est-à-dire les preuves. Depuis deux années, les acteurs de ce système étaient sous surveillance. Aucun d'entre eux n'a jamais emprunté, personnellement, la route des diamants. Aujourd'hui, grâce à vous, nous savons qu'ils utilisaient des oiseaux. Cela pourrait sembler extraordinaire, mais croyez-moi, j'en ai vu bien d'autres. Je vous félicite, Antioche. Vous ne manquez ni de ténacité ni de courage. Si vos cigognes vous lassent un jour, n'hésitez pas à venir me trouver : j'aurai du travail pour vous.

La tournure de la conversation me laissait pantois.

– Et... c'est tout?

– Non, bien sûr. Nos entretiens ne font que commencer. Demain, nous consignerons tout cela par écrit. Le juge d'instruction doit également vous entendre. Votre témoignage permettra peut-être de renvoyer Sarah Gabbor en Israël, en attendant son procès. Vous n'avez pas idée du désir des criminels de purger leur peine dans leur propre pays. Nous passons notre vie à transférer des prisonniers. Voilà pour les diamants. Je suis beaucoup plus sceptique au sujet de votre mystérieux docteur.

Je me levai, le feu au visage :

– Vous n'avez rien compris, Rickiel. La filière des diamants est close. Tout est fini de ce côté-là. En revanche, un chirurgien cinglé continue de voler des organes à travers le monde. Ce dingue poursuit un but, obscur, inlassable, terrifiant. C'est une certitude. Il dispose de tous les moyens pour agir. Il n'y a aujourd'hui qu'une seule urgence : coincer ce salopard. L'arrêter avant qu'il ne tue, encore et encore, pour mener ses expériences.

– Laissez-moi juger des urgences, rétorqua Rickiel. Restez à l'hôtel, ce soir, à Bruxelles. Mes hommes vous ont réservé une chambre au Wepler. Ce n'est pas le grand luxe mais c'est plutôt confortable. Nous nous verrons demain.

Je frappai sur le bureau. Delter se leva d'un bond, Rickiel ne broncha pas. Je hurlai :

– Rickiel, un monstre court le monde! Il tue et torture des enfants. Vous pouvez lancer des avis de recherche, consulter des terminaux, recouper des milliers d'événements, contacter les polices du monde entier. Faites-le, nom de Dieu!

– Demain, Antioche, murmura le flic, les lèvres frémissantes. Demain. N'insistez pas.

Je sortis en claquant la porte.

51.

Quelques heures plus tard, je ruminais encore ma colère dans ma chambre d'hôtel. A bien des égards, je m'étais fait rouler. J'avais livré mes informations à l'OIPC-Interpol et je n'avais pratiquement rien obtenu en échange – en tout cas du point de vue de l'enquête. Ma seule consolation était que ma déposition allait jouer un rôle positif en faveur de Sarah.

A part cela, la soirée multipliait les impasses. J'avais appelé mon répondeur : aucun message. J'avais appelé le Dr Warel : sans résultat.

A vingt heures trente, le téléphone sonna. Je décrochai brutalement. La voix que j'entendis me surprit :

– Antioche? Rickiel à l'appareil. J'aimerais parler avec vous.

– Quand?

– Maintenant. Je suis en bas, au bar de l'hôtel.

Le bar du Wepler était moquetté de rose sombre et ressemblait plutôt à une alcôve destinée à des plaisirs troubles. Je découvris Simon Rickiel dans un fauteuil de cuir, emmitouflé dans son gros pull. Il grignotait avec circonspection quelques olives, un verre de whisky posé devant lui. Je me demandai s'il portait encore son Glock – et s'il aurait été aussi rapide que moi à dégainer.

– Asseyez-vous, Antioche. Et cessez de jouer au dur. Vous avez fait vos preuves.

Je m'assis et commandai un thé de Chine. J'observai quelques secondes Rickiel. Son visage était toujours happé par ses gros verres bombés, comme l'image d'un miroir à moitié embué.

– Je suis venu vous féliciter encore une fois.

– Me féliciter?

– J'ai une certaine expérience du crime, vous savez. Je connais la valeur de votre enquête. Vous avez effectué du bon travail, Antioche. Vraiment. Mon offre d'embauche n'était pas une plaisanterie, tout à l'heure.

– Vous n'êtes pas venu pour ça, tout de même?

– Non. Cet après-midi, j'ai compris votre déception. Vous pensez que je n'ai pas accordé assez de crédit à votre histoire de chirurgien criminel.

– Exact.

– Je ne pouvais en faire plus. En tout cas en présence de Delter.

– Quel est le rapport?

– Cet aspect des choses ne le concerne pas.

Le serveur apporta mon thé. Son parfum lourd et âcre me rappela soudain l'humus de la forêt.

– Vous accordez donc foi à mes propos?

– Oui. (Rickiel tripotait toujours ses olives, du bout d'un cure-dents.) Mais je vous l'ai dit : cet aspect nécessite un important travail d'investigation. De plus, il faudrait jouer franc jeu avec moi.

– Franc jeu?

– Vous ne m'avez pas tout dit. On ne découvre pas de tels éléments sans faire de vagues.

Une goulée de thé m'offrit le loisir de masquer mon malaise. Je mis le cap sur l'innocence :

– Je ne vous suis pas, Rickiel.

– Très bien. Cet après-midi, nous avons évoqué Max Böhm, Otto Kiefer, Niels van Dötten. De vrais criminels, mais aussi des sexagénaires, plutôt inoffensifs, vous en conviendrez. Or ces hommes étaient protégés. Il y avait Dumaz, mais il y en avait d'autres. Beaucoup plus redoutables. J'en ai quelques-uns dans ma manche. Je vais vous donner des noms. Vous me direz ce qu'ils évoquent pour vous.

Rickiel eut un petit sourire ironique, avant d'avaler une olive.

– Miklos Sikkov.

Un uppercut au foie. Je desserrai légèrement les mâchoires :

– Je ne connais pas.
– Milan Kalev.
Sans doute le comparse de Sikkov. Je murmurai :
– Qui sont ces hommes?
– Des voyageurs. Dans votre genre, mais moins chanceux. Ils sont morts, tous les deux.
– Où?
– On a retrouvé le corps de Kalev en Bulgarie, le 31 août, dans la banlieue de Sofia, la gorge tranchée par un tesson de verre. Sikkov est mort en Israël, le 6 septembre. En territoire occupé. Seize balles dans le visage. Deux affaires classées. Le premier meurtre a été perpétré lorsque vous étiez à Sofia, Antioche. L'autre, quand vous trouviez en Israël. Exactement au même endroit – à Balatakamp. Des hasards plutôt curieux, vous en conviendrez.
Je répétai :
– Je ne connais pas ces hommes.
Rickiel reprit son petit manège avec les olives. Des hommes d'affaires allemands venaient de pénétrer dans le bar. Bourrades et éclats de rire. Le flic, les lèvres luisantes, poursuivit :
– J'ai d'autres noms, Antioche. Que savez-vous de Marcel Minaüs, Yeta Iakovic, Ivan Tornoï?
Les victimes du massacre de la gare de Sofia. Je déclarai, plus distinctement :
– Vraiment, ces noms ne m'évoquent rien.
– Bizarre, dit l'Autrichien, puis il but une gorgée d'alcool avant de reprendre : Savez-vous ce qui m'a poussé à travailler pour Interpol, Antioche? Ce n'est pas le goût du risque. Encore moins celui de la justice. Simplement la passion des langues. Depuis mon plus jeune âge, je m'intéresse à ce domaine. Vous ne soupçonnez pas l'importance des langues dans le monde criminel. Actuellement, les agents du FBI, aux États-Unis, travaillent d'arrache-pied à maîtriser les dialectes chinois. C'est le seul moyen pour eux de coincer les gangs des triades. Bref, il se trouve que je parle couramment le bulgare. (Nouveau sourire.) J'ai donc lu avec grande attention le certificat signé par le Dr Milan Djuric. Plutôt édifiant, terrifiant, même. J'ai également étudié un rapport de la police bulgare concernant un véritable

massacre survenu dans la gare de Sofia, le 30 août au soir. Du travail de professionnel. Lors de cette tuerie, trois innocents ont péri – ceux que je viens de citer : Marcel Minaüs, Yeta Iakovic et un enfant, Ivan Tornoï. La mère de ce dernier a témoigné, Antioche. Elle est formelle : les tueurs visaient un quatrième homme, un Blanc, qui correspond à votre signalement. Quelques heures plus tard, Milan Kalev mourait dans un entrepôt, égorgé comme un animal.

Je renonçai à boire le Lapsang.

– Je ne comprends toujours pas, balbutiai-je.

Rickiel lâcha à son tour ses olives et me fixa dans les yeux. Ses verres reflétaient son verre d'alcool, comme de rousses étincelles de feu.

– Nos services connaissaient Kalev et Sikkov. Kalev était un mercenaire bulgare – plus ou moins médecin – qui avait l'habitude de torturer ses victimes avec un bistouri à haute fréquence. Pas de sang, peu de traces, mais des souffrances extrêmes, ciselées en finesse. Sikkov était instructeur militaire. Dans les années soixante-dix, il formait les troupes d'Amin Dada en Ouganda. C'était un spécialiste de l'armement automatique. Ces deux oiseaux étaient particulièrement dangereux.

Rickiel maintint un court silence puis lâcha sa bombe :

– Ils travaillaient pour Monde Unique.

Je feignis l'étonnement :

– Des mercenaires dans une organisation humanitaire?

– Ils peuvent être parfois utiles, pour protéger les stocks ou assurer la sécurité du personnel.

– Où voulez-vous en venir, Rickiel?

– A Monde Unique. Et à votre vaste hypothèse.

– Eh bien?

– Vous estimez que Max Böhm vivait, survivait, devrais-je dire, sous l'emprise d'un seul homme : le chirurgien virtuose qui l'avait sauvé d'une mort certaine, en août 1977?

– Absolument.

– Selon vous, ce docteur exerçait son influence sur Böhm à travers Monde Unique. C'est pourquoi le vieux Suisse a légué toute sa fortune à l'organisation, c'est bien cela?

– Oui.

Rickiel plongea la main sous son vaste pull et en sortit un mince dossier d'où il extirpa une feuille dactylographiée.

– Alors je voudrais vous signaler certains faits qui, je crois, corroborent vos suppositions.

L'étonnement me coupait le souffle.

– J'ai mené moi aussi une investigation sur l'association. Monde Unique garde bien ses secrets. Il est difficile de connaître avec précision l'étendue de ses activités, le nombre de ses docteurs, de ses donateurs. Mais j'ai découvert, du côté de Böhm, plusieurs faits troublants. Max Böhm versait la majeure partie de ses gains crapuleux à MU. Chaque année, il « donnait » à l'association plusieurs centaines de milliers de francs suisses. Ces informations sont, à mon avis, incomplètes. Böhm utilisait plusieurs banques et, bien sûr, des comptes numérotés. Il est donc difficile d'avoir une idée exacte de ses véritables transferts de fonds. Mais une chose est certaine : il appartenait au Club des 1001. Vous connaissez le système, sans doute. Ce que vous ignorez, en revanche, c'est que Böhm avait versé à l'époque de la création du club un million de francs suisses – pratiquement un million de dollars. Nous étions en 1980 – deux années après le début du trafic de diamants.

Stupeur. Lumière. Déclics. Le vieux Max reversait ses gains à Monde Unique, et non directement au « toubib ». Soit l'organisation se chargeait de rétribuer le Monstre, soit, plus simplement, elle finançait en son nom propre les « expériences » du chirurgien. Rickiel continuait :

– Vous m'avez dit que Dumaz n'avait jamais trouvé le lieu où Böhm se faisait soigner. Aucune trace de l'ornithologue dans les cliniques suisses, françaises ou allemandes. Je pense savoir où ce transplanté réalisait ses analyses, en toute discrétion. Au centre Monde Unique de Genève, qui dispose d'un matériel médical performant. Encore une fois, Böhm payait cette prestation au prix fort, et l'organisation ne pouvait lui refuser ce petit « service ».

Je tentai de boire une gorgée de thé. Mes doigts tremblaient. Sans nul doute, Rikiel voyait juste.

– Qu'est-ce que cela prouve, à votre avis?

– Que Monde Unique cache décidément quelque chose. Et

que votre « toubib » occupe là-bas un poste de haute responsabilité, qui lui permet d'engager des hommes comme Kalev et Sikkov, de financer ses propres expériences, de rendre des « services » au cardiaque le plus précieux du monde : le dompteur de cigognes.

Rickiel avait caché son jeu : lorsque je l'avais rencontré cet après-midi, il en savait déjà plus sur Monde Unique que sur le trafic de diamants lui-même. Comme lisant dans mes pensées, il poursuivit :

– Avant de vous rencontrer, Antioche, je connaissais les liens étranges qui unissaient Max Böhm et Monde Unique – mais je ne me doutais pas de la piste spécifique des cœurs. Les meurtres de Rajko et de Gomoun appartiennent à une série plus vaste. Depuis que nous nous sommes quittés, j'ai procédé à une recherche informatique. J'ai lancé, grâce à nos terminaux, une investigation concernant les meurtres ou accidents violents survenus depuis dix années, dont la caractéristique était la disparition du cœur de la victime – vous ne vous doutez pas du nombre de choses aujourd'hui informatisées parmi les pays membres de l'OICP. Le caractère unique du rapt d'un cœur nous a facilité les choses. La liste est sortie ce soir, à vingt heures. Elle est loin d'être exhaustive, votre « voleur » opérant plutôt dans des pays en crise ou très pauvres, sur lesquels nous n'avons pas toujours de renseignements. Mais cette liste est suffisante. Et elle colle sacrément le frisson. La voici.

Ma tasse vola en éclats. Le thé brûlant se répandit sur mes mains insensibles. J'arrachai la liste des mains de Rickiel. C'était le palmarès maléfique, rédigé en anglais, du voleur d'organes :

21/08/91. Gomoun. Pygmée. Sexe féminin. Née aux environs de juin 1976. Morte le 21/08/91, près de Zoko, province de Lobaye, République du Centrafrique. Circonstances de la mort : accident / attaque de gorille. Particularités : nombreuses mutilations / disparition du cœur. Groupe sanguin : B Rh $^{+}$. Type HLA : $Aw_{19,3}$-$B_{37,5}$.

22/04/91. Nom : Rajko Nicolitch. Tsigane. Sexe masculin. Né aux environs de 1963, Iskenderum, Turquie. Mort le 22/04/91, dans la forêt dite « aux eaux claires », près de Sliven, Bulgarie. Circonstances de la mort : meurtre. Affaire non résolue. Particularités : mutilations/disparition du cœur. Groupe sanguin : O Rh $^+$. *Type HLA :* $Aw_{19,3}$-$B_{37,5}$.

03/11/90. Nom : Tasmin Johnson. Hottentot. Sexe masculin. Né le 16 janvier 1967, près de Maseru, Afrique du Sud. Mort le 03/11/90, aux environs de la mine de Waka, Afrique du Sud. Circonstances de la mort : attaque fauve. Particularités : mutilations/disparition du cœur. Groupe sanguin : A Rh $^+$. *Type HLA :* $Aw_{19,3}$-$B_{37,5}$.

16/03/90. Nom : Hassan al Begassen. Sexe masculin. Né aux environs de 1970, près de Djebel al Fau, Soudan. Mort le 16/03/90, dans les cultures irriguées du village nº 16. Circonstances de la mort : attaque animal sauvage. Particularités : mutilations / disparition du cœur. Groupe sanguin : AB Rh $^+$. *Type HLA :* $Aw_{19,3}$-$B_{37,5}$.

04/09/88. Nom : Ahmed Iskam. Sexe masculin. Né le 05 décembre 1962, à Bethléem, Territoires occupés, Israël. Mort le 04/09/88, à Beit Jallah. Circonstances de la mort : meurtre politique. Affaire non résolue. Particularités : mutilations/disparition du cœur. Groupe sanguin : O Rh $^+$. *Type HLA :* $Aw_{19,3}$-$B_{37,5}$.

La liste continuait ainsi, sur plusieurs pages, jusqu'en 1981 – date à laquelle commençait l'analyse informatique. On pouvait supposer qu'elle remontait beaucoup plus loin dans la réalité. Plusieurs dizaines d'enfants ou d'adolescents, de sexe masculin ou féminin, avaient été ainsi suppliciés, à travers le monde, avec pour seul point commun, le typage HLA : $Aw_{19,3}$-$B_{37,5}$. L'acuité du système me donnait le vertige. Ce que j'avais soupçonné en découvrant la similitude des groupes de Gomoun et de Rajko se confirmait à une échelle démente. Rickiel reprit, donnant une voix à mes propres pensées :

– Vous comprenez n'est-ce pas? Votre animal ne se livre pas à un trafic, ni même à des expériences hasardeuses. Sa quête est infiniment plus fine. Il cherche des cœurs appartenant à un seul et même groupe tissulaire, au fil de la planète.

– Est-ce... tout?

– Non. Je vous ai apporté autre chose.

Rickiel fouilla dans son vaste pull et puisa un sac de plastique noir. Je compris la raison de son lainage : il pouvait cacher là-dessous n'importe quoi. Il posa l'objet sur la table. Nouvelle stupeur. Le sac contenait des chargeurs de Glock, calibre 45, enveloppés dans un ruban adhésif argenté. J'interrogeai du regard l'officier d'Interpol.

– J'ai pensé que de telles provisions pourraient vous servir. Ces « stocks » sont revêtus d'un adhésif plombé, annulant l'effet des rayons X des aéroports. Votre arme n'est pas un mystère, Antioche. Les flingues en polymères sont les nouvelles armes des voyageurs, notamment des terroristes. Sarah Gabbor utilisait aussi un Glock, calibre 9 millimètres parabellum. Et n'oubliez pas « l'accident » de Sikkov : seize balles de 45 dans le visage.

Je fixais maintenant les chargeurs : au moins 150 balles de 45, autant de promesses de mort et de violence. Simon Rickiel conclut d'une voix blanche :

– Je vous l'ai déjà dit : l'OIPC-Interpol a l'habitude d'enquêter sur des affaires complexes. Nous pouvons aussi, le cas échéant, déléguer, afin de gagner du temps. Je suis certain que vous pouvez débusquer le voleur de cœurs. Bien avant nous, qui devons régler l'affaire des diamants, vérifier vos propos, retrouver van Dötten... Je vous ai menti tout à l'heure : votre témoignage de cet après-midi a été enregistré sur DAT, et aussitôt retranscrit sur ordinateur. Votre déposition est là, dans ma poche. Signez-la. Et disparaissez. Vous êtes seul, Antioche. Et c'est votre force. Vous pouvez pénétrer Monde Unique et dénicher ce salopard. Retrouvez-le, retrouvez l'homme qui a infligé de tels supplices à Rajko, à Gomoun, à toutes ces victimes. Retrouvez-le. Et faites-en ce que bon vous semble.

52.

Lorsque je pénétrai dans ma chambre, le voyant lumineux de mon poste de téléphone clignotait. J'arrachai le combiné et composai l'indicatif du standard.

– Louis Antioche, chambre 232. Ai-je des messages?

Un accent belge bien frappé me répondit :

– Monsieur Antioche... Antioche... Je regarde...

J'entendis les touches de l'ordinateur qu'on pianotait. Au creux de mon avant-bras, mes veines palpitaient et oscillaient sous la peau, telles des entités indépendantes.

– Une certaine Catherine Warel vous a téléphoné à vingt et une heures quinze. Vous n'étiez pas dans votre chambre.

J'étouffais de colère :

– J'avais demandé qu'on me passe mes communications au bar!

– Notre service a changé à vingt et une heures. Je suis désolé – l'ordre n'a pas été transmis.

– A-t-elle laissé un numéro où la rappeler?

La voix m'énuméra les coordonnées personnelles de Catherine Warel. Je composai aussitôt les dix chiffres. La sonnerie retentit deux fois et j'entendis la voix de rocaille du docteur : « Allô? »

– Antioche. Avez-vous du nouveau?

– Je détiens vos informations. C'est incroyable. Vous aviez raison sur toute la ligne. J'ai obtenu la liste des médecins francophones qui ont séjourné en Centrafrique ou au Congo ces trente dernières années. Il existe un nom qui pourrait correspondre à votre homme. Mais quel nom! Il s'agit de Pierre Sénicier, le vrai précurseur de la transplantation cardiaque. Un chirurgien français qui a réalisé la première greffe sur un homme, avec le cœur d'un singe, en 1960.

Tout mon corps vibrait de tremblements fiévreux. Sénicier. Pierre Sénicier. En traits de ténèbres dans mon esprit, surgit l'extrait d'encyclopédie que j'avais lu à Bangui : « ... en janvier 1960, le docteur français Pierre Sénicier avait implanté le cœur d'un chimpanzé dans le thorax d'un malade de soixante-huit ans parvenu au dernier stade d'une insuffisance cardiaque irréversible. L'opération réussit. Mais le cœur greffé ne fonctionna que quelques heures... »

Catherine Warel poursuivait :

– L'histoire de ce véritable génie est connue dans les milieux de la médecine. A l'époque, sa transplantation a fait beaucoup de bruit, puis Sénicier a brutalement disparu. On a dit alors qu'il avait eu des ennuis avec l'ordre des médecins – on le soupçonnait d'avoir réalisé des expériences interdites, des manipulations clandestines. Sénicier est parti se réfugier, avec sa famille, en Centrafrique. Il est devenu, paraît-il, l'homme des bonnes causes, le médecin des Noirs. Une sorte d'Albert Schweitzer, si vous voulez. Sénicier pourrait être votre homme. Toutefois, un fait ne colle pas...

– Lequel? murmurai-je d'une voix brisée.

– Vous m'avez bien dit que Max Böhm avait été opéré en août 1977?

– Absolument.

– Vous êtes sûr de la date?

– Certain.

– Alors, ça ne peut être Sénicier qui a effectué l'opération.

– Pourquoi?

– Parce que, en 1977, ce chirurgien était mort. A la fin de l'année 1965, le jour de la Saint-Sylvestre, lui et sa famille ont été agressés par des prisonniers libérés par Bokassa, la nuit même du coup d'État. Ils ont tous péri, Pierre Sénicier, son épouse et leurs deux enfants, dans l'incendie qui a détruit leur villa. Pour ma part, je n'étais pas au courant mais... Louis, vous êtes là? Louis... Louis?

53.

Quand vient l'été, en zone arctique, la banquise se fissure et s'ouvre, comme à contrecœur, sur les eaux noires et glacées de la mer de Béring.

Tel était mon esprit à cet instant. La foudroyante révélation de Catherine Warel bouclait d'un coup le cercle infernal de mon aventure. Un seul être au monde pouvait encore éclairer ma sinistre lanterne : Nelly Braesler, ma mère adoptive.

Pied au plancher, je roulais maintenant en direction du centre de la France. Six heures plus tard, aux confins de la nuit, je dépassai Clermont-Ferrand puis cherchai le bourg de Villiers, situé à quelques kilomètres à l'est. L'horloge de mon tableau de bord indiquait cinq heures trente. Enfin le petit village passa dans mes phares. Je tournai et retournai, trouvai enfin la maison des Braesler. Je pilai le long du mur d'enclos.

Le jour se levait. Le paysage, roussi par l'automne, ressemblait à une forêt pétrifiée dans ses flammes. Tout était frappé d'un calme indicible. Des canaux noirs affleuraient les hautes herbes, les arbres dénudés griffaient le ciel gris et lisse.

Je pénétrai dans la cour du manoir qui formait un U de pierre. A ma gauche, à cent mètres, je repérai Georges Braesler, déjà debout, parmi de larges cages où s'ébrouaient des oiseaux de couleur cendrée. Il se tenait de dos et ne pouvait me voir. Je traversai la pelouse en silence et me glissai dans la maison.

A l'intérieur, tout était de pierre et de bois. Des larges embrasures, taillées dans le roc, s'ouvraient sur les jardins. Des meubles de chêne se dressaient, dégageant une forte odeur de cire. Des lustres en fer forgé découpaient leurs ombres sur les dalles du sol. Il régnait ici une dureté de Moyen Age, un parfum de noblesse cruelle et aveugle. Je me trouvai dans un refuge, à l'abri du temps. Un véritable repaire d'ogres, retranchés dans leurs privilèges.

– Qui êtes-vous?

Je me retournai et découvris la maigre silhouette de Nelly, ses petites épaules et son visage de craie alangui par l'alcool. La vieille femme me reconnut à son tour et dut s'adosser au mur, en balbutiant :

– Louis... Que faites-vous ici?

– Je suis venu te parler de Pierre Sénicier.

Nelly s'approcha en vacillant. Je remarquai que sa perruque blanche, légèrement bleutée, était de travers. Ma mère adoptive n'avait sans doute pas dormi et était déjà saoule. Elle répéta :

– Pierre... Pierre Sénicier?

– Oui, dis-je d'une voix neutre. Je crois que l'âge de raison est venu pour moi. L'âge de raison et de la vérité, Nelly.

La vieille femme baissa les yeux. Je vis ses paupières battre lentement puis, contre toute attente, ses lèvres esquissèrent un sourire. Elle murmura : « La vérité... », puis se dirigea, d'un pas plus ferme, vers un guéridon sur lequel étaient posées de nombreuses carafes. Elle remplit deux verres d'alcool et m'en tendit un.

– Je ne bois pas, Nelly. Et il est beaucoup trop tôt.

Elle insista :

– Buvez, Louis, et asseyez-vous. Vous en aurez besoin.

J'obéis sans discuter. Je choisis un fauteuil près de la cheminée. Mes frissons reprirent de plus belle. Je bus une gorgée de whisky. La brûlure de l'alcool me fit du bien. Nelly vint s'asseoir en face de moi, à contre-jour. Elle posa à côté d'elle le carafon d'alcool, par terre, puis vida son verre d'un trait. Elle le remplit de nouveau. Elle avait retrouvé ses couleurs et son assurance. Alors elle commença, en me tutoyant :

– Il est des choses qui ne s'oublient pas, Louis. Des choses qui sont gravées dans nos cœurs, comme sur le marbre des pierres tombales. J'ignore comment tu connais le nom de Pierre Sénicier. J'ignore ce que tu as exactement découvert. J'ignore comment la migration des cigognes a pu t'amener ici, pour exhumer le secret le mieux préservé du monde. Mais ce n'est pas grave. Plus rien n'est grave désormais. L'heure de la vérité a sonné, Louis, et peut-être aussi, pour moi, celle de la libération.

» Pierre Sénicier appartenait à une famille de la haute bourgeoisie parisienne. Son père, Paul Sénicier, était un magistrat réputé, qui avait dominé son époque et traversé plusieurs républiques sans frémir. C'était un homme austère, silencieux et cruel, un homme qu'on redoutait et qui voyait le monde comme une frêle construction, à hauteur de sa main puissante. Au début du siècle, sa femme lui donna, en quelques années, trois fils, trois garçons promis au plus bel avenir mais qui se révélèrent être des " fins de race " au cerveau stérile. Le père enrageait, mais sa fortune lui permit de sauver la face. Henri, le premier fils, bossu et demeuré, partit garder les " châteaux " : trois manoirs délabrés en Normandie. Dominique, le plus solide physiquement, entra dans l'armée et gagna quelques galons, à force d'influence. Quant à Raphaël, le cadet, moins idiot et plus sournois, il rentra dans les ordres. Il hérita d'un diocèse, dans une région perdue, non loin des terres d'Henri, puis disparut lui aussi dans l'oubli.

» A cette époque, Paul Sénicier ne s'intéressait déjà plus à ses trois enfants. Il n'avait d'yeux que pour son quatrième fils, Pierre, né en 1933. Paul Sénicier avait alors cinquante ans. Son épouse, guère plus jeune, lui avait donné cet enfant *in extremis* puis était décédée, comme ayant rempli son dernier devoir.

» A tous les égards, Pierre fut une bénédiction. Cet enfant extraordinaire semblait avoir volé tous les dons, tous les atouts de cette famille de dégénérés. Le vieux père se consacra totalement à l'éducation de son fils. Il lui apprit, personnellement, à lire et à écrire. Il suivit avec avidité l'éveil de son intelligence. Quand Pierre atteignit l'âge de la puberté, Paul Sénicier espéra qu'il embrasserait la même carrière que lui, dans la magistrature. Mais son fils souhaitait s'orienter vers la médecine. Le père s'inclina. Il pressentait qu'une vocation véritable traçait son chemin au sein de la personnalité de l'enfant. Il n'avait pas tort. A vingt-trois ans, Sénicier fils était déjà un chirurgien de haut niveau, spécialisé dans le domaine cardiaque.

» C'est à cette époque que je rencontrai Pierre. Il défrayait la chronique de notre petit milieu d'enfants de grandes familles, désœuvrés et prétentieux. Il était grand, superbe, austère. Tout son corps résonnait d'un mystérieux silence. Je me souviens : nous organisions des “ rallyes ”. Des soirées guindées où nous nous enfermions telles des bêtes farouches, comme anémiés par notre propre solitude. Les filles portaient les robes de leur mère, et les garçons s'habillaient en vieux smoking, raide et amidonné. Dans ces soirées, nous autres, les filles, n'attendions qu'un seul homme : Pierre Sénicier. Il appartenait déjà au monde des adultes, des responsabilités. Mais lorsqu'il était là, la soirée n'était plus la même. Les lustres, les robes, les alcools, tout semblait virevolter et scintiller pour lui.

Nelly s'arrêta, remplit de nouveau son verre.

– C'est moi qui ai présenté Pierre Sénicier à Marie-Anne de Montalier. Marie-Anne était une amie très proche. C'était une jeune femme blonde, maigre, les cheveux en bataille, qui semblait toujours sortir du lit. Le plus frappant était sa pâleur : une blancheur, une transparence, qui ne pouvait être comparée à aucun autre ton. Marie-Anne appartenait à une riche famille de colons français qui s'étaient installés en Afrique au siècle dernier, sur des terres sauvages. On murmurait que, de peur de s'abîmer avec la race noire, cette famille avait pratiqué des mariages consanguins qui expliquaient aujourd'hui cette anémie.

» A la seconde où Marie-Anne rencontra Pierre, elle en tomba amoureuse. Confusément, je regrettai aussitôt de les avoir présentés. Pourtant, leur destin était scellé. Très vite, la passion de Marie-Anne devint une inquiétude, une angoisse latente qui la ferma au monde extérieur. Elle s'emplit, au fil des jours, d'une lumière sombre qui la rendait plus belle encore. En janvier 1957, Pierre et Marie-Anne se marièrent. Lors du repas de noces, elle me murmura : “ Je suis perdue, Nelly. Je le sais, mais c'est mon choix. ”

» C'est à cette époque que j'ai rencontré Georges Braesler. Il était plus âgé que moi, il écrivait des poèmes et des scénarios. Il souhaitait voyager, en tant que diplomate, “ comme Claudel ou Malraux », disait-il. A l'époque, j'étais assez jolie, insouciante et légère, je voyais de moins en moins mes anciennes relations et ne gardais un contact qu'avec Marie-Anne, qui m'écrivait régulièrement. C'est ainsi que je découvris la vraie nature de Pierre Sénicier, son époux, dont elle venait d'accoucher d'un petit garçon.

» En 1958, Sénicier occupait une place importante au service de chirurgie cardiaque de la Pitié. Il avait vingt-cinq ans. Une grande carrière s'ouvrait devant lui, mais un irréversible penchant pour le Mal l'habitait. Marie-Anne m'expliquait cela dans ses lettres. Elle avait remonté le passé de son époux, et découvert des zones d'ombre terrifiantes. Alors qu'il était étudiant, Sénicier avait été surpris en train d'opérer la vivisection de jeunes chats à vif. Les témoins avaient cru à une hallucination : les cris atroces qui résonnaient sous la voûte de la Faculté, les petits corps tordus par la souffrance. Plus tard, on l'avait soupçonné d'actes odieux sur des enfants anormaux, dans un service hospitalier de Villejuif. On avait découvert sur les êtres débiles des plaies inexplicables, des brûlures, des entailles.

» L'ordre des médecins menaça Sénicier d'interdiction d'exercer, mais, en 1960, un événement majeur survint. Pierre Sénicier réussit une greffe unique : celle d'un cœur de chimpanzé dans le corps d'un homme. Le patient ne survécut que quelques heures mais l'intervention était une réussite sur le plan chirurgical. On oublia les sinistres soupçons. Sénicier devint une gloire nationale, saluée par le monde scientifique. A vingt-sept ans, le chirurgien reçut même la Légion d'honneur, de la main du général de Gaulle.

» Un an plus tard, le vieux Sénicier mourut. Son testament accordait la majorité de ses biens à Pierre, qui utilisa cet argent pour ouvrir une clinique privée, à Neuilly-sur-Seine. En quelques mois, la clinique Pasteur devint un établissement très fréquenté, où les plus riches personnalités de toute l'Europe venaient se faire soigner. Pierre Sénicier était au sommet de sa gloire. Sa volonté humanitaire se manifesta alors. Il fit construire un orphelinat dans les jardins de la clinique, destiné à recueillir de jeunes orphelins ou à prendre en charge l'éducation d'enfants pauvres, notamment tsiganes. Sa notoriété nouvelle lui permit de collecter rapidement des fonds auprès de l'État, des entreprises et du grand public.

J'entendis des tintements – le flacon contre le verre – puis le glougloutement du liquide. Quelques secondes de silence, puis Nelly claqua de la langue. Dans mon esprit, la convergence des événements prenait corps, s'élevant comme une houle de ténèbres.

– C'est alors que tout bascula. Les lettres de Marie-Anne changèrent de ton. Elle abandonna l'écriture amicale pour rédiger des lettres exsangues, terribles. (Nelly ricana :) J'étais persuadée que mon amie avait perdu la raison. Je ne pouvais croire à ce qu'elle racontait. Selon elle, l'institution de Sénicier n'était qu'un lieu de barbarie insoutenable. Son époux avait installé en sous-sol un bloc opératoire fermé à double tour, où il pratiquait les pires interventions, sur des enfants : des greffes monstrueuses, des transplantations à vif, d'innombrables tortures...

» Parallèlement, les dossiers d'accusation des familles tsiganes s'accumulaient. Une perquisition à la clinique Pasteur fut décidée. Une dernière fois, les relations et l'influence de Sénicier le sauvèrent. Prévenu à temps de l'arrivée de la police, le chirurgien provoqua un incendie dans les bâtiments de son institut. On eut tout juste le temps d'évacuer les enfants des étages supérieurs et les malades de la clinique. Le pire fut évité. Du moins officiellement. Car personne ne sortit vivant des sous-sols du laboratoire clandestin. Sénicier avait bouclé sa chambre des horreurs et brûlé les enfants greffés.

» Une brève enquête conclut à l'origine accidentelle de l'incendie. Les enfants survivants furent rendus à leurs familles ou transférés vers d'autres centres, le dossier fut classé. Marie-Anne m'écrivit une dernière fois, m'expliquant – comble d'ironie – que son époux était « guéri », qu'ils allaient tous deux partir en Afrique, pour aider et soigner les populations noires. A ce moment, Georges hérita d'un poste diplomatique en Asie du Sud-Est. Il me persuada de le suivre. Nous étions en novembre 1963, j'avais trente-deux ans.

Tout à coup, dans le vestibule, une lumière s'alluma. Un vieil homme, en gilet de laine, apparut, Georgés Braesler. Il tenait dans ses bras un oiseau lourd et massif, au plumage boueux.

Des plumes grises se répandaient sur le sol. L'homme fit mine de pénétrer dans la pièce, mais Nelly l'arrêta :

– Va-t'en, Georges.

Il ne manifesta aucune surprise devant cette véhémence. Il ne s'étonna pas non plus de ma présence. Nelly hurla :

– Va-t'en !

Le vieillard tourna les talons et disparut. Nelly but une nouvelle fois et rota. Une profonde odeur de whisky se répandit dans la pièce. La lumière du jour perçait légèrement dans la pièce. J'apercevais maintenant le visage dévasté de Nelly.

– En 1964, après une année passée en Thaïlande, Georges fut encore déplacé. Malraux, son ami personnel, occupait à l'époque la fonction de ministre de la Culture. Il connaissait bien l'Afrique et nous envoya au Centrafrique. Il nous dit alors : « C'est un pays incroyable. Fantastique. » L'auteur de *La Voie royale* n'aurait su mieux dire, mais il ignorait un détail d'importance : c'est là-bas que Pierre et Marie-Anne Sénicier vivaient désormais, avec leurs deux enfants.

» Nos retrouvailles furent plutôt étranges. Les liens de l'amitié se renouèrent. Le premier dîner fut parfait. Pierre avait vieilli, mais il semblait calme, détendu. Il avait retrouvé ses manières douces et distantes. Il évoqua le destin des enfants africains, perclus de maladies, qu'il fallait s'efforcer de soigner. Il semblait à mille lieux des cauchemars de jadis et je doutais encore des révélations de Marie-Anne.

» Pourtant, progressivement, je compris que la folie de Sénicier était bel et bien présente. Pierre enrageait d'être en Afrique. Il ne supportait pas d'avoir dû mettre fin à sa carrière. Lui qui avait réussi des expériences inédites, uniques, en était maintenant réduit à dispenser une médecine grossière, dans des blocs opératoires qui marchaient à l'essence et des couloirs qui sentaient le manioc. Sénicier ne pouvait l'accepter. Sa colère se mua en une sourde vengeance, tournée contre lui-même et sa famille.

» Ainsi, Sénicier considérait ses deux fils comme des objets d'étude. Il avait dressé des biotypes de chacun d'entre eux, extrêmement précis, analysé leur groupe sanguin, leur type tissulaire, relevé leurs empreintes digitales... Il se livrait sur eux à des expériences atroces, purement psychologiques. Lors de certains dîners, j'assistai à des scènes traumatisantes que je n'oublierai jamais. Lorsque la nourriture arrivait sur la table, Sénicier se penchait sur ses deux garçons et leur murmurait : " Regardez dans votre assiette, mes enfants. Que croyez-vous manger? " Des viandes brunâtres baignaient dans la sauce. Sénicier commençait à les agacer, du bout de sa fourchette. Il répétait sa question : " Quel animal croyez-vous manger ce soir? La petite gazelle? Le petit cochon? Le singe? " Et il continuait à tripoter les morceaux visqueux qui luisaient sous la lumière incertaine de l'électricité, jusqu'à ce que des larmes roulent sur les joues des garçons terrifiés. Sénicier continuait : " A moins que ce ne soit autre chose. On ne sait jamais ce que mangent les nègres, ici. Peut-être que ce soir... " Les enfants s'enfuyaient, dévorés par la panique. Marie-Anne restait de marbre. Sénicier ricanait. Il voulait persuader ses enfants qu'ils étaient cannibales – qu'ils mangeaient chaque soir de la viande humaine.

» Les enfants grandissaient dans la douleur. Le plus âgé bascula dans une véritable névrose. En 1965, à huit ans, sa conscience percevait l'entière monstruosité de son père. Il devint rigide, silencieux, insensible, et, paradoxalement, le préféré. Pierre Sénicier ne se souciait plus que de cet enfant, l'adorait de toutes ses forces, de toute sa cruauté. Cette logique démente signifiait que le petit garçon devait en supporter davantage, encore et encore – jusqu'au traumatisme total. Que cherchait Sénicier? Je ne l'ai jamais su. Mais son fils était devenu aphasique, incapable de toute conduite cohérente.

» Cette année-là, peu de jours après Noël, il passa aux actes. L'enfant se suicida, comme on se suicide en Afrique, en ingurgitant des tablettes de nivaquine qui, consommée à fortes doses, a des conséquences irréversibles sur le corps humain – et notamment sur le cœur. Une seule chose pouvait désormais lui sauver la vie : un nouveau cœur. Comprends-tu la secrète logique du destin de Pierre Sénicier? Après avoir poussé son propre enfant à se tuer, c'était maintenant lui, le chirurgien virtuose, qui était le seul à pouvoir le sauver. Aussitôt, Sénicier décida de tenter une transplantation cardiaque, comme il l'avait fait, cinq ans auparavant, sur un vieil homme de soixante-huit ans. A Bangui, dans sa propriété, il était parvenu à installer un bloc opératoire, relativement aseptisé. Mais il lui manquait la pièce essentielle : un cœur compatible, en parfait état de marche. Il n'eut pas à chercher loin : ses deux fils bénéficiaient d'une compatibilité tissulaire quasi parfaite. Dans sa folie, le docteur décida de sacrifier le cadet, afin de sauver l'aîné. C'était la veille du jour de l'an, la Saint-Sylvestre 1965. Sénicier mit tout en place et prépara la salle d'opération. Dans Bangui, l'effervescence montait. On dansait, on buvait aux quatre coins de la ville. Georges et moi avions organisé une soirée à l'ambassade de France, invitant tous les Européens.

» Alors que le chirurgien s'apprêtait à pratiquer l'intervention, l'Histoire rattrapa son destin. Cette nuit-là, Jean-Bedel Bokassa effectua son coup d'État et investit la ville avec ses troupes armées. Des affrontements éclatèrent. Il y eut des pillages, des incendies, des morts. Pour célébrer sa victoire, Bokassa libéra les détenus de la prison de Bangui. La Saint-Sylvestre vira au cauchemar. Dans ce chaos général, il se passa un événement particulier.

» Parmi les prisonniers libérés, se trouvaient les parents de nouvelles victimes de Sénicier qui, depuis un moment, avait repris ses cruelles expériences. Sous divers prétextes, le médecin avait fait emprisonner ces familles, par crainte des représailles. Or ces parents libérés allèrent directement à la demeure de Sénicier, pour exercer leur vengeance. A minuit, Sénicier réglait les derniers détails de l'opération. Les deux enfants étaient sous anesthésie. Les électrocardiogrammes fonctionnaient. Les flux sanguins, les températures étaient sous surveillance, les cathéters prêts à être introduits. C'est alors que les prisonniers surgirent. Ils brisèrent les barrières et pénétrèrent dans la propriété. Ils tuèrent d'abord Mohamed, le régisseur, abattirent ensuite Azzora, sa femme, et leurs enfants, avec le fusil de Mohamed.

» Sénicier entendit les cris, les fracas. Il retourna dans la maison et s'empara du Mauser avec lequel il chassait. Les assaillants, même nombreux, ne pesèrent pas lourd face à Sénicier. Il les abattit un à un. Mais le plus important se passait ailleurs. Profitant du désordre, Marie-Anne, qui avait vu son fils cadet emmené par son père, pénétra dans le bloc opératoire. Elle arracha les tubes, les câbles, et enveloppa son fils cadet dans un drap chirurgical. Elle s'enfuit ainsi, dans la ville à feu et à sang. Elle rejoignit l'ambassade de France où la panique était à son paroxysme. Tous les Blancs étaient terrés à l'intérieur, ne comprenant rien à ce qui se passait. Des balles perdues avaient blessé plusieurs d'entre nous, les jardins étaient en feu. C'est alors que j'aperçus Marie-Anne, à travers les fenêtres de l'ambassade. Elle surgit littéralement des flammes, dans une robe à rayures bleues, maculée de terre rouge. Elle tenait dans ses bras un petit corps enveloppé. Je courus dehors, pensant que l'enfant avait été blessé par les soldats. J'étais totalement saoule et la silhouette de Marie-Anne dansait devant mes yeux. Elle hurla : " Il veut le tuer, Nelly! Il veut son cœur, tu comprends? " En quelques secondes, elle me raconta tout : le suicide de l'aîné, la nécessité d'une greffe cardiaque, le projet de son mari. Marie-Anne haletait, serrant le petit corps endormi. " Il est le seul à pouvoir sauver son frère. Il doit disparaître. Totalement. " Disant cela, elle saisit les deux mains de l'enfant inanimé et les enfonça dans un taillis en flammes. Elle répéta, en scrutant les petites paumes qui brûlaient : " Plus d'empreintes, plus de nom, plus rien! Prends l'avion, Nelly. Disparais avec cet enfant. Il ne doit plus exister. Jamais. Pour personne. " Et elle laissa la boule de nerfs et de souffrance, à mes pieds, dans la terre rouge. Je n'oublierai jamais sa silhouette, Louis, quand elle repartit, chancelante. Je savais que je ne la reverrais jamais.

Nelly se tut. Je dressai mes mains brûlées devant mon visage noyé par les larmes, balbutiai :

– Oh, mon Dieu, non...

– Si, Louis. Cet enfant, c'était toi. Pierre Sénicier est ton père. L'infernal chaos de la Saint-Sylvestre 1965 fut ta seconde naissance, qui ne te laissa, par chance, aucun souvenir. Cette nuit-là, on annonça que les Sénicier avaient péri dans l'incendie de leur villa. Il n'en était rien : la famille avait pris la fuite, je ne sais où. Marie-Anne fit croire à son époux que tu étais mort dans l'incendie. Pierre parvint à maintenir son autre fils en vie, à pratiquer une greffe cardiaque, sans doute dans un hôpital du Congo. L'enfant rejeta l'organe peu de temps après, mais le chirurgien avait réussi, sur sa propre progéniture, la première transplantation cardiaque. D'autres interventions suivirent. Depuis cette date, Sénicier vole des cœurs et les greffe sur son enfant survivant, qui agonise depuis près de trente ans. Sénicier cherche encore, Louis. Il traque les cœurs, à travers la planète. Il cherche *ton* cœur, l'organe absolument compatible avec le corps de Frédéric.

Mes mains s'agrippèrent à mon visage, les larmes m'étouffaient :

– Non, non, non...

Nelly reprit d'une voix sourde :

– Cette nuit-là, j'ai suivi les ordres de Marie-Anne. Georges et moi avons affrété un avion et nous avons fui. De retour à Paris, je t'ai soigné. J'ai inventé pour toi une nouvelle identité. (Nelly éclata de rire :) Nous allions être envoyés en Turquie, à Antakya. J'ai trouvé amusant – sinistrement amusant, devrais-je dire – de t'appeler Antioche, l'ancien nom de cette ville où nous allions séjourner. Je n'ai eu aucun mal à faire imprimer de nouveaux papiers d'identité. Georges bénéficiait de fortes influences au sein du gouvernement. Tu es devenu « Louis Antioche ». Tu n'avais plus d'empreintes digitales. Sur ta carte d'identité, les empreintes d'encre sont celles d'un petit noyé dont Georges a utilisé les mains, à la morgue de Paris, une froide nuit de février. Nous avons récrit ton histoire, Louis. Tu étais le fils d'une famille de médecins charitables qui avaient disparu dans un incendie en Afrique. Toi seul avais survécu. Voilà comment nous t'avons « créé », de toutes chairs.

» J'ai ensuite retrouvé la nourrice qui m'avait élevée. Nous l'avons payée pour qu'elle prenne en charge ton éducation. Elle-même a toujours ignoré la vérité. De notre côté, nous avons disparu. C'était trop dangereux. Tu ne te doutes pas de l'intelligence, de la ténacité, de la duplicité de ton père. Loin de nous, loin du passé, Louis Antioche n'avait rien à craindre. Je devais simplement jouer les marraines distantes, te faciliter l'existence dès que je pouvais. Depuis ce jour, je n'ai fait qu'une erreur : te présenter à Max Böhm. Car le Suisse connaissait ton histoire. Je lui avais tout raconté, un jour de désarroi. Je le prenais pour un ami, un vieil " Africain ", comme Georges et moi. Aujourd'hui, je comprends que Max connaissait lui aussi Sénicier et que, pour une raison que j'ignore, il t'a confié cette enquête dans le seul but de se venger de ton propre père.

Je hurlai, à travers mes larmes :

– Mais aujourd'hui, qui est Sénicier? Qui est-il, nom de Dieu! Parle, Nelly. Je t'en supplie : sous quel nom se cache-t-il?

Nelly vida son verre d'un trait.

– C'est Pierre Doisneau, le fondateur de Monde Unique.

VI

Calcutta, suite et fin

54.

4 octobre 1991, 22 h 10, heure locale.

Que mon destin se scelle à Calcutta était logique, parfait, irréversible. Seul l'enfer croupissant de la ville indienne offrait un contexte assez noir pour accueillir les ultimes violences de mon aventure.

En sortant de l'avion d'Air India, des parfums humides et écœurants jaillirent, tels les derniers râles de la mousson. Une nouvelle fois, les tropiques m'ouvraient leurs portes ardentes.

Je suivis le cortège des autres voyageurs, grosses dames en sari éclatant, petits hommes secs en costume sombre. A Dacca, dernière escale, j'avais définitivement quitté le monde des touristes qui s'embarquaient pour Katmandou et rejoint les voyageurs bengalis. J'étais de nouveau seul, seul parmi les Indiens qui rentraient au pays, les missionnaires et les infirmières dévoués aux causes perdues – ma faune familière.

Nous pénétrâmes dans les bâtiments de l'aéroport au plafond constellé de ventilateurs qui tournaient avec lenteur. Tout était gris. Tout était tiède. Dans un recoin de la salle, un ouvrier malingre creusait à coups de pioche les couches profondes du sol. A ses côtés, des enfants se cachaient le visage et exhibaient une poitrine grêlée. Calcutta, la ville-mouroir, m'accueillait sans fioriture.

Trois jours auparavant, en sortant de la demeure des Braesler, larmes et terreurs effacées, j'avais repris ma voiture, traversé la campagne et regagné la capitale. Le jour même, je m'étais rendu au consulat indien, afin d'effectuer une demande de visa pour le Bengale, à l'est de l'Inde. « Touriste? » m'avait interrogé une petite femme, d'un air soupçonneux. J'avais dit oui, en hochant la tête. « Et vous partez à Calcutta? » J'avais acquiescé de nouveau, sans un mot. La femme avait pris mon passeport et déclaré : « Revenez demain, à la même heure. »

Dans mon bureau, durant cette journée, pas une pensée, pas une réflexion n'était venue fissurer ma conscience. J'avais attendu simplement que les heures passent, assis sur le parquet, scrutant mon maigre sac de voyage et mon arme chargée à bloc. Le lendemain matin, à huit heures trente, j'avais récupéré mon passeport, frappé du visa indien, puis filé directement à Roissy. J'étais inscrit sur toutes les listes d'attente des vols qui pouvaient me rapprocher, d'une quelconque façon, de ma destination. A quinze heures, j'avais embarqué pour Istanbul, puis pour l'île de Bahreïn, dans le golfe Persique. J'avais ensuite gagné Dacca, au Bangladesh, ma dernière escale. En trente-quatre heures de vols et d'attentes interminables, j'avais atteint finalement Calcutta, capitale communiste du Bengale.

Je pris un taxi, une Ambassador, voiture standard au Bengale, surgie des années cinquante. Je donnai l'adresse d'un hôtel qu'on m'avait conseillé à l'aéroport : le Park Hotel, Sudder Street, situé dans le quartier européen. Après dix minutes de route de campagne herbue, la sourde chaleur s'ouvrit brutalement sur la cité bengali.

Même à cette heure tardive, Calcutta pullulait. Dans la poussière nocturne, des milliers de silhouettes se découpaient : des hommes en chemisette, au visage noyé d'ombre, des femmes en sari multicolore, dont le ventre nu se perdait dans l'obscurité. Je ne repérais aucun visage, seulement les taches de couleur au front des filles ou le regard blanc et noir de quelques passants. Je ne distinguais pas non plus les devantures ou l'architecture des maisons, j'avançais dans un boyau d'ombre dont les parois semblaient uniquement constituées de têtes brunes, de bras et de jambes faméliques. Partout la foule grouillait. Les voitures s'entrechoquaient, les klaxons résonnaient, les tramways grillagés se frayaient un passage parmi la foule. De temps à autre, un cortège bruyant surgissait. Des êtres hagards, drapés de rouge, de jaune, de bleu, frappaient sur des percussions et jouaient des mélopées entêtantes, dans des fumées âcres d'encens. Un mort. Une fête. Puis de nouveau la tourbe se refermait. Des lépreux s'agglutinaient, frôlant la voiture, cognant la vitre. On découvrait aussi, dans le chaos de la nuit, résonnante de clochettes, la curiosité majeure de Calcutta : les rickshawallas, ces hommes-bêtes qui tirent des pousse-pousse à travers la ville, galopant sur leurs jambes frêles, marchant sur l'asphalte éventré et respirant les gaz à pleine gorge.

Mais les hommes n'étaient rien, comparés aux odeurs : des relents insupportables, qui vagabondaient dans l'air comme des créatures violentes, enragées, cruelles. Vomi, moisi, encens, épices... La nuit ressemblait à un monstrueux fruit pourri.

Le taxi pénétra dans Sudder Street.

Au Park Hotel, je donnai un faux nom et changeai deux cents dollars en roupies. Ma chambre était située au premier étage, à l'extrémité d'un escalier à ciel ouvert. Elle était petite, sale et puante. J'ouvris la fenêtre, qui donnait sur les cuisines. Insoutenable. Je la refermai aussitôt et verrouillai la porte. Depuis un moment, je ne cessais de renifler et de cracher. Ma gorge et mes parois nasales étaient emplies d'une substance noirâtre, les plis de ma chemise creusés par cette même pourriture dégueulasse, la pollution. Une demi-heure de Calcutta et j'étais déjà empoisonné de l'intérieur.

Je pris une douche, dont l'eau me sembla aussi sale que le reste, et me changeai. Ensuite je réunis les différentes pièces du Glock. Lentement, en quelques gestes sûrs, je recomposai l'arme. Je plaçai seize balles dans le chargeur puis le calai au creux de la crosse. Je fixai à ma ceinture mon holster et replaçai dessus ma veste de toile. Je me regardai dans la glace. Un parfait secrétaire d'ambassade ou chargé de mission de la Banque mondiale. Je déverrouillai ma porte et sortis.

J'empruntai la première ruelle qui s'offrit à moi, un boyau surpeuplé sans chaussée ni trottoir, juste de l'asphalte ravagé sur les bords duquel des mendiants accroupis me lançaient des regards suppliants. Des Indiens, des Népalais, des Chinois m'accostaient pour me proposer de changer mes dollars. De maigres boutiques, dont les devantures n'étaient que des trous dans des gravats, s'ouvraient sur des profondeurs nauséabondes. Thé, galettes, currys... Des flots de fumée obstruaient les ténèbres. Enfin je découvris une large place, sur laquelle se dressait l'édifice d'un marché couvert.

De nombreux braseros scintillaient. Des visages flottaient autour, creusés de reflets dorés. Tout au long de la place, des centaines d'hommes dormaient. Des corps agglutinés sous des couvertures, prostrés dans un sommeil de poix. L'asphalte était humide et luisait, çà et là, comme une moire de fièvre. Malgré l'horreur de cette misère, malgré la puanteur innommable, cette vision était flamboyante. J'y surprenais la texture particulière de la nuit tropicale. Ce noir, ce bleu, ce gris, percés d'or et de feu, embués par les fumées et les parfums, et qui révèlent comme le grain secret de la réalité.

Je m'enfonçai encore dans la nuit.

Je tournai, obliquai, sans me soucier de mon orientation. J'arpentais maintenant le marché couvert, où s'ouvraient d'étroites ruelles, mal pavées, couvertes de pourriture et de substances avariées. De temps à autre, des portes s'entrebâillaient sur des salles immenses, où des hommes-fourmis portaient et tiraient des cageots démesurés, sous l'éclairage blafard des ampoules électriques. Pourtant, ici, l'agitation faiblissait. Des Bengalis écoutaient la radio, accroupis devant leur échoppe éteinte. Des coiffeurs rasaient quelques têtes, d'une main lasse. Des hommes jouaient à un jeu étrange, une sorte de ping-pong, debout dans ce qui devait être, le jour, un abattoir – les murs arboraient de longues traînées de sang. Et partout, les rats. Des rats énormes, puissants, qui allaient et venaient comme des chiens, en toute liberté. Parfois un Indien en surprenait un à ses pieds, grignotant une salade flétrie. Il le poussait alors d'un coup de pied, comme s'il s'était agi d'un simple animal domestique.

Cette nuit-là, je marchai de longues heures, tentant d'apprivoiser la ville et ses terreurs. Lorsque je retrouvai le chemin de l'hôtel, il était trois heures du matin. Le long de Sudder Street, je respirai encore une fois l'odeur de la misère et crachai de nouveau du noir.

J'esquissai un sourire.

Oui, sans conteste, Calcutta était un lieu idéal.

Pour tuer ou pour mourir.

55.

A l'aube, je pris une nouvelle douche et m'habillai. Je quittai ma chambre à cinq heures trente et interrogeai le Bengali qui sommeillait dans le hall de l'hôtel – un comptoir de bois posé sur une estrade, bordant de maigres jardins. L'Indien ne connaissait qu'un centre de Monde Unique, près du pont d'Howrah. Je ne pouvais pas le manquer : il y avait toujours une longue file d'attente à cet endroit. « Rien que des gueux et des incurables », précisa-t-il avec un air de dégoût. Je le remerciai, pensant que le mépris était un luxe qu'on ne pouvait pas s'offrir à Calcutta.

Le jour hésitait encore à se lever. Sudder Street était grise, constituée d'hôtels décrépits et de snacks graisseux, où l'on offrait pêle-mêle des « breakfast anglais » et des « poulets tandoori ». Quelques rickshawallas somnolaient sur leur engin, cramponnés à leur clochette-klaxon. Un homme à moitié nu, dont le regard exhibait un œil crevé, me proposa un *chaī* – du thé parfumé au gingembre, servi dans une tasse de grès. J'en bus deux, brûlants et trop forts, puis me mis en marche, en quête d'un taxi.

Au bout de cinq cents mètres, de vieux palais victoriens, fissurés et sans couleur, jaillirent des deux côtés de la rue. A leur pied, des centaines de corps jonchaient les trottoirs, blottis sous des toiles crasseuses. Quelques lépreux, sans doigts ni visage, me repérèrent et vinrent aussitôt à ma rencontre. J'accélérai le pas. Enfin j'atteignis Jawaharlal Nehru Road, vaste avenue bordée de musées en ruine. Tout du long, des mendiants proposaient des attractions. L'un d'eux, en position de lotus, face à un trou creusé dans l'asphalte, y glissait la tête, l'enterrait totalement avec du sable, puis dressait son corps à l'envers, genoux vers le ciel. Si on appréciait la prouesse, on pouvait donner quelques roupies.

Je hélai un taxi et partis en direction du pont d'Howrah, plein nord. Le soleil se levait sur la ville. Les rails des tramways luisaient entre les pavés herbus. Le trafic n'était pas encore dense. Seuls des hommes tirant des chariots énormes couraient en silence le long de la chaussée. Au bord des trottoirs, des gaillards au teint sombre se lavaient dans les caniveaux. Ils crachaient des glaires, se raclaient la langue à l'aide d'un filin d'acier et s'astiquaient à coups d'eaux usées. Plus loin, des enfants exploraient avec application des monceaux d'ordures à moitié brûlées, dont les cendres s'effeuillaient au vent. De vieilles femmes déféquaient sous des arbustes et des grappes humaines commençaient à remplir les rues, dégorgeant des maisons, des trains, des tramways. A mesure que la chaleur montait, Calcutta transpirait des hommes. Au fil des rues et des avenues, je découvris aussi les inévitables temples, les vaches osseuses et les saddhus, dont le front porte une larme de couleur. L'Inde, l'horreur et l'absolu réunis dans un baiser d'ombre.

Le taxi parvint sur Armenian Ghat, au bord du fleuve. Le centre Monde Unique se dressait à l'ombre d'un pont autoroutier. Planté le long du trottoir, parmi les marchands ambulants, il était constitué d'un auvent de toile, soutenu par des piliers métalliques. Dessous, des Européens au teint clair ouvraient des cartons de médicaments, installaient des citernes d'eau potable, répartissaient des packs de nourriture. Le centre s'étendait ainsi sur trente mètres – trente mètres de vivres, de soins et de bonne volonté. Ensuite, c'était l'infinie file d'attente des malades, des boiteux et autres faméliques.

Je m'assis discrètement derrière la cahute d'un cureur d'oreilles, et attendis, scrutant l'œuvre de ces apôtres d'un monde meilleur. Je regardai aussi défiler les Bengalis en marche vers leur travail ou leur destin de misère. Peut-être venaient-ils, avant d'attaquer leur journée, de sacrifier une chèvre à Kali ou de se baigner dans les eaux grasses du fleuve. La chaleur et les odeurs me donnaient la migraine.

Enfin, à neuf heures, il parut.

Il marchait en solitaire, une sacoche en cuir élimé au poignet. Je rassemblai toutes mes forces pour me lever et l'observer en détail. Pierre Doisneau/Sénicier était un homme grand et maigre. Il portait un pantalon de toile claire et une chemise à manches courtes. Son visage était effilé comme un silex. Son front taillait haut dans ses cheveux gris frisés et il arborait un sourire dur, maintenu par des mâchoires agressives, tendues sous la peau. Pierre Doisneau. Pierre Sénicier. Le voleur de cœurs.

Instinctivement, je serrai la crosse du Glock. Je n'avais pas de plan précis, je voulais seulement observer les événements. La cour des miracles grossissait encore. Les jolies blondes, en short fluorescent, qui aidaient les infirmières indiennes, passaient les compresses et les médicaments avec un air d'ange appliqué. Les lépreux et les mères maladives défilaient, prenant leur ration de pilules ou de nourriture, dodelinant de la tête en signe de reconnaissance.

Il était onze heures quinze et Pierre Doisneau/Sénicier s'apprêtait à repartir.

Il boucla sa mallette, distribua quelques sourires, puis disparut dans la foule. Je le suivis à bonne distance. Il n'y avait aucune chance pour qu'il me repère dans ce bouillon d'êtres vivants. En revanche, je pouvais apercevoir sa haute silhouette à cinquante mètres devant moi. Nous marchâmes ainsi durant vingt minutes. Le doc ne semblait craindre aucune représaille. Qu'aurait-il pu redouter? A Calcutta, il était un véritable saint, un homme adulé de tous. Et cette foule qui l'entourait constituait la meilleure des protections.

Sénicier ralentit. Nous étions parvenus dans un quartier de meilleure apparence. Les rues étaient plus vastes, les trottoirs moins sales. Au détour d'un carrefour, je reconnus un centre MU. Je ralentis et conservai une distance d'environ deux cents mètres.

A cette heure, la chaleur était accablante. La sueur ruisselait sur mon visage. Je m'abritai à l'ombre, auprès d'une famille qui semblait vivre sur ce trottoir depuis toujours. Je m'assis auprès d'eux et demandai un thé – le genre touriste qui aime se plonger dans la misère.

Une nouvelle heure passa. Je scrutais les faits et gestes de Sénicier, qui poursuivait ses activités bienfaisantes. Le spectacle de cet homme, dont je connaissais les crimes, jouant ici au bon Samaritain, me coupait le souffle. J'éprouvais en profondeur sa nature ambivalente. Je saisis qu'à chaque instant de sa vie, lorsqu'il plongeait ses mains dans des viscères ou soignait une femme lépreuse, il était aussi sincère. Aux prises avec la même folie des corps, de la maladie, de la chair.

Cette fois, je changeai de tactique. J'attendis que Sénicier parte pour m'approcher et lier connaissance avec quelques-unes des Européennes qui jouaient ici aux infirmières. Au bout d'une demi-heure, j'appris que la famille Doisneau vivait dans un immense palais, le Marble Palace, cédé par un riche brahmane. Le docteur comptait y ouvrir un dispensaire.

Je détalai à toutes jambes. Une idée avait surgi dans mon esprit : attendre Sénicier au Marble Palace, et l'abattre sur son propre terrain. Dans son bloc opératoire. J'attrapai un taxi et filai vers Salumam Bazar. Après une demi-heure de foule, de rues étroites, de klaxon bloqué, le taxi s'engouffra dans un véritable souk. La voiture ne passait qu'en accrochant les échoppes ou le sari des femmes. Les injures pleuvaient et le soleil explosait, à coups d'éclats disparates, à travers la multitude. Le quartier semblait se resserrer, s'approfondir, comme le boyau d'une fourmilière. Puis, tout à coup, jaillit un immense parc, où se dressait, parmi un bouquet de palmiers, une vaste demeure, aux colonnes blanches.

– Marble Palace? hurlai-je au chauffeur.

L'homme se retourna et acquiesça, me souriant de toutes ses dents d'acier.

Je le payai et bondis dehors. Mes yeux refusaient de croire ce qu'ils contemplaient. Derrière les hautes grilles, des paons et des gazelles se promenaient. L'entrée du parc n'était pas même fermée. Il n'y avait ni garde ni sentinelle pour m'arrêter. Je traversai la pelouse, grimpai les marches et pénétrai dans le palais aux Mille Marbres.

Je tombai sur une grande pièce, claire et grise. Tout était en marbre, un marbre qui variait les couleurs et les reliefs, déployait des nervures rosâtres, des filaments bleuis, des blocs sombres et compacts, offrant un mélange de pesanteur et de beauté glacée. Surtout, la pièce était remplie de centaines de statues, blanches et élégantes – des sculptures d'hommes et de femmes, dans le style de la Renaissance, comme tout droit sorties d'un palais florentin.

Je traversai la forêt de bustes. Leurs regards calmes et fantomatiques semblaient me suivre. De l'autre côté, des portes ouvraient sur un patio surmonté d'un balcon de pierre. J'avançai dans la cour. De hautes façades s'élevaient, percées de fenêtres finement ciselées. Marble Palace formait une gigantesque enceinte, entourant cet îlot de fraîcheur et de sérénité. Ce patio était son cœur, sa véritable raison d'être. Les fenêtres, les rambardes de pierre, les ciselures des colonnes n'avaient rien à voir avec la tradition indienne ni même l'architecture victorienne. Encore une fois, j'avais l'impression de marcher dans une demeure de la Renaissance italienne.

Des plantes tropicales composaient un jardin, creusé de quelques marches, dans le dallage de marbre. Des jets d'eau oscillaient au fil de la brise. Il se dégageait de ce lieu irréel une atmosphère ombrée, une tranquillité solitaire, quelque chose comme le rêve très doux d'un harem déserté. Çà et là, des statues s'élevaient encore, lançant leurs courbes et leurs corps au-devant des rares rayons de soleil qui pénétraient ici. Se pouvait-il que nous soyons à Calcutta, au centre du chaos indescriptible? De légers cris d'oiseaux retentissaient. Je me glissai dans le passage abrité qui longeait le patio. Aussitôt je discernai, suspendues le long des murs, de grandes cages de bois où évoluaient des oiseaux blancs.

– Ce sont des corneilles, des corneilles blanches. Elles sont uniques. Je les élève ici depuis des années.

Je me retournai : Marie-Anne Sénicier se tenait devant moi, telle que je l'avais toujours imaginée, ses cheveux blancs groupés en un haut chignon au-dessus de son visage sans couleur. Seule sa bouche purpurine jaillissait, tel un fruit sanguin et cruel. Mes yeux se voilèrent, mes jambes ployèrent. Je voulus parler, mais je m'écroulai sur une marche et vomis le tréfonds de mes tripes.

Je toussai et crachai encore, de longues secondes, des flots de bile. Enfin je marmonnai, à travers ma gorge meurtrie :

– Exc... excusez-moi... je...

Marie-Anne coupa court à mon agonie :

– Je sais qui tu es, Louis. Nelly m'a téléphoné. Nos retrouvailles sont plutôt étranges. (Et elle ajouta, d'une voix plus douce :) Louis, mon petit Louis.

Je m'essuyai la bouche – du sang avait jailli – et levai les yeux. Ma mère véritable. L'émotion m'écrasait, je ne pouvais parler. C'est elle qui continua, de sa voix absente :

– Ton frère dort, là-bas, au fond du jardin. Veux-tu le voir? Nous avons du thé.

Je hochai la tête, en signe d'assentiment. Elle voulut m'aider. Je repoussai ses mains et me levai seul, en ouvrant mon col de chemise. Je m'acheminai vers le centre du patio et écartai les plantes. Derrière, il y avait des sofas, des coussins et un plateau d'argent où fumait une théière cuivrée. Sur l'un des sofas, un homme dormait, en tunique indienne. Tout à fait chauve, son visage était d'une blancheur de plâtre où des sillons semblaient avoir été creusés par un burin minuscule. Sa posture était celle d'un enfant, mais cet être paraissait plus âgé que le marbre qui l'entourait. L'étranger me ressemblait. Il offrait ce même visage de fin de race, au front haut et aux yeux las, enfoncés dans leurs orbites. Mais son corps n'avait rien à voir avec ma carrure. Sa tunique laissait deviner des membres squelettiques, une taille étroite. A hauteur du thorax, on discernait un gros pansement dont les fibres cotonneuses dépassaient par l'échancrure brodée. Frédéric Sénicier, mon frère, le greffé éternel.

– Il dort, murmura Marie-Anne. Veux-tu que nous le réveillions? La dernière opération s'est très bien passée. C'était en septembre.

Le visage de la petite Gomoun jaillit dans ma mémoire. Un furieux déchirement s'ouvrit dans mon ventre. Marie-Anne ajouta, comme si le monde extérieur n'existait plus :

– Lui seul peut le maintenir en vie, comprends-tu?

Je demandai, à voix basse :

– Où est le bloc?

– Quel bloc?

– La salle d'opération.

Marie-Anne ne répondit rien. A quelques centimètres, je percevais son haleine de vieille femme.

– En bas, dans les sous-sols de la maison. Personne ne doit y aller. Tu n'as pas idée...

– A quelle heure descend-il, le soir?

– Louis...

– A quelle heure?

– Vers onze heures.

Je regardais toujours Frédéric, l'enfant-vieillard, dont le torse se soulevait selon un rythme irrégulier. Je ne pouvais quitter des yeux le pansement qui gonflait sa chemise.

– Comment peut-on pénétrer dans son laboratoire?

– Tu es fou.

J'avais retrouvé mon calme. Il me semblait sentir mon sang affluer en longues vagues régulières dans mes veines. Je me retournai et fixai ma mère.

– Y a-t-il un moyen de pénétrer dans ce putain de bloc?

Ma mère baissa les yeux et murmura :

– Attends-moi.

Elle traversa le patio puis revint, quelques minutes plus tard, la main serrée sur un trousseau de clés. Elle ouvrit l'anneau et me tendit une seule clé, avec un doux regard perdu. Je saisis la tige de fer, puis dis simplement :

– Je reviendrai ce soir. Après onze heures.

56.

Marble Palace, minuit. En descendant les marches, de lourds et profonds effluves m'accueillirent. C'était l'odeur même de la mort, celle d'une essence, d'un suc de ténèbres, si forte qu'elle semblait nourrir, malgré moi, les pores de ma peau. Le sang. Des torrents de sang. J'imaginai des paysages immondes. Une toile de fond rouge sombre, sur laquelle voyageaient des crêtes rosâtres, des vermeils délayés, des croûtes brunes.

Parvenu en bas de l'escalier, je tombai sur la porte du sas frigorifique, bloquée par un verrou d'acier. J'utilisai la clé de ma mère. Dehors, la nuit était totale. Mais la silhouette qui s'était glissée par l'escalier ne m'avait pas trompé. L'animal venait de rentrer dans sa tanière. La lourde porte pivota. Glock au poing, je pénétrai dans le laboratoire de mon père.

Une fraîcheur tempérée m'enveloppa le corps. Aussitôt je réalisai l'atroce cauchemar qui m'entourait. Je marchais de plain-pied dans les photographies de Max Böhm. Au sein d'une salle de faïence, éclairée par des néons blancs, une véritable forêt de cadavres se déployait. Des corps pendaient à des crochets, dont les pointes acérées transperçaient les joues, les cartilages faciaux, les orbites, pour luire à leur extrémité d'un éclat maléfique. Tous les corps étaient ceux d'enfants indiens. Ils se balançaient légèrement, couinant doucement sur leur pivot, exhibant des meurtrissures démentes : cages thoraciques ouvertes, coupures zébrant les chairs, bouches d'ombre creusées aux articulations, têtes d'os saillantes... Et partout, du sang. Des torrents séchés qui semblaient enduire et vernir les torses. Des ruissellements immobiles, qui dessinaient des arabesques au fil des reliefs cutanés. Des éclats d'encre, qui tachetaient les visages, les poitrines, les entre-jambes.

Le froid et la terreur me hérissaient la peau. J'eus la sensation que ma main allait tirer malgré moi. Je plaçai mon index le long du canon, en position de combat, puis me forçai à avancer encore, les yeux grands ouverts.

Au centre de la pièce, sur un bloc de carrelage, des têtes étaient agglutinées. Des minces visages tordus par le tourment, pétrifiés sur leur dernière expression. Sous les orbites, de longs cernes bleuâtres s'étendaient en croissants de souffrance. Toutes ces têtes étaient coupées net à la base du cou. Je longeai l'étal. Au bout, je découvris un amas de membres. Les petits bras et les minces jambes, à la peau sombre, s'entremêlaient, dessinant des entrelacs abominables. Une mince couche de givre les recouvrait. Mon cœur battait comme une bête affolée. Tout à coup, sous ce taillis atroce, je discernai des organes génitaux. Des sexes de garçon, arasés à leur base. Des vulves de fillette, rougeoyantes, posées comme des poissons de chair. Je me mordis les lèvres pour ne pas hurler. Une sensation chaude inonda ma gorge. Je venais de rouvrir ma cicatrice.

J'écoutais, sens en éveil, et avançai encore. Les pièces défilaient, variant les horreurs. Des éléments sanguinolents étaient à l'abri, dans de petits sarcophages. Des tronçons de corps se balançaient lentement, dans un tournis de givre. J'aperçus des scanners scintillants, suspendus, exhibant des monstruosités incompréhensibles. Des sortes de cœurs siamois, des générations spontanées de foies ou de reins, agglutinés dans un seul corps, comme au fond d'un bocal. A mesure que j'avançais, la température baissait.

Enfin je découvris la dernière porte. Elle n'était pas fermée. Je l'entrouvris, ma poitrine se rompait à force de battements. C'était le bloc opératoire, absolument vide. Au centre, entourée d'étagères de verre, trônait une table d'opération sous une lampe convexe qui diffusait un éclairage blanc. Vide, elle aussi. Personne, ce soir, ne subirait d'atrocités. Je tendis le cou et risquai un regard.

Soudain, un froissement d'étoffes me fit tourner la tête. En même temps, je ressentis une intense brûlure à la nuque. Le Dr Pierre Sénicier était sur moi, une seringue plantée dans ma chair. Je reculai en rugissant et arrachai l'aiguille. Trop tard. Déjà mes sens s'obscurcissaient. Je pointai mon arme. Mon père brandit ses mains, comme effrayé, mais il avança lentement et parla d'une voix très douce :

– Tu ne vas pas tirer sur ton propre père, n'est-ce pas, Louis?

Lentement, il approcha et me força à reculer. Je tentai de lever le Glock, mais toute force avait abandonné mon poignet. Je butai contre la table d'opération, rouvris les yeux d'un coup : durant un centième de seconde je m'étais endormi. La lumière blanche précipitait mon vertige. Le chirurgien reprit :

– Je n'espérais plus cet instant, mon fils. Nous allons reprendre les choses là où nous les avons laissées, toi et moi, il y a si longtemps, et sauver Frédéric. Ta mère n'a pas su contenir son émotion, Louis. Tu sais comme sont les femmes...

A cet instant j'entendis le claquement mat de la porte du sas, des pas précipités. Dans les brumes de glace, ma mère surgit, les ongles braqués sur nous. Son visage était entièrement transpercé d'épingles et de lames. Je vacillai. Dans un dernier sursaut, j'écrasai la gâchette du Glock en direction de mon père. Le cliquetis du métal résonna à travers les cris de ma mère, qui n'était plus qu'à quelques centimètres. Je compris que l'arme était enrayée. En forme d'éclair, je revis l'image de Sarah, qui m'inculquait le maniement des armes. Je tiraillai la culasse et fis jaillir la balle au-dehors. Je réarmais lorsque j'entendis un « non » abominable. Ce n'était pas la voix de ma mère, ni celle de mon père. C'était ma propre voix qui hurlait, alors que le monstre tranchait la tête de son épouse à l'aide d'une faux métallique et scintillante. Mon second « non » s'étouffa dans ma gorge. Je lâchai le Glock et tombai à la renverse, dans un cliquetis de verre. Des détonations retentirent. Le torse de mon père explosa en mille débris sanglants. Je crus à une hallucination. Mais en m'écrasant sur le sol, je perçus l'image inversée du Dr Milan Djuric, le nain tsigane, debout sur les marches, un fusil-mitrailleur Uzi dans les mains. L'arme fumait encore de la rafale rédemptrice qu'elle venait de tirer.

57.

Lorsque je m'éveillai, l'odeur de sang avait disparu. J'étais allongé sur un sofa d'osier, dans la cour intérieure du palais. La lumière nacrée du petit matin se déployait, et j'entendais les corneilles, qui criaillaient au loin. A part ce doux murmure, le silence de la demeure était complet. Je n'étais toujours pas sûr de comprendre ce qui était arrivé, lorsqu'une main amie m'offrit du thé. Milan Djuric. Il était en bras de chemise, en sueur, Uzi à l'épaule. Il vint s'asseoir auprès de moi et me raconta son histoire, sans préambule, de sa voix grave. Je l'écoutai, en buvant le breuvage au gingembre. Sa voix me fit du bien. Elle offrait un écho à la fois fracassant et réconfortant à mon propre destin.

Milan Djuric comptait parmi les victimes de mon père.

Dans les années soixante, Djuric était un enfant tsigane parmi d'autres, vivant dans les terrains vagues de la ceinture parisienne. Nomade, libre et heureux. Il n'avait que le tort d'être orphelin. En 1963, on l'envoya à la clinique Pasteur, à Neuilly. Le petit Milan était âgé de dix ans. Aussitôt, Pierre Sénicier lui injecta des staphylocoques au creux des rotules, afin d'infecter ses membres inférieurs. A titre d'expérience. L'opération se déroula quelques jours avant l'incendie final – la « purification » du chirurgien, qui allait être démasqué. Or, malgré son infirmité, Djuric réussit à s'échapper des flammes en rampant le long des pelouses. Il fut le seul survivant du laboratoire expérimental.

Durant quelques semaines, il fut soigné avec attention dans un hôpital parisien. Enfin on lui apprit qu'il était hors de danger mais que sa croissance physique, du fait de l'infection de ses cartilages, n'irait jamais plus loin. Djuric était devenu un « nain accidentel ». Le Rom comprit qu'il était deux fois différent. Deux fois marginal. A la fois tsigane et difforme.

Le petit garçon bénéficia alors d'une bourse d'État. Il se concentra sur ses études, lut avec avidité, se perfectionna en français, apprit aussi le bulgare, le hongrois, l'albanais et, bien sûr, approfondit sa connaissance du romani. Il étudia l'histoire de son peuple, découvrit l'origine indienne des Roms et le long voyage qui les avait amenés en Europe. Djuric décida qu'il serait médecin, mais qu'il exercerait là où les Tsiganes se comptent par millions : les Balkans. Djuric devint un élève brillant et assidu. A vingt-quatre ans, il achevait ses études et passait son internat avec succès. Il adhérait aussi au parti communiste, afin d'obtenir plus facilement l'autorisation de s'installer au-delà du mur de Berlin, parmi les siens. Jamais il ne chercha à retrouver le docteur sadique qui lui avait fait tant de mal. Il s'évertua au contraire à effacer de sa mémoire son séjour à la clinique. Son corps était là pour se souvenir à sa place.

Pendant quinze années, Milan Djuric soigna les Roms avec patience et ferveur, circulant à travers les pays de l'Est à bord de sa Trabant. Plusieurs fois il écopa de peines de prison. Il affronta toutes les accusations, mais il s'en sortit toujours. Docteur des Tsiganes, il soignait les siens, ceux qu'aucun médecin ne voulait prendre en compte, à moins qu'il ne s'agisse de stériliser leurs femmes ou de rédiger leurs fiches anthropométriques.

Puis vint ce jour de pluie où je sonnai à sa porte. A bien des égards, j'étais le visiteur du malheur. D'abord, je le forçais à se plonger dans l'affaire Rajko. Ensuite, confusément, je lui rappelais, par une ressemblance physique, des terreurs oubliées. Sur l'instant, il ne sut définir d'où lui venait cette impression de déjà-vu. Pourtant, les semaines suivantes, mon visage revint le hanter. Peu à peu, il se souvint. Il mit des noms et des circonstances sur mes traits. Il comprit ce que j'ignorais encore : le lien du sang qui m'unissait à Pierre Sénicier.

Lorsque je lui téléphonai, à mon retour d'Afrique, Djuric m'interrogea. Je ne répondis pas. Sa conviction s'approfondit. Il devina aussi que j'approchais du but : l'affrontement avec l'être diabolique. Il prit l'avion à destination de Paris. Là, il me surprit alors que je rentrais de la demeure des Braesler, le matin du 2 octobre. Il me suivit jusqu'à l'ambassade indienne, se débrouilla pour connaître ma destination, puis demanda à son tour un visa pour le Bengale, sur son passeport français.

Le 5 octobre, au matin, le médecin était encore sur mes traces, près du centre Monde Unique. Il reconnut Pierre Doisneau/Sénicier. Il m'emboîta le pas jusqu'au Marble Palace. Il savait que le temps de l'affrontement était venu. Pour moi. Pour lui. Pour l'autre. Mais le soir, il ne put se glisser à temps dans la demeure de marbre. Lorsqu'il pénétra dans le palais, il avait perdu ma piste. Il longea les colonnes, les cages des corneilles, monta l'escalier du patio, fouilla chaque pièce et découvrit enfin Marie-Anne Sénicier, prisonnière et blessée. Son époux l'avait torturée afin de connaître les raisons de son émotion. Djuric la libéra. La femme ne dit rien – ses mâchoires étaient entravées par de multiples pointes sanglantes – mais elle courut en direction du bunker. Elle savait que le piège s'était refermé sur moi. Lorsqu'elle pénétra dans le laboratoire, Djuric dévalait seulement les marches de marbre. La suite des événements restera à jamais imprimée sur les plaques sensibles de mon âme : l'attaque de Pierre Sénicier, sa lame aveuglante tranchant le cou de ma mère, et mon arme impuissante à anéantir le monstre. Quand Djuric apparut et tira sa rafale d'Uzi, je crus à une hallucination. Pourtant, avant de plonger dans les ténèbres, je sus que mon ange gardien m'avait sauvé des griffes de mon père. Un ange pas plus haut qu'une borne d'incendie, mais dont la vengeance transversale avait gravé dans la faïence l'épitaphe finale de toute l'aventure.

Il était six heures du matin. A mon tour je racontai mon histoire. Lorsque j'eus achevé mon récit, Djuric ne fit aucun commentaire. Il se leva et m'expliqua son plan pour les heures à venir. Durant toute la nuit, il avait travaillé au bouclage définitif du laboratoire. Il avait anesthésié les rares enfants vivants, puis leur avait injecté de fortes doses d'aseptiques. Il avait aidé ces victimes à s'enfuir, espérant que ces êtres difformes trouveraient leur juste place dans la capitale des maudits. Il avait ensuite découvert Frédéric, mon frère, qui avait succombé dans ses bras en appelant sa mère. Puis il était retourné dans le bunker et avait regroupé les cadavres dans la salle principale, afin de les brûler. Il m'attendait pour allumer le bûcher et maîtriser les flammes. « Les Sénicier? » demandai-je après un long silence.

Djuric répondit d'un ton égal :

– Soit nous brûlons leurs corps avec les autres, soit nous les portons à Kali Ghat, sur les berges du fleuve. Là-bas, des hommes se chargent d'incinérer les cadavres, selon la tradition indienne.

– Pourquoi eux et pas les enfants?

– Il y en a trop, Louis.

– Brûlons Pierre Sénicier ici. Nous emporterons ma mère et mon frère à Kali Ghat.

A partir de cet instant, ce ne fut que flammes et chaleur. La faïence explosait dans la fournaise, l'odeur de viande grillée nous montait à la tête à mesure que nous nourrissions l'atroce foyer de corps humains. Mes mains brûlées me permettaient d'ordonner au plus près le brasier. Mon esprit n'était qu'absence, alors que je replaçais dans le feu les membres qui s'en échappaient. La lourde fumée s'évacuait par les soupiraux ouverts sur le patio. Nous savions que ces exhalaisons allaient attirer les serviteurs et réveiller les habitants du quartier. Ils viendraient éteindre le feu et constater les dégâts. Obscurément, je songeai à l'incendie de la clinique auquel le petit Milan avait échappé, malgré ses jambes atrophiées. Je songeai à Bangui, lorsque ma mère avait sacrifié mes mains pour me sauver la vie. Djuric et moi étions tous deux des fils du feu. Et nous brûlions là notre dernier lien avec ces origines infernales.

Aussitôt après, nous empruntâmes un break dans le garage, glissâmes à l'arrière les corps de Marie-Anne et de Frédéric Sénicier. Je pris le volant, c'est Djuric qui me guidait à travers les ruelles de Calcutta. En dix minutes, nous atteignîmes Kali Ghat. Le quartier était traversé par une rue étroite et interminable, qui longeait de petits affluents du fleuve, aux eaux mortes et verdâtres. Des bordels succédaient à des ateliers de sculptures religieuses. Tout semblait dormir.

Je conduisais machinalement, scrutant le ciel atone qui se découpait entre les toits et les câbles électriques. Tout à coup, Djuric m'arrêta. « C'est là », dit-il en m'indiquant une forteresse de pierre, sur la droite. Le mur d'enceinte était surmonté de plusieurs tours en forme de pains de sucre, ciselées d'ornements et de sculptures. Je garai la voiture pendant que Djuric franchissait l'entrée. Je le rejoignis aussitôt et pénétrai dans une vaste cour intérieure, à l'herbe rase.

Aux quatre coins, des fagots de bois brûlaient. Autour, des hommes squelettiques attisaient les feux, maintenant les braises en un foyer compact, à l'aide d'un long bâton. Les flammes lançaient des éclats livides et dégageaient d'épais nuages de fumée noire. Je reconnus l'odeur, celle de la chair calcinée, et aperçus une main s'échapper de l'un des brasiers. Sans sourciller, un homme ramassa le débris humain, puis le replaça dans les flammes. Exactement comme je l'avais fait moi-même, quelques minutes auparavant. Je levai les yeux. Les tours de pierre se dressaient dans l'aube grise. Je m'aperçus que je ne connaissais aucune prière.

Au fond de la cour, Djuric parlait avec un homme âgé. Il s'exprimait avec fluidité en bengali. Il donna une épaisse liasse de roupies au vieillard, puis revint dans ma direction.

– Un brahmane va venir, m'expliqua-t-il. Une cérémonie sera organisée dans une heure. Ils disperseront les cendres dans le fleuve. Tout se passera comme pour de véritables Indiens, Louis. Nous ne pouvons faire mieux.

J'acquiesçai, sans rien ajouter. Je scrutai deux Bengalis qui venaient d'allumer un large fagot, sur lequel reposait un corps drapé de blanc. Djuric suivit mon regard puis murmura :

– Ces hommes sont des Doms, la caste la plus basse dans la hiérarchie indienne. Eux seuls sont autorisés à manipuler les morts. Il y a des milliers d'années, ils étaient chanteurs et jongleurs. Ce sont les ancêtres des Roms. Mes ancêtres, Louis.

Nous portâmes la tête et le corps de Marie-Anne Sénicier ainsi que celui de Frédéric enveloppés dans un champ. Nul ne pouvait soupçonner qu'il s'agissait d'Occidentaux. Djuric s'adressa de nouveau au vieil homme. Cette fois il parla plus fort et le menaça du poing. Je ne comprenais rien. Nous partîmes aussitôt après. Avant de monter dans la voiture, le nain hurla encore quelque chose au vieillard, qui hocha la tête d'un air craintif et haineux. En route, Djuric m'expliqua :

– Les Doms ont coutume d'économiser sur le bois. Lorsque les corps sont à moitié consumés, ils les livrent aux vautours du fleuve et revendent le bois non utilisé. Je ne voulais pas cela pour Marie-Anne et Frédéric.

Je fixais toujours la route, devant moi. De sombres larmes coulaient sur mes joues. Plus tard, lorsque nous prîmes l'avion pour Dacca, j'avais encore dans la gorge le goût de la carne brûlée.

Épilogue

Quelques jours plus tard, à Calcutta, un cortège de plusieurs dizaines de milliers de participants a célébré le docteur français Pierre Doisneau et sa famille, disparus tragiquement dans l'incendie du laboratoire. En Europe, on a peu parlé de cette disparition. Le Dr Pierre Doisneau était une légende, mais une légende lointaine et irréelle. D'ailleurs, son œuvre perdure, au-delà de sa mort. Plus que jamais l'organisation Monde Unique se développe et déploie ses bienfaits. Les médias évoquent même la possibilité que Pierre Doisneau obtienne le prix Nobel de la Paix 1992, à titre posthume.

A tout point de vue, Simon Rickiel a mené l'affaire des diamants de main de maître. Le 24 octobre 1991, la police de Cape Town a débusqué Niels van Dötten, vieillard efféminé et craintif, caché dans la banlieue résidentielle de la ville. L'Afrikaner, sans doute rassuré par les disparitions successives de ses associés et du maître, a avoué ses méfaits sans manifester aucune difficulté. Il a révélé les grandes lignes du réseau, donnant les noms, les lieux, les dates. Grâce à Simon Rickiel, j'ai pu moi-même lire ces aveux et constaté que van Dötten avait occulté le rôle de Pierre Sénicier ainsi que le chantage qu'il exerçait sur les trois trafiquants.

Aujourd'hui, Sarah Gabbor est emprisonnée en Israël. Elle est incarcérée dans un camp où les détenues travaillent à ciel ouvert, comme dans les kibboutz. D'une certaine façon, Sarah est donc revenue à la « case départ ». Son procès n'a pas encore eu lieu, mais son dossier, à la lumière des dernières révélations de l'enquête, se présente plutôt bien.

J'ai écrit plusieurs fois à la jeune femme des lettres qui sont restées sans réponse. Je soupçonne dans ce silence cet orgueil et cette force de caractère qui m'avaient tant fasciné en terre hébraïque. Personne n'a jamais retrouvé les diamants ni l'argent de la belle kibboutznik.

Quant à l'énigme des cœurs, elle n'est jamais apparue dans aucun document officiel. Seuls Simon Rickiel, Milan Djuric et moi-même connaissons la vérité. Et nous emporterons ce secret dans la tombe.

Milan Djuric m'a quitté en déclarant simplement : « Nous ne devons plus nous revoir, Louis. Jamais. Notre amitié ne ferait que raviver nos cicatrices. » Il a empoigné ma main et l'a serrée de toutes ses forces. Cette poignée d'homme valeureux brisait à jamais le complexe de mon infirmité.

Cet ouvrage a été achevé d'imprimer
sur Roto-Page
par l'Imprimerie Floch
à Mayenne
pour le compte de France Loisirs
en février 1999

Cet ouvrage est imprimé
sur du papier sans bois et sans acide.

N° d'édition : 31136. N° d'impression : 45551
Dépôt légal : janvier 1999

Imprimé en France